二見文庫

プエルトリコ行き477便

ジュリー・クラーク／久賀美緒＝訳

The Last Flight
by
Julie Clark

Japanese translation rights arranged with
INTERCONTINENTAL LITERARY AGENCY LTD
through Japan UNI Agency, Inc., Tokyo

勇気を持って自らのために声をあげたすべての女性に捧《ささ》げます。生中継のテレビの中で議会の委員会を前に証言するあなたの言葉にも、人事部の窓のない部屋の中で被害を訴えるあなたの言葉にも、わたしたちは真摯に耳を傾けます。

あなたの絶望を聞かせてほしい。わたしも自分の絶望を語りましょう。
わたしたちとは関係なく、時が流れていく世界で。
——メアリー・オリバー『野雁《のがん》』

プエルトリコ行き477便

登 場 人 物 紹 介

クレア・クック	名家に嫁いだ女性
エヴァ・ジェームズ	ウエイトレス
ローリー・クック	クレアの夫。 クック・ファミリー財団の理事
ペトラ	クレアの親友
ニコ	ペトラの弟
リズ	プリンストン大学の政治経済学の教授
エリー	リズの娘
ブルース・コーコラン	ローリーの個人秘書
ダニエル	クック・ファミリー財団のスタッフ
カストロ	麻薬取締局の捜査官
マギー・モレッティ	ローリーの恋人。故人
マージョリー・クック	ローリーの母親。故人

プロローグ

二月二十二日（火曜日）
ニューヨーク、ジョン・F・ケネディ空港
墜落事故当日

第四ターミナルはごった返していて、湿ったウールとジェット燃料の匂いでむっとしている。わたしはガラス製の自動ドアのすぐ内側で、彼女を待っていた。ドアが開いて凍りつくような冷たい風が吹きつけるたびに、ハイビスカスと潮の香りがするプエルトリコのさわやかな風を頭に思い描いた。あたたかい湯のようにひたひたと押し寄せる抑揚の強いスペイン語の響きを聞いていると、これまでの自分が少しずつ消えていくようだ。

飛行機が飛び立つたびに外の空気が振動し、屋内ではスピーカーがきしんだ音でアナウンスを吐きだしている。後ろから年配の女性が話す歯切れのいいイタリア語が聞こえてきたが、わたしはひっきりなしに人が行き来する外の歩道から目をそらさず、ひたすら彼女の姿を探していた。彼女が来るかどうかにわたしの未来がかかっているのだ。

彼女について知っているのは、名前と外見と今朝の飛行機で発《た》つということだけ。一方、彼女のほうはわたしのことを何も知らないというのが、こっちの強みだ。まさか行き違ってしまったのではないかとパニックを起こしそうになるのを、懸命に抑える。彼女と会えなかったら、いまの生活から逃れて新たな人生を手にする望みが絶たれてしまう。

毎日どこかで誰かが失踪している。たとえば、何があったのかとずっと思い悩むことになる家族を残して、最後に買った〈スターバックス〉のコーヒーを片手に車に乗りこんで新しい人生へと走り去る男性。あるいはグレイハウンドバスの一番後ろの席に座り、吹きこんでくる風に髪を乱しながら、重すぎる人生を置いて未来へと旅立つ女性。

わたしたちが日々すれ違う大勢の人々のうちの誰かが、そういう人間のひとりでないとも限らない。

けれど実際に姿をくらますのがどれほど難しいか、ほとんどの人は考えたこともないだろう。わずかな痕跡も残さないようにするには、細心の注意と準備が必要だ。どれほど気を遣っても、必ず何かが残る。細い糸のような痕跡が。真実の種が。ごく小さな過ちが。それらは、ほんの些細《ささい》なきっかけでほころんでいく。出発しようとした瞬間にかかってきた電話や、高速道路に入る直前に起こった追突事故、乗るはずだった飛行機の欠航で。

出発間際の旅程の変更で。

温度差で内側が曇ったガラス越しに黒い高級セダンが近づいてくるのが見え、おりてくる前から彼女だとわかった。車外に出た彼女は後部座席に同乗していた人間に声をかけることなく、さっさと歩道を横切って自動ドアを通り抜けてきた。ふわりとしたやわらかいピンク色のカシミアのセーターがわたしの腕をかすめる。通り過ぎていった彼女は、いまにも飛んできそうなこぶしから身を守るかのように肩を丸めていた。これが五万ドルの絨毯《じゅうたん》で引っぱたかれるとどれほど簡単に頬がえぐられるか知っている女性なのだ。わたしは声をかけずに彼女を見送り、大きく息を吐いて緊張を解いた。

彼女が来た。これで計画を進められる。

わたしはバッグのストラップを肩にかけて彼女のあとを追い、荷物検査の列で前に滑りこむ。追われている人間は背後を気にする一方、前は見ない。わたしは耳を澄まして、チャンスを待った。

本人はまだ知らないが、彼女もすぐに失踪者のひとりとなる。そしてわたしもまた、空に立ちのぼって消えていく煙のように、姿を消すのだ。

二月二十一日（月曜日）
墜落事故前日

クレア

「ダニエル」わたしは声をかけながら、リビングルームの隣にある小さなオフィスに入っていった。「ミスター・クックに、わたしはジムへ行ったと伝えてくれる？」

ダニエルの視線がコンシーラーで隠した首のつけ根の痣《あざ》に一瞬とまったのを見て、思わずスカーフをずらして隠した。彼女が何か言ってくることはないとわかっていても、そうせずにはいられなかった。

「四時にセンター・ストリート識字率向上協会の会合があります。また遅刻なさるんですね」

ダニエルはわたしの予定表に常に目を光らせていて、どんな失態も見逃さない。出席すべき会合に遅れたり、夫のローリーが重要だと考えている約束をキャンセルしたりしたとき、それを逐一報告する人物としてわたしは彼女を認識していた。〝上院議員選に立候補するなら、どんな過ちも許されないんだよ、クレア〟という夫の言葉がよみがえる。

「ありがとう、ダニエル。でも、わたしだって予定表は読めるのよ。前回の会合で取ったわたしのメモをアップロードして、すぐに使えるようにしておいてもらえるかしら。それじゃあ、あとで」部屋を出ようとしたところで電話を取りあげる音が聞こえ、注意を引いてしまう恐れがあるとわかっているのに歩くスピードが鈍った。

ケネディ家に次ぐ政界の名門一族クック家に嫁ぐのはどんなものかと、しょっちゅう質問される。そんなときは、クック家が運営する財団の話へ話題をそらすようにしている。井戸端会議のようなことは避け、第三世界での識字率向上や水問題対策、スラム街での指導教育プログラム、癌《がん》研究といった財団で取り組んでいるプロジェクトの話題にすり替えるよう指導されているからだ。

ローリーとの結婚生活が、少しでもプライバシーを手に入れるための戦いの連続であることなんて、絶対に言えない。自宅にいてもアシスタントやシェフ、清掃スタッフといった人々の目が常にあるため、わたしはひとりになれる時間と場所を確保しようと日々奮闘し続けている。ローリーの使用人に見られる恐れのない場所はなく、彼らのひとりひとりがクック家に忠誠を捧げていた。結婚して十年経ったいまも、わたしは侵入者でしかない。監視が必要なよそ者なのだ。

だからわたしは、彼らの注意を引かないようにするやり方を学んだ。

ダニエルが予定表ややるべきことを記したリストを持ってついてこない数少ない場所がジムだ。だから、わたしはそこでペトラに会っている。ローリーと出会う前からの唯一の友達であるペトラは、ローリーに関係を絶つよう強要されなかった唯一の友人でもある。

なぜなら、ローリーはペトラの存在を知らないからだ。

ジムに着くと、ペトラはすでに来ていた。ロッカールームで着替え、トレッドミルが並んでいる上の階へ向かうと、ちょうどペトラが階段をあがってすぐのスペースにある棚から清潔なタオルを取っているところだった。一瞬合った目をペトラがすっとそらし、わたしもそのままタオルを取った。

「緊張している?」ペトラがささやく。

「ものすごく」わたしはささやき返すと向きを変え、彼女から離れた。

時間を見ながら一時間走り、二時半きっかりにサウナに入った。疲労で筋肉が痛む体をタオルで包んで。わたしは充満した蒸気越しに、一番上の段にひとりで座っている赤くほてった顔のペトラに笑みを向けた。

「モリス先生を覚えてる？」隣に座ると、彼女がきいてきた。

退屈しのぎの話題を出してもらえたことに感謝して、もう一度ほほえむ。モリス先生はわたしたちが高校三年生のときの政治学の教師で、ペトラはあやうく落第させられるところだった。

「あなたは一カ月のあいだ、毎日放課後になると一緒に勉強してくれたわ。父さんの正体を知って、ほかの子たちはわたしにもニコにも近寄ろうとしなかったのに。でもあなたは彼らと違って、わたしが卒業できるように手を貸してくれた」

わたしは木のベンチの上で向きを変え、友人のほうを向いた。「そんな言い方をすると、あなたとニコが仲間外れにされていたみたいじゃない。ほかにも友達がいたでしょう？」

ペトラは首を横に振った。「父親がロシア版アル・カポネだからって優しくしてくれるような人たちを、友達とは呼べないわ」わたしたちが通っていたのはペンシルベニアのお金持ちの子どもや孫が通う学校で、そこの生徒たちは度胸試しのようにペトラや、彼女の弟のニコに近づいてみるくせに、決して本当に親しくなろうとはしなかった。

だからわたしたち三人は、はみだし者同士で仲よくなった。ペトラとニコは、おさがりの制服や騒音と排気ガスをまき散らしながら母が学校の前に乗りつけるおんぼろのホンダのせいでわたしがからかわれないようにいつも目を光らせてくれた。ランチのときにひとりぼっちにならないようにしてくれたのも、ひとりだったら絶対に参加しなかったであろう学校行事に引っ張りだしてくれたのも、奨学金をもらって寮に入らず自宅から通っている、平凡で貧乏なわたしが裕福な生徒たちの一員になることは絶対にないといった残酷な言葉を浴びせてくる人たちからかばってくれたのも、ペトラとニコだった。

二年前、たまたま足を踏み入れたジムで過去の亡霊のようなペトラと出くわしたときは運命だと思った。けれどわたしは、ペトラが覚えている高校時代のわたしと同じ人間ではなくなっていた。あまりにも多くのことが変わってしまい、わたしの生活がどれだけ変化し、それとともに何を失ったか、とてもひと口には説明できなかった。だから、ただ目をそらした。無視するなんて許さないと、強い意志をこめて見つめてくるペトラの視線を避けて。

そして運動を終えると、ペトラが帰るまでサウナに隠れていようとロッカールームへ向かった。それなのに、サウナに入ったらペトラがいた。まるで示しあわせたかのように。

「クレア・タイラー」

旧姓で呼ばれて、わたしの顔はほころんだ。ペトラの母国語であるロシア語訛《なま》りを耳にして記憶がよみがえり、昔の自分に戻った気がした。ローリーの妻として過ごしているうちにならざるをえなかった、完璧すぎる鎧《よろい》の下に誰も知りえない秘密を隠している女ではなく。

わたしたちはぎこちなく話し始めたが、すぐに顔を合わせなかった年月などなかったみたいに親密な会話を交わすようになった。ペトラは一度も結婚しておらず、一族の組織を継いだ弟の援助を受けて生活しているという。

「クレアは？　結婚しているの？」ペトラがわたしの左手を指してきく。

知らないらしいことに驚いて、蒸気にかすんでいる彼女を見た。「ローリー・クックと結婚したの」

「それはそれは」

マギー・モレッティの身に本当は何があったのかといういつもの質問が来ることを

予想して、わたしは目をそらした。マギーはその昔ローリーを愛したというだけで、彼の名とともに永遠に人々の記憶に刻まれてしまった。無名のひとりの少女が、誰もが知る存在となってしまったのだ。

けれどもペトラはそのまま体の力を抜いて、くつろいだ姿勢になった。「ＣＮＮでケイト・レーンが彼にインタビューしているのを見たわ。財団を通して彼がやってきたことは立派だと思った」

「ローリーはすごく情熱的な人なの」誰かがよけいな興味を抱いたとしても大丈夫なように、本当のことを言った。

「お母さんと妹さんはどうしているの？　ヴァイオレットはもう大学を卒業したんでしょう？」

この質問を恐れていた。あれから何年経っても、ふたりを失った痛みが薄れることはない。「ふたりは十四年前に自動車事故で死んだわ。ヴァイオレットは十一歳になったばかりだった」言葉少なに説明した。事故は雨が降る金曜日の夜に起きた。酔っ払った運転手が一時停止の標識を無視して突っこんできて、ふたりは即死だった。

「ああ、クレア」ペトラは口先だけの慰めの言葉を吐こうとも、事故の状況を根掘り葉掘り聞きだそうともしなかった。言葉では心の痛みを癒せないことを理解して、黙って寄り添っていてくれた。

それからわたしたちは毎日、ジムで運動したあとにサウナで会うようになった。ペトラの家族が何者かを考えれば、大っぴらにつきあうわけにはいかないと彼女は理解していた。わたしが自分の身の振り方を最終的に決断する前でさえ、わたしたちは細心の注意を払ってなるべく電話は避け、メールは絶対に使わなかった。だがサウナでは思う存分かつての友情をよみがえらせ、互いに対する信頼をふたたびはぐくみ、高校生活を切り抜けるために必要だった心のつながりを結び直した。

わたしが何を隠しているか、ペトラが気づくまでに時間はかからなかった。「彼と別れなくてはだめだって、自分でもわかっているんでしょう?」再会してから数カ月後のある午後、彼女はそう言って、二日前の夜ローリーと言いあいになったときにつけられた左の上腕の痣を見つめた。なるべく体を隠そうとタオルをできるだけ上まで引きあげて首や肩にもかかるようにしていたのだが、ローリーが怒りにまかせて残した跡をペトラは見逃さなかった。「前にもそういう跡があったわよね」

哀れに思われるのがいやで、タオルで痣を隠した。「試みたことはあるのよ。五年くらい前に」当時は離婚が可能だと思っていた。もちろんそう簡単ではないし労力もお金もかかるだろうと覚悟していたが、暴力を受けていたことを取引の材料にできると考えていた。〝わたしが求めているものを与えてくれるなら、あなたが本当はどんな人間か黙っていてあげる〟というように。

　でも、そんなにうまくことは運ばなかった。「いろいろ打ち明けて助けてもらっていた女性のご主人が、大学時代にローリーと同じ男子学生社交団体《フラタニティ》だったの。だからローリーが訪ねたときにはもちろん家に招き入れて、親しげにシークレット・ハンドシェイクなんかしつつ旧交をあたため始めたのよ。あとはローリーの思うつぼだった。妻は最近、鬱状態で精神科に通っている。そろそろ入院させたほうがいいんじゃないかと考えているって話して、ふたりに信じこませたわ」

「あなたを病院に押しこめようとしたの？」

「いま以上に状況が悪くなることもあるんだと、わたしにわからせたのよ」残りの部分は話さなかった。家に連れ戻されたあとキッチンの大理石のカウンターに叩《たた》きつけられたせいで、肋骨《ろっこつ》が二本折れたことなんかは。

〝きみの自分勝手な行動には驚かされたよ。ちょっと喧嘩《けんか》をしたくらいで、ぼくが母から受け継ぎ、苦労して築きあげてきたものを平気で壊そうとするなんて。どんな夫婦も喧嘩くらいするものだろう、クレア〟彼はそう言いながら、最高級の調理器具や高価な素材で作られたカウンタートップがそろうキッチンをぐるりと示した。〝見てみろ。ほかにいったい何がほしいんだ。きみをかわいそうだと思う人間なんていやしない。きみの言うことを信じる人間もね〟

彼の言うとおりだった。世間の人々は、ローリーには誰からも敬愛された進歩主義の上院議員マージョリー・クックのカリスマ性あふれる息子でいてほしいのだ。夫に何をされたか、わたしは誰にも言えなかった。どれだけ声を張りあげても、マージョリーのひとり息子に愛情を抱く人々の耳には届かないのだから。

「わたしが見ているものを、世間の人たちは絶対に見ようとしない」

「本当にそう思っているの？」

「キャロリン・ベセットがジョン・F・ケネディ・ジュニアに殴られたと訴えたとして、この国の人たちは信じたかしら？」

ペトラは目を見開いた。「何を言っているの？ いまは#MeToo運動が広まっている時代なのよ。こぞって彼女を信じたに決まってるじゃない。FOXニュースやCNNで特別番組だって組まれたでしょうよ」

わたしは乾いた笑いをもらした。「そんな理想的な世界だと信じることができたら、ローリーにされたことを訴えられたと思う。でも現実は、そんな戦いを挑む気にはとうていなれない。いったん始めたら何年も生活のすべてを捧げることになるし、たとえ勝利に終わったとしても死ぬまで続くダメージを負うに決まっているもの。わたしはただ、自由になりたいの。世間からも彼からも」ローリーを糾弾する声をあげるのは、世間の人々が寛大な心で優しく受けとめてくれると信じて深淵《しんえん》に踏みだすようなものだ。けれどもこれまでの年月で、人々は少しでもローリーに近づくためならわたしが落ちていくのを笑顔で見守るのだということを思い知らされてきた。この世界では金と権力があれば無敵だ。

ゆっくりと息を吸い、蒸気が体の隅々まで行き渡るのを感じる。「ローリーから逃げた場合、そのあと絶対に見つからないようにしなくちゃ。マギー・モレッティがどうなったか、あなたも知っているでしょう？」

蒸気のせいでペトラの顔はぼんやりとしか見えないが、目つきが険しくなるのがわかった。「マギーの身に起こったことに、彼が関係していると思っているの？」

「何を信じればいいのか、いまのわたしにはまったくわからないのよ」

それから一年かけて、ペトラと一緒に失踪計画を練った。バレエの舞台を作りあげるよりも念入りに。間違いなど起こりようがないというところまでひとつひとつの手順を慎重に検討して決め、いまわたしは間近に迫った決行のときをじっと座って待っている。音をたてて吐きだされた蒸気のせいで、シーダー材のベンチに並んで座っているペトラがかすかな影のようにしか見えない。「今朝、全部送ってくれた?」彼女にきいた。

「〝親展〟と書いて、フェデックスで送ったわ。明日の早朝にはホテルに届くはずよ」

集めたものを自宅に隠しておくなどという危険を、わたしは冒せなかった。メイドか、最悪ダニエルに見つかるかもしれない。だからすべて――ローリーからくすねた四万ドルとニコに用意してもらった新しい身元で作った各種書類――をペトラに保管してもらっていた。

「国のシステムが新しくなったせいで、作るのが前より難しいんだ」車に乗ってニコに会いに行ったとき、ロングアイランドにある大きな自宅のダイニングルームでそう言われた。ハンサムな男性に成長したニコには、妻と三人の子どもがいた。屋敷の門のところにふたり、玄関にふたりボディーガードがいるのを見て、ローリーとニコはあまり変わらないのではないかという気がした。ふたりともファミリーを新たなルールで二十一世紀へと導くべく舞台に押しあげられた、選ばれし息子だ。彼らは親世代をうわまわる功績をあげることを期待されている。あるいは最低限、すべてを失わないことを。

わたしはニコがテーブルの上を滑らせてよこした分厚い封筒を開け、作ってもらったミシガン州発行の免許証とパスポートを取りだした。どちらもアマンダ・バーンズ名義でわたしの顔写真がついている。そのほかに社会保険カードと出生証明書、それからクレジットカードも入っていた。

「こいつでなんでもできる」ニコが免許証を持ちあげて光を当てると、表面についているホログラムが見えた。「投票も納税も源泉徴収票の記入も。おれが使っている男の腕前は最高だから、これは本物と同じだ。同じレベルのものを作れるやつはほかにひとりしかいないし、そいつはマイアミに住んでいる」ニコはクレジットカードを差しだした。支払い口座はわたしの新しい名前で開いたシティバンクの口座になっている。「口座は先週ペトラが用意した。明細書の郵送先もペトラの住所だ。落ち着いたら住所を変更すればいい。このカードを使わずに新しいのを作ってもいいが、扱いには気をつけろ。誰かに身元を盗まれたくはないだろう?」

自分で言った冗談に笑う顔に、高校時代の彼が垣間見えた。ランチタイムにわたしとペトラの横でサンドイッチを食べながら数学の宿題をしていた彼の顔にはすでに、期待されている将来の重圧の影が差していた。

「ありがとう、ニコ」一万ドルが入った封筒を彼に渡す。これは半年かけてあちこちから少しずつ集めて隠しておいた現金の一部だ。こっちから百ドル、あっちから二百ドルというふうにあらゆる機会を逃さずに集めた現金は、毎日ジムのペトラのロッカーにしまった。すべての準備が整う日まで、保管しておいてもらうために。

ニコが真顔になる。「先に言っておく。もし何かトラブルが起きたとしても、これ以上は手を貸せない。ペトラもだ。きみの夫にはおれたちを、おれたちの生活を危険にさらすだけの力がある」

「わかっているわ。もう充分に助けてもらった。感謝してる」

「本気で言っているんだ。些細なことから、新しい人生が過去の人生とつながって、そうしたらすべてが崩壊する」ニコは暗い色の目をそらさずに続けた。「いったん始めたら引き返せない。何があっても絶対に」

「ローリーが乗る予定の飛行機は十時頃に飛び立つわ」わたしはペトラに言った。

「小包に手紙も入れておいてくれた？　ホテルを出る十分前になって、備えつけの便箋にもう一度書くなんていやだから」

ペトラはうなずいた。「ほかのものと一緒にちゃんと入れたわ。デトロイトから出せるように、切手を貼って宛先も書いて。手紙にはなんて書いたの？」

ローリーが追ってくる可能性を完全につぶすために膨大な時間をかけて文章を練り、何枚もの下書きを廃棄した。「出ていくって書いたわ。今度は絶対に見つからないところへ行くって。わたしたちは友好的に別れたことを発表してほしい、わたしのほうからコメントを発表することもマスコミのインタビューに答えることもないって」

「彼はその手紙を、上院議員への立候補を発表する一週間前に受け取ることになるわけね」

苦々しい笑みが浮かぶ。「上院議員選のあとまで待つべきだった？」

新しい人生に乗りだすための資金が充分に確保できると、すぐに逃亡に最適な機会を探した。グーグルのカレンダーを調べてカナダかメキシコとの国境に近い街へわたしひとりで行く予定がないかどうか見てみると、デトロイト行きの予定があった。クック・ファミリー財団が資金援助をしている〈世界市民〉という社会正義のための特別認可スクール《チャーター》を訪問するのだ。午後に施設を見学し、そのあと出資者たちとディナーをとることになっていた。

ベンチの背にもたれ、蒸気越しに天井を見あげながら逃亡計画の手順を最後まで復唱する。「お昼くらいに現地空港に到着。学校でイベントが始まるのは二時だから、まずホテルへ行って小包を回収し、どこか安全な場所に隠す」

「レンタカーの営業所には電話してあるわ。ミズ・アマンダ・バーンズが明日の夜十二時くらいに小型車を借りに行くって。タクシーは拾える?」

「滞在先のホテルの通りをちょっと行ったところに、ヒルトン・ホテルがあるの。そこから乗るわ」

「真夜中にスーツケースを持ってホテルを出ていくところを、誰かに見られないかしら。つけられて、ローリーに連絡されたら?」

「その可能性はないと思うわ。最低限の着替えと現金だけが入る大きさのリュックサックを買ったから。あとのものは全部置いていくつもり。ハンドバッグや財布も」

ペトラはうなずいた。「あなたのクレジットカードでトロントのWに部屋を予約しておいたから、必要なら泊まって」

わたしは暑さでぼうっとしてきて、目をつぶった。それともこれは、細部に至るまで計画どおりに進めなければならないことへのプレッシャーからなのだろうか。この計画ではほんのわずかなミスも許されない。

こうしているうちにも時が過ぎ、引き返せない道へ最初の一歩を踏みだす瞬間が近づいてきている。計画したことをすべてなかったことにしたいという気持ちも、心の隅にはあった。デトロイトへ行って学校を訪問し、家に戻る。そしてサウナでペトラとおしゃべりをする日々を続けるのだ。けれどこれはようやく得たいまの生活から抜けだすチャンスで、ローリーが上院議員選への出馬を発表すればこんなチャンスは二度と来ないだろう。

「もう行く時間よ」ペトラの静かな声に、わたしは目を開けた。

「あなたにはどれだけ感謝してもしきれないわ」

「高校のとき、友達はあなただけだった。感謝なんかする必要はないのよ。むしろ感謝したいのはわたしのほうなんだから。今度はあなたが幸せになってちょうだい」ペトラが体を包んでいるタオルを巻き直し、輝くような笑みを浮かべるのが蒸気越しに見えた。

こうしてサウナでペトラと会うのが最後だなんて信じられなかった。こうしておしゃべりをするのが最後だなんて。ここは聖域のようだった。薄暗く静まり返った空間に、逃亡計画を練るわたしたちのささやきだけが響くこの場所は。明日は誰がここで彼女と座るのだろう？　あさっては？

決行の時が間近に迫ってくるのをひしひしと感じる。歩みだしたら最後、その先に待つ結果からはどうあがいても逃げられない。それは進んでいくだけの価値があるものなのだろうか。よりよい未来なのだろうか。もうすぐクレア・クックは存在しなくなる。完璧すぎる鎧は輝くかけらとなって砕け散り、捨て去られるのだ。その下に何があるのかは、わたしにもわからない。

わたしが消えるまで、あと三十三時間。

クレア

二月二十一日（月曜日）
墜落事故前日

わたしは十五分遅れで、センター・ストリート識字率向上協会の事務局の外で待っていたダニエルと合流した。「黙っていてね」すでにローリーに三回はメールを送っているだろうとわかっていたが、いちおう口にする。

彼女を従えて中に入り、本の紹介《ブックトーク》や筆記のワークショップが行われる広い共用スペースを突っ切った。この時間は生徒や講師でごった返しているが、これがローリーだったらまわりの反応はまったく違うのだろう。人々は興奮してささやき交わし、彼女を見つめながらあとずさりして道を空けるに違いない。でも、わたしに目を向ける人はひとりもいない。ローリーがいなければ、わたしはここを行き交うどこにでもいる人間のひとりにすぎなかった。そしてその事実は、もうすぐわたしに有利に働くことになる。

共用スペースの奥にある階段をあがって協会の事務局内の会議室に足を踏み入れると、すでに全員がそろっていた。

「お越しいただきありがとうございます、ミセス・クック」会長があたたかい笑みで迎えてくれる。

「こんにちは、アニータ。さっそく始めましょうか」わたしが座ると、ダニエルはすぐ後ろの席についた。最初の議題は八カ月後に行われる毎年恒例の資金集めパーティーで、わたしが姿を消したずっとあとに行われるイベントに熱心に取り組むふりをするのは難しかった。そこで次の会合の様子を想像して、気を紛らせた。みんなはわたしがどうやってローリーから逃げたのかとか、結婚生活に問題があるそぶりはまったく見せなかったとか、前回の会合では笑顔だったのにそのすぐあとに姿を消したらしいとか、あれこれ言いあうのだろう。〝いったいどこに行ったのかしら？　完全に姿を消すのは難しいでしょうに、誰にも見つけられないなんて不思議よね〟といった具合に。誰が最初にマギー・モレッティのことを言いだすだろうか？　そしてそこにいる全員が抱いているであろう疑問を、たとえその場限りであろうと口にするのは誰だろう？　〝本当にただ出ていっただけだと思う？　もしかしたら彼女の身に何かあったのかも……〟と。

ローリーがマギー・モレッティのことを打ち明けたのは、三回目のデートをしたときだった。

「何があったのか、みんながぼくにきくんだ。最初から最後まで悲劇としか言いようのない出来事だったし、いまでも完全に乗り越えられたとは言えない」彼は脚を組んで椅子の背にもたれ、グラスを取ってまわしたあとワインを口に含んだ。「ぼくたちは喧嘩ばかりしていたが、あるときマギーが週末にふたりきりで静かに過ごしたいと言いだした。街で生活しているとどうしても避けられない雑音から離れ、きちんと話しあってもう一度気持ちを通じあわせたいからと。だが場所を変えたくらいでは何も変わらず、同じことの繰り返しだった」彼の声が低くなり、レストランの喧騒が遠ざかるのを感じた。感情のこもった声から生々しい心の痛みが伝わってきて、ローリーが嘘《うそ》をついているかもしれないなんて当時のわたしには思いもつかなかった。「結局、もうたくさんだと思ったぼくは、ひとりで立ち去った。車に飛び乗って、マンハッタンへ戻ったんだ。それから数時間後、別荘の近所に住んでいる人がうちが燃えているのを発見し、911に通報した。マギーは階段の下で倒れているのが発見されたが、翌朝警察から連絡があるまでぼくは何も知らなかった。当時、新聞には載らなかったが、検視によって彼女が煙を吸っていることが確認された。つまり、火事が起きた時点でマギーは生きていたということだ。彼女を置いて帰ってしまった自分を、絶対に許せないよ。一緒にいたら助けられたのに」

「どうしてあなたがかかわっていると思われたの?」

ローリーは肩をすくめた。「そのほうがおもしろいからだろう。それは理解できるし、マスコミを責めるつもりはない。父は『ニューヨーク・タイムズ』を決して許さなかったが。あのとき母が生きていなくてよかったよ。もし生きていたら、有権者の動向を心配しなければならないところだった」苦々しい口調にわたしは驚いたが、彼はすばやく立ち直った。「だが一番の悲劇は、マギーの記憶がゆがめられてしまったことだ。ぼくのせいで、彼女の名前は間違った理由で人々の記憶に焼きついている。みんな、彼女の人となりではなく死にざまを覚えているんだ」ローリーは後悔に沈んだ目をわたしたちの横にある窓に向けた。煙るような霧雨を通して見る夜のニューヨークの通りは、明かりが宝石のようにきらめいていた。追憶からわれに返った彼は、ワインを飲み干した。「警察は自分たちのすべき仕事をしただけだから、恨んではいない。彼らはやらなければならないと感じたことをしただけだとわかっているし。結局は真実が認められて、ぼくは幸運だった。いつもそうなるとは限らないからね。だがそれでも、あのときの経験はつらいものだった」

ウエイターが近づいてきて、伝票を挟んだ黒いフォルダーをローリーの前に静かに置いた。明らかに会話が途切れるのを待っていた様子のウエイターにローリーがあたたかい魅力的な笑みを向けたのを見て、わたしの心臓はどきりと跳ねた。そしてかつてマギー・モレッティに向けていたのと同じ気持ちをわたしに向けてほしいと、切ない思いを抱いたのだった。

「ミセス・クック、今年も入札式競売《サイレントオークション》を仕切っていただけないでしょうか？」センター・ストリート識字率向上協会の会長であるアニータ・レイノルズが長いテーブルの端から問いかけた。

「もちろんやらせていただきます。金曜日にもう一度集まって、どなたに寄付をお願いできるか話しあいましょう。デトロイトに行かなければならない予定がありますが、それまでには戻りますから。二時でいかが？」アニータがうなずいたので、共有しているグーグルカレンダーに予定を書きこんだ。書きこんだ予定は後ろに座っているダニエルのｉＰａｄや、自宅にあるローリーのパソコンにも即座に反映される。わたしは自分がいなくなったあとまでさまざまな約束を入れ、計画を立て、花を注文し、覚えておくべき事柄としてカレンダーに記入した。これらのひとつひとつが行方をくらます際に役に立ち、わたしはクック・ファミリー財団が支持する数多くの重要な理念のために尽くす献身的な妻だったと人々に信じさせてくれる。

あと三十一時間。

家に戻って着替えをしに二階へあがると、ジムに行っているあいだにダニエルがわたしの荷物を詰め直していたことに気づいた。わたしの好きな流行の服は取り除かれて、エレガントなスーツに九センチのハイヒールというローリーが好む組みあわせになっている。

わたしは寝室のドアの鍵をかけてクローゼットに入り、ロングブーツの中に潜ませておいたナイロン製のリュックサックを出した。先週、スポーツ用品店で現金で買ったものだ。それをなるべく平らにして、ファスナーで取り外せるスーツケースの内張りの下に滑りこませる。それから、隠してあった服を一枚一枚取りだした。ぴったりしたダウンジャケット、数枚の長袖Tシャツ、ニューヨーク大学《NYU》のロゴが入ったベースボールキャップ。キャップはホテルのロビーに設置されている防犯カメラから顔を隠すために購入した。最後に、棚のいつもの場所からお気に入りのジーンズを取りだして、すべてをダニエルが詰めた服の下に入れる。これらはこの先二日間ほど過ごすのにぎりぎり必要なもので、引き出しやクローゼットからなくなっていても怪しまれないぎりぎりの分量の着替えだ。わたしはスーツケースのファスナーを閉めてドアの横に置くと、ベッドに座り、鍵のかかった部屋にひとりでいられる安心感に束の間《つかのま》浸った。

いま自分がここにいることが、ひどく不思議に思えた。故郷から遠く離れ、かつてわたしがこうなるだろうと思っていた自分とまったく違う人間になっていることが。ヴァッサー大学で美術史を専攻し首席で卒業したわたしは、誰もが働きたいと願う〈クリスティーズ〉で職を得た。

でもあの頃は、毎日が孤独でつらかった。母とヴァイオレットが死んでから、わたしは悲しみにのみこまれないように感情を麻痺《まひ》させ、必死に生きてきた。だからローリーと恋に落ちたときには、永い眠りから覚めたようだった。同じように悲しみを抱えて生きてきたローリーは、わたしが失ったものを理解してくれた。思い出にからめとられて窒息しそうになり言葉が出なくなるというのがどういうことか、わかってくれた。そういうときは痛みが引いて固まっていた体が動くようになるのを、じっと待つしかないのだということを。

鍵をかけたドアの外の廊下から話し声が聞こえてくるが、低くくぐもっていて何を言っているのかはわからなかった。彼らがいつ入ろうとしてもおかしくないのだと思うと、緊張した。鍵をかけていたことがわかれば、また怒られてしまう。〝きみが部屋に入るたびに鍵をかけていたら、彼らは仕事ができないじゃないか、クレア〟と。

一階で玄関のドアが閉まる音がしたあと、ローリーの声が響いてきた。わたしは髪を撫《な》でつけて十まで数え、不安と緊張を表情から消そうとした。あとひと晩、なんとか自分の役を完璧に演じてやり過ごさなければならない。

「クレア！　帰っているのか？」ローリーが廊下で声を張りあげている。

わたしは深呼吸をして、寝室のドアを開けた。「ええ、ここよ」

あと二十八時間。

「ジョシュアは、今学期はどうなんだ？」夕食の席でワインを注《つ》いでいるシェフのノーマに、ローリーがきいた。

ノーマはうれしそうに笑って、ローリーの斜め前にボトルを置いた。「順調にやっています。でも、あんまり連絡をくれないんですよ」

ローリーは笑い、ワインを少しだけ口に含んで味を見たあとうなずいた。「残念ながら、子どもというのはそういうものだ。来学期も優等生名簿に載ることを期待していると、ジョシュアに伝えてくれ」

「はい。ありがとうございます。親子ともども感謝しています」

ローリーはなんでもないというように手を振った。「役に立ててうれしいよ」

何年も前にローリーは、屋敷で働いている使用人の子どもや孫の大学の学費を払うと決め、その結果、彼らの主人に対する忠誠心は飛躍的に高まった。彼とわたしが大声で喧嘩していても、わたしがバスルームで泣いていても、聞かなかったふりをするくらいに。

「クレア、このワインを飲んでごらん。すごくおいしいよ」

わたしは彼に逆らうようなばかな真似《まね》はしなかった。結婚したばかりの頃、何気なく返したことがある。〝発酵したブドウ果汁って味ね〟

ローリーは何も聞こえなかったかのように表情を変えないまま、手を伸ばしてわたしのグラスを取りあげ、床に落とした。粉々になったグラスからこぼれた赤ワインが堅木の床をテーブルの下の高価なラグに向かって広がり、ガチャンという音を聞きつけたノーマがキッチンから駆けつけた。

〝クレアは本当に不器用だな。そこが好きなんだけどね〟彼はテーブル越しに手を伸ばしてわたしの手を握った。

しゃがんで床を片づけていたノーマが、なぜテーブルから一メートル近く離れたところでグラスが割れているのかいぶかるように見あげたが、黙って夕食を食べ始めたローリーを前にしてわたしは言葉が出なかった。

ノーマはワインを吸ったタオルを持ってキッチンに引っこんだかと思うと、代わりのグラスを持って戻り、ワインを注ぎ直した。彼女の姿が見えなくなると、ローリーがフォークを置いて言った。〝これは四百ドルするワインなんだ。もっとちゃんと味わわないと〟

いまもローリーに見つめられながら、わたしはグラスを持ちあげてワインを少しだけ口に含んだ。だけどどんなに感覚を研ぎ澄ましても、ローリーが褒めていたオークの風味もバニラの香りも感じられなかった。「おいしいわ」

明日からは、ビール以外飲むつもりはない。


夕食後、わたしたちはローリーのオフィスに行って彼の机を挟んで座り、明日のディナーの席でわたしがするスピーチの内容を確認した。わたしの膝の上のノートパソコンには、共有のグーグルドキュメントで作成したスピーチ原稿が表示されている。グーグルドキュメントはローリーのお気に入りのプラットホームで、彼はすべてにこれを使う。わたしたちが作業しているものを、リアルタイムでチェックできるからだ。作業をしているといきなり画面にローリーのアイコンが表示されて、彼もこのドキュメントを見ているのだとわかる。

また、ローリーと長年の個人秘書であるブルースはこれを使って痕跡を残さずに連絡を取っていた。共有するドキュメント上であれば、メールやテキストメッセージ、電話などの手段を使いたくない内容をやり取りできる。彼らがそうしていることは、〝それについてはドキュメントに書きこんでおいたから〟とか、〝ドキュメントを見てくれ。情報を更新した〟というふたりのやり取りからわかった。わたしの失踪についても、ふたりはドキュメント上で話しあうはずだ。行き先を推測し、痕跡を追うための計画を練るだろう。つまりドキュメントは、ローリーとブルースだけが入れる秘密の小部屋のようなものなのだ。そこでなら、ふたりは誰にも知られたくない事柄を自由に話せる。

わたしは目の前のことに意識を戻し、スピーチをする予定の集まりについて質問してイベントの成功にエネルギーを集中させた。オフィスの隅にはブルースもいて、ドキュメント上のスピーチ原稿にわたしたちが話しあった内容をつけ加えていっている。画面上に彼の名前とともに表示されているカーソルと魔法のように現れる言葉で、その様子がつぶさにわかった。彼が打ちこんでいる言葉を見つめながら、わたしは考えこんだ。ローリーがわたしにしていることを、ブルースはどの程度知っているのだろう。ローリーの秘密をすべて知っている個人秘書が、これだけ知らないわけがない。

打ちあわせが終わると、ローリーが言った。「マスコミに来週の記者会見についてきかれても何も言うんじゃない。笑顔で流して、話題を財団のことに戻してくれ」

ローリーの出馬表明への世間の期待が、耐えがたいほどに高まっていた。二日おきに新しい噂《うわさ》が流れ、多くのメディアがローリーが母親の遺志を継いで立候補するのではないかと憶測をめぐらせている。

党を超えて交渉する手腕と、もっとも保守的な議員をも中道寄りの政策に同意させられる能力を持ったマージョリー・クックは、ヒラリー・クリントンやジェラルディン・フェラーロよりずっと前から大統領選への出馬がささやかれていた。しかしローリーが大学に入学した年に結腸癌で亡くなり、彼の心には母親の形をしたふさがることのない穴がぽっかりと開いた。代わりにそこに巣くった不安と怒りは折に触れてふくれあがり、ローリーはそれを彼の政界進出と母親を結びつけようとする人間に容赦なくぶつけた。

「記者会見については、詳しいことをまだ教えてもらっていないわ」わたしは机の上を片づけて帰り支度をしているブルースの動きを目の端で追いながら、どちらにともなく言った。ブルースはペンを一番上の引き出しに戻したあと、ノートパソコンをケースに入れてバッグにしまっている。

ブルースが出ていくと、ローリーは椅子の背にもたれて脚を組んだ。「今日はどうだった？」

「まあまあよ」神経質になったときの癖で、左足を揺らしてしまう。ローリーがそれに目をとめ、眉をあげるのを見て、わたしは気持ちを抑えて絨毯を踏みしめた。

「センター・ストリート識字率向上協会の会合に行ったんだろう？」ローリーが伸ばした両手の指先を合わせた。わたしはネクタイを緩めてくつろいだ格好の彼を、遠い人を見るような気持ちで眺めた。かつて愛していた男性。目のまわりに刻まれた笑い皺《じわ》は、わたしたちが幸せな時間を分かちあった証《あかし》だ。でも、その皺は怒りによっても刻まれる。暴力は彼の中に見ていたいい部分をすべて消してしまった。

「ええ。毎年恒例の資金集めパーティーが八カ月後にあるの。そのことはダニエルがまとめて明日あなたに提出すると思うけど。それで、またサイレントオークションを仕切ることになったわ」

「ほかには?」ローリーの声は落ち着いていたものの、肩がこわばっているのを見て何かがおかしいと感じた。何年も彼の声の調子や表情の裏にあるものに神経を研ぎ澄ましてきたわたしの本能が、警告を発している。

「ないと思うけど」

「そうか」ローリーはそう言うと、気持ちを集中させるようにゆっくりと息を吸った。「ドアを閉めてくれるかい?」

わたしは脚から力が抜けるのを感じながら、のろのろとドアへ向かった。これから何をしようとしているか、ローリーにばれたのではないかと思うと怖くてたまらなかったが、パニックに陥らないように一歩一歩足を運んだ。戻ってきて椅子に座り直し、恐怖が顔に出てしまわないように抑えながら、穏やかな好奇心をたたえた表情を作る。彼がなかなか口を開こうとしないので、こちらから声をかけた。「何か気になることでもあるの?」

ローリーの目が冷たい光を帯びる。「ぼくをばかだと思っているのか?」

とたんに舌が凍りつき、瞬《まばた》きすらできなくなった。頭が真っ白になって何も言えず、なんとか落ち着いて言い返さなければと必死に言葉を探す。彼が何を見つけたのだとしても、うまく言い逃れなくてはならない。服だろうか。少しずつくすねたお金だろうか。ペトラと会っていたことだろうか。これまでに用意したものをなげうっていますぐ逃げだしたいという衝動を抑え、室内の光景が映っている暗い窓に目を向けて言葉を絞りだした。「なんの話をしているのかしら?」

「また遅刻したそうだな。理由を聞かせてもらおうか」

こわばっていた体から力が抜け、わたしはゆっくりと息を吐いた。「ジムに行っていたのよ」

「ジムから協会の事務局までは八百メートルもないだろう」ローリーが眼鏡を外して椅子の背に寄りかかると、デスクランプの光から外れて顔が陰になった。「何を隠している?」

ローリーの疑いがふくれあがる前に打ち消すため、感じてもいない彼への愛情を声にこめた。「何も隠してなんかいないわ。二時半から始まるスピンバイクのクラスに出たから遅れちゃったの」

「誰と出た?」

「どういう意味? インストラクターが誰か知りたいの?」

「とぼけるな」ローリーが険しい声で言った。「しょっちゅうジムに行っているじゃないか。最近は毎日だ。相手はトレーナーか？　ばかばかしいほど典型的だな」

「トレーナーはつけていないわ」急に唾が干上がって、口の中がねばついた。「ひとりでウエイトトレーニングをして、トレッドミルで走り、スピンバイクのクラスに出るだけよ。終わったあと、疲れたからサウナに入ってしばらくぼうっとしていたら時間を忘れてしまったの。それだけ」どうにか平静な顔を保ったが、殴られる恐怖から肘掛けを握る手に力が入ってしまった。ローリーの視線がそこに向いたのを感じて、懸命に力を抜く。彼は立ちあがって机の横をまわると、隣の椅子に座った。

「これから目がまわるくらい忙しくなる」ローリーはウィスキーをすすった。「来週からは、世間の目がぼくたちに集中するんだ。スキャンダルは許されない」

今度こそ彼を納得させるひと言を見つけようと、激しく考えをめぐらせた。「大丈夫。心配する必要はないわ」

ローリーは体を寄せて唇をかすめるようにキスをすると、ささやいた。「そう言ってもらえてうれしいよ」

十一時頃になってようやくローリーがベッドに入ってくると、わたしは眠っているふりをして、彼の息遣いがゆっくりと規則正しくなるのを待った。一時になったのを時計で確認し、ベッドから抜けだす。出ていく前にどうしても手に入れなければならないものがあった。途中、ナイトテーブルの上の充電器に置いてあるローリーの携帯電話を取り、足音を潜めて暗い廊下に出た。電話がかかってきたりメッセージが送られてきたりして、彼が目を覚ましたら困る。

わたしたちが住んでいるタウンハウスは上質なダークウッドの床や壁からも、分厚いラグの感触からも、名門一族が所有する富がいかに莫大《ばくだい》かが伝わってくる。こんなふうに真夜中にうろつくのは初めてではなかった。こうしているときだけ、ここが自分の家だと感じられる。誰にも視線を向けられることなく部屋から部屋へと最後の真夜中の散歩をしていると、悲しさがこみあげた。この家を出るのがさびしいわけではない。ここは贅沢《ぜいたく》な監獄も同然だった。悲しいのは、かつての自分を思うからだ。簡単には割り切れない。名前とアイデンティティを失うというだけでなく、一度は自分が望んだ生活を捨てるのだ。どんな夢でも、それが終わるときは最後にもう一度あらゆる角度から眺めて別れを惜しむものだと思う。

五番街に面した大きな窓のあるリビングルームを抜けると、ダニエルのオフィスのドアが見えた。わたしがいなくなったら、彼女はどう思うのだろう。ちゃんと見張っておかなかったのかと責められたら？　機会はあったのにわたしを助けられなかったと、やましさを感じることはあるだろうか。

狭い廊下を進んで、自分のオフィスに向かう。ペンシルベニアの実家よりも高価であろうトルコ製の絨毯とどっしりしたマホガニー製の机が置かれた小さな部屋。これからは、そんな恐ろしく高価なものなどない普通の家を作りたい。壁にペンキを塗り、鉢植えの植物を置いて水をやる。セットではないばらばらの皿と、割れても面倒な手続きを経て同じものを注文する必要のない普通のグラスがほしい。

夜中に自分のオフィスにひとりでいるはずなのに、誰かに見られているような気がして振り返った。頭の中をのぞかれ、これから何をしようとしているのか見抜かれているように感じる。耳に痛いほどの静寂の中で、二階上のフロアでいまにも足音がするのではないかと神経を集中させたが、いつまで経っても入り口に人の姿は現れず、心臓がどきどきと打つ音ばかりが耳につく。

わたしは机の一番上の引き出しから、ローリーが全員で共有できるドキュメントを使って作業しようと言いだすまで使っていたUSBメモリを取りだした。そのときふと、壁にかけてある母と妹のヴァイオレットの写真に目がとまった。ローリーと出会って進む道ががらりと変わる前、大学に入学するため家を出る前に撮ったものだ。

〝ピクニックに行くわよ〟ある土曜日の午後、母がキッチンの入り口に立って突然宣言した。ソファに座ってテレビで『トワイライトゾーン』の一挙放映を見ていたヴァイオレットとわたしは行きたくなかった。でも、母は譲らなかった。〝クレアがいなくなっちゃうまで、もう何回も週末はないのよ。愛する娘たちと外で過ごしたいわ〟あのとき、地元の州立大学ではなくヴァッサーに行くと決めたことにまだ腹を立てていたヴァイオレットは、わたしをにらんだ。

その三年後、ふたりは死んでしまった。

母と電話で話してから一時間も経たないうちに事故は起こった。ヴァイオレットとピザを食べに行くところだからいまは話せない、戻ったら電話すると言った母の声がいまも耳に残っている。あれから何度も、話をもっと引き延ばしていたらふたりはまだ生きていただろうかと考えてしまう。あるいはわたしが電話をかけなければ、飲酒運転の車が突っこんでくる前に交差点を通り過ぎていたのではないかと。

夢の中では、わたしもふたりと一緒にいる。ワイパーの音が響く車内で母がラジオから流れてくる音楽に合わせて歌い、ヴァイオレットにやめてよと言われてふたりで楽しそうに笑う。ところが、それが急変する。耳障りな音をたててタイヤが道路を滑り、金属と金属がぶつかってガラスが割れる。蒸気がしゅーっと吹きだす。そして静寂が訪れる。

笑っているヴァイオレットと、その奥にぼんやりと写っている母を見つめた。写真を壁から外し、スーツケースに詰めた服のあいだに入れてお守りとして持っていきたい。でもそうするわけにはいかないのだと思うと、逃げるという決意がくじけそうになった。

写真の中で永遠に八歳のまま笑っている妹は、このあとほんの何年かしか生きることができなかった。わたしはまぶしい笑顔から視線を引きはがすと、ローリーの広々としたオフィスに向かった。彼のオフィスは木製パネルの壁の上部に本棚が作りつけられていて、大きな机が威圧感を放っている。机の上に置かれた電源の切られている黒っぽい色のパソコンの横を通り過ぎ、その後ろにある本棚へ向かう。そこから赤い本を引き抜き、できた隙間に手を差し入れて手探りで小さなボタンを押す。すると本棚の下の木製パネルが小さな音をたてて開いた。

メモを取っているのはダニエルだけではないのだ。

パネルをさらに開いて、中からローリーの二台目のノートパソコンを取りだす。ローリーは証拠となるようなものを残さない。レシートやちょっとしたメモ、写真さえも処分する。〝紙は簡単に行方がわからなくなってしまう。きちんと管理するのが難しすぎるんだ〟と彼は言っていた。だけど、このパソコンの中にはすべてが隠されている。内容を確認する必要はない。重大な秘密でなければ、こうして隠したりしないはずだ。おそらく修正していない財団の収支、彼が流用している資金、秘密のオフショア勘定といった財政記録が入っているのだろう。このハードドライブをコピーできれば、たとえローリーに居場所がばれるようなことがあっても対抗できる。

手紙に何を書こうと、ローリーは必ず全力でわたしの行方を追うに違いない。ペトラとは、死んだことにしたほうがいいのではないかと話しあったこともある。遺体が見つからないような事故を偽装してはどうかと。でも、それはまずいとニコが反論した。〝そんなことをしたら大々的に報道されて、身を隠すのが難しくなる。彼のもとを去ったことにしたほうがいい。多少のゴシップにはなるだろうが、そのうち騒ぎはおさまる〟

ノートパソコンを立ちあげると、パスワードを入力する画面になった。ローリーはわたしのパスワードをすべて知っているけれど、わたしは彼のパスワードをひとつも知らない。でも、彼がパスワードを自分でどこかに記録しておくような面倒なことをするはずがないのはわかっていた。それはブルースの仕事で、彼の机にしまわれた小さなノートに記されている。

何週間もブルースを観察して、ローリーが必要とするときに彼が緑色のノートをめくってパスワードを打ちこむところを何度も目撃した。それがわかると、ローリーのオフィスのすぐ外にあるテーブルで花を生けたり部屋の入り口でハンドバッグの中を探るふりをしたりしながら、ブルースが日中と夜、それぞれどこにノートをしまっているかを確認した。

わたしは部屋を横切ってブルースの机まで行き、奥に手を伸ばした。そして小さな引き出しを開くレバーを動かすと、ノートはその中にあった。ノートを出してすばやくめくり、口座番号や各種サービス——ネットフリックスやHBOやアマゾン——のパスワードを飛ばして先に行く。一分一秒が貴重だと思うと、指が震えた。

ようやく終わりのほうに、探していたものを見つけた。〝マックブック〟これだ。そこに書かれた数字と文字をノートパソコンに打ちこむと、ログインできた。画面の上部に一時半と表示されているのをちらりと見てUSBメモリをポートに差し、そこにパソコンの中のファイルを移す作業を開始する。残りのファイル数がゆっくりと減っていく。わたしはふたたびドアに目を向け、パジャマ姿で秘密のパソコンの中身をコピーしているのを見つかって、すべての計画が終わりを迎えるところを想像した。

そうなったらローリーに何をされるかは考えないようにしても、目に怒りを燃え立たせた彼にあっという間に距離を詰められ、ふたりきりになれる寝室へと引きずっていかれる場面がどうしても頭に浮かんでしまう。わたしはごくりと唾をのんだ。

頭上のどこかでかすかな音がした。床がきしんだような音は足音だろうか。胸の中で心臓がどくどくと打ち、額に汗がにじんだ。静かに廊下に出て耳を澄まし、パニックを抑えながら息を止めてさらに音がしないか探る。何分かそうしていたが家の中は静まり返ったままだったので、パソコンの前に戻って早く終わるように念じながら画面を見つめた。

ブルースのノートに視線が向いた。ここに書きとめられているパスワードを使えば、ローリーの生活のあらゆる部分をのぞける。彼の予定表やメールやドキュメントにアクセスして、ふたりの動向を探れるのだ。わたしの失踪を受けて彼らがどんな話をしているのか、わたしを探しているのか、どこを探すのかがわかれば、彼らの一歩先を行くことができる。

もう一度廊下に出て様子を確かめて戻ると、ぱらぱらとノートをめくった。数ページ戻るとローリーのメールのパスワードがあったので、ブルースの机から黄色い付箋を取ってきて写す。それと同時にファイルのコピーが終わった。玄関の時計が二時を打つのを聞きながらＵＳＢポートに差してあるＵＳＢメモリを抜き、パソコンを隠し場所に戻す。パネルを閉めてかちりと音がするのを確認してから、本棚に赤い本を戻した。何か痕跡を残していないか、最後に部屋を見まわす。

大丈夫だと納得して、自分のオフィスに戻った。そこで、あとひとつやらなければならないことがある。

そっと椅子に座ると、脚の裏側に当たる革が冷たく感じられた。自分のノートパソコンを開き、立ちあげたままだったデトロイトでのスピーチ原稿を閉じる。これでみんなのパソコンの共有ドキュメントからわたしのアイコンが消えたはずだ。次にメール画面からもログアウトした。Ｇｍａｉｌのホームページに戻ると、一分ほどそのまま、玄関の置き時計の針の音だけがかすかに響く静けさに浸った。深呼吸を二回繰り返して気持ちを鎮め、計画の失敗につながりかねないすべての不測の事態を思い浮かべて対処法を確認する。時計を見て、夜中の二時に起きてくる人間などいないと自分に言い聞かせた。ブルースもダニエルもローリーも、絶対に起きてこない。何度も考えたことだが、もっと小さな家だったらと思ってしまう。これほど壁が厚くなく、人の足音を吸収する絨毯も敷かれていなかったら。ローリーの寝息が聞こえて眠っていると安心できるくらいこぢんまりした家だったら。でも彼は二階上の寝室で寝ているし、わたしはこれをすませてしまわなければならない。

彼のメールアドレスを打ちこみ、付箋を見ながら慎重にパスワードを入力した。リターンキーを押すと机の上に置いておいたローリーの電話が鳴り、画面に警告が表示された。〈別のデバイスからあなたのアカウントにアクセスがありました〉という文を左にスワイプして消してから自分のパソコンに向き直ると、ローリーのメールの受信トレイが表示されていた。ずらりと並んだ新着メールの一番上に表示されているのは、いましがた受信した警告メールだ。それを削除し、ゴミ箱の中身も削除する。

彼の個人用フォルダーに目を走らせ、ずらりと並んでいる中から〝会議メモ〟という名前がついたドキュメントをクリックする。何が現れるのかと息を止めて見守ったが、すでに翌日用にリセットされていて白紙だった。明日の夜、わたしはカナダのどこかに身を潜めて、ローリーとブルースがこのドキュメント上でわたしの失踪についてやり取りするのをこっそり見守っているだろう。いや、それだけではない。彼らが誰にも知られることはないと思って交わす会話を、これからわたしはすべて知ることができる。

文書の上部に、〈最終編集は五時間前、ブルース・コーコランが行いました〉と記されている。編集履歴を知りたくてそこをクリックすると、画面の右側に長いリストが出てきた。だが〈三時五十三分、ローリー・クックがコメントを追加しました〉や〈三時五十五分、ブルース・コーコランがコメントを追加しました〉などと時間が表示されるだけで、内容はわからない。画面の下までリストをたどると〝修正を表示〟のボックスにチェックが入っていないのを発見してチェックを入れたい衝動に駆られたが、カーソルを持っていったものの結局クリックしなかった。大事なのは、こうしてログインできたということだ。

そこで今度はノートパソコンの設定画面を開き、自分以外は誰もアクセスできないようにパスワードを変えた。

すべての作業を終え、ノートパソコンの電源を落として階段をのぼる。寝室に戻ると、ローリーは眠っていた。彼の携帯電話を充電器の上に戻し、USBメモリと彼のパスワードをメモした付箋を持ってマスターバスルームに行く。そこで化粧ポーチから携帯用の歯ブラシ入れを取りだし、プラスチック製の細長いチューブをひねって開け、安っぽい歯ブラシをゴミ箱に捨てた。代わりに付箋を巻きつけたUSBメモリを入れ、ふたたびもとどおりに閉めてフェイスローションとメイク用品の下にしまう。ポーチのファスナーを閉めると、わたしは鏡を見つめた。鏡の中のわたしは、ローリーが与えてくれた贅沢なものに囲まれている。大理石の洗面台や、小型車くらいある深い浴槽とシャワー。わたしが育った実家の狭いバスルームとは大違いだ。ヴァイオレットとわたしは朝どちらが先にバスルームを使うかでしょっちゅうもめていたので、しまいには母が鍵をかけられないようにしてしまった。〝うちでは朝バスルームを独占するなんていう贅沢をする余裕はないからね〟と言って。だから昔のわたしは、バスルームのドアに鍵をかけて好きなだけゆっくりと独占できるようになる日を夢見ていた。いまのわたしは、かつての不自由な生活に戻れるならなんでも差しだすつもりだ。三人が狭いスペースに入れ代わり立ち代わり出入りし、歯を磨いたりメイクをしたり髪にドライヤーをかけたりしていた生活に。

いまの生活は失っても少しも惜しくない。

わたしは明かりを消して寝室に戻り、そっとベッドに滑りこんだ。夫と眠るのはこれが最後だ。

あと二十二時間。

クレア

二月二十二日（火曜日）
墜落事故当日

あのあと眠れたらしく、わたしは目覚ましの音ではっと目を覚ました。瞬きをして眠気を払い、部屋の中を見まわす。太陽がすでにのぼり、ローリーが眠っていた場所は空っぽだった。時計を見ると七時半になっていた。

体を起こして不安を鎮め、興奮に身をまかせた。バスルームへ行ってシャワーの栓をひねり、鏡に映った顔が湯気で曇っていくのを見守る。カウンターの上の化粧ポーチの中を見てUSBメモリを確認し、手を触れられた形跡がないことに安心した。シャワーの下に入って熱い湯に背中を打たれていると、気分が浮き立ってきた。些細なミスからすべてが露見する恐怖に怯《おび》えながら一年以上かけて慎重に立てた計画が、ようやく決行の日を迎えたのだ。荷造りはすみ、必要なものはすべて準備できている。

ローリーはすでにいない。オフィスに行ったのか、何かの会合に行ったのか、どちらでも関係ない。あとは着替えて、二度と開けることのない寝室のドアを開けて出ていくだけだ。

手早くシャワーを浴びてお気に入りのローブをまといながら、わたしの心は何時間も先に飛んでいた。デトロイトへの静かなフライト、学校見学、夕食会と忙しい一日を過ごし、みんなが寝静まるのを待つ。ようやく自由になれるまでに必要ないくつもの行程をひとつひとつこなしていかなければならない。

寝室に足を踏み入れたとたん、メイドのコンスタンスがベッドの上にスーツケースを置いてファスナーを開いているのが見えて、立ちすくんだ。コンスタンスは下着の上に詰めてあった分厚い冬用の衣類を取りだしている。

わたしはローブの襟元をかきあわせた。「何をしているの?」コンスタンスの手元にあるスーツケースから目を離せなかった。彼女の手の動きを追いながら、内張りの下に隠してあるナイロン製のリュックサックが見つかることを覚悟する。デトロイトでのイベントにはまるでそぐわないブルージーンズや、誰も見たことがない長袖Tシャツやダウンジャケットも。

しかしコンスタンスは寒い季節用の衣類をクローゼットに戻しただけで、代わりにもっと薄い麻のワンピースやスラックスを出してきた。それから明るいピンク色のカシミアのセーターをベッドの上に置いたが、鮮やかな色は場違いだろうし、二月の朝の寒さの中で着るにはどう考えても薄すぎる。コンスタンスはわたしのほうを向いてにっこりすると、新しく出してきたものを詰め始めた。「ミスター・コーコランからお話があるそうです」

ブルースは廊下で待っていたらしく、自分の名前が出たのを聞いてすぐに入ってきた。けれども明らかにシャワーから出たばかりとわかる格好のわたしを見て、気まずそうな顔で足を止めた。「予定が変更になりました。デトロイトのイベントにはミスター・クックが出席するので、奥さまにはプエルトリコへ行ってほしいそうです。あちらにハリケーン被害の救援活動をしている人道支援グループがあって、財団で援助するのにぴったりだとか」

世界の軸がぐらりと傾いたような気がした。体が地球の中心へと強く引っ張られる。

「なんですって?」

「ミスター・クックはすでにデトロイトへ向かっています。ダニエルと一緒に、今朝早く出発しました。あなたを起こしたくないとおっしゃって」

コンスタンスがスーツケースのファスナーを閉め、ブルースの横を通って廊下に出ていった。

「奥さまが乗る飛行機はジョン・F・ケネディ空港から十一時に出発します」

「JFK空港？」動揺して、思わずきき返してしまう。

「ミスター・クックが自家用機を使われたので、奥さまにはヴィスタ航空の便を予約しなければなりませんでした。カリブ海のほうでは天候が悪化しているらしく、全便欠航になる前の最後の便です。運よく席が取れました」ブルースは腕時計を見た。

「着替えをされるあいだ、部屋の外で待っています。九時までに空港に着くようにお送りしなければなりませんので」

ブルースがドアを閉めると同時に、わたしはベッドの上にへたりこんだ。頭がぐるぐるまわっていて何も考えられない。あれほど慎重に立てた計画が、ほんの何時間か眠っているあいだに泡と消えてしまった。四万ドルの現金も、ニコに手配してもらった偽造IDも、ローリーに宛てた手紙も、ペトラのこれまでの助力もすべて無駄になった。用意したものはみんなデトロイトに送られていて、ローリーが小包を開けた瞬間にわたしの計画は露見する。

どうにか着替えをすませ、わたしたちは高級セダンの後部座席に乗りこんで空港へ向かった。ローリーがそばにいるときよりほんの少しぞんざいな口調でブルースが行程を説明しているのを適当に聞き流し、どうにかしてこの事態をひっくり返せないかと必死に考えをめぐらせた。

携帯電話が鳴ったので見ると、ローリーからのメールだった。

〈ぎりぎりで予定を変更して悪かった。ぼくたちはホテルまであと五分くらいのところだ。向こうに着いたら電話してほしい。あたたかい気候を楽しんでくれ。こっちは二度もないくらい寒いよ〉

つまり、彼はまだ知らないのだ。もしかしたら、なんとかする時間があるかもしれない。携帯電話をきつく握って、車が速く進むように念じる。一刻も早く空港に着いて、どうすべきか考えたい。

「奥さまにはサンフアンに滞在していただくことになります」ブルースが携帯電話に表示した行程表を見ながら言う。「〈カリブホテル〉に二泊取ってありますが、三泊に延ばすことも可能だとダニエルが言っていました。金曜日に入っている会合はキャンセルするそうです」

彼に視線を向けられ、わたしは黙ってうなずいた。ちゃんと声が出る気がしなかった。早くペトラに電話してどうすればいいか相談したいと、体じゅうの神経が悲鳴をあげている。けれど、空港に着くまで待たなければならない。まわりが見知らぬ他人ばかりになるまで。

空港に着いて車をおりるわたしに、ブルースはもう一度念を押した。「ヴィスタ航空の四七七便ですよ。搭乗券は携帯電話に送ってありますし、あちらの空港に迎えが来ているはずです。質問があれば、ダニエルに電話してください」

背後の車がなかなか動きださないのを意識しながら、わたしはヴィスタ航空のチェックインカウンターがある広い出発ロビーの入り口の自動ドアに向かった。ブルースの視線に動じることなく普通に歩くよう、自分を叱咤《しった》しながら進む。手荷物検査場の入り口には折り返しながら続く人の列がいくつかあり、そのうちのひとつの最後尾につきながら携帯電話のロックを解除した。メールをスクロールしてダニエルがこの前送ってきたデトロイトの行程表を探し、そこに書かれているホテルに電話する。

「〈エクセルシオールホテル〉でございます」女性が出た。

「こんにちは」懸命に落ち着いた感じのいい声を出す。「今晩そちらに泊まる予定だったんだけど、行けなくなってしまったの。それで、今朝そちらで受け取るはずだった小包を別の場所に送り直してもらいたいのだけれど」

「かしこまりました。お名前を教えていただけますか」

ほっとして胸の奥が緩み、大きく息を吐いた。まだなんとかなる。小包をカリブに送ってもらって、そこから逃げればいい。「クレア・クックよ」

「まあ、ミセス・クック！　小包はすでに配達されていましたので、先ほどご主人にお渡ししました。まだ十分も経っておりません」ローリーと会った興奮がまだ冷めやらないといった感じで、彼女がうれしそうに言った。

わたしは携帯電話を握りしめた。血の気が引いて視界に黒い点が浮かび、体が傾きそうになるのを必死で踏みとどまる。ローリーはきっと活気あふれる様子でホテルに到着し、まっすぐ部屋に向かっただろう。これから彼はメールのチェックをしたり、電話でやり取りしたり、スピーチ原稿に目を通したりするはずだ。その途中のどこかで、ふとフェデックスの小包の存在を思い出す。わたし宛であっても彼は気にしない。すぐにそれを開け、まずきっちりまとめられた現金に気づくだろう。次に表書きのない封筒を手に取って、新しい名前で発行された免許証やパスポートやクレジットカードを見る。彼の視線が〝アマンダ・バーンズ〟という名前からわたしの写真へと動くのが目に浮かぶようだ。最後に彼は、ニューヨークの住所と彼の名前が表に書かれた手紙を開く。すべてを説明する手紙を。

「ミセス・クック?」女性の声でわれに返った。「ほかにも何かございますか?」

「いいえ、結構よ」ささやくのが精一杯だった。電話を切って、どこかに逃げ道がないかと全力で考えをめぐらせた。どこかほかの場所へ行ってもいい。航空会社のカウンターで、マイアミかナッシュビル行きの航空券を買うのだ。でも、それでは記録が残ってしまう。痕跡を消すために使おうと用意した現金は、すべてデトロイトにある。ローリーのところに。

連絡先のリストをスクロールして、ようやく目的の名前を見つけた。パーク・アベニューの〈ニナズネイルサロン〉。そこにペトラの番号を記録してある。

ペトラは三回目の呼び出し音で出た。

「もしもし、クレアよ」急にまわりが気になって声を潜め、事情を説明した。「ローリーが計画を変更したの。わたしはプエルトリコへ行かされることになったわ。代わりに、彼がデトロイトにいる」声がかすれる。いまにもパニックにのみこまれそうだった。

「まあ、なんてこと」ペトラがささやいた。

「あっちのホテルに電話したら、もう小包をローリーに渡したって」ごくりと唾をのむ。「どうしよう」

じりじりと進む列に合わせて、わたしも動いた。携帯電話の向こうではペトラが黙って考えこんでいる。「外に出てタクシーをつかまえて、ここへいらっしゃい。何か考えつくまで、一緒にいればいいわ」

あと二、三人でわたしの番だ。一分ごとに選択肢が狭まっていく。ローリーは小包の中身を見たらすぐに、すべての共有口座をわたしが戻るまで凍結するだろう。前に彼から逃げようとしたときの記憶がよみがえった。このままでは、ローリーと家で向きあうことになる。逃亡を企てた証拠をわたしの目の前にずらりと並べて、彼が何をするかは明らかだ。もしかしたら彼はわたしの立てた計画を逆手に取り、手紙に書いたとおり離婚を発表してわたしのプライバシーを尊重するよう世間に求めるかもしれない。つまりわたしは自ら彼に遺書を託してしまったということだ。

「近すぎるわ。誰かがわたしを見かけて、ローリーに知らせるかもしれない」

「わたしが住んでいるのはダコタよ。それにわたしの許可がなければ、誰もここには入ってこられない」

「ダコタにはローリーの友人が三人いるわ。彼はこれまでのわたしの生活を隅から隅まで調べあげる。銀行のキャッシュカードやクレジットカードの履歴や携帯電話の通話記録を調べれば、必ずあなたとニコにたどり着く。そして、あなたのところに隠れているわたしに」列の前で、制服を着た運輸保安局の係員が並んでいる人々をすいているX線検査装置へと振り分けている。あと三人でわたしだ。「プエルトリコに行って身を隠すほうが、チャンスはあると思う。ハリケーンのあとでまだ混乱しているから現金での支払いが多くなっているだろうし、あれこれ質問されたりもしないはず」手持ちの現金がほとんどない状態で逃亡生活を送るのがどれほど難しいか、ペトラには言わなかった。しかも島国では脱出ルートが限られる。なんらかの手助けがないと絶対に成功しない。だから二度と助けを求めないと約束したとわかっていても、頼まざるをえなかった。「ニコはあっちに伝手《つて》があるかしら」

ペトラは音をたてて息を吐き、しばらく考えこんだ。「あると思うわ。ニコはわたしを自分の仕事関係の人たちとはなるべくかかわらせないようにしているから、よく知らないけど。でも、とうてい善人とは言えない人たちよ。それにいったん彼らにあなたを託せば、ニコはもう簡単には手を出せなくなる。それでもいいの？」

黒っぽい色の車が頭に浮かんで、胸の中がひやりと冷たくなった。冷酷な男の顔と、縛られ鎖につながれた女たちでいっぱいのじめじめした部屋が頭に浮かぶ。コンクリートの床にはでこぼこでしみだらけのマットレスが無造作に散らばっている。でもわたしは、怒りにゆがんだローリーの顔を想像した。今度ふたりきりになったとき、彼に何をされるかを。あやうくわたしに逃げられるところだったせいで、彼は激しい屈辱と怒りを感じているだろう。

「ニコに電話して」

「宿泊する予定のホテルの名前は？」

現地での滞在先を伝えると、ペトラがペンを探して引き出しの中をかきまわしている音が聞こえた。

「わかったわ。そこに連絡が行くように手配する。連絡があったらすぐに動けるようにしておいて」

これからのことを考えると、恐怖で体が震えた。ニコはもう一度助けてくれるだろうか。そしてわたしは、彼に助けてもらいたいと思っているのだろうか。

迷っているわたしをよそに、ペトラはしゃべり続けている。「ATMを見つけて、おろせるだけ現金をおろすのよ……念のために」

いつの間にか、列の先頭まで来ていた。わたしが電話を切って、荷物をベルトコンベアーに置くのを係員が待っている。「もう行かなくちゃ」

「落ち着いて行動してね。なるべく早く連絡するから」

わたしは電話を切った。悪夢の中に迷いこんでしまったような気がして、不安があとからあとからこみあげる。三百六十度、どこを見ても危険しかない。

エヴァ

二月二十二日（火曜日）
ニューヨーク、ジョン・F・ケネディ空港
墜落事故当日

せっぱつまった女性の声はすぐにわかった。〝もしもし、クレアよ〟と言った声は、涙をこらえるようにしゃがれていた。エヴァは思わず耳をそばだて、危機に直面してパニック寸前になっている彼女の言葉を聞いた。この女性も逃げているのだ。エヴァと同じように。

あたりを見まわすと、保安検査に向かう人々がひしめいていた。大きなスーツケースをいくつも持った家族がいるが、搭乗口で預け入れることになるだろう。後ろにいるカップルは空港に向かうのが遅くなったことをひそひそと言い争っている。エヴァはあちこちに視線を向け、誰かに注目されていないか確認した。明らかに動揺した様子で電話をしている女性とその前にいる物静かな女に目をとめたり、聞き耳を立てたりしている者はいないだろうか。

クレアという彼女の名前が、頭の中に響いている。エヴァは別の空港で購入してからまだ丸一日も経っていないプリペイド式の携帯電話に見入っているふりをしながら、さりげなく彼女に近寄って観察を始めた。鮮やかなピンク色のカシミアセーターに上質な仕立てのパンツとおしゃれなスニーカーを合わせた細身の女性で、バッグは高価なバーキンを持っている。きれいに梳《と》かしつけた暗い色の髪は肩までの長さだ。

「プエルトリコに行って身を隠すほうが、チャンスはあると思う」エヴァはひと言も聞きもらすまいと身を寄せた。「ハリケーンのあとでまだ混乱しているから現金での支払いが多くなっているだろうし、あれこれ質問されたりもしないはず」

〝混乱している〟という言葉を聞いて、エヴァは鼓動が速くなるのを感じた。それこそまさにエヴァが求めているものだ。プエルトリコに行けば、彼女の問題は解決する。そして、その鍵となるのがクレアだ。

ふたりが列の先頭に到達すると、運輸保安局の係員がエヴァに左側のＸ線検査装置のほうへ行くように指示したあと、クレアを何本か右の列に向かわせた。エヴァもそっちへ行こうとしたが勝手に動かないようにさえぎられ、従わざるをえなかった。焦りを感じながらクレアの鮮やかなピンク色のセーターを目で追い、先にＸ線検査装置を通り抜けて荷物を回収し、人混みの中へと消えていく彼女の背中を見送る。

エヴァはまわりを押しのけて進みたいのを、懸命にこらえた。朝からずっと待っていたクレアを見失うわけにはいかないのに、前にいる老人が何度も引っかかって、なかなか通過してくれない。赤いランプがつくたびにいらだちがこみあげ、無理やり駆け抜けたくなった。

老人はポケットからひと握りの小銭を出して一枚一枚丁寧に数えながらトレイに置くと、ようやく装置を通り抜けた。

エヴァはコートと靴をトレイに入れ、ハンドバッグとダッフルバッグをベルトコンベアーに乗せると、息を止めて金属探知機をくぐった。何事もなく通過したので急いで脱いだものを身につけ、携帯電話をつかんで荷物を持つ。ピンク色のセーターを探してすぐにコンコースに目を走らせたが、クレアの姿はどこにもなかった。

一瞬、ショックで目の前が暗くなる。クレアが別の便のチケットやバスの切符を買ったりレンタカーを借りたりすれば、痕跡を残すことになる。そうしたら痕跡をたどられ、行き先がどこでも見つかってしまう。

エヴァは人々の群れを見渡した。飲食店の前を通るたびに歩みを緩め、売店に差しかかるたびに隅々まで目を向けた。やがて前方にモニターが見えてきたので、サンフアン行きの便の搭乗口を確認することにした。クレアはそこから遠くないところにいるはずだ。

ところがバーの前に差しかかったとき、暗い窓越しに、鮮やかなピンク色のセーターが視界に飛びこんできた。クレアはグラスを前に置いてひとりで座り、忙しく行き来している人々に油断のない目を向けている。まるで天敵を警戒する野生動物のようだ。

エヴァはクレアから目をそらして歩き続けた。見知らぬ他人に助けを申しでられても、受け入れるはずがない。だから正面からぶつかるのではなく策を弄して接触しようと、エヴァは計画していた。まず書店に入って雑誌を手に取り、クレアが少し落ち着くまで読んでいるふりをした。

ちらりとクレアをうかがうと、グラスを口に運んでいる。

しばらくして、エヴァは雑誌を戻した。書店を出て駐機場に面した大きなはめ殺しの窓のほうへ進み、途中で左に折れてクレアが座っているところに向かう。そして彼女の少し手前まで来たところでつながっていない携帯電話を耳に当て、怯えているような声を作ってしゃべり始めた。クレアの横を通るとき、座っているスツールにわざとダッフルバッグをぶつける。

「どうしてあの人たちはわたしと話したがっているの？」

クレアの隣に座りながら言う。エヴァに背を向けるように姿勢を変えた彼女は、いらだっているようだ。

「彼に頼まれたことをしただけなのに。もう助からないとわかって、彼と話しあったのよ」エヴァは片手で両目を覆って、この六カ月の出来事に思いを馳《は》せた。多くの危険を冒し、多くのものを失った。作り話を本当だと思わせるため、そのときに感じたものをいま呼び起こさなくてはならない。「だって彼はわたしの夫で、愛していたんですもの」カウンターの上に手を伸ばして紙ナプキンを取り、嘘泣きと気づかれないようにすばやく目に当てる。「痛みに苦しんでいたのよ。誰だってそうしたと思う」エヴァは電話の相手の話に耳を傾けるようにしばらく口をつぐんでから続けた。「わたしには話すことは何もないって、あの人たちに伝えて」携帯電話を耳から離し、つながっていないのに通話を切るふりをして震える息を吐く。

それからバーテンダーに合図した。

「ウォッカトニックをちょうだい」クレアを意識しながらつぶやく。「こうなることはわかっていたわ。こんなにすぐだとは思わなかったけど」

バーテンダーが置いたグラスを口に運ぶと、体をそむけるようにして座っているクレアが身じろぎをした。そのこわばった姿勢を見たら、話しかけられる人間はほとんどいないだろう。だがエヴァは目をきつく閉じていまにもパニックに陥りそうな様子を作り、息を荒らげた。ぎりぎり手が届かないところにある紙ナプキンに手を伸ばして、クレアに肩をぶつける。するとエヴァのもくろみどおり、クレアが紙ナプキンを取ってくれた。

「ありがとう。ごめんなさい。いまちょっと気持ちに余裕がなくて。せっかく静かなひとときを楽しんでいるのに、邪魔をしてしまったわね。実は……」口にする勇気を奮い起こすように、言葉を切る。「つい最近、夫を亡くしたの。癌で」

クレアは目を合わせようとせず、しばらくためらっていた。「それは……大変だったのね」

「十八年間一緒にいたのよ。高校生のときからつきあっていたから」エヴァは音をたててはなをかみ、グラスの中身を見つめた。「彼の名前はデイヴィッド」酒をもうひと口飲み、口に入った氷を頰の内側に押し当てて激しく打っている心臓が鎮まるように念じながら、しばらく間を取る。流れるような勢いでまくし立てたら、怪しまれてしまう。嘘はゆっくりと慎重に紡がなければならない。ひとつの嘘をのみこませてから、次に取りかかるのだ。「夫はひどい痛みに苛《さいな》まれて、見る影もなくなってしまった。そんな夫をこれ以上見ていられなかったの」クレアの頭に死にかけた男の姿が浮かぶだけの時間を置く。「だから、夜はわたしがつき添うと言って看護師を家に帰したわ。賢いやり方じゃないわよね。でも賢く立ちまわる余裕なんてなかった。ずっと愛してきた夫が衰えていくのを見ていなくちゃならなかったんですもの」エヴァは人々が行き交う広い通路にうつろな視線を向けた。「当然、あの人たちは疑問を抱いたってわけ。どうしようもない。逃げられないわ」

なんでもいいから、エヴァにはクレアと同じように誰にも知られずに姿を消さなければならない理由が必要だった。真実以外の理由が。

クレアがエヴァのほうにほんの少しだけ向きを変えた。どうやら興味を引かれたらしい。たった三センチだけれど、充分だ。

「あの人たちって誰？」クレアがきいた。

エヴァは肩をすくめた。「検視官とか、警察とか」身ぶりで電話を示す。「いまのは夫の担当医。あの人たちがいろいろときききたいから一週間以内にダウンタウンへ来いって、みんなに言っているんですって」エヴァは窓の外の駐機場を見つめた。「ダウンタウンでいいことなんて起こりっこない」

「ニューヨークに住んでいるの？」

エヴァはクレアに視線を戻し、首を横に振った。「カリフォルニアよ」口をつぐんで息を吸う。「夫が亡くなったのは三週間前。それ以来、毎朝起きるたびに彼はもういないんだと思い知らされて。ニューヨークに来れば、少しましになるかと思ったの。まわりの景色がまったく違うところに身を置けば」

「そうなった？」

「イエスでもあり、ノーでもあるわ」エヴァは苦笑してみせた。「どっちもって答えもあり？」

「たぶん」

「大切なものなんてもうないわ。夫は死んでしまったし、仕事も看病のために辞めてしまった。わたしたちにはお互いしかいなかったの。ふたりとも家族がいなかったから」エヴァは深く息を吸って、これまで口にした中でもっとも真実に近いセリフを吐いた。「この世界でわたしはひとりぼっち。だから帰りたくない。あと一時間で飛行機は飛ぶのに、どうしても乗る気になれないのよ」

エヴァはハンドバッグの中からオークランド行きの便の搭乗券を出して、カウンターの上に置いた。これはクレアの気を引くための切り札だった。その気にさせるための。

「別の場所へ行ってもいいのかもしれないわ。貯金はあるし。行ったことがない場所行きのチケットを買い直して、そこで新しい生活を始めるの」そう決めたことで胸の重しが取れたかのように、スツールの上で背中を伸ばした。「どこに行くべきだと思う？」

クレアが静かに言った。「すぐに見つかってしまうわ。どこへ行っても、必ず跡をたどられるはずだから」

考えこむように少し間を置いてから、エヴァは返した。「完全に行方をくらますことは、できると思う？　まったく跡を残さずに消えることは？」

クレアは答えなかった。ふたりは黙ったまま、人々が搭乗口や手荷物受取所へと向かうのを見つめた。誰とも目が合わないように急ぎ足で歩いていく旅行者は自分のことに夢中で、バーに並んで座っているふたりの女など目に入ってもいない。

子どもの泣き声が近づいてきて、いらだった様子で泣いている娘の手を引いている母親が通り過ぎた。「ハッチンス先生の宿題の本を読むまで、『ファミリー・ゲーム／双子の天使』は見せないわよ。もう百回は見てるじゃないの」

クレアが親子の姿を目で追っているのを見て、エヴァは言った。「若い世代がリンジー・ローハンの出演作を楽しんでくれているとわかってうれしいわ」グラスを傾けて続ける。「彼女の映画、ほかにもあったわよね。なんだったかしら。母親と娘の中身が入れ替わってしまって、そのまま一日過ごすって話。見たことある？」

「『フォーチュン・クッキー』ね。妹が大好きだったわ」クレアが言い、グラスの内側をじっと見つめた。

エヴァは心の中で十まで数えた。本当にしたい話をできるところまで、ようやく漕《こ》ぎつけた。「ねえ、誰と入れ替わりたい？　誰になってみたい？」

クレアはゆっくりと振り向いてエヴァと目を合わせたが、何も言わなかった。

「『フォーチュン・クッキー』みたいなことが起これればいいのに」エヴァは遠くに思いを馳せているような、ぼんやりとした口調を作った。「別の人間の体に入って、まったく違う生活をするの。中身はわたしのままなんだけど、誰ひとりとしてそれに気づかない」

隣でグラスを持ちあげるクレアの手が、かすかに震えている。「わたしはプエルトリコへ行くことになっているの」

エヴァは、さっきから飲んでいるアルコールがようやく体をめぐり始めておなかの奥があたたかくなり、四十八時間前から硬くこわばっていた部分が緩むのを感じた。

「いい季節よね」

クレアは首を横に振った。「行かないですむなら、なんでもするわ」

エヴァは黙ったまま、クレアが自ら詳しいことを話すかどうか見守った。エヴァが考えている計画には危険がともなう。クレアがそれでもいいと思えるくらい追いつめられているのかどうか、見極める必要があった。グラスの氷をまわして溶かし、透明なウォッカトニックと混ざっていくのを見つめる。グラスの縁に添えられているライムは、つぶれてしなびていた。

「どうやらわたしたち、ふたりとも『フォーチュン・クッキー』が必要みたい」

エヴァにはわかっていることがふたつあった。ひとつ。これはクレアのアイデアだと思わせなければならない。ふたつ。今後二度と嘘をついたり人をだましたりしたくない。だますのはこれが最後だ。

クレアはカウンターの上に置いてあるエヴァの搭乗券を取って、じっと見つめた。

「オークランドってどんなところ?」

エヴァは肩をすくめた。「別に特別な場所じゃないわ。だけどわたしが住んでいるのはバークレーなの。バークレーの人たちはちょっと普通じゃないかも。もしあなたがテレグラフ・アベニューをトランペットを吹きながら一輪車で駆け抜けても、誰も振り返らない。そういうところよ。みんなどこか変わっているから、簡単に埋もれてしまえる」

バーテンダーが近づいてきた。「ほかにも何かお持ちいたしますか？」

クレアが初めてほほえんだ。「いいえ、ふたりとももう結構よ」それからエヴァに向かって言った。「ついてきて」


バーを出たふたりは肩を並べて人混みの中を進み、女子トイレの前に延びている列に加わった。次々に空いてもクレアは後ろに並んでいる人たちを先に行かせ、車椅子用の個室が空くとようやくエヴァを連れてそこに入った。

ドアを閉めて鍵をかけたあと、クレアが声を潜めて話しだした。「完全に行方をくらますことはできると思うかって、さっききいたわよね。方法はあると思う」

便器の水を流す音、手洗い用の水を使う音、発着便の案内をするスピーカー越しの声がひっきりなしに響いてくる。クレアはハンドバッグの中から携帯電話を取りだし、Eチケットを表示してエヴァに渡した。

「お互いの航空券を交換したら、わたしたちがそれぞれの便に乗った記録は残るわ。でもプエルトリコに着いたところでわたしの痕跡は消えるし、オークランドではあなたの痕跡が消える」

エヴァはそんなにうまくいくわけがないと疑うような表情を作った。簡単に同意してくれては怪しまれる。「正気なの？　どうしてわたしのためにそんなことまでしてくれるの？」

「あなたのためだけじゃなくて、わたしのためにもなるから。わたしは家に帰れない。だけど、プエルトリコで行方をくらませられるようなスキルもない」

エヴァはぱっと顔をあげた。「どういうこと？」

「あなたが心配する必要はないわ」

エヴァは首を横に振った。「もしこの計画を進めるなら、わたしがどういう状況に身を置くことになるのか教えてもらわなくちゃ」

クレアは個室のドアに視線を向けた。「わたしは夫のもとから逃げだす計画を立てていたのよ。でも計画どおりにいかなくて、夫にばれてしまった。だから急いで身を隠さなくてはならないの……」

「どうして？　彼は危険な人なの？」

「わたしにとってはね」

エヴァはどうしようか迷っているように、クレアの携帯電話に表示されたEチケットを見つめた。「ちっとも顔が似ていないのに、航空券の交換なんてできるのかしら？」

「大丈夫。もう保安検査は通過しているんだもの。わたしの搭乗券が表示された携帯電話を持っていれば、誰にも怪しまれないわ」エヴァを見つめるクレアの目は、追いつめられて強い光を放っている。「お願い。わたしにとってはこれが唯一のチャンスなの」

もう少しで手が届くと思ったものを目の前で奪われたらどうなるか、エヴァは知っている。絶望で目が曇り、手が届くものをとにかくつかんでしまうのだ。負の可能性などまったく見えなくなる。

単純な計画だった。ふたりは荷物を交換した。クレアは用意していたＮＹＵのキャップをかぶって髪を中に押しこみ、セーターを脱いでエヴァに渡した。「夫は、必ずすべての手掛かりを追うはずよ。今日のわたしの行動を分刻みで確認して、調べあげるわ。空港の保安検査の映像も含めて。だから搭乗券を交換するだけではうまくいかない」

エヴァはコートを脱ぎ、一瞬ためらってからクレアに渡した。内ポケットがついていてファスナーで開け閉めできるアーミーグリーンのフードつきコートは、長年愛用してきたお気に入りの一枚だった。

クレアはしゃべりながらそれを着た。「プエルトリコに着いたら、わたしのクレジットカードでお金をおろして。そして別の場所に行くチケットでもなんでもいいから、とにかくほしいものを買ってちょうだい。夫が追える痕跡を残すために」クレアは足元に置いたエヴァのダッフルバッグにパソコンのケースを入れた。次に化粧ポーチから携帯用のプラスチックケースに入った歯ブラシを出して、取り替えたばかりのコートのポケットに入れたのを見て、こんなときになぜ歯ブラシなのかとエヴァはいぶかしく思った。クレアは最後に自分の財布から現金を抜き取って別のポケットに入れると、財布をハンドバッグに戻してエヴァに差しだした。「でも急いだほうがいいわ。夫はカードを止めると思うから。暗証番号は三七一〇よ」

クレアの金は必要なかったが、エヴァはクレジットカードの入ったバッグを黙って受け取った。そして中身を調べもせず、せいせいした気持ちで自分のハンドバッグをクレアに渡した。とりあえず必要な現金は服の下につけているポーチにしまってあるし、残りは別の場所で彼女を待っている。

エヴァは実行の時が迫っていることを意識しながらピンク色のセーターを頭からかぶり、クレアが怖気《おじけ》づかないことを祈った。九十分後にはプエルトリコに向かう空の上だ。あっちに着けば、身を隠す方法はいくらでもある。外見を変え、できるだけ早く島を出るのだ。ボートや飛行機をチャーターするのに必要な現金は充分ある。クレアがどうなろうと知ったことではない。

一週間前にデックスと交わした会話を思い出す。バスケットボールの試合を見に行ったときにした何気ない話だ。〝偽のIDを手に入れる唯一の方法は、自分のものを進んで差しだしてくれる人間を見つけることだ〟というデックスの言葉を聞いたとき、エヴァはばかばかしさに笑いかけた。だがいま、まさにそのとおりのことが起ころうとしている。JFK空港の第四ターミナルにある車椅子用のトイレで。

自分のものになったばかりのコートのファスナーを指でもてあそんでいるクレアを、エヴァは見つめた。オークランドでは誰が彼女を待ち受けているのだろう。エヴァが愛用していたコートを着て空港の出口に現れたクレアを見て、彼らは一瞬目をとめるかもしれない。でも、それだけだ。クレアはエヴァではないのだから。

「できたらでいいんだけど、これには大切な写真が入っているの」エヴァはそう言いながら、プリペイド式の携帯電話を胸に押しつけた。「それに死んだ夫が残した留守番電話のメッセージも保存してある。だから……」この携帯電話には連絡先も写真もまったく入っていないどころか通話履歴も一件しかないことを、クレアに知られるわけにはいかない。エヴァはクレアの携帯電話を掲げた。

「でもあなたの携帯電話は、申し訳ないけどパスワードを無効にしてもらえると助かるわ。Eチケットを表示できるように。チケットは印刷して、携帯電話を持っていたいなら別だけど」

「そして夫に痕跡をたどられる危険を冒すの？　そんなのごめんよ」クレアは言い、設定画面を開いてパスワードを無効にした。「ちょっと電話番号だけメモさせてね」

エヴァはクレアがハンドバッグからペンを取りだして、古いレシートの裏に番号を書きつけるのを見守った。

そのとき、オークランド行きの便名がアナウンスされた。搭乗が始まったのだ。ふたりは恐れと興奮が入り交じった表情で視線を交わした。

「この便よね」クレアが言った。

自分の代わりにクレアがこの飛行機に乗りこんでカリフォルニアにおり立つところを、エヴァは想像した。そこで待ち受けているかもしれないものをまったく知らずに明るい陽光の中へと歩みでていく彼女の姿に、罪悪感を押し殺す。だけどクレアは意外と芯が強そうだし、頭がいい。なんとか切り抜けられるだろう。「わたしにやり直すチャンスをくれてありがとう」

クレアはエヴァを抱きしめて、ささやいた。「あなたもわたしを救ってくれたわ。この恩は絶対に忘れない」

そう言うと、彼女は行ってしまった。トイレを出て、空港の人混みに紛れる。防犯カメラには、グリーンのコートを着てNYUのキャップを目深にかぶった女性が新たな人生へと向かっていく姿が映っているはずだ。

エヴァはふたたびトイレのドアの鍵を閉め、ひんやりとしたタイルの壁にもたれた。朝から体じゅうを駆けめぐっていたアドレナリンが引き、手足から力が抜けて頭がふわふわする。晴れて自由の身と言うには早いが、これまでにないほど自由に近づいていた。

エヴァはそのままできるだけ長くトイレにこもり、クレアが太陽と競争するように西へ飛び、自由へと向かっているところを想像した。

「プエルトリコ行き、四七七便は搭乗を開始しました」頭上からアナウンスの声が聞こえると外に出て、順番待ちをする女たちの長い列には目もくれずに進んだ。鏡に映った自分をちらりと見て、落ち着いて見えることに感嘆する。本当は踊りだしたいくらいだった。クレアのピンク色のカシミアセーターの袖を押しあげて、すばやく手を洗う。新しいハンドバッグを肩にかけると、エヴァはコンコースに歩みでた。

搭乗口の近くまで行って立ちどまり、身についた習慣でまわりに目を走らせる。危険がないかあたりの状況を確認しなくても公共の場にいられるようになる日が、いつか来るのだろうか。見たところ誰もが自分のことで頭がいっぱいで、凍りつくように寒いニューヨークから早くあたたかい場所へ行きたいと気がせいているようだ。

いらだった様子の係員が口元にスピーカーを当てた。「今朝の便にはまだ空席がございます。キャンセル待ちのお客さまはいますぐチェックインカウンターまでお申しでください」

バカンス用のリラックスした格好の人々がなるべく早く乗りこもうと列に殺到したものの、係員がひとりしかいないため混乱状態になり、なかなか搭乗が始まらない。エヴァは騒々しい六人家族のそばに並んでいたが、ふいにハンドバッグの中でクレアの携帯電話が鳴りだし、好奇心に駆られて取りだした。


〈なんてことをしでかしてくれたんだ?〉

言葉そのものではなくそこから伝わってくる辛辣さに、エヴァは一瞬固まった。じりじりと冒してくる毒のような悪意が感じられる。間を置かずに今度は呼び出し音が鳴ったので、思わず携帯電話を落としそうになった。取らずに留守番電話に応対させたが、また鳴りだした。放っておいてもさらにまた鳴りだす。エヴァは搭乗ブリッジの様子をうかがい、自分の前に何人並んでいるか数えて早く進むように念じた。さっさと乗りこんで、ここから飛び立ちたい。

「なんで進まないのかしら？」後ろに並んでいる女性がきいている。

「機体の扉がちゃんと開かないみたい」

「ひどいわね」

エヴァの番になったので携帯電話を渡すと、係員はEチケットをちらりと見ただけで名前すら確認しなかった。返された携帯電話の電源をすぐに切ってクレアのハンドバッグの中に落とす。乗客たちの気ははやっているのに、列はじりじりとしか進まなかった。ようやくエヴァが搭乗ブリッジの入り口に到達したとき、突然、後ろにいた誰かのバッグがぶつかりハンドバッグを叩き落とされた。

一面に飛び散ったクレアの持ち物をしゃがんで拾い集めながら、エヴァはコンコースを振り返った。途切れることのない列にさえぎられて、搭乗口の係員は見えない。いまなら簡単に逃げだせるだろう。この便は満席ではないと言っていたから、彼女の席が空いていても気づかれないはずだ。搭乗券を読み取った時点で乗りこんだという記録は残ったし、クレアはすでにオークランドに向かっている。

乗らないという選択をするなら、いましかない。どうすればいいかはわかっている。列から外れて壁にもたれ、またしてもかかってきた電話に出るふりをするのだ。別の人生を送り、別の目的地へ向かっている別の人間になりすます。空港を出てブルックリンに行き、予約なしで受け入れてくれるヘアサロンを見つけて髪を茶色に染めればいい。それからクレアのＩＤを使って現金で航空券を買う。違う目的地へと飛ぶクレア・クックと同姓同名の人間がいても、ちっともおかしくないはずだ。そこに着いて姿を消せば、それ自体が意味のないことになる。

エヴァの行方は決してたどられない。

クレア

二月二十二日（火曜日）

飛行機が飛び立ってから一時間後、ようやく激しかった鼓動が鎮まって、何年かぶりに深く息を吸った。腕時計を見る。わたしが乗る予定だった飛行機は、いま頃何千キロも離れた大西洋上のどこかを飛んでいる。その飛行機がプエルトリコに着陸し、滑走路からターミナルへと進んでバカンスを過ごしに来た乗客たちを吐きだすところを思い浮かべた。誰にも気づかれずに、エヴァがみんなの横をすり抜けていくところを。ローリーはもう、小包の中身を見ているだろう。でも彼が探すのはクレア・クックかアマンダ・バーンズという名前の女で、エヴァ・ジェームズという名前は知る由もない。こんな幸運に恵まれるなんて信じられないくらいだ。

十三歳のときのある晩の記憶がよみがえった。わたしは家のポーチで母と座っていた。その頃、人気者の女子のグループに何週間も前からいじめられていて、彼女たちはわたしをつけまわしては残酷な言葉をささやき、廊下やトイレでひとりになったところを狙ってひどい言葉を浴びせてきた。母はあいだに入りたがったけれど、事態が悪化するだけだと思ったわたしは断った。〝どこかに消えてしまえればいいのに〟三歳のヴァイオレットが狭い庭を走りまわるのを見つめながら、わたしはつぶやいた。夕暮れのそよ風に吹かれて、薔薇《ばら》が揺れていたのを覚えている。

〝注意を怠らなければ、必ず解決へつながる道が見えてくるものよ。だけど、勇気がない人間にはそれが見えない〟そう言って母は、わたしの手をぎゅっと握った。あのときはわからなかったけれど、母はわたしが大人になったときのためによりどころとなる言葉をくれたのだと、いまならわかる。わたしは恐ろしいふたつの選択肢のあいだで身動きができなくなっていた。ローリーの怒りに立ち向かうか、わたしを助けるためにニコが差し向ける男たちに身を委ねるか、選べずにいた。そんなとき、エヴァが現れてジレンマから救いだしてくれた。

エヴァが失ったものを考え、これから彼女がどこへ行くとしても、そこで自分自身と折りあいをつけ、安らぎを得られるように祈った。街から遠く離れた辺鄙《へんぴ》な村にいる彼女の姿が頭に浮かんだ。海辺の小さな家に住む彼女の、日に焼けた肌ときれいなプラチナブロンド。きらきらと輝く髪が肩に流れ落ちるさまは、天から赦《ゆる》された証のようだ。過去のすべてを置いて新しい人生へと漕ぎだした彼女は、わたしがそうありたいと願う姿をしていた。

こんなわたしたちが出会うなんて、奇跡としか思えない。

体の中から喜びが泡のようにわきあがってきて、思わず小さく笑ってしまう。驚いて身じろぎをした隣の席の男性に謝り、わたしは窓のほうを向いて地上を見おろした。街を出て、景色はどこまでも続く農地に変わっている。それをぼんやりと眺めながら、ローリーとのあいだにどんどん距離が開いていくのを実感した。

六時間後、飛行機はオークランド空港に到着した。サンフランシスコ上空を旋回しているときにパイロットがベイブリッジやトランスアメリカ・ピラミッドといった名所を教えてくれたが、興奮したわたしはほとんど聞いていなかった。おりる順番を待つあいだ、周囲の人々の話し声を聞きながら目をつぶると、昔ヴァイオレットとよく遊んだ〝どっちがいい?〟ゲームを思い出した。ふたりで飽きずに何時間も、とんでもない究極の選択を考えたものだ。〝ゴキブリを十四食べるのと一年間毎日夕食がレバーなのとでは、どっちがいい?〟といった具合に。いまヴァイオレットとこれをやったらどんな選択を考えついただろうかと思い、わたしはほほえんだ。〝裕福だけど暴力をふるう男と結婚生活を続けるのと、お金も身分証明書もないけど別の場所で再出発するのとでは、どっちがいい?〟これだったら、簡単に選べる。
ようやく扉が開いて乗客が一列になって進み始めたので、わたしもそこに加わってキャップを目の上まで引きおろした。空港を出て防犯カメラのないところへ行くまでは、顔を見られないようにしなければならない。まずするべきことは、ペトラに電話をかけてオークランドにいると伝えることだ。それから、よけいな質問をされない安いモーテルを見つける。現金は四百ドルしか持っていないので、賢く立ちまわらなければならない。

　機外に出ると、ほかの乗客から離れて公衆電話を探した。ところが搭乗口を抜けたあたりで、周囲の様子がおかしいことに気づいた。妙にしんとしていて、バーやレストランのテレビの前に人が集まっている。

　何かあったのだ。

〈チリーズ・グリル・アンド・バー〉の外に集まっている人々に近づいて、伸びあがって前をのぞいた。テレビではケーブル局のニュースを流しているが、音量は抑えられている。画面の中で沈痛な表情の女性がしゃべっていて、〝国家運輸安全委員会《NTSB》上級広報担当官ヒラリー・スタントン〟という肩書と名前が表示されているのが見えた。わたしは画面の下部の字幕に視線を移した。

墜落の原因は現段階では不明

画面がスタジオに切り替わると、字幕の黒い文字で隠れていたニュースの見出しが見えた。

四七七便が墜落

見間違えたのだと思って、もう一度読む。

四七七便は、わたしが乗る予定だったプエルトリコ行きの飛行機だ。

人々を押し分けて前に出た。画面にさらに字幕が表示される。今度はキャスターの言葉だ。

当局は墜落の原因については言及せず。ただし生存者はいないだろうと示唆している。四七七便は九十六人の乗客を乗せて、プエルトリコに向かっていた。

画面に機体の残骸が浮かんでいる洋上のライブ映像が映しだされる。

足元の地面が揺らいだような気がして、よろけたわたしは隣の男性にぶつかってしまった。彼は肘をつかんで支え、倒れないことを確認してから手を離した。「大丈夫かい?」

わたしは彼を振り払い、人々を押しのけて逃げだした。テレビの画面を見ているのが耐えられなかった。エヴァの記憶はまだ鮮明だ。彼女の声も、トイレの個室に入ってドアを閉めたときに浮かべた笑顔も、ありありと思い出せる。

顔を伏せてコンコースを進んだが、あちこちにあるテレビがすべて事故を報じていると思うと、吐き気がこみあげてきて何度も苦い唾をのみこんだ。

ようやくトイレの横にある公衆電話を見つけて、メモ代わりのレシートを震える指で取りだした。それを見ながらペトラの番号を打ちこむと、一ドル二十五セントを入れるようガイダンスが聞こえてきたので、わたしはエヴァの財布から二十五セント硬貨を五枚出して一枚ずつ挿入口に入れた。

心臓が激しく打っているのを感じながら待っていると、呼び出し音が鳴る代わりに録音されたメッセージが流れた。〝お客さまがおかけになった番号は、現在使われて

おりません〃

早く連絡を取ろうと焦りすぎて、番号を押し間違えたのだろう。わたしは深呼吸をして、震えている手を落ち着かせた。返却口に戻った硬貨を回収して、今度はゆっくりと丁寧に番号を押す。

それなのに、また同じメッセージが流れた。

悪夢の世界に迷いこんだような気分で受話器を置いた。いま起きていることが現実とは思えなかった。ふらふらと歩いて周囲に人影のない椅子を見つけると、崩れるように座りこんだ。呆然《ぼうぜん》としているわたしの目の前を、人々がスーツケースを引きながら、子どもたちを連れながら、携帯電話でしゃべりながら通り過ぎていく。

写し間違えたに違いない。トイレでの出来事を思い返してみると、ペトラの電話番号をメモしたときは体じゅうにアドレナリンが駆けめぐっていて、細かい作業に集中できる状態ではなかった。

その結果、助けを求められる相手がいなくなってしまった。

通路の向こうにあるテレビの画面がふたたび切り替わって、わたしは注意を引かれた。

乗客名簿は公開されていないが、ＮＴＳＢは今晩記者会見を開くことを言明した。

これから自分がどれほどのリスクにさらされることになるか、わたしは理解した。こういう出来事は人々の心をとらえ、大きく揺さぶる。身の毛もよだつような詳細が次々と明らかになり、何が原因だったのかという検証が始まるだろう。やがて人々の興味は犠牲者へと向かう。犠牲者がどんな人生を送り、どんな希望を抱いていたかを知りたがり、突然命が絶たれることを知らない笑顔に涙する。中でもわたしは、ローリー・クックの妻としてひときわ大きく取りあげられるはずだ。そうなれば、素性がばれる可能性はどんどん高くなる。さまざまなメディアに写真が載り、多くの人に顔を知られる。わたしはマギー・モレッティと同じくらい有名になり、ローリーは二度目の悲劇に雄々しく耐える夫として世間の同情を集めるだろう。そうなったら、にっちもさっちもいかなくなる。手持ちの現金はほんのわずかで、身分証明書も、身を隠す場所もない。

エヴァのハンドバッグが目にとまり、中から鍵束と彼女の財布を出した。鍵をポケットに入れて財布を開き、免許証に書かれている住所を記憶する。ルロイ、五四三。迷いはなかった。わたしは空港を出て明るいカリフォルニアの太陽の下に歩みでると、タクシーを呼びとめた。

高速道路を走る車内からは湾の東岸に立ち並ぶ工場や倉庫のあいだにサンフランシスコの街並みがちらちらと見えたが、わたしはほとんど目を向けずに空港のトイレでエヴァと過ごしたときのことを思い出していた。彼女は自分がもうすぐ死ぬなんて思いもせず、新たな人生をつかみ取ろうと固く決意していた。わたしはタクシーの窓に頭をつけて、冷たいガラスの感触に気持ちを集中させる。あともう少しだ。ひとりきりになれる場所に着くまで、自分を保たなければならない。

やがて車は高速をおりて、色とりどりの服を着た陽気な大学生でごった返す通りに入った。ローリーはいま何をしているだろうと考えた。おそらくデトロイトのイベントはキャンセルして、ニューヨークに引き返しているところだ。戻ったら小包に入っていた四万ドルは淡々と銀行口座に戻し、そのほかのものは秘密の引き出しに隠すに違いない。

窓の外を見るとタクシーは大学の前に差しかかっていて、学生たちが若者特有の無頓着な様子で通りを渡っているのが見えた。車はキャンパスの東側沿いを進んで住宅街に入った。住宅街の北には丘が広がっていて、道がくねくねと走っている。わたしは高く伸びたアカスギの木のあいだに見える一戸建てやメゾネットアパートやアパートメントを見つめながら、エヴァの家のドアを開けたらどんな光景を目にすることになるのかと考えた。エヴァが夫と暮らしていた家は、彼女が出ていったときのまま凍りついたように時を止めているはずだ。わたしはそこに侵入し、ふたりの写真を眺め、ふたりのバスルームを使い、ふたりのベッドで眠る。そう思うと震えが走り、あわてて考えるのをやめた。

運転手は白い二階建てのメゾネットアパートの前に車を停《と》めた。建物には長いフロントポーチがあり、両端にまったく同じドアがある。右側の部屋は好奇の目をさえぎるように、窓のカーテンが引かれていた。大きな松の木がポーチの一部に影を落としていて、その下の地面はみずみずしく湿った色をしている。左側は空き家らしく窓に何もかかっていないので、アクセントになっている赤い壁や堅木の床、天井と壁が接する部分を飾るクラウンモールディング（廻《まわ》り縁）といった部屋の造りが見て取れた。エヴァとの関係やエヴァの行き先について詮索してくる隣人がいないとわかり、わたしはほっと息をついた。

右側のドアの前に行って、いくつも試したあとで合う鍵を見つけた。ドアを開けてしまってから警報装置を設置しているかもしれないと気づいて焦ったものの、あたりは静まり返ったまま物音ひとつしなかった。閉めきっていた部屋に特有の匂いに混じって花のものとも化学薬品のものともつかないかすかな香りがしたような気がしたが、すぐに消えてしまった。

玄関のドアを閉めて、鍵をかける。ついさっき誰かがあわてて脱いだような靴をよけて奥に進み、人のいる気配がないか耳をそばだてた。けれどもわたしが入ったときの物音にもかかわらず、まったく動きはない。

あわてて逃げなければならなくなった場合に備えてドアのすぐそばに荷物を置き、忍び足で進んでキッチンをのぞく。人の姿はないが、カウンターにプルトップを開けたダイエットコークの缶があり、シンクには洗っていない皿が置かれていた。裏庭へ出るドアがあったけれど、施錠されチェーンがかけられている。

わたしは耳を澄ましながら、ゆっくりと階段をのぼった。二階にはバスルームと書斎と寝室の三部屋しかなく、寝室のベッドと床の上にはいかにもあわてて出かけたと言わんばかりに服が散乱している。結局この家には自分しかいないとわかって、大きく息を吐いた。

一階に戻ると、ぐったりとソファに座りこんで両手に顔をうずめた。張りつめていた気持ちを緩め、今日経験したさまざまな感情に身をまかせる。計画外のことが次々に起こったせいで陥ったパニックや、人目を避けながらようやくここにたどり着くまでの恐怖がよみがえってきた。

わたしは大西洋の底に沈んでいるエヴァのことを考えた。機体が水面に衝突したとき、彼女は痛みを感じただろうか。衝突までの数分は、悲鳴や泣き声に満ちた長くて恐ろしい時間だっただろう。もしかしたら酸素が足りなくて、途中で意識を失ったかもしれない。気持ちが乱れ、落ち着くために深呼吸を繰り返さなければならなかった。大丈夫。わたしはいま安全なところにいる。静かな住宅街を車が一台通り過ぎ、遠くから鐘の音が聞こえた。

わたしは顔をあげた。壁にかかっている印刷された抽象画を見つめたあと、ソファの両側に置かれたふかふかの肘掛け椅子に目を移す。狭い部屋だが、居心地よくしつらえられている。家具は質のいいものが置かれているものの、無駄に高級ではない。わたしが捨ててきた家とはまるで違う。

テレビと向かいあっている肘掛け椅子は使いこまれていて皺がついているが、あとのものは誰も座ったことがないのかと思うくらい新品同様だ。この部屋はどこかしっくりこない。そう感じる原因を探り当てようとした。ほんの数分前に誰かが出ていったような、散らかった様子のせいだろうか。ぐるりとあたりを見まわす。エヴァの夫の介護用ベッドはどこに置かれていたのだろう。介護をした人はどこで錠剤を数え、薬をはかり、手を洗ったのか。痕跡はまったくなく、絨毯にへこみひとつ見当たらない。

奥の壁沿いに置かれた本棚にはぎっしり本が詰まっていて、近づいてみると生物学や化学関連の本ばかりで、一番下の段に教科書が何冊か並んでいた。〝介護のために仕事を辞めた〟と言っていたが、もしかしたらカリフォルニア大学バークレー校の教師だったのかもしれない。あるいは彼女の夫が。

突然キッチンで電話が鳴りだし、静かな家に耳障りな音が響き渡った。キッチンの入り口まで行くとカウンターの上に黒い携帯電話があるのが見えたので、容器と容器のあいだに隠れていたそれを取りあげた。エヴァはニューヨークの空港で別のものを持っていたが、どういうことなのだろう。画面を見ると、メッセージアプリに新着メッセージがあることを知らせる、一定時間が経つと消えるプッシュ通知が表示されていて、送り主はDという人物だった。

〈どうして来なかった？　何かあったのか？〉

手の中の携帯電話がふたたび鳴って次のメッセージが表示されると、わたしは飛びあがりそうになった。

〈すぐに電話しろ〉

携帯電話をカウンターの上に投げだして見つめ、さらにメッセージが送られてくるのを待った。だが電話は沈黙したままで、Dが何者か知らないが今晩はもう何も言ってこないように祈った。

シンクの前に行って、小さな窓からささやかな裏庭に目を向ける。裏庭はまわりを低木に囲まれていて、れんがの小道が裏口の門まで続いていた。いまのわたしと同じように、ここに立って日が暮れていく庭を見つめるエヴァを思い浮かべた。夫が死に向かいつつあることを知りながら、空が刻一刻と暗くなり、あたりが濃い紫や青の陰に染まっていくさまをじっと見ている彼女の姿を。

ふたたび携帯電話が鳴りだしてキッチンに音が反響し、不吉な気配が立ちこめた。主《あるじ》を失った家はわたしに扉を開いてくれたが、何も明らかにはしてくれなかった。

八月

カリフォルニア州バークレー

墜落事故の六カ月前

エヴァ

エヴァは寮の外で彼を待っていた。ここは何年も前に彼女が暮らしていた寮より新しくできたもので、やわらかい雰囲気と暗い色の木の縁取りは学生たちにイタリアの別荘に住んでいると思わせたいかのようだ。エヴァは視線を上に向け、ひんやりした朝の空気を取り入れるために開かれた窓を見つめた。窓には彼女が一度も名前を聞いたことのないバンドのポスターが表面を外にして貼られている。キャンパスの中央にある鐘楼の鐘が鳴り響く中、朝一番の授業に向かう学生たちが他人の車にもたれて歩道に立っている彼女の横を通り過ぎていく。エヴァに目を向ける者はいない。いつもそうだ。

ようやく彼が出てきた。片方の肩にリュックサックを引っかけ、鼻をうずめるように電話で話している。彼はエヴァが並んで一緒に歩きだすまで、彼女に気づかなかった。

「おはよう、ブレット」エヴァは声をかけた。

ブレットはびくっとして顔をあげ、相手が誰か悟るとちらりと不安をのぞかせた。けれどもすぐに顔に笑みを張りつけ、挨拶を返してきた。「エヴァか。おはよう」

通りの反対側に停まっていた車から男がふたり静かにおりてきて、エヴァたちのあとを追うように無言のままゆっくりと歩きだす。

エヴァはさっそく用件を切りだした。「なんで来たのか、わかっているわよね」

ふたりは通りを渡ってコーヒーショップや書店の前を過ぎ、キャンパスの南側沿いを進んだ。十一時になるまで開かない小さなアートギャラリーへと続くれんが敷きの狭い小道の入り口まで来ると、エヴァはブレットの前に出て彼を止めた。後ろを歩いていた男たちも立ちどまる。

「なあ、エヴァ。悪いけど、きみに渡す金はまだ用意できていないんだ」ブレットは言い訳をしながら、早朝から通りを歩いている数少ない人々の中に友人がいないか目を走らせている。あいだに入って助けてくれる人間を探しているのだ。けれどエヴァは心配していなかった。誰かに見られても、学生と女性が歩道でおしゃべりをしているようにしか見えないはずだ。

「この前もそう言ったわ。その前も」

「両親のせいなんだよ」ブレットは説明した。「離婚するらしくてさ。それで小遣いを半分に減らされたんだ。ビールだって買えないくらいさ」

エヴァはよくわかるというように、優しく頭を傾けた。バークレーで過ごした短い三年間はほんのわずかな生活費でしのがざるをえなかったことなど記憶にないとばかりに。当時、彼女は食堂の余り物をくすねてなんとか長い週末を耐え忍んでいた。誰も小遣いなんてくれなかった。ビールが買えないなんて、エヴァの尽きることのない心配ごとのリストには一度も入ったことがない。

エヴァは容赦なく詰め寄った。「それはお気の毒さま。でも残念ながら、わたしには関係ないことだわ。あなたはわたしに六百ドルの借金がある。そして、わたしはもう待つのはいやなの」

ブレットは肩にかけたリュックサックを引きあげ、音をたてて走り去っていくバスを目で追った。「ちゃんと返す。誓うよ。ただ……もう少し時間がほしい」

エヴァはポケットからガムを出して、丁寧に包みを開いて口に入れた。それから彼が言ったことをじっくり考えるかのように、ゆっくりと噛《か》んだ。あと追ってきた男たちが、エヴァの合図を見て近づいてくる。

ブレットはすぐに男たちに気づいた。彼らの迷いのない足取りを見てこちらに向かっているのだと悟り、逃げだそうとするようにあとずさりしたが、男たちはすばやく距離を詰めて彼を囲いこんだ。

「くそっ」ブレットは恐怖でパニックに陥りかけ、目を見開いている。「頼む、エヴァ。絶対に払うから。本当だ」後ろにさがろうとした彼の肩を、ふたりのうち大柄なほうのソールが押さえて止めた。太い指がぎりぎりと肩に食いこんで、ブレットは泣き始めた。

自分の出番はもう終わったので、エヴァはさりげなく彼らから離れて通りに向かおうとしたが、すがるようなブレットの目を見てためらった。秋の気配が漂う朝の光を浴びて、新たに始まる授業で新たなことを学ぶ新学期を思い出したせいだろうか。それとも、大好きだった生活を送っていた頃の自分がよみがえったせいか。

ブレットがあまりにも若く見えたからかもしれない。すすり泣いている彼の額には赤いニキビが目立ち、ひげはやわらかくて薄い。まだ子どもなのだ。かつての自分もそうだったとエヴァは思い出した。過ちを犯し、もう一度チャンスがほしいと懇願した。

でも、誰もそんなものは与えてくれなかった。

エヴァは後ろにさがり、男たちがブレットを小道の奥へと連れ去るのを見送った。

「必要なことだった」急に声をかけられて、エヴァはびくりとした。

デックスだ。

閉まっている店の暗い戸口から歩みでた彼は煙草《たばこ》に火をつけ、エヴァについてくるようながした。背後からこぶしが肉を打つ音や、ブレットの泣き声、助けてくれと懇願する声が聞こえてくる。ひときわ大きく聞こえたのは、腹部を蹴りつけたか頭を壁にぶつけたかした音だったのだろう。それ以降、ブレットの声は聞こえなくなった。デックスに見られているとわかっていたので、エヴァは冷静な表情を保った。「ここで何をしているの？」

彼は肩をすくめて煙草を吸った。「きみがこういう部分を好まないことは知っている。だからちょっと立ち寄って、様子を見ておこうと思ったのさ」

嘘をついているのだろうか？　それとも本当に様子を見に来たの？　デックスというと、それを見極めるのが難しい。でも何年も彼を見てきたエヴァには、ボスのフィッシュに言われなければ、彼がこんなに朝早くベッドを出るはずがないとわかっていた。

「平気よ」

ふたりはのんびり丘をあがって、スタジアムに向かった。コーヒーショップの前を通ると、白い日よけが差しかけられたパティオはテーブルや椅子がまだ隅に重ねられているが、店内は出勤前に朝のコーヒーを買い求める教師や大学職員でごった返していた。店の外に座っている物乞いがハーモニカを演奏していたので、エヴァは五ドル札を放ってやった。

「神の祝福を」男が言う。

デックスはぐるりと目をまわした。「ずいぶんと優しいんだな」

「いつか自分に返ってくるから」

丘をのぼりきると、ふたりは国際文化会館《インターナショナルハウス》の外で立ちどまった。デックスが景色を楽しむかのように海のほうを見ているのでエヴァも振り返ると、さっきの男たちが現れてテレグラフ・アベニューのほうへ歩いていくのが見えた。ブレットの姿はないので、血まみれのまま放置してきたのだろう。あと二時間ほどしたらギャラリーのオーナーが見つけて、通報するに違いない。あるいはブレットがなんとか自力で寮まで戻るということもありうる。でもきっと、今日授業に出るのは無理だ。

男たちが見えなくなると、デックスは向き直って小さな紙を差しだした。「新しい客だ」

〝ブリタニー。午後四時半。ティルデン〟

エヴァはぐるりと目をまわした。「ブリタニーなんて、いかにも九〇年代生まれって感じの名前ね。どこで見つけたの？」

「ロサンゼルスの知りあいからの紹介だ。夫が転勤になって、こっちへ来た」

エヴァは固まった。「学生じゃないの？」

「違う。だが心配しなくていい。彼女は大丈夫だ」デックスは煙草を地面に落とすと、靴で踏みつぶした。「じゃあ、また三時に会おう」

デックスは返事を待たずに丘をおりていった。待つ必要がなかったのだ。彼と仕事をしてきたこの十二年間で、エヴァが約束をすっぽかしたことは一度もない。いまだブレットの気配がない小道を越えていく彼の姿を見送ったあと、エヴァは家に向かって歩きだした。

キャンパスの真ん中を突っ切っていると、エヴァの頭にかつての記憶がちらついた。夏の終わりのバークレー。学生たちのバイオリズムと深く結びついているエヴァの生活リズムは、デックスの突然の出現でかき乱された。今朝、彼がいきなり現れた本当の理由はなんだったのだろう。

後ろから彼女に呼びかける声がした。「すみません」

エヴァは無視して、キャンパスの真ん中を流れる川にかけられた小さな橋を渡った。

「すみません」さっきよりも大きくなった声が、もう一度呼びかける。

タイトなジーンズにブーツを履き、真新しいリュックサックを背負ったいかにも新入生という雰囲気の若い娘が、息を切らしてエヴァの前に来た。「キャンベルホールはどこか教えてもらえませんか？　初めての登校日なのに寝過ごしちゃって……」未来への期待に明るく目を輝かせている娘は、エヴァに見つめられて言葉を切った。

この娘は少し前までのブレットと同じだ。バークレーでやっていくプレッシャーに押しつぶされるのに何カ月かかるだろう？　初めてテストで落第するのに、初めてレポートでCを取るのにどれだけかかるだろう？　誰かが図書館の閲覧席の机にデックスの名前と電話番号を書いた紙を滑らせる光景を、エヴァは想像した。キャンベルホールの外で彼女と待ちあわせをするようになるまで、どれくらいかかるだろう？

「場所をご存じありませんか？」娘が重ねてきく。

エヴァは急にすべてに嫌気が差した。「ノ・アブロ・イングレス」英語が話せないと、スペイン語で返す。この娘からも、彼女の質問からも早く逃れたかった。

驚いてあとずさりした娘の横をすり抜けて歩きだした。誰かほかの人間が助けてやればいい。いまのエヴァはそんな気になれなかった。

あれから何時間も経っているのに、エヴァはキッチンで皿を洗いながら、今朝なぜデックスがいきなり現れたのか、まだ気になっていた。湯の下でまわしていたグラスを落としてしまい、磁器製のシンクの中にガラスの破片が飛び散る。

「ああ、やっちゃった」蛇口を閉めて布巾で手を拭き、大きな破片を慎重につまんでゴミ箱に落とす。エヴァはいやな予感がしてならなかった。動物が大地の深層のかすかな振動を感じて地震を予知するように、何かがたしかに変化している兆しが彼女に警告を発している。安全な場所へ逃げろと告げている。

エヴァはペーパータオルを数枚取って細かいかけらを拭き取り、地下室から持ってきたタイマーを確認した。あと五分。

空になったダイエットコークの缶をリサイクル用のゴミ箱に入れ、窓から裏庭を見つめた。伸び放題の低木の葉と薔薇を刈りこむ必要がある。奥の隅の張りだした茂みの下に猫が座っていた。今朝スプリンクラーで水やりをしたせいでできた日陰の水たまりで水をはねあげている小鳥を、じっと見つめている。エヴァは息を止めて見守り、まわりを見るよう小鳥に向かって念じた。裏庭で起ころうとしている惨事から逃れてほしい。

いきなり猫が小鳥に飛びかかった。ばたつく小鳥を地面に押さえこみ、すばやく二、三度殴って戦意を失わせる。小鳥をくわえて悠然と立ち去る猫を見て、エヴァは何かのメッセージを送られたような気がした。問題は、自分が猫なのか小鳥なのかわからないことだ。

タイマーが鳴り、エヴァはわれに返った。コンロの上の時計を見たあともう一度裏庭に目をやったが、れんがの小道に何枚か羽根が散っているだけで、あとはなんの痕跡もなかった。

エヴァはカウンターから離れると、地下室へ続くドアを隠すために置いている使いもしない不要品ばかり並べたキャスターつきの棚の前を通って、仕事を終えるために地下室へ向かった。

クレア

二月二十二日（火曜日）

エヴァの家はとても静かで、まるで家に見られているような気がした。わたしが何者で、どうしてここにいるのか、自ら示すのを家は待っている。冷蔵庫を開けると一番上の棚にはダイエットコークの缶が詰めこまれていて、あとはつぶれたテイクアウトの容器が入っているだけだ。「誰かダイエットコークいる？」つぶやいてドアを閉めたあと、壁際に置いてある料理の本や調理用のボウルでいっぱいの棚に目を向けた。それからシンクの左にある食器棚に視線を移し、扉を開けてみる。するとグラスや皿や鉢などの食器のほかに、保存のきく食品も入っていた。リッツとダイエットコークで今晩の夕食になるだろう。

空腹がおさまるまで食べると、リビングルームに移動してリモコンを手に取った。壁にかけられた時計は六時を指している。ベッドで一緒に映画を見たり、心地よい沈黙の中で仲よくそれぞれの携帯電話をいじったりしているエヴァと夫の姿を思い浮かべないようにしながら、幸せな結婚生活の痕跡を探して部屋を見まわしたが、ふたりで旅行に行った思い出の品も写真も見当たらなかった。

電源ボタンを押し、テレビのチャンネルを次々に替えてCNNを選んだ。

画面はJFK空港の様子を映していた。そこに暗い洋上を投光照明で照らしながら捜索と収容作業を行っている沿岸警備隊の船の映像がときどき入る。音量をあげると、政治評論家で『ポリティクス・トゥデイ』の司会者であるケイト・レーンの沈鬱な低い声が響いてきた。去年行われた催しのときに撮ったローリーとわたしの写真が映しだされているが、髪をきれいなフレンチツイストにまとめてカメラに向かって笑っているわたしは、ばっちりメイクをほどこしたよそいきの顔だ。「マージョリー・クック元上院議員のひとり息子でクック・ファミリー財団の常任理事を務める慈善家のローリー・クック氏の奥さまが、人道支援活動のために四七七便でプエルトリコに向かっていたことを当局は確認しました」

画面がわたしの写真から空港の外観のライブ映像に切り替わった。大きなガラス窓の内側の制限エリアらしき場所にカメラが寄っていく。「ヴィスタ航空の代表者が今晩遺族と会うことになっています。一方、フロリダ海岸沖では捜索および収容作業が夜になっても続けられています。NTSBは墜落の原因がテロではないかという推測を即座に否定するとともに、不安定な天候や同機が四カ月前に運航停止になっていたという事実が関係している可能性を示唆しました」

抱きあって涙を流しながら慰めあう人々を、カメラが大写しにする。わたしはテレビに近づいて、その中にローリーがいるかどうか目を凝らした。しかしその必要はなかった。次の瞬間、ずらりとマイクを並べた場所が画面に映しだされ、そこにローリーが入ってきたのだ。「ミスター・クックがご遺族を代表して、簡単な声明を出されるそうです」

わたしは画面を停止させて、ローリーを観察した。カメラ映えのする青いボタンダウンシャツと高価なジーンズという格好だが、顔には悲しみがくっきりと刻まれ、目は落ちくぼんで赤くなっている。わたしはしゃがんだまま、ローリーは本当に悲しみに打ちのめされているのか、それとも巧妙に演技しているのか、考えこんだ。彼はわたしが何をしようとしていたのかすでに知っているはずで、心の中では激怒しているに違いない。

画面を停止させたままダッフルバッグからノートパソコンを出し、一段抜かしで階段を駆けあがった。エヴァの書斎に入ると、インターネットルーターの緑色のランプが机の隅で点滅しているのが見えた。ルーターをひっくり返して裏に記されているパスワードを探し、エヴァが変えていないことを祈りながら入力すると、三回目でネットワークにつながった。

昨日の夜に開いたウィンドウをクリックして、ローリーが生放送のテレビに出ているあいだに彼の受信トレイをチェックする。ダニエルから届いているのは、予約した部屋に妻の代わりにローリーが泊まるとデトロイトのホテルに連絡したメールと今日のイベントにはローリー自身が出席すると学校に知らせたメールをCCで送ってきたものだ。

それから、墜落直後のブルースとローリーのメッセージのやり取りもあった。

〈出馬表明は遅らせなければならないでしょう〉

ブルースのメッセージに対するローリーの返事は短い。

〈絶対にだめだ〉

しかし、ブルースはひるまずに返している。

〈世論を考えてください。妻が死んだ翌週に出馬を表明するなんてありえません。どうかしていると思われてしまいます。NTSBが遺体を収容したあとに葬儀を行い、それから出馬表明をするのが筋でしょう。そのときに、クレアもこれを望んでくれたはずだと話せばいい〉

こうした話しあいが行われていること自体に驚きはなかったが、わたしが死んだ直後に上院選の心配をしているのを目の当たりにすると、やはり胸が痛んだ。わたしたちは問題を抱えていたし、夫の怒りは明らかに度を越していたけれど、ローリーが彼なりのゆがんだ形でわたしを愛していることはわかっていた。でもこうなってみると、やはり彼から離れるという決断は正しかったのだと思わざるをえない。わたしと野望のどちらを選ぶかときかれたら、ローリーは絶対にわたしを選ばないだろう。

新しいタブを開いて、〝ペトラ・フェデロトフ〟をグーグルで検索した。すると鮮やかな色使いの絵とどう発音するかわからない名前が、アートカタログのようにずらりと表示された。何ページもそれが続いているので、検索語句を〝ペトラ・フェデロトフ、電話番号〃に変えてみると、リストはさらに長くなってボストンのピザ屋が加わり、そこに三十ドルで人探しのソフトウェアを売っているサイトへのリンクが張られていた。でもニコはこういうデータベースから自分たちの情報を消しているはずだ。それどころか、ウェブ上のすべての痕跡を消しているだろう。

ノートパソコンを開いたまま一階におりると、テレビにはさっき止めたままのローリーの映像が映っていた。彼は額に落ちた髪を腕で払おうとしているが、かつてのわたしなら愛情をこめて手を伸ばし、優しく撫でつけてあげていただろう。彼の顔を見つめながら、どんなに愛していたかを思い出した。つきあい始めた頃、彼はオークションハウスまでわたしを迎えに来て、いきなり〈ル・ベルナルディン〉でのディナーや夏の公園でのピクニックに連れていってくれた。クラブの裏口からこっそり入るときのいたずらっぽい笑顔や、キスする前に親指でわたしの唇の端をなぞったときの優しい手つきがふとよみがえる。

これらの思い出はどこかに消えてしまったわけではない。ただ記憶の底に埋もれているだけだ。もしかしたら、いつかはきちんと掘り起こす気になれるかもしれない。手に取って客観的に眺め、いいものは取っておき、残りは捨てるために。

わたしはプレイボタンを押した。ローリーが咳払《せきばら》いをして話し始める。「今朝、いま後ろにいらっしゃる大勢のご家族の方々と同じように、わたしは妻のクレアにキスをして送りだしました。永遠の別れになるとも知らずに」彼はしばらく口をつぐみ、ゆっくりと震える息を吸ってから頼りなくしゃがれた声で続けた。「妻は人道支援活動にいそしもうと出かけていきました。それなのに、このプエルトリコへの旅がわたしを、そして四七七便の残り九十五人の乗客の方々のご家族を、悪夢へと突き落としました。なぜこんなことになったのか、その答えを手に入れるまで、わたしたちは決して立ちどまりません。何がいけなかったのかわかるまで、わたしたちの心が安らぐことはないでしょう」唾をのみ、歯を食いしばる。ふたたびカメラに顔を向けたローリーの目には涙がたまっていて、それがこぼれて頬に流れ落ちた。「まだなんと言ったらいいのかわかりません。ただただ打ちのめされています。遺族の代表として、わたしたちに心を寄せ、祈ってくださっているみなさまに感謝を申しあげます」

集まったレポーターがいっせいに質問を浴びせたが、ローリーは彼らを無視してカメラに背を向けた。なんてやすやすと嘘をつくのだろう。彼はわたしをキスで送りだしてなんかいない。そもそも、わたしが起きたときにはもういなかったくせに。けれどもわたしが死んだいま、ローリーは妻についても結婚生活についても好きなように語れる。異議を唱える人間がいないのだから。

ローリーの映像が小さく縮んで、ふたたびケイト・レーンが画面の中央に現れた。白髪交じりのショートカットで黒縁眼鏡をかけた彼女に、わたしは数年前に会っている。彼女はマージョリー・クックの功績を特集するためにローリーにインタビューをしたのだが、彼への態度が極めて冷静なことにわたしは驚いた。彼女はほほえむべきところでほほえみ、笑うべきところで笑ったが、常に醒《さ》めた部分を残し、一歩引いたところからローリーを観察していた。彼の輝かしい外見と魅力的な言動を分析した結果、張りぼてであると見抜いたかのように。

その彼女がいま、沈痛ではあるが落ち着いた表情を浮かべている。「ミスター・クックにはこれまで何度も当番組にゲストとして出演していただきました。『ポリティクス・トゥデイ』のスタッフ一同、クック家のみなさまおよび今日の悲劇によってつらい思いをされている遺族の方々全員に心からお悔やみを申しあげます。わたしはミセス・クックにも何度かお会いして、賢明で心の広い女性であると知るとともに、クック・ファミリー財団のために熱心に活動していらっしゃる姿に感銘を受けてきました。ミセス・クックを失ったことを、多くの人々が嘆くに違いありません」ケイト・レーンの肩の上に表示されている小さな中継映像の中で、ローリーが去ったあとのマイクの列の前にひとりの男性が現れた。「ＮＴＳＢの理事が質疑応答に応じるようです。そちらの中継に移りましょう」

レポーターたちがいっせいに声を張りあげて質問を始めたが、わたしはテレビを消して暗くなった画面に映る自分の姿を見つめながら、次に何が起こるのだろうと考えずにいられなかった。

わたしはダッフルバッグを持って階段をのぼり、寝室に入った。ベッドの上に脱ぎ捨てられていたスウェットパンツとTシャツをどけて、そこに座る。焦げ茶色の木のドレッサーは引き出しが閉まっているが、クローゼットのドアは少し開いていて、隙間から乱雑にしまわれている服が見える。それを見て急に実感した。エヴァは二度と笑うことも、泣くことも、驚くこともない。年を取ることも、腰や背中の痛みに苦しむこともない。鍵をなくしたり、朝目覚めて鳥の鳴き声に耳を澄ましたりすることも。

昨日、彼女はここにいた。悲しみに沈んでいたとはいえ心臓は力強く打っていて、胸の内に秘密と切望を隠していた。それなのに今日は、彼女がひとつひとつ積み重ねてきた記憶はすべて消え、この世のどこにも存在しない。

では、わたしはどうなのだろう？　クレア・クックも死に、いまやわたしを知っていた人たちの記憶の中に存在するだけだ。クレア・クックが生きている人間のあいだを歩くことはもうない。それでもかつてのわたしに属していたものは、いまもすべてわたしとともにある。喜びも、悲しみも、愛していた人たちの記憶も。エヴァが失ってしまったものを自分だけが持ち続けていられることに気づき、わたしは謙虚な気持ちになると同時に深い感謝の念を覚えた。

こぶしで目を押さえ、断片的な記憶が次々に頭に浮かぶのを止めようとした。メイドがわたしのスーツケースを開けている場面、デトロイトのホテルに電話をかけたときの会話、JFK空港でペトラに電話したときの彼女の声、トイレの個室にふたりで入り、互いが自分の新たな未来への切符だと信じて荷物を交換したときのエヴァの姿。眠らなければならないとわかっていたが、上掛けをめくってベッドに入る気にはなれなかった。少なくとも今夜は無理だと見切りをつけ、毛布と枕を持って一階のソファに向かう。靴を脱ぎ捨ててそこに座り、ひと晩じゅうつけっぱなしにしておくためにテレビをつけた。ニュース番組を避けてチャンネルを切り替え、『アイ・ラブ・ルーシー』の再放送を見つける。テレビから響く、あとから重ね録《ど》りされた笑い声を聞きながら、眠りについた。

耳元で静かにしゃべるローリーの声で、目が覚めた。ソファから飛び起きたが、暗闇にちらちら青く光るテレビの画面しか見えない。自分がどこにいるのかも何があったのかも思い出せずに、一瞬、混乱した。

そのとき、テレビの中に彼が見えた。実際より小さいが、伝わってくる恐ろしさは変わらない。彼が記者会見をしたときの録画が放送されていた。わたしはぐったりとソファに座り直し、手探りでリモコンを見つけてテレビを消した。しんとしている中で響いている冷蔵庫のうなりやキッチンの蛇口から落ちる水滴の音に耳を澄ましているうちに、鼓動が鎮まってきた。ローリーがわたしの居場所を知るすべはないのだと、自分に言い聞かせる。

天井を見あげて街灯の光でできた影が踊るように動いているのを見つめながら、彼から逃げおおせるのがどれほど難しいかを悟った。どこへ行こうと、どんな名前を使おうと変わらない。テレビをつけるたびに、新聞を開くたびに、雑誌のページをめくるたびに、ローリーはわたしに飛びかかってくる。彼は決していなくならない。

エヴァ

八月
カリフォルニア州バークレー
墜落事故の六カ月前

明るい照明の下で、エヴァは機械的に手を動かしていた。頭上では頭をぼうっとさせるような単調な音をたてて換気扇がまわり、地下室の空気を裏庭へと送りだしている。エヴァは先ほど見た猫の姿が頭に焼きついて離れなかった。音をたてずに身を潜めていた様子や、一瞬のうちに手際よく小鳥をとらえたときの光景が。

エヴァは頭を振って、集中し直した。昼までに作業を終えなければならない。三時にデックスと会ってフィッシュの分を渡し、そのあとすぐに新しい客と会うことになっている。

慎重に調整しながらすべての材料の重さをはかっていると、緊張が解けていくのを感じた。さまざまなことが起こり人生が変わってしまったいまも、物質を混ぜあわせて熱を加え、新しいものを作りだすという作業は彼女にとって魔法そのものだった。

キャンプ用のガスコンロにのせ、材料を練り粉くらいの固さになるまでかき混ぜる。鼻の内側を刺激し、作業が終わったあとしばらく服や髪にこびりついて消えない刺激的な匂いも、いまは慣れてなんとも思わなかった。それに、この匂いをごまかすために高価なシャンプーとローションをそろえている。ほかのものでは効果がないのだ。

ちょうどいい固さになると、錠剤用の型に流し入れてふたたびタイマーをセットした。エヴァは何種類もの咳止めや風邪薬を普通に家庭で使われている物質と混ぜあわせて、アデロールに似た物質を作っている。これは製造過程で爆発する危険があるほとんどのメタンフェタミンと違って、安全性が高かった。そしてできあがったシンプルな小さい錠剤は、ブレットみたいなやや出来の悪い学生の眠気を吹き飛ばし、集中力を何時間も持続させる。

作業が終わると、エヴァは隅にあるシンクで器具を洗って、数年前に買ったポータブルの食器洗浄機に入れた。〝ぴかぴかの実験室は本物のプロである証だ〟という、かつて教えを受けていた化学の教授の言葉がずっと頭に残っていた。その定義によれば彼女はプロだが、標準的な実験手順が守られているかどうか、ここまで確かめに来る者はいない。エヴァはカウンターの上をきれいに拭き、作業の痕跡がいっさい残っるがていないことを確認した。誰に調べられても、ベイエリアの人々がこぞって買いたがる物質が見つかることはないだろう。

といっても、そもそも地下室へおりてくる者がいないように手を打ってある。何年も前にこの古い洗濯室への入り口のドアをキャスターつきの棚でふさぐことをひらめいて以来そうしているので、いまはこんな場所があるなんて外からはまったくわからない。ちゃんとした裏板のついた百八十センチほど高さのある棚に、アマチュアのシェフが使う道具類――料理本、調理用のボウル、小麦粉や砂糖の入った容器、一度も使っていないフライ返しやゴムベラや大きなスプーンを詰めこんだいくつもの大きな容器――をぎっしり並べてある。外での彼女は仮面をかぶっていた。三十がらみの愛想のいいウエイトレスで、家はノース・バークレーにあるメゾネットアパート。車は十五年落ちのホンダで、なんとかやりくりして暮らしている。ところが本当の彼女はまったく違い、たったひとりでバークレーの学生を眠気に打ち勝たせ、四年間で卒業できるようにする責任を担っていた。また、問題を起こした学生にすばやく対処することもある。

エヴァはカウンターの上のタイマーを取って階段をあがり、地下室の照明と換気扇のスイッチを切った。すると急に静寂に包まれ、キッチンで足を止めて家の周囲から聞こえる物音に耳を澄ました。

隣に住む白髪をショートカットにした年配の女性が、玄関のドアの鍵を開けている。二週間ほど前に引っ越してきたとき、その女性は親しくしたいという気配をあからさまに漂わせていた。それ以来顔を合わせると、短い挨拶だけして通り過ぎるエヴァにもっと話したいと言いたげな目を向けてくる。

エヴァが越してきたときに隣に住んでいたミスター・コサティーノは、そんなことをしなかった。その老人と直接話したのは、去年エヴァがメゾネットアパートの片側を買い取ったときの一度だけだ。だから、彼に何があったのかはわからない。病気になったのか、死んでしまったのか。なんの予告もなくある日突然いなくなり、問題の女性が引っ越してきた。しっかり目を合わせて親しげな笑みを向けてくる女性が。

エヴァはキャスターつきの棚を横にずらしたまま、階段を一段抜かしで駆けあがり書斎に行った。その小さな部屋は前庭に面しており、支払いの処理をしたり冬用のコートをしまったりするとき以外はほとんど使っていない。それでもこの部屋も、家のほかの部分と同じようにちゃんと内装を仕上げた。彼女が育った施設の無機的な灰色の壁とはまるで違う、あたたかみのある黄色と赤で。家具や小物類もひとつひとつ選んだ。パイン材の机も、深紅のラグも、窓の下に置いた小さなテーブルも、その上のランプも。すべて、子どもの頃に体にしみこんだ冷たさを消し去るためのものだ。

エヴァはノートパソコンの前に座ってシンガポール銀行のログインページを開き、記憶している口座情報を入力した。こうしてしょっちゅう口座の金額を確認し、十二年かけて五桁から六桁、六桁から七桁へ着実に増えていくさまを追ってきた。サンフランシスコの金融街には、都合よく法をすり抜ける方法を熟知している、やり手の男たちがうじゃうじゃいる。だからどの海外銀行がよけいな質問をせずに見て見ぬふりをしてくれるかをよく知っていて、そこで違法に得た彼女の収入を安全に保管するための架空の有限会社を設立してくれる税理士を見つけるのは簡単だった。

いつかはやめなければならないと、エヴァもわかっていた。こんなことを永遠に続けられる人間はいない。だからそのときが来たら、航空券を買ってどこか遠い国へ行き、姿を消すつもりだった。家も、持ち物も、服も、デックスとフィッシュも、すべて残して。脱皮するようにそれまでの人生を捨てて、生まれ変わろう。前にもしたことを、もう一度するのだ。

錠剤ができあがると、エヴァは型から外して小分け用の袋に詰めた。デックスに渡す分を青い紙で包んでリボンをかけ、待ちあわせ場所であるノース・バークレーの公園に車で向かう。何年もかけて、エヴァは目立たない方法を身につけてきた。散歩をしているふりをしたり、きれいにラッピングしたプレゼントを持って公園で友達と会うように見せかけたりすれば、簡単に普通の人々に紛れることができる。頭さえよければ難しい仕事ではない。そして昔からエヴァは、ほとんどの人間より頭がよかった。デックスは薄汚れた狭い遊び場に面したピクニックテーブルに座っていた。遊具のまわりに群がっている小さな子どもたちは、みな親か子守りにつき添われている。エヴァはデックスの視界に入る手前で足を止め、子どもたちを眺めた。母親が違う人間だったら、彼女もああして遊んでいたのだろうか。いや、実際に母親は放課後や週末にエヴァをこういう公園へ連れてきたことがあるのかもしれない。けれどエヴァには二歳になるまでの記憶がまったくなく、実の家族と暮らしていたときの思い出はどんなに探っても出てこなかった。

子どもの頃、エヴァはいつも家族のことを想像していたので、しまいには頭の中の光景を本当にあったことのごとく思うようになった。長いブロンドの母親が、笑いながら振り返ってエヴァを見る光景が。年を取って体力の衰えた彼女の祖父母は自由奔放な娘を心配し、有り金をかき集めてふたたび更生施設に入れた。エヴァは大きな問題を抱えた思い出も記憶もない家族になんらかの感情を呼び起こそうとしたが、コンセントにつながれていないランプが灯《とも》ることはないように何も感じられなかった。それでも、母娘《おやこ》連れがいるといつも目を引かれた。その姿は尖《とが》った爪を食いこませるように彼女の注意を引きつけ、とっくに癒えたと思っていた傷をうずかせた。

母親について知っていることはふたつだけだ。レイチェル・アン・ジェームズという名前と、薬物依存症だったということ。大学二年のとき、シスター・バーナデットから手紙が届いた。便箋を埋め尽くすシスター・バーナデットの見慣れた丁寧な筆記体の文字を見て、エヴァはシスターのもとで過ごした少女時代に戻ったような気分になった。

問うことをとっくにあきらめていた疑問に対する答えが突如として郵便受けに投げこまれるというのは、心の中にいきなり侵入されるようなものだった。しかもそれは、過去の自分から飛躍できるかもしれないと思えるようになってきた、まさにそのときに届いた。

あの手紙がいまどこにあるか、エヴァはまったく覚えていなかった。箱に入れたのか、引き出しの奥に放りこんだのか、思い出せない。ここからほんの数キロしか離れていないサンフランシスコでのかつての人生など、存在しなかったふりをするほうが簡単だった。バークレーで新たな人生を歩み始めた日に、突然いまの姿でこの世に生まれたのだと思うほうが。

エヴァは子どもたちから視線をそらし、デックスが座っているテーブルに近づいた。「ハッピー・バースデー」そう言って、錠剤が入った包みを渡す。

彼はほほえんで、コートの内ポケットに包みをしまった。「わざわざよかったのに」

エヴァは彼の隣に座って、滑り台から飛びおりたりブランコのまわりで追いかけっこをしたりしている子どもたちを一緒に眺めた。友人同士が日の光を浴びながら語らっているかのように、ふたりはいつもこうしてしばらくその場にとどまる。〝売人のようにふるまうから売人に見えるんだ〟という何年も前にデックスが語った信念に従って行動し続けているのだ。

「初めてひとりで取引に臨んだとき、場所はこの公園だったわ」エヴァは駐車場を指さした。「着いたらパトカーが二台、縁石のところに停まっていて、警官が車にもたれて立っていた。わたしを待ち構えているみたいに」

デックスが振り向いた。「それで、どうしたんだ？」

エヴァはその日のことを振り返った。自分がどれほど怯えていたか、ぴかぴかのバッジをつけ、銃と警棒を携帯した制服警官を見て、どれほど鼓動が乱れ呼吸が苦しくなったかを。「あなたに言われたことを思い出したの。自信を持って歩かなければだめだ、まっすぐ前を見て絶対にためらうなって教えられたことを」

エヴァは警官とすれ違うとき、恐怖を抑えながらちらりと目を合わせてほほえみ、足を止めずに法科大学院《ロースクール》の三年生と待ちあわせている子どもの遊び場へ向かった。

「自分は窓のないオフィスで働いているんだって想像したわ。お昼休みに太陽の光と新鮮な空気を求めて公園へ来ただけだと」

「そういうとき、女は得だな」

女であることがそんなに得だとは思えなかったが、彼の言いたいことはわかった。エヴァのような外見の人間は、ドラッグを作ったり売ったりしない。教師や銀行の窓口係、あるいは乳母や母親に見える。エヴァは初めて客にドラッグを渡し、受け取った二百ドルをポケットに入れた瞬間を思い出した。もたもたして手際がいいとはとても言えず、黙ったまま堅苦しい雰囲気で取引を終えた。客から離れながら、〝とうとうやってしまった。これでわたしも売人だ〟などと考えたことを覚えている。あの瞬間、バークレーで新しい人生を歩みだしていた女は死んだ。

でもエヴァはそれを乗り越えて、変わってしまった人生を精一杯生きることにした。そのとき、束縛されていた彼女の一部が解き放たれ、ずっと従ってきたまわりの期待から自由になった。エヴァは、一本しかない道をまっすぐに進んでいくものだと大人たちから言われて育った。一生懸命努力すればいいことがあると、ずっと言い聞かせられてきた。しかし本当は、人生は一本道というよりピンボールのようなものだと昔から知っていた。どこに向かうかわからないまま、ボールは猛スピードで放たれる。でも何が起こるかわからないところに、自分の手で運命を切り開いていくところに、スリルがあるのだ。彼女の人生はひどいことになってしまったが、そこから得たものもある。ささやかではあっても。

エヴァはデックスの声でわれに返った。「きみを引きこんでしまったことを、ときどき後悔している。最初は助けているつもりだったんだが……」彼が口をつぐむ。

エヴァは折れた小枝をテーブルからつまみあげ、じっと見てから地面に落とした。

「わたしは幸せよ。不満はないわ」

嘘ではなかった。エヴァの人生が崩壊したとき、デックスがそこから救いだしてくれた。化学実験室でドラッグを作るというのは、そもそも彼女が大学三年のときにウェイド・ロバーツが思いついた案だ。けれど必要なスキルを持っていたのはエヴァだった。そしてノーと言うべきときにイエスと言ったのは彼女だ。

学部長の部屋に呼ばれた日の記憶を、エヴァは懸命に追い払おうとした。ウェイドは巧みにすべてをやり過ごして、もとどおりの恵まれた人生に戻った。タッチダウンを決め、ばかな女を誘惑してやるべきではないことをやらせる生活に。

バッグに荷物を詰めて寮の部屋の鍵を返却したあと警備員につき添われて建物の外へ出たエヴァは、パニックに陥って動けなくなった。彼女には頼れる人間も帰れる場所もなかった。そこに現れたのがデックスだ。彼は寮の外の歩道で立ち尽くしていた彼女の傍らに音もなく忍び寄った。彼女が今朝、ブレットの隣に忍び寄ったように。

当時のエヴァはデックスを、ウェイドや彼の友人のまわりをうろつく、黒っぽい髪と印象的なグレーの目の男としか認識していなかった。ただ、どうして学生ではない彼がいるのかと不思議には思っていた。だが、彼女と同じでほとんどしゃべらないデックスはすべてを見ていた。

〝何があったか聞いた。気の毒だったな〟

エヴァは目をそらした。世間知らずだった自分が恥ずかしかった。あまりにも簡単にウェイドにつけこまれ、彼は罰を免れたのに自分は退学になった。

デックスは彼女の背後の何かを見つめながら言った。〝困ってるんだろう？　おれが助けてやれると思う〟

エヴァは秋の夜の寒さでかじかむ手をポケットに入れた。〝無理よ〟

〝きみが持ってるスキルは、おれたちのどちらにとっても役立つ〟

エヴァは首を横に振った。〝なんの話？〟

〝きみが作っていたドラッグはかなり質がいいものだった。これからも作り続けられるように、製造に必要な器具と材料を用意してくれる男を知ってる。その男がこれまで使っていたやつが辞めることになって、代わりの人間をほしがってるんだ。きみが望むなら、チャンスだと思う。危険はいっさいないし、作ったドラッグの半分はきみが手元に残して自分でさばいていいと言ってる。一週間で五千ドル以上稼げるぞ〟

デックスの皮肉っぽい笑い声があたりに響いた。〝こういう学校では常にドラッグの需要がある。学生たちに次の授業、次のテストを乗り越えさせるための小さな錠剤が求められているんだ〟デックスはすれ違った学生たちの集団を身ぶりで示した。いかにも自分の人生に満足した様子の学生たちは、すでに酔っ払った状態で次のバー、次のパーティーへと向かっている。〝あいつらはきみやおれとは違う。父親の金や奨学金を平気で浪費して、何をやっても許されると思っている〟

デックスと目を合わせると、エヴァはかすかな希望がわいてくるのを感じた。彼は命綱を投げてくれている。それをつかまないなんて、ばかのすることだ。〝どうすればいいの？〟

〝この近くに住んでるんだが、空き部屋があるからしばらくそこにいればいい。おれはきみを助け、きみはおれを助ける〟

〝あなたを助けるって、どうやって？〟

〝きみはおれのボスが探している人材にぴったりなんだよ。頭がよくて、人の注意を引かない〟

断りたかったが、エヴァにはお金がなかった。住む場所や仕事を得るための技術もない。このままではダッフルバッグを肩にかけてテレグラフ・アベニューへ行き、そこでほかの物乞いたちに交じって金をせびることになる。〈セント・ジョセフズ〉に戻るという道もあったが、シスター・バーナデットには失望した顔を向けられ、シスター・キャサリンにはいつか母親と同じ道をたどることになるとわかっていたというように素っ気なくうなずかれるだけだろう。

これまでもエヴァは幾度となく逆境をくぐり抜けてきたが、すべてを失ってしまったいま、恐れを捨てて与えられた道を進むしかない。〝何をすればいいのか教えてちょうだい〟

エヴァはデックスの声でわれに返った。「おれたちは今晩、アリーナという新しいバンドを聴きに街まで行く。一緒に来ないか？」

横目で彼を見る。「やめておくわ」

「なあ、楽しいぞ。ダイエットコークを好きなだけおごってやる。きみはもっと出かけたほうがいい」

エヴァは彼を見つめた。顎のあたりのひげの剃《そ》り跡にちらほらと交じり始めている白いものや、髪の先が襟元でカールしている様子を。ときどきデックスは友人ではなく、組織とのあいだに立つ仲介人にすぎないのだと自分に思い出させなくてはならなかった。こうして誘ってくるのは彼女を見張るためで、楽しく過ごしてほしいと思っているからではない。「しょっちゅう出かけているわよ」

「ほんとか？ いつ？ 誰？」

「誰と、でしょ」エヴァは訂正した。

デックスがふっと笑う。「文法を直してごまかそうとするなよ、教授」エヴァの腕を肘で突いた。「きみはもっと人とつきあうべきだ。もう何年もこの仕事をしてるんだから、息を潜めて暮らす必要はないとわかっているだろう？ 友達を作ってもいいんだ」

エヴァは木の下で息子と座って本を読んでいる女性を見つめた。「これまでずっと、世間からいろんなことを隠して生きてきたわ。だからわかるの。このほうがずっと簡単なのよ」

それにエヴァ自身がこういう暮らしを望んでいる。なんの説明もしなくていいし、人づきあいに必ずついてまわるさまざまな質問を避けられるからだ。〝どこで育ったの？〟〝大学はどこに行ったの？〟〝お仕事は何？〟なんてきかれずにすむ。

「本当に簡単か？」デックスは納得していない表情だった。「仕事についてよく使われる言いまわしがあっただろう？」

「嫌いな一ドル札は見たことがない、とか？」

デックスはにやりとした。「いや、仕事ばかりでちっとも遊ばない人間は退屈だってやつさ」

「仕事ばかりでちっとも遊ばないエヴァはお金持ちになれるわ」デックスがにこりともしなかったので、エヴァは続けた。「心配してくれてありがとう。だけどわたしは本当にいまのままでいいの」コートの前をかきあわせる。「じゃあ、そろそろ行くわね。新しい客に会いに行かないと。そのあとステーキハウスの仕事もあるし」エヴァは何年も前から、バークレーのダウンタウンにある高級ステーキハウス〈デュプリーズ〉で週二日働いていた。高額なチップをもらっているおかげで税金をおさめられるし、国税庁のレーダーに引っかからずにいられる。

「どうして見かけを取り繕うために、それほど頑張るのかわからないな。　金は必要な
いはずだ」

「細かいことこそ重要なのよ」エヴァはベンチから立ちあがった。「じゃあ、今夜は
楽しんでね。ドラッグはやっちゃだめよ」

エヴァは立ち去りながら、遊び場にもう一度目を向けた。滑り台の上で、女の子が
恐怖に固まってしまっている。ぽろぽろ涙をこぼし声をあげて泣き始めると、母親が
飛んできた。母親が女の子を抱きおろし、自分が座っていたベンチまで運んでいくの
をエヴァは見守った。母親は歩きながら娘の頭のてっぺんにキスしている。

車に乗りこんで走りだしてからも、エヴァの頭の中には女の子の泣き声が響いてい
た。

クレア

二月二十三日（水曜日）

朝早く目が覚めたわたしはしばらくそのまま横たわって、心と体を新しい環境になじませた。自由になって初めて迎える朝だ。頭がぼうっとしてカフェインを求めていたが、エヴァのキッチンをいくら探してもコーヒーメーカーもコーヒーもなく、ダイエットコークではとても代わりにはならなかった。それにおなかも鳴って、クラッカーではなくもっとちゃんとしたものが必要だと訴えている。そこで二階に行ってトイレをすませたあと、NYUのキャップに髪をたくしこんでエヴァのハンドバッグを手に取った。

ふたたび一階へおりて、リビングルームの壁にかけられた鏡の前に立つ。映っている自分を見ると、ぐっすり眠れなかったせいで肌の色にむらはあるものの、どう見てもわたしはわたしで、探している人間が見たら一目瞭然だ。とはいえわたしを探している人間はもういないのだと思うと、このすばらしい機会を無視できなくなった。

通りは暗く静まり返っていて、闇に沈む家々に足音が反響する。住宅街を抜けてキャンパスの端に出ると、角のコーヒーショップの明かりがついていた。カウンターの後ろで若い女性店員がコーヒーをいれたりディスプレーケースの中にペストリーを並べたりと忙しく働いていて、わたしはそれを安全な暗い歩道から見つめながら、カフェインと食べ物を求める気持ちとニュースを見た誰かに顔を見分けられる危険をはかりにかけた。

けれどもまたしてもおなかが鳴り、東洋風とも瞑想《めいそう》的とも言える音楽が流れている店内に足を踏み入れた。焙煎《ばいせん》されたコーヒー豆のいい香りが漂ってきて、大きく息を吸ってそれを味わう。

「いらっしゃい」女性がにっこりして声をかけてきた。長いドレッドヘアをカラフルなスカーフで結んでいる。「何になさいますか？」

「ドリップコーヒーのLサイズを、ミルクをたっぷり入れられるように少なめで。それから、あればハムとチーズを挟んだクロワッサンも。テイクアウトでお願い」

「かしこまりました」

彼女がコーヒーをいれ始めると、わたしは店内を見まわした。壁のあちこちにコンセントがあるから、もう少し遅い時間になると勉強する学生や採点をする教師で混みあうのだろう。女性店員が注文したものの用意を終えたところで、積み重ねられた新聞が目にとまった。『サンフランシスコ・クロニクル』紙と『オークランド・トリビューン』紙の見出しが、顔をそむける間もなく目に飛びこんでくる。『トリビューン』の一面には《四七七便の悲劇》、『クロニクル』には《四七七便が墜落。生存者はなく悲嘆に暮れる家族》とある。幸い、どちらも機体の残骸の写真に多くの紙面を割き、個々の犠牲者に焦点を当ててはいなかった。そうでなければ、わたしの顔は確実に一面に載っていただろう。一瞬ためらったが、二紙とも取ってカウンターの上を滑らせ、二十ドル札を出す。

女性はクロワッサンを入れた紙袋とコーヒーを新聞の横に置いて、おつりを渡した。

「悲しい事故ですよね」

キャップのつばをおろしていて目を合わせられないので、わたしは黙ってうなずいた。おつりをポケットに入れると、紙袋を脇に抱えて暗い通りへ出た。

がらんとした道を渡って、キャンパスの真ん中に向かう歩道を進む。美しいアカスギの並木が頭上にそびえ、点々と立っている街灯の下だけが明るい。隙間なく並んでいる木の下を歩いていくと、大きな石造りの建物へと続いている広い草地に出た。べンチに座ってコーヒーを飲み、体の中に広がるぬくもりを味わう。いまは誰もいないけれど、あと二時間もすれば午前中の授業や自習室へ向かうためにキャンパスを行き交う学生たちでいっぱいになるだろう。紙袋を開けてクロワッサンをかじると、たちまち口の中に豊かな香りと味が広がった。最後にちゃんとしたものを食べてからは二十四時間近く、ハムとチーズを挟んだクロワッサンのような満足感のある食べ物を口にしてからは何年も経っている。あっという間に食べ終えて、紙袋を丸めた。あたりの木にとまっていた鳥たちが目を覚まし始め、東側に広がる丘に日が差してくると、最初はまばらだった鳴き声が騒がしくなった。後ろから、道路清掃車が誰もいない通りを近づいてくる音がする。空を見あげると飛行機の明かりが点滅しているのが見え、頭上の飛行機に乗っている人々に思いを馳せた。彼らも四七七便の乗客と同じく、ほんの少し疲れてやや服に皺が寄っているものの、もうすぐ無事に到着すると思っている。地下鉄で移動するのと同じように、必ず目的の場所に着くと信じているのだ。

飛行機が木々に隠れて見えなくなると、まわりの建物を眺めながらヴァッサーの学生だった頃のことを思い出した。母は一族で初めて大学に行ったわたしを、心から誇りに思っていた。でも家を出るときはヴァイオレットが泣きながらしがみついてきて、母が腕を引きはがさなくてはならなかった。

妹は、わたしが十歳のときに生まれた。束の間の情事の結果で、相手の男は母が妊娠を告げると町を出ていった。そうなってわたしはほっとしたし、母もそうだったと思う。母にはふらふらしたどうしようもない男ばかりを見つける才能があって、四歳のときに出ていったわたしの父親もそのひとりだった。〝だけど、あんたたちができてわたしは得をしたんだよ〟いつも母はそう言った。娘ふたりと自分以外には誰も必要としていないようだった。ただ、わたしは母に重荷を分かちあえる男性を見つけてほしかった。その男性と一緒に暮らして、本やテレビで描かれるような普通の家族というものを味わってみたかった。母が孤独を抱え、常にお金の心配をし、仕事をふたつ掛け持ちしながらすべてをひとりで担っていかなければならないことで疲れきっていると知っていたから。

わたしもわたしなりに、母を楽にしてあげようと頑張った。ヴァイオレットが生まれた日から、姉としてできることを精一杯した。ミルクをやり、おむつを替え、むずかったら何時間でも抱いていた。母が働いているあいだ一緒にいて、モノポリーのルールを教えたり、靴紐《くつひも》の結び方を教えたりした。だから家を出るのはそれまでで一番つらいことだったが、従順な娘や愛情深い姉という役割を離れて自分の可能性を試してみる必要があった。それに高校時代はつらい思いをしたので、大学では新しい自分に生まれ変わってずっと夢見てきた人生を築きたかった。けれどもいまは、故郷から離れたために支払った代償の重みを痛感している。多くを望みすぎたために支払った代償の重みを。

地元の大学へ行くこともできた。アルバイトをしながら学校に通い、夜はキッチンのぐらつくテーブルを家族三人で囲む生活ができた。黄色いあたたかな光に照らされながら母はクロスワードパズルを解き、わたしと妹はトランプでジンラミーをしながら夜更かしをする。そんな生活ができたはずだ。

それなのにわたしは家を出て、母とヴァイオレットの待つ家に二度と戻ることはできなかった。

雲がピンク色に染まってかすかな光が差し始め、街灯の明かりが消えた。過去の不幸に浸りだすときりがないが、いまのわたしにはゆっくりそんなことをしている暇はない。気持ちを引きしめ、必要な決断を下していく必要がある。まず、いま自分に必要なものはなんだろうか？

現金と、身を隠す場所だ。どちらか片方でも手に入れば悪くない。

エヴァの家にそう長くはいられないだろう。来週エヴァがダウンタウンに現れなければ、行方を追う人たちが出てくる。それまでにどこかへ行かなければならない。でもとりあえずは、エヴァの家にいるのが一番いい。お金がかからないし、安全だ。

わたしは立ちあがって空のコーヒーカップと丸めた紙袋を近くのゴミ箱に捨てると、キャンパスの外に向かって歩きだした。新聞はエヴァのハンドバッグにしまってある。背後から時を告げる鐘の音が聞こえて、足を止めて耳を澄ました。鐘の響きを体で感じながら、この街に住んでいる自分を想像してみる。通りを歩いて仕事に出かけ、ローリーから逃げだしたいと思っていた頃に夢見ていたとおりの静かな暮らしをしているところを。長いあいださまざまな事態を想定し、あらゆる問題に対して準備を整え、想定されるミスを犯した場合の善後策を練ってきたが、これほど完璧な形で逃げられるとは想像していなかった。わたしに何があったのか知っている人間がひとりもいないというこの千載一遇のチャンスを、最大限に頭を働かせて生かさなくてはならない。これは胸が張り裂けるような悲劇と引き換えに得られた、すばらしいチャンスなのだから。

キャンパスを出て二ブロックほど西へ行ったところで、二十四時間営業のドラッグストアを見つけた。煌々《こうこう》と明るい店内でキャップのつばを引きおろし、顔を伏せてへアケア製品が並ぶ通路に向かう。棚には鮮やかな赤から真っ黒まであらゆる色合いのヘアカラーリング剤が並んでいて、その中からエヴァのショートカットにしたブロンドを思い浮かべて〝究極のプラチナ〟を選んだ。棚の下のほうに髪を切る道具をひとまとめにしたセットがあり、〝誰でも簡単に使えるバリカン！　わかりやすく色分けしたアタッチメント！　人気のヘアスタイルに仕上げるための懇切丁寧な説明書つき！〟といううたい文句と二十ドルという値段につられて、それもかごに入れた。

レジカウンターへ行くと、そこには店員がひとりしかいなかった。ひと晩じゅう働いていたのか半分眠りかけているニキビだらけの大学生で、イヤホンをつけて生気のない目をしている。わたしはかごの中のものをレジカウンターの上に出しながら、わずかな現金がどれくらい減ることになるのか頭の中で計算した。

迷いながらエヴァのデビットカードを財布から出し、縁を指でなぞりながらクレジットカードとして使えるかどうか思案する。そして誰もいない店内をすばやく見まわしたあと、読み取り機に差しこんだ。どうせエヴァが戻ってきて、貯金を使ったと責めることはないのだ。

暗証番号の入力を避けて、クレジットを選択した。イヤホンで音楽を聴いているレジ係の青年にも聞こえてしまうのではないかと思うほど、心臓が激しく打っている。

そのとき、わたしからは見えないけれどレジスターに警告か何かが表示されたらしく、アルバイトの青年のどんよりした目が焦点を結んだ。「クレジット？　身分証明書を見せてもらわなくちゃならないんだけど」

いきなりヘッドライトのまぶしい光を浴びせられたかのように、わたしは固まった。まずいと思いながらも、身動きひとつできない。三十秒。一分。永遠にも思える時間が過ぎていく。

「大丈夫？」アルバイトの青年がきいた。

問いかけられて、わたしはわれに返った。「ええ」財布の中を探すふりをしたあと、残念そうな声を作る。「家に置いてきちゃったみたいだわ。ごめんなさい」わたしはカードを財布に戻して現金を出した。そしてレシートを渡されると急いで外へ出た。恐怖と緊張で、体がぶるぶる震えていた。

足早に歩いているうちに気持ちが鎮まって、家に着くとすぐ買ってきたものを全部持って二階のバスルームへ行った。服を脱いで、バリカンの使用説明書を鏡に立てかける。そのとき初めて、洗面台の上に高価なハンドローションが何本も置いてあるのに気がついた。一本取って嗅いでみると、薔薇とかすかにラベンダーの香りがする。

ついでに薬用のキャビネットを開けてみたが、予想していたような彼女の夫のために処方された種々の薬や鎮痛剤、睡眠薬といったものはどこにもなかった。タンポンの箱と古い剃刀《かみそり》があるだけで、どことなく釈然としない気持ちで扉を閉めた。靴下の中に小さなとげでも入っているみたいに何かが気になるのだが、それがなんなのかがどうしてもわからない。

わたしは顔のまわりで髪が揺れている自分の姿を最後に目に焼きつけたあと、深く息を吸って中くらいの大きさのアタッチメントをバリカンに装着した。スイッチを入れて、うまくいかなくて変な髪型になっても大丈夫だと自分に言い聞かせる。バークレーでは〝みんなどこか変わっているから、簡単に埋もれてしまえる〟とエヴァが言っていた。それなら、髪型が少しおかしいくらいでは誰も振り返ったりはしないだろう。

髪があまりにも簡単に切れることに驚きながら、五センチほどの長さにそろえた。前よりも目が大きく見え、頬骨が目立ち、首が長く見える。すっかり気に入って鏡の前でくるりとまわり、もう一度反対にまわったあとヘアカラーリング剤の箱を取りだした。変身はまだ終わっていない。

薬剤を四十五分間つけたままにしておかなければならないので、待っているあいだにコーヒーテーブルの上に新聞を広げて読んだ。頭皮がひりひりして熱くなり、あたりに漂う化学物質の刺激臭に頭がくらくらする。記事には墜落事故の詳細が書かれていたが、現時点では航空管制官とのやり取りに基づいた情報しかなく、まだわからないことが多かった。だがそれだけでも、自分が乗っていたらと思ってぞっとした。離陸してからおよそ二時間後、フロリダ上空を通過して大西洋上へ出たときに、エンジンが一基停止した。パイロットが引き返そうとしてマイアミに緊急着陸を要請したものの、そこまで行き着けずに沖合約五十六キロメートルのところで墜落。記事にはNTSBの担当官の話や、遺族を代表してローリーが話したことも当然載っていた。遺体の収容については、それが行われているという以外に詳しいことは書かれていなかった。

いま頃、わたしのハンドバッグや携帯電話やピンク色のセーターはエヴァの遺体から離れて海を漂い、誰かに発見されてわたしのものだと確認されるのを待っているのかもしれない。それとも海底に沈んで、誰にも見つけられることなく終わるのだろうか。当局が遺体の収容を目指すのかどうかが知りたかった。それが可能なのかどうか、わたしにはわからない。遺体の中に、乗客名簿にある人間の歯科記録と一致しないものがあったらどうなるのだろうか。

わたしは呼吸の仕組みを意識しながら、数回深呼吸をした。血液の流れに酸素をのせて体じゅうの細胞に行き渡らせ、代わりに二酸化炭素をまわりの静かな空間に排出する。吸って吐き、吸って吐く。息をするたびに、自分に言い聞かせた。わたしはやり遂げた。生き延びたのよ。


四十五分後、バスルームの鏡に映る自分の姿を見て呆然とした。目鼻立ちや笑った顔を見ればいつもの自分と何も変わっていないとわかる。それなのに全体を見ると、まったく新しい人間になっていた。誰かがわたしの顔に見覚えがあると思っても、彼らは見当違いの記憶を探るだろう。仕事で会った人間か学生時代の知りあい、それともかつての隣人の娘だろうかと考えるはずだ。絶対にわたしを墜落事故で死んだローリー・クックの妻と結びつけたりはしない。

新しいヘアスタイルはわたしに似合っていて、それが与えてくれる開放感がうれしくてたまらなかった。ローリーからはロングヘアを保つようにずっと言われていた。フォーマルなイベントのときはアップにできるし、カジュアルにしたいときはおろせる。それに長いほうが女性らしいからと。思わずにっこりすると母やヴァイオレットの面影が見えて、ふたりがほほえんでいるような気がした。

ベッド脇のナイトテーブルに置かれた時計の表示が七時に変わり、ニューヨークでの生活を続けていたら、いまは何をしていただろうとふと考えた。きっと自分のオフィスでダニエルと向かいあって座り、今日の予定を確認していたに違いない。その時間を彼女は〝朝のミーティング〟と呼んでいた。さらに話題は、さまざまな会合や昼食会や夜のイベントといったその先の予定に移り、最後はダニエルに今日やってほしい仕事を割り振っただろう。でも、最初の計画どおりに進んでいたらいま頃はカナダにいるはずで、その場合は西へ向かう鉄道の車内にいた可能性が高い。そこで自分の失踪がニュースになっていないか耳をそばだてながら、墜落事故の報道を聞いてもただ残念だと思うだけですぐに別のことを考え始めていただろう。現実には、この事故が人生のターニングポイントになっている。

ノートパソコンの前に戻って、CNNのホームページを開いた。《ローリー・クックの二度目の悲劇》という見出しにわたしとマギー・モレッティの写真が添えられた短い記事を見つけ、クリックする。そこでは、二十五年以上前のマギーの死とそれにローリーの関与が疑われ調査が行われたことが述べられていて、この記事を読んで初めて、自分とマギーがどれほど似ているかに気づいた。すでに知っている情報もあった――彼女がイエール大学でトラック競技のスター選手だったこと、その大学でローリーと出会ったこと、そして彼女も小さな町の出身であること。でも、わたしよりも若いときに彼女も両親を亡くしていたことは知らなかった。こうしてわたしとマギーが並べられているのを見ると、ローリーはいつも同じタイプの女性を選ぶのではないかという疑念がわきあがってきた。身寄りがなくひとりぼっちで、クック家のような世間に認められている家族の一員になれることを切望している女性。わたしも最初はそうだった。

ローリーとは、大学を卒業した二年後、オフブロードウェイの舞台を見に行ったときに出会った。わたしは隣の席に座っていた彼と、幕があがる前から話しこんでしまった。彼がクック家の御曹司であることはすぐにわかったけれど、どれだけ魅力にあふれた楽しい男性かは話してみて初めて知った。十三歳年上で身長は百八十センチ以上、ところどころに金色の筋が入った明るい茶色の髪の彼に心の奥まで見通すような青い目で見つめられて、わたしは世界に自分たちふたりしか存在しないような気分になった。

休憩時間になるとローリーは飲み物を買い、クック・ファミリー財団が市内の学校に導入しようとしているアートプログラムについて話してくれた。この話を聞いて、彼は雑誌の紙面などで見る二次元の存在ではなく血の通ったひとりの男性なのだとわかり、教育に対する情熱や世界をよりよい場所にしたいという熱い思いを肌で感じた。舞台を見終えたあと、彼に電話番号をきかれた。

最初は、一歩引いてつきあっていた。ローリーのように富と特権と人脈を兼ね備えた年上の男性は、恋愛対象ではなかった。それにわたしは上流階級で必要とされる知識も、彼とのつきあいにふさわしい服も持っていなかった。だがローリーは紳士的でありながらもあきらめることはしなかった。財団のアート教育促進プロジェクトに加わってほしいと思っていた組織に断られたのでアドバイスをくれないかと電話をかけてきたり、財団のプロジェクトスクールで行われるショーに招待してくれたり。わたしは彼の慈善活動が目指しているものに惹《ひ》かれた。一族のお金を人々の生活をよりよくするために使いたがっているところに。

ただし、そういう面に感銘を受けはしたものの、恋に落ちたのはローリーの弱い部分を知ったからだ。彼は必死で努力したのに、母親に注意を向けてもらえなかったのだ。〝子どもの頃は、母がいつもそばにいないことに腹を立てずにはいられなかった。

母は何カ月もワシントンDCで過ごしていたから〟あるとき、彼はそう教えてくれた。〝しょっちゅう選挙運動が――母自身のだけでなくほかの人たちのも――あったし、いつだって政治的な大義のために働いていた。だけどいまならぼくにも、母はそうせざるをえなかったんだとわかる。母は人々の生活に本当に大きな影響を与えていたんだ。いまでもよく道で呼びとめられるんだよ。どれほど母を愛していたか、何年も前に母がしてくれたことでどれほど恩恵を受けているか、いろんな人が伝えてくれる。そして、そういう人たちは大勢いるんだ〟

けれど偉大な母親を持つことには代償がともなう。好むと好まざるとにかかわらず、ローリーは偉大なるマージョリー・クックの息子という目で見られる。ローリー・クックをグーグルで検索すると、母親の名前が必ず一緒に出てくるのだ。休暇中か選挙遊説中の、まだ若いローリーと彼女の写真もあった。母親の政治集会に参加して奥のほうで顔をしかめている十三歳のローリーは、ニキビだらけでひょろりとした少年だった。

そして、ローリーひとりの何百もの画像もある。母親が世界に残したクック・ファミリー財団の使命を忠実に遂行する姿を映したものだ。人々は本当のローリーとは微妙にずれたこういうイメージを愛しているが、彼は大人になってからずっと、あまりにも大きな母親の影から抜けだそうとあがき続けている。

わたしはCNNのページを閉じると、ローリーの受信トレイを確認した。メールを開くときは、未開封のものは避けるように注意する。およそ五十ものフォルダーが左端に並び、財団が資金援助している団体ごとに分けてある。その中に〝クレア〟というラベルのフォルダーがあったのでクリックしてみると、お悔やみメールがずらりと表示された。何ページにもわたって数百通におよぶ。家族の友人や彼の母親の同僚だった上院議員、財団の仕事でかかわった人たちはいち早く同情を伝え、〝お力になれることがありましたら、いつでもお知らせください〟と言ってくれている。

墜落の一報が出た数時間後にブルースがダニエルに送ったメールを開いた。わたしの名前が犠牲者のひとりとして公表される前だ。ローリーにもCCで送られていた。件名は〝詳細〟となっている。

〈会見用の原稿作成にはもう取りかかっていて、予定されているどの記者会見にも余裕を持って仕上がる予定。ダニエルはニューヨークのスタッフに対応してくれ。外部の者と話をしないよう徹底してほしい。機密保持契約を結んでいることを思い出させ

るように〉

ほかに〝グーグルアラート〟というフォルダーもあり、開封していない通知がほとんどだった。ローリーの名前がウェブ上に登場するたび、それを知らせるメールが届くようになっているのだ。ダニエルも同じメールを受信している。それらを仕分けし、ローリーに見逃しているかもしれない重要なものを伝えるのがダニエルの仕事だからだ。先週〈図書館の友〉のイベントに出た帰りの車内での出来事を思い出した。雪が溶けてぬかるんでいるマンハッタンの通りをぼんやりと見つめているわたしの横で、ダニエルはその日に受け取った通知を確認していた。〝『ハフポスト』の記事はどうでもいいわね。ゴミ箱行き〟つぶやいている声を耳にして振り向くと、ダニエルがアラートの通知を次々に削除して、主要メディアのものだけを開けていた。わたしが見ているのに気づくと、彼女が言った。〝選挙運動が始まったら、これ専用にインターンを雇わなくてはなりませんね。いまは一日に数百通ですけど、何千通にもなりますよ〟

選挙戦前なのにものすごい量の通知が来ているのを見て、わたしは思わず笑ってしまった。お気の毒さま、ダニエル。

グーグルドキュメントをクリックしたが何も記入されておらず、上に〈**最終編集は三十六時間前、ブルース・コーコランが行いました**〉とだけある。

ダイエットコークの缶を口に運ぶと、炭酸が鼻腔《びこう》をくすぐるのを感じた。わたしがあの飛行機に乗っていなかったなんて、誰も思いつかないだろう。

太陽が完全にのぼり、明るくなった室内を見まわす。堅木の床に置かれた深紅のラグと黄色い壁のコントラストが美しい。あたたかい黄色の壁はどことなく実家のリビングルームの壁に似ていて、冬眠中の熊みたいに安全な場所でくつろいでいる気分になった。外ではわたしを取り残して目まぐるしく世界がまわっているけれど、わたしはここで誰の目にもとまらずにぬくぬくと守られ、ふたたび外へ出ていけるときを待っている。

好奇心に駆られて、エヴァの机の一番上の引き出しを開けた。わたしは彼女の服を着て彼女の家で暮らし、少なくともしばらくは彼女の名前を使わなければならない。そのためには、彼女がどんな人間だったかを知っておいたほうがいいだろう。

乱暴にものを動かすとわたしがここにいたことをあとで知られるような気がして、慎重に作業を始めた。ほとんどは色あせて読めなくなったレシートなど、どうということのないものばかりだった。それからインクが固まって出なくなったペンと、地元

の不動産屋の名前が入ったメモパッドが二冊出てきた。だんだんリラックスしてきた

のので奥のほうに手を差し入れ、ごちゃごちゃと入っている画鋲《がびょう》やペーパークリップや

小さな青い懐中電灯を引っ張りだした。そのうち整理しようと思ってとりあえず引き

出しの奥に放りこんでいた女性について知るために。

二時間後、書斎の床に座ったわたしのまわりには紙が散乱していた。机の引き出しから何もかも取りだして目を通したが、銀行の取引明細書も公共料金やケーブルテレビの領収書もすべてエヴァの名前で発行されていた。クローゼットにはもっと大事な書類の入ったファイルがしまわれている箱があったものの、入っていたのは車の登録証明書や社会保険カードだけで結婚証明書はなかった。闘病生活を送ったご主人が亡くなったあと保険会社とのやり取りが必要だったはずなのに、保険関係の書類も見当たらない。昨日、この家に来てからずっと気になっていたことが、徐々に焦点を結び始めた。ここには彼女の生活をうかがわせるようなものが何もない。写真や記念品は見当たらないし、エヴァ以外の人間がここに住んでいたことを示す証拠がまるでない。愛する夫を亡くして彼を思い出させるようなものを目にするのがつらいと言っていたのに、そんなものは何ひとつないのだ。

合理的な説明があるのではないかと、あれこれ考えてみた。彼女の夫には何か経済的な問題があってエヴァの名前で支払いをするしかなかったとか、夫にまつわるものは家に置いておくのがつらいのでまとめてガレージにしまってあるとか。でもどれもこじつけで、とうてい真実とは思えなかった。

箱から最後のファイルを取りだして開く。それはメゾネットアパートの片側を現金で購入したときの第三者預託の書類だった。二年前の日付で、一番上にはエヴァ・マリー・ジェームズという彼女の名前だけが記入されている。そして名前の横の独身の欄にチェックが入れられていた。

エヴァの声をまだ鮮明に覚えていた。彼女が夫のことをどんなふうに話したか、ありありと思い出せる。高校時代からの恋人で、十八年間一緒にいた。その彼の安楽死に手を貸してしまったと話したとき、彼女の目には涙が浮かび声はひび割れていた。

でもすべて嘘だった。エヴァにだまされたのだ。

八月
カリフォルニア州バークレー
墜落事故の六カ月前

エヴァ

ブリタニーとの約束の十分前、エヴァはティルデン・パークの中にそのまま入ることはせず、すぐ外にある駐車場に車を停めた。徒歩で静かに出入りするほうが好きなのだ。コートのポケットに包みを入れ、小さな空き地へと続いている小道に向かう。昔はよくその空き地で勉強していた。

木々の葉がまだらな影を小道に落とし、まだ夏なのに涼しい風が海から吹きあがってくる。遠くのサンフランシスコ湾に目を向けると海の上にマリンレイヤー（冷たい海流の影響で海面上にできる冷たい空気の層のことで、雲や霧が発生する原因となる）ができていたので、いまは晴れ渡っているがあと何時間かしたら天気が急変するのだろう。エヴァはファスナーつきのポケットがいくつもついているお気に入りのアーミーグリーンのコートのポケットに両手を入れ、包み紙越しに錠剤の凸凹を感じた。

まわりに立っている木々はエヴァにとって古い友人のようなもので、一本一本、幹の形も枝の張り具合も覚えている。昔は授業が終わるとここへ来て、ピクニックテーブルや、あたたかい日は草の上に座って本を広げていた。ときどき、あのまままっすぐに進んでいたら送っていたであろう別の人生が、走っている列車の窓の外を一瞬で通り過ぎる景色のように垣間見えることがある。ちゃんとした仕事に就き、友人がいる、まったく違う人生。それを見たあとは、何日も気持ちが落ち着かなくなる。

空き地に着くと、誰もいなかったのでエヴァはほっとした。大きなオークの木の下には以前と変わらず木でできた傷だらけのピクニックテーブルがあり、そこにコンクリート製のゴミ箱が鎖で固定してあった。ゆったりとした足取りでテーブルまで行き、そこに座ってふたたび時間を確かめる。見慣れた景色を眺めるうち、エヴァは過去へと引き戻された。


フィッシュはバークレーとオークランドでドラッグを密売していて、デックスはそんな彼のもとで働いている。〝ほとんどの売人はあっという間に捕まる〟デックスからは最初にそう警告された。彼はエヴァがこれから何をすることになるのか説明するために、サウサリートのウォーターフロントにあるレストランでのランチに彼女を連れだしていた。湾の向こうに見えるサンフランシスコの街は深い霧に包まれ高層ビルの先だけが突きだしていて、エヴァは霧の下に沈んでいる〈セント・ジョセフズ〉を思い浮かべた。彼女がまだ化学の学位を取るために大学で頑張っていると信じているシスターたちの期待を裏切って、彼女はいまここに座っている。三日前に退学になったあとデックスの家に転がりこみ、これからドラッグのさばき方について教えを受けようとしているのだ。エヴァはサンフランシスコの街から目をそむけて、デックスに視線を戻した。

〝これからきみが入っていこうとしているのは特殊なマーケットで、きみにはおれが紹介した人間にだけドラッグを売ってもらう。だから安全なんだ〟

〝よくわからないんだけど、わたしはドラッグを作るの？　それとも売るの？〟

デックスはテーブルの上で手を組んだ。ふたりはすでに食事を終えていて、ウエイターの置いていった伝票がデックスの水が入ったグラスの横に見える。〝フィッシュはずっと、いい製造者を長く引きとめるのに苦労してきた。彼らは必ず自分ひとりで何もかもやるほうがいいと思うようになり、事態がこじれた。だから今回はいままでとは違うやり方を試してみることになった。きみには週に三百錠のドラッグを作ってもらう。その見返りとしてきみの手元に半分残し、それをさばいた売りあげは百パーセントきみのものにしていい〟

〝さばくって誰に?〟エヴァはドラッグ依存症の男と向かいあっている自分を想像して、急に落ち着かない気分になった。彼女の母親と同じそういう種類の人たちは、暴力をふるいかねない。

デックスが笑みを浮かべた。〝きみは学生や教師やアスリートといった特別な客に重要なサービスを提供するんだ。錠剤五粒の値段がだいたい二百ドルだから、一年で優に三十万ドルは稼げるよ〟驚いているエヴァを見て、にやりとする。〝ただし、これはきみがルールに従った場合にだけうまくいく〟彼は警告した。〝勝手に手を広げたり、ドラッグ依存症の連中に売ったりし始めたら、きみだけでなくかかわっているすべての人間が危険にさらされることになる。わかったかい?〟

エヴァはうなずき、不安な気分で入り口に目を向けた。〝フィッシュはどうしたの? 彼も来るんだと思ってたんだけど〟

デックスは笑って首を振った。〝まったく、何も知らないんだな。きみがこういう商売にはうといのを忘れていたよ。きみは自分の仕事をきちんとやっている限り、フィッシュと会うことはない〟怪訝《けげん》そうなエヴァの表情を見て、デックスはつけ加えた。〝フィッシュはビジネスを細かく分けていて、それぞれの担当者をなるべくかかわらせないようにしているんだ。そうやって自分を守ってるのさ。ひとりが多くを知りすぎると、その人間が狙われる。商売敵にも、警察にも。おれがきみを担当し、きみの安全を守る〟デックスは二十ドル札を数枚テーブルの上に置くと、立ちあがった。ランチは終わったのだ。〝いま言ったとおりにすれば、まあまあいい生活を送れる。こちらのルールに従っている限り、きみは安全だ〟

〝捕まるかもしれないって心配にならないの？〟

〝テレビで見るのと違って、警察が捕まえるのは間抜けなやつだけだ。そしてフィッシュは間抜けじゃない。フィッシュがこの商売をしているのは、力がほしいからではなくビジネスのためだ。だから長期的な利益を見据えて、客も彼のために働く人間も厳選している。急成長を目指さず、商売をゆっくり成長させているんだ〟

デックスが説明したシステムはとてもシンプルに思えて、エヴァは仕事に前向きに取り組んだ。そして実際、そのシステムはうまくいった。彼女にとってひとつだけつらかったのは、大学のキャンパスとの縁が切れず、自分が失ってしまった生活を間近で見続けなくてはならないことだった。一緒に暮らしていた学生たちがいる寮や、自分がいなくなっても変わらずに授業が行われている化学学部の建物や、いまもスター選手としてウェイドが活躍し、一年後には彼女も出席するはずだった卒業式が行われるスタジアムのそばを通ったり目にしたりすると、心がざわついた。まるで透明な防壁に隔てられ、彼女はかつての生活を観察することしかできなくなったかのようだった。けれども何年か経つと学生たちはエヴァより年下になり、やがてすっかり新しく入れ替わった。そしてどんな喪失もそうであるように時とともにつらさは薄れ、やわらかかった彼女の心は固く強くなった。以前は見えなかったものが、いまのエヴァには見える。すべての選択には結果がともなう。そして大切なのは、その結果を受け入れてそこからどうするかだ。

何百エーカーにもわたって広がるティルデン・パークの中を延びている曲がりくねった狭い道を、エヴァは目でたどった。今回の客との待ちあわせには、どこかしっくりこないものを感じる。この仕事を何年も続けてきて研ぎ澄まされた勘が、警告を発していた。あと十分だけブリタニーを待って、来なければ帰ろうと決める。車に乗って家へ帰り、この客のことは忘れようと。エヴァは常に警戒を怠らないように心がけてきた。慢心して油断しないように。製造室で何時間もかけて作った錠剤をデックスや客と会って受け渡すという行為を、ときどきどうということのない平凡な日常だと錯覚しそうになる。けれども、これは危険な仕事なのだ。

始めたばかりの頃——おそらく最初の年に、デックスが夜明け前に突然やってきてドアを叩き、彼女を起こした。〃一緒に来てくれ〃そう言われてエヴァはコートを取り、彼と一緒に人影のないキャンパスの街灯に照らされた小道を歩いていった。

西に向かってランニングスタジアムの横を進んでいたが、夜明け前なのでレストランもバーも閉まっていてシャッターがおりていた。そんな中、一ブロック手前からでも緊急灯が点滅しているのが見えた。安モーテルの前の歩道が黄色いテープで囲われ、パトカーや救急車が停まっていたので、ふたりは通りの反対側に渡らなければならなかった。

デックスは深夜の外出から帰宅する途中のカップルに見えるように、エヴァを脇に抱き寄せた。現場へ近づくにつれて歩くスピードを落としたため、血だまりに横たわる遺体がよく見え、靴が脱げた片足の白々とした靴下がエヴァの目に焼きついた。

〃どうしてここへ来たの？　あの男を知っているの？〃

〃ああ。ダニーだ〃デックスの声はしゃがれていた。〃やつはフィッシュにハードドラッグを供給していた。コカインとか、ヘロインとかね〃

デックスに連れられて角を曲がってもなお、エヴァのまぶたの裏では赤と青のライトが点滅していた。〝何があったの？〟

〝さあね。きみと同じように、おれも自分に許されたものしか見ていない。だがおそらく、フィッシュの商売敵の仕事も同時に請け負っていたか、へまをして警察に捕まったかのどっちかだろう〟彼はいったん口をつぐんでから続けた。〝フィッシュとかかわるなら、そこに注意する必要がある。フィッシュは言い訳なんか聞いてくれない。手っ取り早く問題を処理するんだ〟

エヴァは見たばかりの光景を頭から追いだすことができなかった。ねじれた体。想像したこともない量の血。あんなふうに赤黒い血は、悪夢でしか見たことがなかった。デックスが彼女の体にまわしていた腕を外すと、あたたかかった部分に冷たい朝の空気が触れて寒気がした。〝フィッシュは味方にしておけば心強いが、敵にまわすと怖い。裏切り者は容赦なく排除する。きみをここに連れてきたのは間違いだったのかもしれない。だがフィッシュに逆らうとどうなるか、見ておいてほしかった〟

エヴァはごくりと唾をのんだ。それまでは、自分がしていることもほかの仕事と変わらないと思いこもうとしていた。ちょっとした危険がともなうと頭ではわかっていたが、基本的には薬品を調合するという淡々とした地味な作業にすぎないのだと。でもそう思えていたのは、今朝までデックスが本当に危険な部分を見せないようにしてくれていたからだったのだ。

〝決して隠しごとはしないことだ〟うっすらと明るくなってきた空の下をエヴァの家へと向かいながら、デックスは警告した。ポーチまで送り届けて去っていく彼を見つめているとき、いまのは夢だったのだろうかとエヴァは考えた。

ピクニックテーブルから離れて車に戻ろうと思ったとき、ベンツのSUVが走ってきて道の端に停まった。運転席には上品な感じの女性が座っていて、後部座席にチャイルドシートが見えるが誰もいない。ナンバープレートは〝FUNMOM1〟。ずっとまつわりついて離れなかった違和感が強くなり、エヴァは深呼吸をして大丈夫だと自分に言い聞かせなければならなかった。ちゃんと事態を掌握できていて、危ないと思えばいつでも立ち去れる。

女性が車からおりて、呼びかけてきた。「来てくださってありがとう!」金のかかったカジュアルな服装で、シャネルのサングラスを頭の上に押しあげ、デザイナーズブランドのジーンズに膝丈のUGGのブーツを履いている。彼女はエヴァがいつも相手にしている、即席麺で食いつないでいる学生たちとはまるで違った。

近づくと、女性の目の縁が赤くなっているのがわかった。メイクは完璧なのに、疲労を感じさせる肌は張りがない。エヴァはふたたびいやな予感を覚えた。

「遅れてごめんなさい。シッターが来るのを待たなくちゃならなかったから。ブリタニーよ」女性が手を差しだす。

エヴァが両手をポケットに入れたまま出さなかったので、ブリタニーは所在なさげに手をおろすと、ここに来た理由を突然思い出したかのように財布に手を入れた。

「お願いしていたよりたくさん買えないかしら。お願いしていたのは五錠だけど、十錠いただきたいの」札束を引きだして、エヴァに差しだす。「二百ドルじゃなく四百ドルあるわ」

「五錠しか持ってきてないから」エヴァは金を受け取らずに答えた。

ブリタニーは別にかまわないというように首を振った。「それなら明日また会えばいいわ。あなたがかまわなければ、またここでどうかしら」

洋上で発生したマリンレイヤーがとうとう頭上まで到達し、灰色の陰が太陽を覆ってあたりを暗くした。風が急に強くなったのでエヴァがコートをかきあわせていると、ブリタニーが後ろを振り返ってから、ほかに誰も見当たらないのに声を潜めた。「土曜から旅行へ行くのよ。そうしたら来月まで戻らないから、足りなくなったら困ると思って」

エヴァは緊張が走るのを感じた。この女性は高級車に乗り、高価な服を着て大きなダイヤモンドの指輪をはめている。錠剤はプレッシャーがかかる状況を乗りきるためのものだが、この女性は裕福な毎日を過ごすために薬の助けが必要らしい。ただしエヴァが抵抗を覚えているのは、この女性が自分の母親と同じだというとても個人的な理由からで、心の深い部分からわきあがる苦々しい思いの激しさに自分でも驚いた。

「残念だけど無理よ」

「それなら今日持ってきてくれた分だけでも買わせて。お願い」ブリタニーの大きな声が空き地に響き渡る。

ブリタニーの手の甲にいくつも傷があるのが目についた。不安になってかきむしったような傷で、赤く生々しい。ブリタニーの異様なテンションの高さに居心地の悪さは募るばかりで、エヴァはとにかく早くこの場から立ち去りたかった。

「もう話すことはないわ」

「待って。どうすれば考え直してもらえるか教えて」ブリタニーがエヴァの腕をつかむ。

エヴァは彼女の手を振り払うと、背を向けて歩きだした。

「ねえ、取引するために来たんでしょう？」ブリタニーがなだめるような声を出す。

「取引すれば、あなたにはお金が手に入るし、わたしはほしいものを得られる。どっちも得をするのよ」

「なんの話をしているのかわからないわ。誰か別の人と勘違いしてるんじゃない?」

エヴァは振り返ってそう言うと、木々のあいだを縫って丘を下り、駐車場へと続いているハイキング用の道に向かった。

SUVの横を通り過ぎるとき、ちらりと中をのぞいた。後部座席には、チェリオスや子ども用の蓋つきカップや髪につけるピンク色のリボンなどが散らばっていた。エヴァは歩くスピードを緩めて考えこんだ。ずっとドラッグでハイになっていたいから何週間分もの錠剤がほしいという母親のもとで育つ子どもの生活は、いったいどんなものなのだろう。自分の母親もブリタニーみたいだったのだろうか。娘の面倒はシッターに見させて、人気《ひとけ》のない公園までドラッグを買いに行っていたのかもしれない。それでもブリタニーの娘は母親のそばで暮らせているのだと思うと、エヴァは一瞬嫉妬を感じて自分がいやになった。

木々のあいだに入ったところで、口汚く罵るブリタニーの声が後ろから聞こえてきた。車のドアを乱暴に閉めてエンジンをかけ、タイヤをきしませて急発進させる音が続く。振り返ると、道がカーブしたあたりで縁石に車体をこするようにして車の向きを変えているのが見えた。どこかに衝突するのではないかとしばらく身を固くして耳を澄ましていたが、何も聞こえなかったのでエヴァは自分の車へ向かった。

赤信号で車を停めると、公園の出口の向かいにあるガソリンスタンドにいるブリタニーの姿が目に入った。ブリタニーはさっきと同じSUVの窓から身を乗りだして、車高の低いセダンの横に立っている男に話しかけている。セダンは窓ガラスが黒く、政府の公用車であることを示すナンバープレートがついていた。男はブリタニーから紙片を受け取って、スポーツコートのポケットに入れた。

信号が青に変わっても、エヴァはふたりから目を離せなかった。最初に感じていたいやな感じがよみがえってきて、あっという間に黒々としたパニックに変わる。後ろからクラクションを鳴らされ、エヴァはわれに返った。車を出してふたりがいるほうへと走らせながら、なるべく多くの情報を記憶する。ミラーサングラスに短く刈った茶色の髪。スポーツコートには拳銃をおさめたホルスターの形が浮きだしている。ふたりから遠ざかりながら、エヴァはブリタニーの意図に思いをめぐらせた。

エヴァは家に戻ると建物の隣にある小さなガレージに車を入れ、ドアに南京錠《なんきんじょう》をかけた。ところが早くデックスに連絡しようと家の中へ向かいかけたところで、彼女を待っていたかのように家の前の階段に座っている新しい隣人が目に入った。「ああ、もう」思わず声が出る。

エヴァを見ると、隣人の顔にほっとしたような表情が広がった。「最後の段を踏み外して、転んでしまったの。足首を捻挫してるみたい。申し訳ないけど、肩を貸してもらえないかしら？」

エヴァは、ガソリンスタンドでブリタニーから紙片を受け取ってポケットに入れた男を思い浮かべて、通りを振り返った。こんなことをしている時間はないけれど、隣人をポーチに放っておくわけにもいかない。「もちろんです」

エヴァは女性に肩を貸して立ちあがらせながら、彼女が小柄なことに驚いた。百五十センチあるかないかで六十歳は優に超えているように見えるものの、細い体は思いのほか力強い。女性はエヴァに支えられつつ手すりをしっかり握って体を引きあげ、片足で階段をのぼりきった。そこでエヴァは女性の息が整うのを待ち、彼女を支えて玄関から家の中に入った。

クリーム色のソファと床に敷かれた暖色のラグが、まず目に飛びこんできた。リビングルームの壁の一面は深紅に塗られており、部屋の隅にはまだ半分中身の入った段ボール箱が散らばっている。エヴァは女性を椅子まで連れていって座らせた。

「氷を持ってきましょうか?」さっさとすませたくて、エヴァはきいた。どういう状況なのか、これからどうするべきなのか、早くデックスに電話してきかなければならない。隣人にゆっくりつき添っている暇などなかった。

「まず自己紹介するわね。わたしはリズよ」

エヴァはふくれあがるパニックを必死に抑えつけた。おしゃべりな隣人との世間話につきあわされ、指のあいだから時間がこぼれ落ちていくような気がする。それでもなんとか笑みを作って返した。「エヴァです」

「ようやく会えてうれしいわ、エヴァ。そうね、氷があったらありがたいわ。そこをまっすぐ行ったところにあるから、申し訳ないけど持ってきてもらえるかしら」

ようやくリズから離れる許しを得て、エヴァはキッチンに入った。シンクのそばのカウンターに最低限の皿とグラスが置かれているほかは、何もない。冷凍室を開けると製氷トレイがあったので、取りだした氷を布巾で包んだ。それからシンクの横にある水切りかごからグラスを取って水をくみ、用意したものを震える手でリビングルームまで運んでリズに渡した。そして別れを告げようと口を開きかけたが、先にリズのほうから声をかけられてしまった。「どうぞ座って。ぜひ話し相手になってちょうだい」

エヴァは窓の外の誰もいない通りに目をやったあと、外が見える位置に置かれた椅子に腰をおろした。

リズがにっこりする。「引っ越してきたばかりで、まだあまり知りあいがいないの。わたしはプリンストンから来た客員教授で、今学期は二クラス教えることになっているわ」

エヴァは礼儀正しくほほえんでいたが、リズがカリフォルニアの冬を楽しみにしているなどと話しているのはほぼ聞き流し、ブリタニーと会ったときのことを思い返していた。ブリタニーが何を言ったか、彼女の手がどんなふうに震えていたか、取引を成立させようとどれだけ必死だったかを。なんでもいいからとにかく取引をしようというあからさまな態度を思い出しているうちに、エヴァのパニックはだんだんおさまってきた。前にも危ない局面を切り抜けたことはあるし、今回は結局、違法なことはしなかった。それに、こうして外に目を光らせながらリズの家で彼女の話に耳を傾けているいま、エヴァの身はこのうえなく安全だった。教員用の住居に入って面倒なつきあいに巻きこまれるのはごめんなので、自分で部屋を借りるほうがいいのだというリズの説明を聞いているうちに、明らかに血圧がさがってきたのがわかった。

「今度はあなたの番よ。仕事は何をしているの？　どこの出身？」突然リズがきいてきた。

エヴァは窓の外から視線を戻し、用意してあるプロフィールを教えた。「育ったのはサンフランシスコです。仕事はバークレーのダウンタウンにある〈デュプリーズ〉ってお店でウエイトレスをしています」すぐにリズに話を戻す。「客員教授ということは、大学で教えているんですね。何を教えているんですか？」

リズがグラスを持ちあげて水を飲んだ。「政治経済学よ。経済理論とそれに関連する政治経済システム」声をあげて笑う。「とっても魅力的な話題でしょう？」

リズが氷を外して足首の状態を調べ、動かせるかどうか慎重に試している。やがて顔をあげて、にっこりした。「捻挫はしていないみたい。よかったわ。いきなり松葉《まつば》杖《づえ》で教壇に立つのはなかなか大変だと思うから」

小柄な体に反してよく響くリズの声を聞いていると、エヴァはなぜか心が鎮まった。その振動に身をまかせていると深く息が吸えるようになり、もっと熱心に耳を澄ましたくなった。広い講堂で学生たちの前に立ったリズの声が一番遠い隅まで届くところをエヴァは想像した。彼女の声以外に聞こえるのは、教授の言葉を残らず書きとめようとしている学生たちが紙の上にペンを走らせたり、ノートパソコンのキーボードを叩いたりしている音だけ。

リズの家のソファに座っていたエヴァの目に、政府のナンバーをつけたセダンの姿が飛びこんできた。近づいてきたセダンは速度を落として、道の端で停まった。ガソリンスタンドでブリタニーと話していた男が車からおりて、メゾネットアパートの前まで歩いてくる。

エヴァの頭は目まぐるしくまわり始めた。男はどうやってここを見つけたのだろう。まったく気づかなかったが、この男とは別の誰かにつけられていたに違いない。

エヴァは唐突に立ちあがると、窓に背を向けてリズに歩み寄った。「お医者さまに診てもらわなくて本当にいいんですか?」

リズは足首に氷を当て直した。「わたしがしてほしいことを言うわね。このまずい水道の水を捨てて、代わりにウォッカを注いできてほしいの。あなたの分もよ。ウォッカは冷凍庫に入っているわ」隣家のドアをノックするかすかな音に、リズが気づいた。「あなたのところに誰か来たみたいね」

ブラインドの隙間から外をのぞくと男が郵便受けに何か入れているのが見え、エヴァは震えあがった。逃げなければという衝動がふくれあがって、リビングルームの入り口からキッチンを見つめる。裏口から外へ出て、裏門を抜けてデックスの家まで逃げればいい。そして、どういうことか詰問するのだ。

でもそうはせずにエヴァは大きく息を吸って、公園で見知らぬ女性と話しただけだと自分に言い聞かせた。ドラッグは売らなかったし、現物を見せてもいない。最初の頃、エヴァが怯えるたびにデックスは〝最後までやり遂げろ〟と言った。〝やましいことがある人間だけが逃げる。やつらはそれを待っているんだ。だから逃げるんじゃない〟

「あの男なら前にも見たことがあるけれど、警備会社のセールスマンでした」エヴァは嘘をついた。「留守のふりをするのが一番なんです。そうでないとなかなか引きさがらないから」

「訪問販売のセールスマンって、ほんとにいやよね」セールスマンだという男がこっちの家にも訪ねてこないことをおかしいと思ったとしても、リズは何も言わなかった。

エヴァは立ちあがった。「あなたが言っていた飲み物を用意してきます」いまの自分には、たしかに酒が必要だった。

クレア

二月二十三日（水曜日）

わたしは書類を散らかしたままエヴァの書斎を出た。エヴァが自分について語っていたことやここを逃げだす理由としてあげていたことは、真実ではなかったのではないかという疑いを確認しなければならない。まずクローゼットの扉を開け、ハンガーにかかっている服をざっと見て、彼女に愛する夫がいたという証拠を探した。夫がいたなら服そのものは処分されていたとしても、それらがあった場所ががらんと空いているはずだ。でも、見つかったのはおしゃれなトップスが数枚とワンピースが二枚、ブーツ、フラットシューズと、どれもエヴァのものだった。次にドレッサーの引き出しを開けて、シャツやジーンズや下着や靴下をチェックする。ふと鏡に映った新しい自分の姿が見えて驚いた。まだ見慣れないこの姿はエヴァによく似ていて、彼女が戻ってきたのだと一瞬、思いかけた。ここにいるのは彼女で、気まぐれな運命に翻弄されたあの奇妙な日に死んだのはわたしなのだと。

ベッドに沈みこむように座る。やはりエヴァについて信じていたことは嘘だった。彼女が語った人生も、ここにいたくないと言った理由も、すべて嘘だった。夫がいなかったのなら、彼の死にまつわる捜査も行われていなかったことになる。だとすれば、エヴァがわたしと入れ替わってまで身を隠したいと考えた理由は別にあるはずだ。

思わずヒステリックな笑いがもれる。張りつめていた気持ちが限界に達し、正気の縁まで追いつめられている。エヴァは平然と、もっともらしく嘘をついた。突然、彼女の声が頭の中で響いた。落ち着きなさいと諭し、この家から出ていくように言っている。彼女の声は驚くほど鮮明で、そんなふうにはっきり思い出せることにわたしは苦笑した。

ふたりとも、こんなことになるなんて考えもしなかった。わたしたちはただ搭乗券を交換しただけ。わたしは彼女の家に来て鍵を開け、彼女の人生をのぞき見るはずではなかった。けれど何に足を踏み入れてしまったのだとしても、わたしはわたし自身の選択でここにいる。

書斎へ戻ってグーグルドキュメントを表示しているパソコンの前に座ると、エヴァの銀行取引明細書に改めて目を通し、毎月の支出を確認した。食料品、ガソリン、コーヒーショップ。あとはケーブルテレビからゴミの回収まですべて毎月自動で引き落とされていて、残高は二千ドルだ。〈デュプリーズ・ステーキハウス〉というところから九百ドルずつ二回振り込みがあるが、これはメゾネットアパートを現金で買えるほどの収入ではない。

そして予想どおり、医療費の支払いはなかった。自己負担金も薬代も見当たらない。巧妙に練りあげられたとんでもない作り話に、わたしはだんだん感動すら覚え始めた。バーのカウンターでわたしとのあいだに搭乗券を置いたときの、よどみない仕草がよみがえる。あのとき動揺していたわたしは、エヴァに誘いこまれていることにまるで気づかなかった。バークレーでは人々のあいだに紛れるのが簡単なのだと語ったときの口ぶりや、わたしの願望や恐れをくみ取って巧みにたぐり寄せ、自ら彼女の計画に同調するように仕向けた手際には舌を巻く以外にない。

車の登録証明書を見るとエヴァの車は古いホンダで、おそらくそれはアパートの隣にあるガレージに置いてあるのだろう。彼女ほど賢く立ちまわれる女性が、足取りをたどる手掛かりになりそうな空港や鉄道の駅の駐車場に車を放置するとは思えない。でも、その車を使う気にはなれなかった。エヴァを追う人間がいるとすれば、まず車を探すだろう。とはいえ、いざというときに使える車があるのは心強かった。

わたしは机の引き出しの中身の残りを手早く調べた。インクの出なくなったペンとペーパークリップがさらにごちゃごちゃと入っていて、あとは空の封筒とコードがついていない充電器がある。バースデーカードや予定を書きとめた紙など、個人的なものは何もなかった。写真やちょっとしたメモ、感傷的な記念の品もない。夫だけでなく、エヴァ自身も作り話だったのではないかと思えるくらいだ。

机の左側を見ると、空のゴミ箱があった。その近くの机の陰に小さな紙くずが落ちている。ゴミ箱に投げ入れようとして、外したのだろうか。拾って皺を伸ばしてみると、小さな紙片だった。小学校でしか見ないような斜めに傾いた筆記体で〝あなたが求めるものはすべて、恐れの向こう側にある〟と書かれている。

エヴァがどういう状況でこれを書き、そのあと捨てたのか、想像しようとした。もうこの言葉が必要ではなくなったから捨てたのだろうか。それとも、ここに書いてあることが信じられなくなったのか。

わたしはその紙片を持って寝室へ行き、ドレッサーの鏡の隅に差しこんだ。それから出したものを片づけ始めたが、シャツをたたんでいると彼女の香り――どことなく化学合成したような雰囲気の花の匂い――がふっと漂った。レッド・ホット・チリ・

ペッパーズのTシャツを見つけて、体の前に当ててみる。大きめの着古されたそのTシャツは、カリフォルニアツアーのときのものだ。ヴァイオレットはこのバンドが大好きで、十六歳になったらコンサートに連れていってあげるとわたしは約束していた。ヴァイオレットはたくさんのことを実現させることなく死んでしまった。Tシャツを肩にかけて、引き出しを閉める。このTシャツは持っていたかった。

現金や宝石類がないことを確かめて、ドレッサーの片づけを終えた。日記やラブレターも隠されていなかった。こんなに空っぽな人生を送っている人間がいるはずがない。架空の夫や、ローリーの妻であったわたしを除いて。

部屋を横切ってベッドの端に腰かけ、ナイトテーブルの一番上の引き出しを開けた。するとここにも高価なハンドローションが入っていて、腕に塗ってみると薔薇の香りがした。それから解熱鎮痛剤《タイレノール》のボトルが一本。けれどここにはそれだけでなく、端に張りつくようにして写真が入っていた。この家で見つけた初めての写真。サンフランシスコのスタジアムの外で、エヴァが年上の女性と顔を寄せあうようにしてポーズを取っている。選手たちの等身大パネルの後ろにはジャイアンツというチーム名の横断幕が掲げられ、笑いながら楽しそうに女性の肩に腕をまわしているエヴァには、出会ったときに見えた陰がどこにもなかった。この年上の女性は友人だろうか。それともエヴァは計算ずくでしか行動しない人間で、彼女のこともだましたのだろうか。エヴァがこの女性にも嘘をついているところを想像した。助けが必要なのだと、彼女にも信じこませているところを。この女性はいまどこにいるのだろう。エヴァを探しにここまで来るかもしれない。そうしたらエヴァと同じ髪型で同じ色の髪をした女がエヴァの服を着てここにいるのを見て、なんと言うだろう。詐欺師として糾弾されるべきなのは誰？

引き出しの奥のはさみとテープの下に、封筒があった。中には十三年前の日付が記された小さな紙をクリップでとめた束が入っている。クリップを外して紙束をぱらぱらめくると、〈セント・ジョセフズ〉という名のサンフランシスコの施設が発行した書類だとわかった。女子修道院か教会かもしれない。手書きの筆跡はミミズが這《は》っているようで読みにくいうえ色あせており、わたしは窓から入る光にかざして読んだ。

〝親愛なるエヴァ

あなたはきっと、全力で勉学に励む充実した日々を送っているのでしょうね！　今日この手紙を書いているのは、八十年以上続いたこの〈セント・ジョセフズ・グループホーム〉がとうとう州の児童養護制度に吸収されることになったと知らせるためです。おそらくこれでよかったのだと思います。わたしたちみんな、もうだいぶ年ですからね――シスター・キャサリンでさえ。

昔、あなたは実の両親についてしょっちゅう質問していました。当時はそれに答えることを許されていませんでしたが、あなたももう十八歳になったので、わたしたちが持っているすべての情報を伝えようと思います。あなたをここに迎えたときのわたしたちの記録と、それ以前の記録のコピーを同封します。これ以外に知りたいことがあれば、公的記録の閲覧を州に自分で申請する必要があります。あなたを担当していたソーシャルワーカーの名前は、たしかクレイグ・ヘンダーソンでした。

あなたが最後の里親家庭とうまくいかなかったあと、お母さまのご家族を探してみました。気持ちが変わって、あなたを引き取りたいとおっしゃるかもしれないと思ったからです。でも、そうはなりませんでした。あなたのお母さまは薬物依存症と戦っていて、ご家族は彼女の監視と世話という重荷を担うので精一杯だったのです。そもそもあなたを手放したのは、それが大きな理由でしたから。

けれどそんな環境で育ったのに、あなたはすばらしい人間に成長しました。わたしたちはそんなあなたのことをいまでも語りあい、多くのことを成し遂げたあなたを誇りに思っています。シスター・キャサリンがあなたの化学における功績をたたえる記事を探して毎日新聞を隅々まで読んでいるので、エヴァはまだ学生なのだからもう何年か待たなければならないと戒めています。いつでも訪ねてきてください。電話も歓迎します。バークレーでのすばらしい生活を聞かせてもらえるのを待っています。あなたは必ずや偉大なことを成す人間になるでしょう。

神への大いなる愛とともに
シスター・バーナデット〟

わたしは手紙を横に置き、クリップでまとめられていた残りの紙に目を向けた。それらは三十年以上前の日付が入った手書きの記録のコピーで、二歳の少女がキリスト教系の児童養護施設《グループホーム》に来てからそこに適応していく様子が記されている。

〝子ども、エヴァ、午後七時に到着。母親、レイチェル・アン・ジェームズ、面談を拒否。親権停止の書類に署名。〈セント・ジョセフズ〉から州に書類を提出。連絡待ち〟

二十四年前の日付が書かれた別のページでは、事務的な淡々とした雰囲気が薄れている。

〝昨日の夜、エヴァが戻ってきた。里親のところに行くのは三度目だったが、これが最後になるかもしれない。〈セント・ジョセフズ〉に居場所を与え、主のお導きがある限りわたしたちで面倒を見るつもりだ。今回あの子に割り当てられたソーシャルワーカーはCHだから、会うことはあまりないだろう〟

バークレーの学生だったのなら、一階の本棚に化学関係の教科書があったのもわかる。おそらく彼女は卒業しなかったのだろう。授業料が払えなくなったか、単位が足りなかったかしたせいで。そしてステーキハウスのウエイトレスになり、やがて詐欺師にもなってニューヨークの空港でわたしをだました。

この家が殺風景で、エヴァが家族の中で育っていたらあるはずのもの――アルバムやバースデーカードや手紙――が見当たらない理由もわかった。幸せかどうか気にかけてくれる家族もなしにひとりで目覚めるさびしさは、わたしも知っている。とはいえ少なくともわたしは、家族がいる幸せを二十一歳までは味わえた。エヴァはそんな経験がまったくない可能性が高い。

死ぬというのは、たくさんの終えられなかったことをあとに残すということだ。そして死は残された者をいつまでもとらえて放さない。どうやっても切れない糸で、残された者を何度も引き戻す。〝もしあのときこうしていれば〟という問いに。でも、この問いかけは不毛だ。いまもこれからも決して存在しないものを照らしだすために、がらんとした空っぽのステージにスポットライトを当てるようなものなのだから。手紙を封筒にしまって引き出しに戻しながら、エヴァの新たな一面について考えこんだ。しかしそのエヴァは踊るようにあちこちへ動きまわって、ちっともじっとしていてくれない。そのあともとらえどころなく常に形を変えながら、わたしの視界の端を出たり入ったりし続けた。

切った髪が首の後ろに残っていてちくちくするので、シャワーを浴びたかった。けれど着替えはJFK空港のトイレの個室でスーツケースからあわててつかみだしたわずかばかりのものしかない。ジーンズが一本、パンツが一枚、ブラジャーと靴下はいま身につけているものだけ。さびしい中身のダッフルバッグと、わたしのものではない服がたくさん詰まったエヴァのドレッサーを交互に見た。ドレッサーにはジーンズとシャツだけでなく下着もある。ほとんど何も持っていない現状に改めてショックを受け、しばらくためらったが下着の入った引き出しをもう一度開けた。エヴァの服を着ると考えただけで胃がぎゅっと締めつけられたが、他人の下着を着るよりはるかに恐ろしいことをして生き延びなければならなかった人もいるのだと、目をつぶって自分に言い聞かせた。ただのコットンとゴムにすぎないし、きれいに洗ってあるのだからと。

ダッフルバッグから出した自分の服を持ち、人間はたったふた組の下着でやっていけるものだろうかと考えながら廊下へ出て、リネン用の戸棚からタオルを出す。バスルームに入ると湯を勢いよく出して、鏡に映っている自分がぼんやりとしか見えなくなるまで湯気を充満させた。もはや鏡の中には、どこの誰とも知れない女しかいない。わたしは誰にでもなれるのだ。

シャワーを浴び終えたわたしは、服を着てエヴァの部屋にある鏡の前に立った。あたりにはエヴァの石鹸《せっけん》とローションのなじみのない香りが漂っている。鏡の中には短いプラチナブロンドで鋭い頬骨の女がいた。ドレッサーの前へ行ってそこに置いておいたエヴァの財布を取り、免許証を出して写真をわたしの顔と比べる。これなら大丈夫なのではないかと楽観的な気持ちがわきあがった。

新しい人生を前にしてわくわくするこの感覚は、前にも覚えがある。ローリーと出会ったとき、それまでの自分となりたい自分のあいだに立って、すべてが可能性で輝いているように見えた。

質問してくる人々にどう説明するか、話ができあがっていく。〝エヴァとは同じグループホームで育ったんです〟と話している自分が思い浮かぶ。堂々と、シスター・バーナデットとシスター・キャサリンの話をすればいい。エヴァなしでわたしだけがここにいる理由は、離婚するのでエヴァが旅行に行っているあいだ使わせてもらっていると言おう。

〝エヴァはどこに行った？〟ときかれたら？

鏡に映るエヴァともクレアとも違う自分を見つめて、答えをつぶやく。

「ニューヨークよ」

わたしは書斎へ戻って、片づけを始めた。エヴァの書類をまとめて積みあげたところで次に何をすればいいか考えこんでいると、パソコン上のグーグルドキュメントの白い画面に突然文字が現れた。まずローリーが短く〝デトロイトへの出張〟と打ちこんだ。それから続けて画面の右側にコメントが入力される。

ローリー・クック：フェデックスの小包はどうした？

ほぼ間を置かずに答えが返ってきた。

ブルース・コーコラン：現金はいつもの引き出しに。身分証明書、パスポート等はシュレッダーにかけました。

ローリー・クック：手紙は？

ブルース・コーコラン：スキャンしたあとシュレッダーにかけました。

ローリー・クック：
彼女はいったいどこで偽のパスポートや身分証明書を手に入れたんだ？

横並びの三つの点が、ブルースが考えこんでいることを示している。わたしは息を止めた。

ブルース・コーコラン：
わかりません。国土安全保障局が偽造屋を取り締まっていますが、クレアが用意していたものは本物同然でした。出張直前の携帯電話の通話記録を照会したところ、当日の朝に一件、彼女のどの知りあいのものでもない番号がありました。調査を継続中です。

わたしは続きを待ったが、新しいコメントは追加されなかった。やがてコメントがひとつずつ消え、ドキュメントの本文も消えた。画面上部の右端からブルースのアイコンがなくなり、ローリーのアイコンだけが残る。慎重に行動しなければならなかった。ドキュメントの中ではわたしとローリーは区別されないので、わたしがどこかをクリックすれば彼のパソコンに彼の名前とともにそれが表示される。これで何もできなくなってしまった。疑問に対する答えを探して、これ以上あれこれいじることはできない。目の前の画面をじっと見守るしかなかった。

とりあえずやることがなくなったわたしは、寝るまでの時間をつぶすために新しいタブでCNNのホームページを開いた。墜落事故の続報がないか目を走らせると、わたしの葬儀が三週間後の土曜日に行われることになったという小さな記事があった。三週間あれば、ローリーは華々しい催しを企画できる。葬儀はおそらくニューヨーク市内で行われ、政府の高官が大勢出席するのだろう。

次にケイト・レーンの写真をクリックした。彼女が最近担当したコーナーを動画で見られるようになっている。そのリストをスクロールして、昨日の夜に行われた記者会見を選んだ。NTSBの委員長がレポーターの質問にどう答えたのか知りたかった。

しかし彼はすでに公表されていることを話しただけで、会見を終えた。〝まだ捜索と収容作業を行っている段階です。さらなる情報はこれから明らかになっていくでしょう。みなさまには辛抱強くお待ちいただきたい。ヴィスタ航空は全面的に協力し、政府の要請にすべて従ってくれています〟

予想どおりだった。まだまだ疑問が多く、答えは少ない。ところがカメラがスタジオにいるケイトに切り替わる直前に、人混みにあるものが見えてわたしは目を見開いた。会見の終わりの部分をもう一度再生し、それが見えた瞬間に停止ボタンを押す。画面の左下の隅。黒や茶色のパーカーや紺のウィンドブレーカー姿のレポーターがひしめく中に、見覚えのある色が見えた。凍えるようなニューヨークの二月の夜にはそぐわない鮮やかな色。ぼやけてはいるものの、ピンク色のセーターを着たプラチナブロンドの女性が映っていた。

エヴァ

八月
カリフォルニア州バークレー
墜落事故の六カ月前

男の名前はカストロ捜査官といい、エヴァはそのあとあちこちで彼を見かけるようになった。だが郵便受けに入れられた名刺はすぐに捨てたし、家までついてこられて玄関のドアを叩かれても無視した。それでも彼はつきまとい続けた。スーパーマーケットの駐車場にいたり、コーヒーショップを出たとたんバンクロフト・アベニューを車で走ってきたり。〈デュプリーズ〉にまで来てエヴァの担当ではないテーブルに座ってギネスビールを飲みながらプライムリブのディナーをのんびり楽しみ始めたときは、気もそぞろになって何度もオーダーを間違えてしまった。

カストロがまったく姿を隠そうとしないので、エヴァは不安になった。自分の存在を見せつけるようになるまで、どれくらいのあいだ彼女を観察していたのだろうか。

ようやくデックスが電話をかけてくると、エヴァはすぐに会いたいと伝えた。「ブリタニーはどういうルートであなたに紹介されたの？」彼と入ったスポーツバーの地下のダイニングルームで、エヴァは詰問した。ふたりはビリヤード台の横にある、こぼれたビールでべたついたテーブルに座っていた。まわりでは酒を飲んでいい気分になった学生たちが、テレビの大画面でプレシーズンのフットボールの試合を見ている。

「幼なじみがロサンゼルスに引っ越して、ブリタニーと知りあった。そのあと彼女がこっちへ来ることになったときに、そいつがおれの名前を教えたんだ。向こうでは常連だったと言ってたぞ。どうしてそんなことをきく？」

エヴァはデックスが嘘をついていないかどうか表情を探った。緊張していたり、罪悪感に駆られたりしている様子はないだろうか。「わたしと取引しようとしたあとに、ブリタニーが連邦捜査官と話しているのを見たのよ。その捜査官がいま、わたしをつけまわしているの。どこへ行っても彼がいるわ」

デックスが真剣な表情になって、ハンバーガーを置いた。「何があったのか、詳しく話してくれ」

話しているときにブリタニーがやけに神経質そうにしていたこと、手の甲にかきむしったような跡があり、いかにも薬物依存症者らしく見えたことをエヴァは説明した。

「どうしてあなたが自分でよく調べてもいない人間を紹介したのか、知りたいわ。それじゃあ、最初の約束と違うじゃない」

デックスの目つきが険しくなる。「何が言いたい？」

「だって、あなたに紹介された客と会った直後から連邦捜査官につけまわされているのよ」

「くそっ」デックスはナプキンをテーブルの上に放った。「とりあえず全部ストップしろ。おれから連絡があるまでは、錠剤を作るのも売るのも禁止だ」

「フィッシュにはどう説明するの？」

「おれがなんとかする。おれの仕事はきみを守ることだ」

デックスの言葉がどれだけ信じられるか推し量りながら、エヴァは彼を見つめた。この商売がどんなものかはよくわかっている。一日の終わりに、刑務所に入るか友人を売るかどちらかを選べと迫られれば、この商売にかかわる人間ならするべきことをする。デックスだけは例外だなんて幻想は抱いていないし、自分が例外だという確信もなかった。

それでもリスクをどうやって見積もるか、誰が潜入捜査官で誰が彼女を密告する可能性のある薬物依存症者かをどうやって見分けるか、教えてくれたのはデックスだ。

彼がエヴァを奈落へ導くとは思えなかった。そんなことをすれば、彼自身も引きずりこまれることになるのだから。

エヴァが退学になって数カ月後、ふたりはある男と会うことになった。そのとき彼女はまだデックスの家の空き部屋に住まわせてもらっていて、彼のキッチンで古ぼけた器具を使って錠剤を作っていた。待ちあわせ場所に行くと、そこにいたのはぼさぼさ頭の二十歳になるかならないかという学生で、ヘッドホンをしてズボンを腰のあたりまでずりさげてはいていた。

〝あいつをよく見ろ〟デックスが言った。ふたりはバスの時刻表を見るふりをして、券売機の後ろに身を潜めた。男はチック症か何かのせいなのか、待っているあいだおそらく無意識に左肩をすくめたり頭を振ったりしていた。〝会う前に、必ず相手をよく観察するんだ。そして異常な部分を探せ。気温が二十七度近くあるのにスウェットシャツを着てるとか、雨が降ってるのにタンクトップを着てるとか、そういう手掛かりを見逃すな。あいつのヘッドホンを見ろ。どこにも接続されていないだろう。コードは前ポケットに入っていってるのに、携帯電話は後ろのポケットにあるのがわかるか？〟エヴァはうなずき、教えられたことを頭に叩きこんだ。こういうことを忘れないようにしなければ、この先は生き残っていけないのだとわかっていた。〝ああいう矛盾を見つけたら、訳ありだから素通りしろ。やつはヤク中か警官だ〟デックスはグレーの目に真剣な表情を浮かべてエヴァを見つめた。〝きみが一番優先しなければならないこと、そしてフィッシュが一番優先することは、きみの身の安全だ。フィッシュはそうしているから、このビジネスを長く続けていられる〟彼は静かに笑った。〝それと、バークレーとオークランドの警察内部にいる彼の協力者たちのおかげだな〟ふたりは券売機の後ろから出て、取引することなく立ち去った。ドラッグを待ちわびている男を置き去りにして。

「ブリタニーに錠剤を売ったのか？」デックスがエヴァにきいた。

「売らなかったわ。様子がおかしかったから。どう見てもまともじゃなかった。だから、誰かと間違えてるんじゃないですかって言って立ち去ったの」

デックスはうなずいた。「それでいい。どういうことになってるのか、おれたちが調べるまできみは休め」

「さっき話した男は、自分の姿をわざとわたしに見せつけているみたいなのよ」

「そうかもしれない。人は不安になると間違いを犯すからな。その男はきみを不安にさせたがっているんだ。そんなふうに姿を見せつけるのは、証拠をつかめなくて必死になってるからさ」

「どうすればいい？」

「つけられても放っておけ。何も見つけられなければ、そのうちあきらめてよそに目を向けるはずだ」

デックスはチップとして五ドル札を二枚テーブルの上に置いた。突然、周囲で歓声がわき起こる。全員の目がテレビに向かっていて、見ると誰かがタッチダウンを決めていた。エヴァは立ちあがりかけたが、デックスに止められた。「きみはもう少しここにいろ」

エヴァは座り直し、出ていく彼を見つめながらふくれあがるパニックを懸命に抑えつけた。救命ボートに乗る順番を待ちながら、ひとりだけ沈みゆく船に取り残されたような気分だった。デックスはすでに彼女と距離を置こうとしている。

まわりでは大学生たちが酒を飲んで笑っていた。彼らの最大の懸念はカリフォルニア大学バークレー校がレギュラーシーズン後の試合《ボウル・ゲーム》に残れるかどうかだ。エヴァはこんなふうにリラックスして人生を楽しんだことは一度もなかった。学生だったときでさえ口数は少なく、常にまわりを警戒していた。グループホームで育った彼女は、大声で笑い転げたり気のきいた冗談を言いあったりするよりも、静かに観察しているほうが安全だと早いうちに学んでいた。〈セント・ジョセフズ〉のシスターたちはグループホームの子どもたちに礼儀正しく慎重に行動するよう教えていて、エヴァはそれに従いながら、ひそかにルールを破ることを覚えた。

でも、グループホームは家庭と呼べる場所ではなかった。年配のシスターたちは厳格で妥協することを知らず、子どもは従順で静かにしているものだと信じていた。エヴァは礼拝所の裏にあった宿舎の冷え冷えとした廊下をいまでも覚えている。じめじめして蠟燭《ろうそく》の匂いが漂っていた。ほかの子どもたちのことも覚えていた。名前ではなく声を。とげとげしく居丈高な声やびくびくした小さな声。夜には泣き声も聞こえた。夜になると、ひとりぼっちが身にしみてさびしくなってしまうのだ。

エヴァはビールを飲み干すと、立ちあがってメインダイニングルームへあがる階段に向かった。非常口に目をやり、ドアを開けるところを想像する。警報が鳴りだすところを。でも、いまはまだなりふりかまわずに行動するときではないとわかっていたので、そのまま通り過ぎた。まだそのときではない。

家の前の私道に車を乗り入れると、リズが玄関に鍵をかけて自分の車に向かっているのが見えた。エヴァは通りの左右を確認したあと、落ち着いて普通にふるまうよう自分に言い聞かせた。

「あら、こんにちは！」リズが呼びかけてくる。

リズと初めて出会った午後から、エヴァは彼女が気になってしかたがなかった。気がつくと彼女がたてる物音に耳を澄まし、出入りに目を光らせている。リズの声はまだ頭に残っていて、なぜか彼女に惹かれているのは否定のしようがなかった。

エヴァは車をロックして笑顔でリズに向き直り、彼女の車のナンバープレートを指さした。「ニュージャージーからここまで運転してきたんですか？」意識して肩から力を抜き、カストロ捜査官の車がいつ現れるかわからないという思いを振り払って、リズに集中する。

でも今日のリズはおしゃべりをする暇がないのか簡単な答えを返してきただけで、エヴァはほっとした。「ドライブするのも楽しいだろうなと思ったのよ。だけどいまからもう、帰るときのことを考えたら憂鬱だわ」リズが運転席側にまわり手を振って乗りこんだので、エヴァは玄関の鍵を開けて中に入った。

静けさに包まれるとほっとした。だがソファの上で横になり、何度か深呼吸をしてみても緊張は解けなかった。観客のように彼女の行動を見つめているカストロ捜査官の視線を常に感じる。スーパーマーケットや〈デュプリーズ〉への行き帰りも、さっきリズと話したような誰かとのやり取りも、すべて観察して日誌に記録されているのだ。〝午後四時五十六分：年上の隣人と庭で会話〟というように。リズの部屋とのあいだを隔てている壁をエヴァは見つめた。彼女と仲よくなれば、ごく普通の生活を送っているとカストロに信じさせることができるだろうか。エヴァはありふれた日常を営むただのウエイトレスで、〝隣人と夜を過ごした〟とか、〝隣人と一緒にバークレー・ローズガーデンを見学した〟なんていう記録はつけるまでもないと。リズと一緒にあと何をすれば、もう見張る必要はないと思わせられるだろう？

その夜、玄関のドアを叩く音がしてエヴァが窓から外をのぞくと、リズがキャセロールを持ってポーチに立っていた。「いまはひとりなんだから半分の量でいいのに、ついうっかり作りすぎちゃうのよね」リズはそう言ったが、本当は誰かのために料理をするのが好きなだけだろう。

リズはさっさと中に入ってきて、エヴァは渡されたキャセロールの重みで一瞬よろけそうになったあと、それをキッチンに運んだ。そして冷蔵庫にしまって振り返ると、リズが身をかがめてリビングルームの本棚を見ていた。個人的な空間に入りこまれ持ち物を見られていると思うと落ち着かない気分になったが、エヴァは息を吸って笑みを作った。〝午後七時四十五分：隣人がエヴァに料理を持参。ふたりは十二分間おしゃべりをした〟と書きとめるカストロの姿が頭に浮かぶ。大丈夫。ちゃんとできる。

「化学が好きなの？」リズがきいた。

エヴァは肩をすくめた。本棚にあるのはほとんどが大学の最後の年に使っていた教科書で、もう何年も開いていない。それでも捨てたら自分の中の大切な部分も捨てることになるような気がして、そのままにしていた。「しばらく勉強していたことがあるんです。学校で」

「これは大学の教科書よ」リズが一冊取って開き、表紙の内側に押されているバークレーの大学生協のスタンプを見つめる。「バークレーに行っていたの？　知らなかったわ」

「しばらくのあいだだけです。卒業はしていません」

「どうして卒業しなかったの？」予想どおり、リズが質問してきた。

「事情があって」この返事でリズが会話を終わらせてくれることを祈りながら返す。

カウンターに置いてある携帯電話が鳴った。エヴァはデックスからのメッセージが表示されているのを見てすばやく取りあげ、あとで見られるように保存ボタンを押してポケットにしまった。

リズは先を待つようにしばらく黙っていたが、エヴァが何も言わないのでカウンターの上の飲みかけのダイエットコークの缶を指さした。「体に毒よ」

エヴァは急に取り繕う気力がなくなって腕時計を見た。あとどれくらいリズの相手をしなければならないのだろう？「そろそろシャワーを浴びないと。今夜はステーキハウスの仕事があるんです」

リズはエヴァが本当のことを言っているのかどうか推し量るように、一瞬間を置いた。「わかっていると思うけど、人生は長いのよ。うまくいかないことがあっても、結局たいしたことではなかったとあとでわかる場合も多いわ」

ふたりがいる部屋のすぐ下にドラッグの製造室があることは、いかにも象徴的だとエヴァは考えた。リズには目の前にあるものしか見えていない。でもエヴァにはその下にあるものがすべて見えていて、それがいつ表に現れて待ち構えているカストロの目にさらされてしまうかと心配している。

「料理をありがとうございました」エヴァは礼を言った。

リズが教科書を本棚に戻す。「どういたしまして」

隣人が帰ると、エヴァは携帯電話を出してデックスからのメッセージを読んだ。

〈フィッシュが手を打ってる。二週間ほど休んでいてくれ。そうしたらやつは消える〉

ぎりぎりのところで衝突を免れたような気分で、エヴァの緊張が一気に解けた。もうすぐカストロから解放される。震えあがるほど恐ろしい思いをさせられたが、もとの日常に戻れるのだ。

「もう大丈夫」

誰もいない部屋で、エヴァは声に出して言った。やがて隣の部屋からジャズの調べが流れてきた。そのかすかな音色はエヴァにまとわりつき、もしかしたら得られたかもしれない別の人生へとひとときだけいざなった。

その夜、〈デュプリーズ〉に出勤したエヴァは急いでロッカールームへ向かった。遅刻したことをマネージャーのゲイブに知られたくなかった。けれどロッカールームを出ると、すでにゲイブが補助のウエイトレスにテーブルの上を片づけるよう指示していた。「ようやく来たか。今日の担当は第五セクションだ」

エヴァは注文を書きとめるためのメモ帳をつかむと、厨房《ちゅうぼう》で副料理長に今日の特別メニューを確かめてから広いダイニングルームに向かった。

そしてすぐに仕事に没頭した。注文を取り、常連客とおしゃべりし、料理を運ぶ。ここでなら、みんなが考えている人間になれる。ロスカボスで過ごす週末や革ジャンのためにあくせく働いてチップを貯《た》める、ただのウエイトレスに。そう思うとエヴァは一気に心が軽くなって、夏休み前の最後の授業から解放された子どものように期待が体に満ちあふれた。

厨房に戻って客の注文を伝えていると、ゲイブがやってきた。四十代半ばのゲイブははげていて、シャツがはちきれそうなほど太っている。部下に対してつっけんどんで厳しく見えるが、疲れた様子を見て取ると必ず休憩させてくれるいい上司だ。「エヴァ、いつになったらもっとシフトを入れてくれるんだ？　週二回より増やしてほしい」

「ごめんなさい。これ以上増やしたら、趣味の時間が取れなくなっちゃうから」

「趣味だって？　どんな趣味だ？」ゲイブが驚いたように質問する。

エヴァはひと息入れられることにほっとしつつ、厨房の壁にもたれて指を折りながらひとつひとつ挙げていった。「編み物でしょ、それから陶芸に、ローラーダービー（ローラースケートを履いてトラックで行うチームスポーツ）」

食器洗浄機がしゅーっと音をたて、エヴァは彼にウインクをした。

ゲイブは誰ひとり彼のありがたみに気づかないのかとこぼしながら、やれやれと首を振った。

厨房の向こうから呼びかける声がした。「エヴァ、四番テーブルのお客さんが注文を取りに来るのを待ってるみたいだぞ」

ダイニングルームに戻ると、九時近くになったためかだいぶすいていた。ところが、四番テーブルまで行ったエヴァは固まった。彼女の上得意であるジェレミーが両親に挟まれて座っていたのだ。

ジェレミーはコミュニケーション学専攻の三年生で、父親から贅沢な生活を維持する金と学費を出す条件としてオールAの成績をおさめることを要求されていた。贅沢な生活にはBMW、バークレーのダウンタウンにあるロフトアパートメント、エヴァが作るドラッグといったものが含まれている。ブレットと違い必ず全額を現金で支払ってくれるジェレミーは、気持ちのいい取引相手だった。

こんなふうに日常生活を送っている客と出くわすことはときどきあり、そういうとき相手は必ずぎくしゃくした態度になった。ジェレミーも同じで、彼女を見たとたん真っ青になり、一番近い非常口に目を向けた。しかし母親は異変に気づくことなくメニューを眺め、父親は携帯電話をいじっている。エヴァは彼を落ち着かせようと、笑みを向けた。「いらっしゃいませ。今日の特別メニューを説明させていただきますね」それでもジェレミーはメニューの説明をしているエヴァから目をそらし続けている。ジェレミーがなぜパニックに陥っているのかはわかっている。何年もこの仕事を続けるうちに、客には彼女にも普通の生活があることを理解できないのだとわかってきた。だから公園や食料品店でたまたま会っただけにもかかわらず、彼女がなんのためにそこにいるのだろうと不安になる。世界は秘密を持つ人間であふれている。誰も見かけどおりではない。

ジェレミーはデザートの前にトイレのそばで彼女をつかまえ、怒った声できいた。

「ここで何してるんだよ?」

「何って、働いているだけよ」

ジェレミーが彼女の肩越しにダイニングルームに目を向ける。

エヴァは彼の視線を追った。「大丈夫よ、ジェレミー。肩の力を抜いて。ちょっとしたアドバイスをあげるわ。後ろめたそうなそぶりさえ見せなければ、人はあなたが信じさせたいものを信じてくれる。あなたはわたしを知らないし、わたしもあなたを知らない」そう言うと、男子トイレと非常口のあいだで立ち尽くしているジェレミーを残して彼女は立ち去った。

仕事のあと、エヴァは駐車場に停まっているカストロの車の横を通り過ぎた。すれ違いざまに、ちらりと目を合わせる。彼がどんなゲームをしているのか知らないが、受けて立つつもりだった。

クレア

二月二十三日（水曜日）

目に涙がにじみ画面全体が色の集合体にしか見えなくなるまで、わたしは瞬きもせずにパソコンの画面を見つめ続けた。ピンク色のセーターを、顔であるべき部分の黒っぽいしみを、そのまわりのプラチナブロンドの髪を、穴が開くほど見つめる。ある年のクリスマスにそのセーターをくれたのは、ローリーの伯母であるメアリーだった。〝クック家という寒々しい場所で生きていくためには、体をあたためるものが必要だからね〟そう言って大声で笑い、空っぽのグラスの底にわずかに残っているジンをさらうように、氷をがらがらとまわした。

わたしは高級な手触りのやわらかいセーターを膝にのせ、その言葉がどういう意味なのか誰か説明してくれるのを待った。だが誰も何も言わず、ただローリーが、これできみも家族の秘密を知ったとでもいうようにすばやくウインクをしただけだった。

しばらく経って、酔っ払ったメアリーがふたたび近寄ってきた。〝世界中の人々がローリー・クックを愛しているんだよ〟ローリーの父親の姉であるメアリーは独身で、家族のお荷物とみなされていた。彼女が顔を近づけて声を潜めると、ジンの匂いのする息がかかった。〝だけど、あの子を怒らせないほうがいい。そうでないと哀れなマギー・モレッティと同じ道をたどることになる〟

〝あれは事故だったんですよ〟わたしは部屋の向こうで年下のいとこたちとふざけあっているローリーを見つめながら反論した。あのときのわたしは求めていた人生を手に入れたのだとまだ信じようとしていて、クック家の伝統にのっとった休日を三世代のクック一族とともに楽しみたいと思っていた。小児病院でのクリスマス・キャロルの合唱や蠟燭の光に照らされた教会での礼拝のあとの真夜中のディナーは、子ども時代に過ごしていた静かなクリスマスとはまったく違う、あこがれのにぎやかな家族の生活そのものだった。

でも、メアリー伯母の言うことを無視してはいけないと警告する声が頭の中で響いた。その頃にはすでにローリーに対する考えは変わり始めていて、彼に注意を向けられることで感じる喜びは少しずつ陰ってきていた。彼との結婚で何を失ったかを意識するようになり、かつては当然のように享受していたものを恋しく思うようになっていた。自分で友人を選べる自由や、アシスタントふたりと運転手に断ってからではなく思い立ったときに車のキーをつかんでどこにでも行ける自由といったものを。

メアリー伯母がけらけらと笑った。〝あらあら。それじゃああんたも、ローリーはかわいそうって一派なんだね。世界中のみんなと同じだ〟グラスからジンをすすって続ける。〝ひとつ教えといてあげる。これは一族のあいだでは秘密でもなんでもないことだけど、わたしの弟はあのとき金をばらまいてみんなを黙らせたんだよ。やましいことがないなら、どうしてそんなことをしたんだろうねえ？〟メアリー伯母がにやりとすると、口のまわりの皺にピンク色の口紅がにじんでいるのが見えた。〝クック家の男は、彼らの望むとおりにあんたがふるまっている限りはものすごく優しい。でも、もしそうでないことをしたときは、背中に気をつけるんだね〟

ローリーに目を向けると、いとこが言ったことにのけぞって笑っていた。メアリー伯母がわたしの視線を追って首を振る。〝あんたはどことなくマギーに似ている。家族には恵まれてないけど、とてもいい子だ。あんたと同じように、マギーも誠実そうだったよ。この家の人間にはない資質さ。だけど、あの子とローリーはことあるごとに喧嘩していた〟メアリー伯母はわたしを見たが、さっきまでの悦に入ったような笑いはアルコールで薄れていた。〝マギーはローリーを制御できなかったんだ。きっとあんたにも無理だろうね〟

〝どうしてわたしにそんな話をするんですか？〟

メアリー伯母の潤んだ目のまわりには、歳月による皺が刻まれていた。〝この一族は食虫植物のハエトリグサみたいなもんだ。外から見れば美しいが、中は危険極まりない。いったん秘密を知ったら、絶対に逃がしてもらえないのさ〟

彼女は酔っ払って口が悪くなっている。怒りをためこんだ年寄りが毒をまき散らしているだけだ。そう思いながらも、メアリーに言われたことはわたしの心にとどまり続けた。ローリーがしゃべらなくなり、やがて怒りを見せるようになり、最後には暴力をふるうようになるまで、何年ものあいだずっと。世間向けに慎重に創りあげられたローリー像こそ本物だと思いたかったが、彼はその願いを打ち消していった。痣をひとつ作り、骨を一本折るたびに。

一族の中でローリーの親世代の最後のひとりだったメアリー伯母は、それから数年後に亡くなった。でもセーターを着るたび、彼女の言葉がささやきとなってよみがえった。マギー・モレッティがたどった運命をわたしもたどるだろうという警告が。

犬が吠《ほ》える声でわれに返り、わたしはノートパソコンの画面に注意を戻した。カーソルを動かして動画をもう一度最初から再生し、ピンク色の服を着たぼんやりとした姿を目が焼けるように痛むまで凝視する。でもどれだけ目を凝らしても、それ以上のものは見えなかった。プラチナブロンドなのはたしかだが、長いのか短いのかもわからない。ただ一瞬ピンク色の人影が見え、すぐに消える。どんな天候のときでもピンク色のセーターを着ている人間はいると、わたしは頭を冷やした。それにエヴァが搭乗券をスキャンした記録がある。その事実は偽造できない。

「ドリップコーヒーをひとつ。ミルクを入れられるようにやや少なめで」木曜の早朝、わたしはコーヒーショップで注文した。今日もNYUのキャップをかぶって、目を合わせないようにする。はっきりと顔を見られたくなかった。これからずっと、誰とも目を合わせたりほほえみあったりできないのだろうか？

ゆうべはひと晩じゅう眠れないまま、記者会見の映像で一瞬だけ見えたピンク色の人影を何度も思い返した。でもいくら考えても、わたしの名前で発行された搭乗券をスキャンしたという事実にぶつかった。エヴァがわたしと別れたあとの短い時間で、搭乗券を交換できる別の人間を見つけられたとは思えない。それにもし離陸直前に飛行機からおりたとしたら、客室乗務員が気づいたはずだ。だから今朝起きたときには、あれは単なる偶然だったのだと確信していた。わたしがたどるはずだった運命を代わりにたどらせてしまったという罪悪感から、エヴァに見えてしまったのだと。

支払いをすませて、入り口と外の通りがよく見えるやわらかい革張りの肘掛け椅子に座る。

昨日の夜は、どうしてもペトラに連絡したくてプリペイド式の携帯電話のパスワードをリセットする方法を検索し、ロックの解除に成功した。それなのに写真もメールもなく、たいした情報は得られなかった。エヴァは〈Ｗｈｉｓｐｅｒ〉という匿名でコメントを投稿できるアプリを使っていたが、最初の晩に届いたメッセージはすでになく、それ以降に届いたものがあったとしてもそれも消えていた。

携帯電話が使えるようになったので、もう一度ペトラの番号を打ちこんでみた。彼女の声が聞こえたら、どれほどほっとするだろう。ペトラがレンタカーのエンジンをかけっぱなしにしてこの家のフロントポーチに現れ、わたしを悪夢から救いだしてくれるところを想像した。サンフランシスコの高級ホテルでルームサービスを注文して、ニコの部下が新しい書類を用意してくれるのをペトラと待つのだ。

でも前と同じく、特殊音が三度鳴ったあと、この番号はもう使われていないというメッセージが流れた。少しずつ番号を入れ替えたり別の番号にしたりして試してみたが、デリやスペイン語しか話せない老女につながり、最後に保育園につながったところであきらめた。〝いったん始めたら引き返せない。何があっても絶対に〟というニコの言葉がよみがえった。

コーヒーショップの窓から、バークレーの街が目覚めていくのを見守った。人がぽつぽつと入ってきては、注文し、去っていく。大学の授業の開始に合わせて朝の混雑が始まるのはまだ先だ。六時半になる頃にはふたたび客の姿がなくなり、わたしのコーヒーもほぼなくなった。

女性店員がカウンターの後ろから出てきて、隣のテーブルを拭き始めた。「街の外からいらしたんですか？」

どう答えたらいいかわからず、わたしは固まった。もしかしたら正体を知られてしまうかもしれない。その不安をよそに彼女はそのままよどみなく話を続け、わたしに気持ちを落ち着ける時間を与えてくれた。

「お店に来る人はほとんど全員知っているんですよ。名前を知らなくても、顔は。でもお客さんは初めて見たので」

「この街にはしばらくいるだけだから」わたしは出ていこうと、バッグを手に取った。

彼女が最後にテーブルをもうひと拭きして、わたしを見る。「わたしのせいなら、どうかそのままで。ゆっくりしていってください」そう言って女性店員はカウンターの後ろに戻ってコーヒーをいれ始めたので、わたしはふたたび椅子にもたれた。交差点の信号が赤から青に変わり、ふたたび赤になるのを見守る。

七時半になると混み始めたので、わたしは店を出た。カウンターの向こうから手を振って笑いかけてきた女性店員に、わたしも同じように返す。うれしい気持ちがふつふつとこみあげるのを感じながら。

隠れてばかりもいられないので、もう少し外を歩いてみようと決めて散歩をすることにした。まっすぐ家へ戻る代わりに、ハースト・アベニューを西に曲がってキャンパスの北側沿いに進む。建物のあいだや広い草地に立っている巨大なアカスギの木を見て感嘆しながらキャンパスの西の端まで行き、そこで南に折れたあとぐるりとまわって、今度は南側沿いを東に向かった。これがいままでテレビで見たり、本で読んだりしていたバークレー校なのだ。大学生協の外には打楽器の即興演奏をしている集団がいて、人々が冷たい朝の空気に顔を伏せて彼らをよけつつ授業が行われる教室やそれぞれのオフィスへと歩いていく。わたしは古い石造りのスタジアムに向かって丘をのぼり、西側を見おろした。薄手のシャツでは防げない冷たい風に震えながら、目の前に広がるサンフランシスコの白っぽい景色を眺める。灰色の海とコントラストを成している北側の深緑と金色の丘から、くすんだオレンジ色のシルエットとなって浮かびあがっているゴールデン・ゲート・ブリッジまで。あのどこかに、エヴァが育った女子修道院がある。きらきらと輝いている建物のひとつに、彼女の失われた子ども時代が隠されているのだ。

キャンパスを横切りながら、ここでの学生生活はどんなだろうと想像した。急ぎ足で授業に向かう学生たちの中にいるエヴァの姿が頭に浮かぶ。わたしは小川にかかっている橋の真ん中で足を止め、渦巻きながら海へと向かう流れを手すりにもたれて見おろした。頭上では背の高い木々の葉をそよ風が揺らしていて、その静かな空気の流れに心が凪《な》いでいく。こういう場所から出ていきたいと思うようになるなんて、想像できなかった。

体を起こして、今度こそエヴァの家へ戻ることにした。さっきの店員がなおも働いているコーヒーショップの前を通って、まだ閉まっている古書店やヘアサロンの前を過ぎ、エヴァの家の近所まで戻ってくる。曲がりくねった道を進んで丘をのぼったせいでやや息をはずませつつ、ダイニングルームのテーブルで子ども用の椅子に座った赤ん坊に食事をさせている女性や腫れてほんの少ししか開いていない目をキッチンの窓の外に向けているぼさぼさ頭の大学生なんかが住んでいるアパートメント、小さな戸建て、エヴァの家と同じようなメゾネットアパートの前を歩いていった。

角を曲がってエヴァの家の前の通りに出ると、向こうから歩いてきた男性とぶつかった。転びかけたわたしの腕を彼がつかむ。「申し訳ない、大丈夫ですか？」

黒い髪に幾筋か白いものが交じっているが、わたしよりほんの少し年上なくらいだろう。サングラスに長いコート。上は色物だが、ズボンと靴は黒っぽい。

「ええ、大丈夫です」わたしはそう返し、彼の背後に目を向けてどこから来たのかと考えた。エヴァの隣人だろうか。

「コーヒーを飲んで散歩するにはぴったりの、気持ちのいい朝ですね」

わたしは男性にこわばった笑みを向け、彼の視線が背中に注がれているのを感じながら歩いていった。カーブを曲がって、ようやくほっとする。

家に入ってドアを閉め、鍵をかけたとたんに気づいた。彼はどうしてわたしがコーヒーを飲んで散歩をしてきたことを知っていたのだろう？ショックで体が震え、不安が募った。

ノートパソコンの前に戻ってローリーのメールをチェックすると、NTSBから新しいメールが来ていた。わたしのＤＮＡサンプルと歯科記録を提出してほしいという内容で、ローリーは〈処理しておいてくれ〉という短い指示とともにそれをダニエルに転送していた。

窓に目をやると、明るい朝の日差しが差しこんでいる。遺体が収容されたら、わたしが乗っていなかったとばれるのは時間の問題だ。そしているはずのない人間がいたとわかってしまう。

画面をグーグルドキュメントに切り替えると、ローリーとブルースがコメントをやり取りしていた。上にスクロールして最初から読み始めたが、予想と違って彼らは遺体の収容ではなく、前日の夜遅くにチャーリーから来たメールについて話していた。

ローリー・クック：
これは何年も前に、金を渡して解決ずみだ。公表すればどういうことになるのか、チャーリーに思い出させろ。

チャーリーというのは誰だろう。思い当たるのは、二年前に引退した財団の上級会計士、チャーリー・フラナガンだけだ。ふたりの会話を最後まで読むと、ローリーがどんどん興奮していっているのがわかった。それをブルースが懸命になだめている。でもローリーの最後のコメントが一番不可解だった。いつもの威圧的な物言いに気弱さがにじんでいる。

ローリー・クック：

いま、よけいな事実を明らかにされたら困る。どんな手を使ってもいいし、いくらかかってもかまわない。とにかくなんとかしてくれ。

ローリーの受信トレイでチャーリーからのメールを検索してみると、たくさんあったがローリーとブルースが話している件にかかわりがありそうなものはなく、最近のメールもなかった。それに、見たところチャーリーのメールはすべて、宛先に財団の職員がふたり以上CCで入れられていた。

USBメモリを差して機密保持契約について調べたけれど、被雇用者が必ず署名する標準的なものしか見当たらない。そこでローリーのパソコンからコピーしたとんでもない数のファイルが入っているフォルダーの中身をアルファベット順に並べ替え、CとFを調べた。ローリーがこんなに動揺しているのだから、チャーリーは出馬の妨げになるような財政上の操作や過失——マージョリー・クックの完璧な息子が本当はそれほど完璧ではないと示す情報——を知っているとしか思えない。そもそもそれを見つけるために、わたしは彼のパソコンのハードドライブをコピーしたのだ。森には必ず熊がいるように、見なくてもそれがあるとわかることもある。

けれどいくら探しても、関係がありそうなものは見つからなかった。新しい税制に関するメモに四半期ごとの報告書。戦略にかかわる覚書には、ときどきわたしの名前も登場した。ダウンタウンにあるアートギャラリーのオープニングに関して〝これはクレアが行ったほうがいい〟という書きこみくらいだが。見ても見ても役に立たないどうでもいいものばかりで、他人のゴミをあさっているような気分になった。

一時間後、わたしはあきらめた。ローリーが動揺するような情報をチャーリーが握っているのだとしても、わたしがその内容を簡単に知ることはできない。とりあえずいまは、こうして観察するだけで満足しているしかない。彼らがさらに何かをもらすまで。

エヴァ
九月
カリフォルニア州バークレー
墜落事故の五カ月前
「靴を履いて。これから野球の試合を見に行くわよ」九月下旬の天気のいい土曜日に、リズが来て言った。
〝隣人と野球観戦〟とメモに書かれるだろうか。「野球？」
「ただの野球じゃないわ。ジャイアンツのホームゲームなんだから」
「わたしたちが住んでいるのはイーストベイよ。アスレチックスの試合を見に行くべきじゃないかしら？」
リズは肩をすくめた。「うちの学部長がシーズンチケットを持っているの。それで教員を何人か招待してくれたから、友達も連れていっていいかきいたのよ」
仕事を中断してから三週間、エヴァは初めての休みを楽しんでいた。〈デュプリーズ〉でのシフトを増やし、リズと行動をともにしていると、どんどん心も体もリラックスしていく。久しぶりの長い休暇を取った会計士や経理係も、きっとこんなふうに感じるのだろう。二、三週間ビーチで過ごすうちに集計表や財政記録のことはきれいさっぱり頭から消え、灼熱《しゃくねつ》の太陽にストレスは追いだされていくのだ。

それでも、カストロ捜査官の脅威がエヴァの頭から完全に消えることはなかった。エヴァはたったひとりの観客である彼を常に意識しながら、ゆったり歩き、大きな声で笑い、のんびり過ごした。ゲームだと考えることにしたのだ。リズに誘われたら、必ず受け入れた。カリフォルニア大学植物園を散策したり、ソラノ・アベニューで映画鑑賞とショッピングをしたり、そのあと〈ザカリーズ〉でピザを食べたりもした。どの誘いも、エヴァはごく普通の生活を送る平凡な人間だと示すいい機会だった。

リズとは哲学や政治や歴史について語りあった。化学についても。自分の過去も少しだけ話した。〈セント・ジョセフズ〉で育つのがどんなものかを。作り話がほころびないようにできるだけ事実を伝えた。ただし、大学を卒業できなかったのは学資援助を受けられなくなったからだと説明した。このささやかな嘘のおかげでエヴァは、バークレーで学生として過ごしていたときのことを自由に話せるようになり、大学生活のさまざまな側面——コミュニティに特有の言葉遣い、スタンフォード大学との激しいライバル意識、そこで生活した者でないと理解できない慣習――に関してふたりは意気投合した。

「ニュージャージーにご家族がいるの？」ある晩、エヴァはきいた。

「娘がいるわ。エリーというの」リズは答え、蠟燭の瞬く火を見つめた。「母ひとり子ひとりなのよ。娘が七歳のときに父親は出ていったから」リズはため息をついて、ワイングラスに視線を落とした。「わたしにとっても娘にとってもきつい生活だったわ。でも、いま思い返してみると、あの時代があったからこそ娘といい関係を築けていると思えるの」夫は厳格な性格だったとリズは話した。ステーキの焼き方ひとつにも厳しいこだわりがあり、幼い娘に対しても現実離れした期待を押しつけた。「娘がとんでもないプレッシャーを受けながら育つことにならなくて、本当によかった」

「娘さんはいまどうしてるの？」リズの娘に生まれるという幸運に恵まれた女性に興味がわいて、エヴァは質問した。

「非営利団体で働いているわ。労働時間は長いし、丸一日休みがもらえることはほとんどないみたい。わたしがカリフォルニアにいるあいだ、娘が街で借りているアパートメントは又貸しして、留守を預かってくれているの。でも友人たちから離れてニュージャージーでさびしい思いをしているんじゃないかと心配で」リズは恥ずかしそうに笑った。「母親はいつだって子どもが心配なものなの」

エヴァは、それが真実であってほしいと思いながらリズを見つめた。ほかのときなら教えているクラスのことなどをリズに質問し、のんびりと椅子でくつろいで聞き役にまわっただろう。複雑な概念をシンプルに見せられるリズは優れた教師で、話していると大学生に戻ったような気分になる。いや、その当時よりも楽しかった。エヴァの生活に常に存在していたデックスが姿を消すのと同時にプリンストンからやってきた、才気あふれる小柄でおしゃべりな女性との生活は充実していた。だから天気のいい九月の土曜日に野球の試合のチケットを持ってリズが現れたとき、エヴァはもちろん行くと答えた。しかも喜んで。

「行くわ。でも、ちょっとだけ待って」

エヴァはリズをリビングルームに残して、着替えるために二階へ駆けあがった。そしてテニスシューズを履いているときにふと携帯電話に視線を向け、デックスからのメッセージを見た。

〈解決した。Fはすぐに仕事に戻ってもらいたがっている。月曜にティルデン・パークで会って、必要なものを渡したい〉

メッセージが徐々に薄くなり完全に消えるまで、エヴァは画面を見つめていた。

ベッドに座りこんだエヴァは、最初にわいた感情が安堵《あんど》ではなく悲しみだったことに驚いた。この知らせを待っていたはずだった。リズと過ごしてきたのはこの日のためだ。カストロがいなくなり、仕事に戻れる日のため。それなのに待ち望んでいた結果が虚《むな》しく感じられ、そんなものはもう望んでいないのだと気づいてしまった。部屋の入り口に視線を向け、自分がいらない存在になったとも知らずに一階で待っているリズの姿を思い浮かべる。

とにかく今日は試合を見に行き、もう少しだけこの偽りの役を演じようとエヴァは決めた。携帯電話をドレッサーの上に戻す手に思わず力が入り、なめらかな木の表面を滑った電話が壁にぶつかって鋭い音をたてたので、エヴァはびくりとした。

ふたりはベイエリア高速鉄道《BART》に乗って湾を渡り、同じ方向へ向かう大勢の人々と一緒にスタジアムまで歩いた。入り口の列に並んで待っているとき、リズがエヴァをつついた。エヴァの知らない選手たちの等身大パネルが置かれ、隣に立って写真を撮れるようになっている。「ねえ、撮りましょうよ。きっと楽しいわ。お金はわたしが払うから」

エヴァはためらった。誰も買わない学校の写真以外、写真を撮られることはほとんどなかった。カメラを向けられ、〝はい、チーズ〟なんて言われた記憶は皆無だ。でもエヴァはリズの提案にのった。心の片隅に、思い出の品ができることをうれしく思う気持ちがあった。

スタンドにあがって席を見つけると、リズの政治学部の同僚たちが口々に声をかけあたたかく迎えてくれた。リズの親友のエミリー、そのパートナーであるベス、そして学部長のヴェラがふたりを待っていた。エヴァは端に座って、四人がおしゃべりするのを聞いていた。誰が助成金を獲得して誰がだめだったか、誰の論文が発表されて誰のがされなかったかといったゴシップから、誰々がオフィスの電子レンジでいつもポップコーンを焦がすという不平不満まで。

エヴァにとって、それはいつか送りたいと夢見ていた生活をのぞき見るようなものだった。すべてが崩壊する前は、いつかバークレーの教授になってギルマンホールで講義をしたり、大学院生を導いたり、キャンパスを歩きながら〝こんにちは、ジェームズ先生〟と呼びかけてくる学生に笑みを返したりすることを夢見ていた。

わきあがった激しい後悔の念に、エヴァは驚いた。ねじ曲がってしまった人生とは何年も前に折りあいをつけたと思っていた。だから後悔というのは不思議なのだ。小さくなって消えたと思っていたら、一瞬で以前と同じ大きさになって戻ってくる。悪気などかけらもない人間によって突然呼び戻されるのだ。

ようやく五人は試合に注意を向けた。ヴェラはスコアをつけながら、選手のさまざまなデータやもうすぐ発表されるトレードについて話している。残りの四人は、ヒマワリの種の殻を吐きだすのは嚙み煙草で茶色になった唾よりはましかという議論で盛りあがった。エヴァはビールを飲み、ホットドッグを食べながら、ジャイアンツが得点すると歓声をあげた。こんなひとときは映画の中にしか存在しないと思っていた。青々とした芝、太陽、さわやかな白いユニフォームを着た選手、彼らが放つ場外ホームラン。サンフランシスコ湾に向かって飛んでくるボールをキャッチするために、グローブをつけカヤックに乗って待ち構えている大勢の人々。こんなふうにすべてが完璧なひとときが存在するなんて知らなかった。

六回が始まる直前に、エミリーが身を寄せてきた。「今日は来てくれて本当にうれしいわ。リズはもう何週間も、あなたのことばかり話しているのよ」

エヴァは胸に喜びがさざ波のように広がるのを感じながら、普段なら銀行の窓口係や警官だけに向ける内気な笑みを浮かべた。「招待してくださってありがとうございます」

リズが会話に割って入ってくる。「これまでに頭のいい人は大勢見てきたけれど、エヴァはその中でも群を抜いているわ。この前なんか、自由市場よりケインズの理論に基づく経済のほうがいいって説得されそうになっちゃったんだから」

エミリーが驚いた顔をした。「それはなかなかね。大学はどこだったの?」

バークレーだったと答えれば返ってくるであろう質問を思い浮かべて、エヴァはためらった。〝専攻は?〟〝誰の下で学んだの?〟〝卒業年度はいつ?〟〝ドクター・フィッツジェラルドを知っている?〟そのどれに答えても、真実が露見する可能性がある。彼女たちは、エヴァがした話を大学のラウンジでふと話題にするかもしれない。化学学部はこぢんまりしているし、職員がよりよい仕事を求めてよそへ移るということがほとんどない。だからエヴァを覚えている人間が何人かいるはずだ。

幸い、困っているのをリズが察してくれた。「エヴァはスタンフォードで化学を学んだの」そう言ってエヴァに小さく笑みを向ける。「よその大学だからって、責めちゃだめよ」

「わたしのために嘘をつくことはなかったのに」みんなと別れたあと、駅までエンバークレーのテレグラフ・アヴェニュー……


バーカデロ沿いに歩きながらエヴァはリズに言った。午後の日差しのあたたかさがかすかに残っている夜気が肌に心地いい。

リズは手を振ってエヴァの言葉を退けた。「みんな、おしゃべり好きのおばちゃんだもの。大学に戻って学位を取りなさいとか、求めてもいないアドバイスを山ほどするに決まっているわ。頭のいいあなたは自分が望むならそうする方法をきっと見つけていたはずだから、わたしの言葉が本当でも嘘でも、あの人たちにとって大きな違いはないのよ」

サンフランシスコ湾を渡ってバークレーに戻ったら、何が待っているだろうとエヴァは考えた。もちろん大学に戻れる可能性はない。そんな選択肢がなくても、エヴァはリズが現れるまで自分の生活に満足していた。それなのにいまは体の奥で満たされない気持ちが渦巻き、リズや彼女の友人たちともっと過ごしたいと思ってしまっている。それもたまにお客さまとして交ぜてもらうのではなく、彼女たちの一員に、仲間になりたかった。女性は男性より助成金を得る機会が少ないとこぼしたり、権威ある雑誌に論文が掲載されたと喜び勇んで報告したり、電子レンジでポップコーンを焦がしてみんなに白い目で見られたりしたかった。

仕事を再開するということは、隠しごとをし、嘘をつき、家の外では常に警戒を怠らない生活に戻るということだ。そう思うと胸に重しをのせられたように苦しくなり、退学になってから感じることのなかった悲しみがわきあがってきた。それでもエヴァの中には冷静な部分も残っていて、これからしなくてはならないことの確認を始めていた。足りない材料を買い足して器具を洗い、リズとは疎遠にすること。理由は、ステーキハウスのシフトを増やすことにしたとか恋人ができたからあまり会えなくなるとか、適当に言えばいい。

それなのに刻一刻と暗くなっていく空の下で桟橋の杭《くい》にひたひたと波が寄せる音を聞き、夜空に放たれた矢のごとく優美な弧を描いているベイブリッジの明かりを見つめていると、もっと自分を知ってもらいたいという気持ちがわいた。少しでもいいから、リズに嘘ではない本当のことを話したかった。「最後の里親の家は、あの丘を越えたところにあったの」エヴァは西にあるノブヒルを指さした。

リズがこちらを見る。「どうしてうまくいかなかったの?」

カルメンとマークは、エヴァが持てたもっとも家族に近い存在だった。ふたりは小さい女の子を養子にしたくて、エヴァが八歳のときに〈セント・ジョセフズ〉を訪れた。一緒に来たソーシャルワーカーのミスター・ヘンダーソンは、髪が薄く青白い顔で、ファイルでぱんぱんのブリーフケースを持っていた。カルメンは明るくて生き生きした女性で、初めて会ったときもエネルギーに満ちあふれていた。一方、夫のマークは妻のすることに従っている感じで、あまりしゃべらず常に目を伏せていた。彼もまた自分のすべてを人にさらさずに隠しておくほうがいいと知っている人間なのだろうかと、そのとき思ったのをエヴァは覚えている。

「ふたりの名前はカルメンとマーク。最初はすごくうまくいっていたの。学校で優秀な生徒向けの特別コースを受けるように勧めてくれて。本や服を山ほど買ってくれたし、博物館や科学センターにも連れていってくれた」

「いい人たちだったみたいね。それなのにどうして？」

「わたしがいろいろ盗むようになったから。最初はお金。次にチャームブレスレットを盗《と》った」

リズが鋭い視線を向けてくる。「どうしてそんなことを？」

ここからが難しい部分だった。エヴァはリズにきちんと説明して、自分という人間の本質を知ってほしかった。子どもの頃から自分を守る盾として嘘を使ってきて、本当の自分を見せるほど誰かを信用したことは一度もないのだということを。

「自分は望まれずに生まれてきたというのは、ものすごく重い事実なのよ」エヴァは静かに説明を始めた。「そういう人間は他人とちゃんとした関係を築くことができないの。他人に自分をさらけだすことができないから」

大勢のグループが楽しそうに笑ったりしゃべったりしながら近づいてきたので、エヴァは足を止めて彼らをやり過ごした。あのときの自分の気持ちを、どう説明すればわかってもらえるだろう？　エヴァは頭がいい、エヴァみたいな子に来てもらえて幸運だったと里親のふたりが自慢するのを聞いていると、ラップでくるまれるような気分になった。みんなからは彼女が見えているけれど、エヴァ自身は彼らの期待にとらわれて身動きができなくなっていた。そして、真実を知られたらどうなるのかと心配になった。

「あの人たちを追い払うほうが簡単だった。ふたりの目に映っているのは、あくまでいい、いい、いい薬物依存症者の子どもだったわ。ふたりといる限り、わたしがすることはすべて――いいことも悪いことも――薬物依存症者の子どもというフィルターを通して判断される。その事実からずっと逃れられなくなってしまう。〝こんな短期間でこれだけのことを克服するなんて、エヴァには驚いたわ〟とか〝これまでエヴァが経験してきたことを考えたら責められない〟とか。だから、わたしをいい子に変えることなどできないんだって、あの人たちに示さなくてはならなかったの。そもそもそんなふうにしてもらいたくなんかないんだって」

「自分がどんな人間か、自分で決めたかったのね」エヴァは腕をからめてきたリズに身を寄せ、触れあった肩の頼れる感触に心地よさを覚えた。駅に着かないでほしい、この瞬間がいつまでも続いてほしいと願う。サンフランシスコ湾を渡って、芯まで腐ったかつての生活には戻りたくなかった。「それで卒業するまで施設にいたの？」

エヴァはうなずいた。「十八歳になって大学に入学するまで」

海から吹きあがってきた風が高い建物のあいだを吹き抜けて、勢いを増してぶつかってくる。エヴァは空いている腕を自分に巻きつけ、もう少しで持てるところだった家族について考えた。自分が違う人間だったら、もっといい人間だったら、持てていたはずの家族。でもそんな可能性は、カルメンとマークが現れるずっと前に叩きつぶされていた。どうやっても修復できないほど徹底的に。そのばらばらになった破片で傷つかないようにこれまで自分を守ってきたのに、リズはエヴァの心の内側に優しく忍び入り、過去について考えることを恐れる必要はないのだと示してくれた。家族のことを思って傷つく必要はないし、もし望むなら、家族ともう一度向きあってみることだってできるのだと教えてくれた。

ふたりは黙って階段をおり、回転バーを通ってプラットホームに行った。遠くを走っている列車のかすかな音が暗いトンネルから響いてくる。エヴァは地上で車を運転したり、歩いたり、金融街に立ち並ぶ高層ビルで働いたりしている人々を思い浮かべた。天井が崩れてそのすべてが落ちてこないのは、奇跡としか思えなかった。

「血のつながった家族を探そうと思ったことはないの？」

エヴァは首を横に振った。「カルメンとマークのところから戻ったあとにシスターたちがもう一度、実の家族とのあいだを取り持とうとしてくれたんだけど、彼らに拒否されたわ」エヴァは自分たちが乗る列車が来ないかとトンネルに目を向けたが、静まり返っていた。

「あなたにとってはそのほうがいいと思ったのかもしれないわね」

それはエヴァもわかっていた。薬物依存症者と暮らしたら、まともな生活は送れなかっただろう。それでも、拒まれたという思いを消すことはできなかった。「彼らをいつか許せるようになる日が来るかどうかわからない」

リズがかぶりを振る。「当時、彼らがどれだけ大変だったか、あなたは知らないでしょう。きっとあなたのお母さんの問題に対処するので精一杯だったのよ。本当のところは想像するしかないけれど」リズは一瞬視線を落としたあと、ふたたびエヴァを見た。「彼らが自分たちの限界をわかっていたことを責めてはだめよ。そのために、あなたを拒む結果になったのだとしても」

乗る予定の列車が近づいてくると、電光掲示板に表示されている番号が点滅し、足元に振動が感じられるようになった。リズがエヴァの腕に手をかける。「自分にとって何が一番いいのか、あなたはちゃんとわかっているんだと思う。でも、幸せそうには見えない。空虚な気持ちを抱えているせいで、人と距離を置いている。傷ついているあなたを見ているのがつらいの。実のご家族と会ってほしいのは、ハッピーエンドになると思っているからじゃないわ。現状を知ることで強くなれるからよ。知っている情報が増えれば、その上でどうするべきか決められる。だから、ご家族に会ってほしいの」

エヴァは列車の到着を待ちながら、黙って考えこんだ。血のつながった人たちと会うというのは、どんな感じがするものなのだろう。自分と似た顔を持ち、尖った鼻やプラチナブロンドは誰から受け継がれたのかという記憶を持っている人たちと。これまで誰に対してもそういう絆《きずな》を感じたことがなかった。

リズが低い声で続けた。「生物学上の家族について知りたいと考える養子は、あなただけじゃないのよ」

「養子になったことはないわ」

リズは一瞬目をつぶってから開き、振り返ってエヴァを見た。「ごめんなさい。そのとおりね。それに、わたしには関係のない話だわ」

「いいえ、いろいろ言ってくれてうれしかったわ。本当よ。でも実の家族に拒まれるっていうのは、生半可なことじゃない。人間としての大事な部分が壊れてしまうの。そして二度と無防備に自分をさらすことができなくなる。誰に対しても」

リズの目があまりにも理解に満ちていたので、エヴァは視線をそらしてしまった。そのとき、列車が轟音《ごうおん》とともにプラットホームへ滑りこんできて、ふたりは後ろから押されながら乗りこんだ。


バークレーに向かう列車の中で、エヴァは背中を伸ばして立っているリズのショートカットの白髪を見おろしながら、彼女に言われたことを考えていた。祖父母を思い浮かべ、薬物依存症の娘を救うために孫娘を犠牲にしたことは忘れようと試みる。もしエヴァが現れたら、彼らは何を得ることになるだろう？　さらなる悲嘆と苦しみだ。そして彼らは、かつてエヴァを拒んだのは正しかったと思い知ることになる。

エヴァがしている行為は、母のしたことよりたちが悪い。母は病気だったが、エヴァはたった数百ドルのために十九歳の少年が血みどろになるまで叩きのめされても平気でいられるドラッグの売人なのだ。家に置いてきた携帯電話とそこに届いたメッセージが頭に浮かんで、エヴァは彼女がどんな人間かをまるで知らないリズから体を離した。

列車が音をたてて揺れながら海底に入っていくと、耳の奥できーんという音がした。照明が瞬き、車内が薄暗くなる。明日になったらキッチンのキャスターつきの棚を脇にどけ、地下室で仕事をしなければならない。そう考えると全身に緊張が広がっていくのを感じた。時間を戻せたらどんなにいいだろう。リズがわくわくした顔で興奮しながらエヴァの家まで来た今日の朝に。あるいはもっと前の、ティルデン・パークでブリタニーを待っていた午後でもいい。そうしたらいやな予感に耳を傾け、彼女とはかかわらずに帰り、カストロ捜査官や彼に協力するブリタニーから遠く離れたところで〈デュプリーズ〉に出勤するための支度をするのだ。さらに前でもいい。寮の外の歩道で声をかけてきたデックスに、きっぱりノーと言おう。さらにさかのぼって、ウェイドにノーと言ってもいい。願いごとというのは厄介だ。ひとつすれば、すぐに次の願いごとをしたくなる。より大きな願いごとを。時間をさかのぼって、犯した過ちをひとつひとつ正していきたくなる。そのときはまるで気づいていなかった、転落のもととなった過ちを。

エヴァは列車の暗い窓にぼんやりと映った自分の姿を見つめながら、突然、雷に打たれたような衝撃とともに確信し、体が震えた。もうこれ以上は続けない。不可能な願いごとだ。フィッシュとデックスがやめさせてくれるはずがない。彼女の技術が必要だからというだけでなく、彼女が知りすぎているからだ。デックス以外の人間との接触はなかったとはいえ、やはり知りすぎている。

もっと知ることはできるだろうか？

カストロの存在は脅威だが、チャンスでもある。リズの目に映るエヴァになれるチャンスだ。スタジアムの入り口でリズと撮った写真に指先で触れる。すでにもう、遠い昔の出来事のように感じられた。列車が湾の東岸に出て車内が明るくなると、彼女の中にも光が差しこむのを感じた。ずっと居座っていた闇が払われ、希望が絶望に取って代わる。

これからエヴァは期待されているとおりにドラッグを作って、フィッシュに渡す。だがそうしながらも、自分がもっとも得意なことをするのだ。すべてを観察し、じっと待つ。油断させておいて、ひそかに動く。カストロは必ず戻ってくる。待ち構えているエヴァのもとに。

クレア

二月二十五日（金曜日）

金曜日の朝、わたしはコーヒーショップでコーヒーができあがるのを待つあいだ、求人掲示板を眺めていた。いつとは決めていないが、エヴァの社会保険カードや出生証明書などの書類を持って別の場所に移動しようと考えている。そのためには、いま残っている三百五十ドルより多くの現金が必要だ。

データ入力、ウエイトレス、コーヒーショップの店員などわたしにもできそうな低賃金の仕事はたくさんあったが、仕事をすることのメリットとデメリットを天秤《てんびん》にかけると、怖くて一歩を踏みだす気になれなかった。仕事に応募するというのは、エヴァになりすます行為を公に残る形で実行するということだ。コーヒーを注文するのに彼女の名前を使うことと税務書類に彼女の名前と社会保険番号を書くこととのあいだには、大きな違いがある。

それにエヴァが何から逃げたのかということも気になっていて、多くの疑問が渦巻いている状態では進む方向を決められなかった。この先は身元を調べられる仕事はできないし、エヴァの抱えていたトラブルにいつ巻きこまれるかと気をもみながら、一箇所にとどまることなく移動し続けなければならない。

窓の外を見ると、学生たちが授業に向かい始めていた。そこにコーヒーを持っていたり、イヤホンで音楽を聴いていたり、金曜の朝に早起きしすぎてなんとなく疲れていたりと、まちまちな様子の集団がバスからおりて加わる。

学生たちが行ってしまうと、昨日ぶつかった男性が角のところにいるのが見えた。昨日と同じウールのロングコートを着た男性は通りを渡るタイミングを見計らっていて、出勤途中なのか新聞を脇に挟んでいる。それにしても、彼が気になるのはどうしてなのだろう。どこにでもいる普通の男性なのに。エヴァの家に長くいればいるほど、近所に見覚えのある顔が増えていく。

ところが信号が変わると、男性が振り返ってわたしに視線を向けた。ここでわたしが見ていることを知っていたかのような、好奇心を含んだ探るような視線だ。彼は片手をあげて静かに挨拶をすると、通りを渡ってキャンパスの中へと消えていった。

「エヴァ？」女性店員が呼びかける。

彼女に名前を教える度胸が自分にあったことに驚きながら振り返った。でも全国的なニュースより地元への興味がまさっている彼女になら、名前を教えても危険は少ないと思ったのだ。

「仕事を探しているの?」店員ができあがったドリップコーヒーを渡しながら、わたしに尋ねた。ドリップコーヒーはメニューの中で一番安い。

「うーん、そうかも」彼女に二ドルを渡す。

店員はおつりを返しながら眉をあげた。「探しているかいないか、どちらかしかないでしょう?」

「探しているわ」わたしは顔をそむけて、この先何時間か空腹を感じなくてすむように、コーヒーにミルクと砂糖をたっぷり加えた。仕事は喉から手が出るほどほしいのだと、所持金を使いきってここから動けなくなるのが怖いのだと、どうやって伝えればいいのかわからなかった。

「実はわたし、ケータリング業者のところでも働いているの」店員がカウンターの上のコーヒーマシンのまわりを拭きながら言った。「ボスはいつも給仕係の手が足りなくて困っているから、興味があるならどう?」

わたしはためらった。誘いを受け入れる勇気があるかどうかわからない。

店員はちらりとわたしを見て、カウンターの上を拭き続けた。「時給は二十ドル」言葉を切ってにやりとする。「それに、こっそり現金で払ってくれるわ」

コーヒーをごくりと飲むと、熱い液体が喉を焼いた。「一度も会ったことのない人間でも雇ってくれるかしら？」

「人手が足りなくて本当に困ってるから。今週末に大きなパーティーがあるんだけど、給仕の子がふたり、女子学生社交団体《ソロリティ》の集まりがあるから来られないって言ってきて」店員はぐるりと目をまわして、布巾を後ろのシンクに投げこんだ。「今回うまくいったら、定期的に発注してもらえるかもしれないっていうのにね」

ケータリング業者を使うイベントには大規模なものから小規模なものまで数えきれないほどかかわってきたが、裏方として働くというのがどういうことなのか想像がつかない。主催する側だったときは、目にもとめていなかったから。「どういう仕事をするの？」

「テーブルのセッティングをして料理をのせたトレイを運び、つまらないジョークに笑顔で応える。あとは片づけ。イベントが始まるのは七時だけど、仕事は四時からよ。土曜日の三時半にここで待ちあわせましょう。黒のパンツに白いトップスで来て」

わたしはすばやく計算した。時給二十ドルで源泉徴収のない現金払いだと、ひと晩で二百ドル近く稼げる。

「わかったわ」

「わたしの名前はケリーよ」ケリーが手を差しだし、ひんやりした手でわたしの手をしっかりと握った。

「知りあえてうれしいわ、ケリー。それから、ありがとう」

彼女はほほえんだ。「お礼なんていらないわ。ひと息入れたいって顔をしてるわよ。わたしもそう思うことがよくあるの。じゃあね」

そう言うとケリーはスイングドアを抜けて奥に行ってしまい、わたしは転がりこんできた幸運を驚きながら嚙みしめた。

まだ朝の七時で、このままエヴァの家に戻って一日じゅうそこにこもることを考えると気持ちがふさいだので、キャンパスを横切ってテレグラフ・アベニューに向かった。大学生協の外に立ち、交差点を渡ってそれぞれの目的地へ向かう人々を見つめる。気軽に人と話せるのがどんなにすばらしいことか、彼らは気づいていない。議論をしたり、冗談を言って笑いあったり、一緒に食事をしてそのあとときにはベッドになだれこんだりできることがどれだけすばらしいか。一瞬、彼らのひとりになりたいという切ない思いがこみあげる。

　わたしは顔を伏せ、両手をエヴァのコートのポケットに入れて通りを渡った。物乞いに金を求められたりバンドのチラシを差しだされたりしたが、首を振って歩き続けた。

　ショーウィンドウに映る自分の姿が目に入り、衣料品店の前で足を止めてまじまじと見つめる。エヴァのコートに身を包み、キャップの下から短くしたプラチナブロンドが飛びでている姿は、幽霊のようだった。背後を行き来する笑っている学生やホームレスや年老いたヒッピーは見知らぬ他人ばかり。この先わたしには、誰かと座って心を開いておしゃべりをする自由はない。母やヴァイオレットの話をしたり、自分が誰で、どこから来たのか気軽に教えたりすることはできないのだ。これからは常にまわりに目を配り、警戒しながら生きていかなければならない。わたしがわたししたる所以《ゆえん》である部分を隠しながら。

　キャンパスに向かう学生たちの集団にさりげなく加わって歩きながら、自分も彼らの一員なのだという気分に浸った。ひとりぼっちで新たな環境に放りこまれて行き場を失っているわけではないと思いたかった。キャンパスとの境に延びている往来の激しい通りを渡ったあと、大学生協に入っていく彼らから離れる。彼らと一緒に歩くことはできても、学生には二度と戻れないのだ。

エヴァの家に戻る途中、とりあえず必要なものを買うためにスーパーマーケットに寄った。かごを持ち、母がいつも買っていた安い食品を入れていく。ノーブランドのパン、ピーナッツバター、大きな容器に入ったブドウジャム。米、豆の水煮、玉ねぎ、にんにくなど、母のほかのお気に入りには手を出さなかった。それらを使いきるほど長く、ここにいたくはない。

会計の列に並んでいるときに雑誌の棚が見え、『ピープル』と『USウィークリー』の中間のようなゴシップ雑誌『スターズ・ライク・アス』の表紙に目が吸い寄せられた。《四七七便の墜落事故：傷心の遺族》という見出しがついた表紙の右上の隅に、乗客の写真が載っている。その中に《慈善家ローリー・クック氏の妻も犠牲になった》とキャプションつきでわたしの写真も並んでいた。

写真は二年前にメトロポリタン美術館で開かれた催しのときに撮られたもので、わたしはそこには写っていない誰かが言ったことに笑っているが、目は醒めている。隠しごとは見破られるものだと、どれだけ隠しているつもりでも必ずどういうわけか露見するものだと、わたしはよく知っていた。

雑誌を取って表紙を下にしてレジのベルトコンベアーに乗せたあと、より扇情的な雑誌の表紙を眺める。マギー・モレッティの事件以来、ローリーがこのような取りあげられ方をしたことはない。《悲しみに沈むローリー、謎の女性に慰めを求める》という見出しには、ローリーがわたしの知らない女性と一緒にいる写真が添えられている。ローリーは必ずまた誰かと恋に落ちるのだと気づいて、はっとした。わたしが逃げだしたことで、別の女性が罠《わな》に落ちるのかもしれない。そうと思うと、かすかな罪悪感を覚えずにはいられなかった。

「こんにちは。今日の調子はどう？」レジ係の女性が商品のバーコードを読み取りながら声をかけてくる。

「すごくいいわ、ありがとう」あまり注意を向けられる前に早く支払いをすませたいと焦り、こわばった声になった。レジ係が商品を次々と袋に入れて雑誌も無造作に加えるのを息を止めて見守る。雑誌に載っているわたしといまのわたしでは、まるで似ていないはずだ。同じ人間だと見抜こうと思ったら、じっくり見て目の形や頬に散らばるそばかすの形状を比べるしかない。いまのわたしはエヴァに似ているうえ彼女の服を着て、彼女のバッグを持ち、彼女の家で暮らしている。雑誌の表紙に載っている女はもういないのだ。

家に戻ると、買ってきたものをおろしてすぐに雑誌を開いた。わたしほど幸運でなかった人々の笑顔の写真を見て、いたたまれない気持ちになる。尻込みしそうになる自分を叱りながら、頭の中でエヴァの写真も並べてみた。記憶に残っている姿そのままの、希望に満ちて決然とした表情の彼女を、平気な顔でわたしをだました彼女を。

墜落事故の記事がカラー写真つきで丸々四ページにわたって掲載されていた。内容は犠牲者の人生をほじくり返し、悲しみに暮れる遺族にインタビューをして、ほぼすべて感情に訴えるエピソードで構成されていた。ハネムーンに向かうところだった新婚カップル。ずっとできなかった里帰りがようやくかなうところだった六人家族。この家族の一番下の子どもは四歳だった。春休みになる二月にあたたかいところへ旅行しようと計画していたふたりの教師。これらの生き生きとした愛すべき人たちは、どんどん高度を落としていく飛行機と運命をともにして人生を終えた。おそらく彼らの最期は、恐怖に満ちた長い時間だっただろう。

自分とローリーの話は最後に読んだ。掲載された写真は結婚したときのものだ。きらめく光と影を背景にわたしたちが見つめあっている。そこに《犠牲者の中には、亡くなったマージョリー・クック元上院議員の息子であるニューヨークの篤志家ローリー・クック氏の妻、クレアさんもいた。彼女はハリケーン被害の救援活動を支援するためにプエルトリコに向かう途中だったという。『クレアはわたしの人生の光でした。心が広く、冗談好きで、優しい女性でした。彼女のおかげで、わたしはよりよい人間になれたのです。彼女を愛したことで、別の人間に生まれ変われました』とクック氏は語った》という文章が添えられている。

雑誌に書かれた彼の言葉とわたしが知っている男性を重ねあわせようとした。人間のアイデンティティというのは、どうやって決まるのだろう。わたしたちは自分が言うとおりの人間なのだろうか？　それとも他人が見ている人間になっていくものなのだろうか？　他人はわたしたちが世間に見せようとしているものだけを見て、人となりを判断するのだろうか？　それとも、わたしたちが必死で隠そうとしているものも見抜いてしまうのだろうか？　幸せそうな結婚写真とローリーの言葉がわたしたちがどういう夫婦だったかという絵を作りあげているが、この雑誌を読む人々には写真を撮る前の彼や撮ったあとの彼を知るすべがない。でもローリーがわたしの肘をつかむやり方や頭の角度、身を寄せてくる彼をわたしが体をそらして避けている様子など見るべき場所がわかっていれば、手掛かりはいくつもある。

わたしには忘れられない記憶がある。特に覚えているのは、結婚式のあとの披露宴での出来事だからだ。わたしが〈クリスティーズ〉時代に同僚だったジムと部屋の隅で話していたら、彼の腕に手をかけて笑っているところにローリーが来て、ジムを険しい顔でにらみつけた。

〝笑ってよ。今日は幸せな日でしょう?〟わたしはローリーをいさめた。

けれどローリーはその言葉に従う代わりにものすごい力で手首をつかみ、わたしはあやうく悲鳴をあげそうになった。〝ぼくたちは写真を撮ってもらわなくてはならないから失礼するよ〟彼のなめらかな口調からジムが何かおかしいと気づくことはなかったけれど、わたしにはローリーが手首をぎりぎりと締めつけていることやこわばった口元やひそめている眉から、軽薄な返答に対する報いが待っているとわかった。

部屋の向こうからこちらを見ている大学時代のルームメイトと目が合ったが、笑顔を向けた。DJテーブルのそばで友人たちと座っている彼女には、何もかもすばらしくうまくいっていると思ってほしかった。結婚したばかりの男性に恐怖を覚え始めているなんて気づかれたくなかった。

残りの時間は一緒にいろと、ローリーに命令された。でも彼はその魅力や冗談でみんなを虜《とりこ》にしてまわるあいだ、一度もわたしに話しかけなかった。やがて豪華なスイートルームへあがるためにエレベーターに乗りこむと、ようやく氷のような視線を向けてきた。〝二度とあんなふうに、ばかにした態度を取るんじゃない〟

他人のように見える写真の中の自分の顔をなぞりながら、最後にはすべてうまくいくと言ってあげたい気持ちがこみあげた。いつか彼から、想像もつかないようなやり方で逃れられる。だからその日までひたすら耐えて、と。

ピーナッツバターとジャムのサンドイッチを手早く作って食べたあと、ノートパソコンの前に座ってグーグルドキュメントを確認した。するとまだ何も書きこまれていなかったので、ローリーが追悼の辞を書いていたことを思い出しその原稿を開いた。

妻のクレアは自分を犠牲にして他人に奉仕する、たぐいまれな人生を送ったすばらしい女性でした。

思わず身がすくんだ。雑誌の文章のほうがまだましだった。ローリーのこの言葉からは、若くて活力に満ちていた三十代の女性ではなく、充実した長い人生を送ったあと眠るように息を引き取った八十代の老女が思い浮かぶ。でもわたしは、いったいローリーにどんな言葉を期待していたのだろう?

〝はっきり言って、クレアにはつらく当たってしまいました。そこまで厳しくする必要はなかったのに彼女を怯えさせ、ときには傷つけてしまいました。彼女への愛はゆがんでいて、そのためにぼくたちは本当に幸せな結婚生活を築くことができなかったのです。でも、クレアは善良で強い人間でした〟とでも？　わたしは首を振った。想像の中でさえ、本当に言ってほしい言葉をローリーに言わせることはできなかった。〝クレア、本当に悪かった。きみにしたことは間違っていたよ〟という謝罪の言葉を。

画面に表示されている追悼の辞には、そんな言葉はいっさい入っていない。ペンシルベニアで育ったという生い立ちに触れたあと、わたしが慈善活動を通して多くの人々の人生に影響を与えたこと、彼らを残し志半ばで逝かなければならなかったことを語っている。こうして書かれた言葉にさえ、本物の悲しみや嘆きは感じられなかった。でもそれは、わたしがその程度の存在だったということなのかもしれない。貧しい生まれ。悲劇的な事故で家族を失った、天涯孤独の身の上。美術界でのキャリアを捨てて選んだ、夫が理事を務める慈善団体での献身的な活動。志半ばでのあまりにも早い死。まるでわたしではなく、小説の中の脇役の人生のようだ。

葬儀で、〈クリスティーズ〉時代の同僚が教会で後ろのほうに座っている光景を思い浮かべた。ローリーに妨害され、彼らとはもう何年も話していない。だから何人来てくれるかわからなかった。四人、あるいはふたりかもしれない。わたしは何年も前に死んでいたのだ。昔のわたしはまったく残っていない。追悼の辞に書かれている人物は、見知らぬ他人だ。

ローリーの受信トレイにメールが届いた通知音がして、急いでチェックした。NTSBの委員長からで、トレイに表示されている出だしの文を見て、背筋を冷たいものが駆けおりた。

〈ミスター・クック、先日お話ししました奥さまが座っていた座席についてですが……〉

続きを読みたくてしかたがなかったが、未読のメールを勝手に開封するわけにはいかない。

わたしは画面を見つめたまま立ちあがって歩きまわり、早く開けてほしいと念じた。

十五分後、ようやく既読になったのを確認して、そのメールをクリックした。

〈ミスター・クック、先日お話ししました奥さまが座っていた座席についてですが、比較的無傷で残っている部分だったにもかかわらず、遺体は発見できなかったと収容チームの隊員から報告があったという知らせを受けました。今後も奥さまの遺体の収容に全力を注ぎ、進展がありましたらすぐにお知らせいたします〉

肺の中の空気が一気に抜けた。いままで信じていたことがくつがえり、別の事実が浮かびあがる。

開封したメールの下に、すぐにローリーの返信が表示された。

〈どういうことだ？　妻はどこにいる？〉

わたしは椅子の背にもたれた。ローリーに知られたことがショックで呆然としていたが、しばらくするとエヴァはどうやって逃れたのかという疑問がわいてきた。彼女はわたしのほかに誰をだましたのだろう。そして、どこへ逃げたのか。この展開に驚いていない自分もいた。存在すらしていない夫を殺したと嘘がつけるのだから、いくらだって人をだませるだろう。

数分後、返信が届いた。

〈ブラックボックスを回収して墜落の詳細が明らかになるまでは、これ以上のことは申しあげられません。奥さまが座っているはずの席にいなかった理由は、いくつも考えられます。申し訳ありませんが、いましばらくお待ちください。墜落事故の検証は時間のかかる作業で、疑問に対する答えがすぐには出ないことをご理解いただけたらと思います〉

一度読んでからもう一度読み返し、記者会見の動画で見たピンク色のセーターを思い出した。そして事故を知って以来初めて、エヴァが搭乗口を通過したにもかかわらず墜落した飛行機に乗らなかったという可能性を本気で考えることを自分に許した。

エヴァ

九月
カリフォルニア州バークレー
墜落事故の五カ月前

〈仕切り直して、とりあえずチャベス・パークで会えない？〉

エヴァはデックスにメッセージを送った。まだびくついているという印象を、彼に与えたかった。

シーザー・チャベス・パークはサンフランシスコ湾に面した広大な草地で、外周をぐるりとまわる遊歩道がある。週末は凧揚《たこあ》げをする親子連れやジョギングをしたり犬の散歩をしたりする人々でにぎわうが、九月下旬の火曜の午後二時には人影がなかった。

広々とした海を背に両手をポケットに入れてベンチに座っていたデックスは、エヴァを見て立ちあがった。

「歩こう」彼女が近づくと、デックスが言った。

エヴァはハンドバッグをしっかりと脇に抱え、デックスだって普通の人間なのだと自分に言い聞かせた。心を読むことはできないし、車をおりる前にバッグに入れてきた声で作動するボイスレコーダーやその録音ボタンが赤く光っていることを透視することもできない。彼に見えるのは、目の前に立っている怯えた女の姿だけだ。それが彼女に有利に働くはず。これまでもそうだったように。

エヴァは自然災害に備えるように、準備を進めてきた。食料と水を備蓄し、避難経路を確認し、持ちだし用の荷物をまとめた。カストロは必ず戻ってくるし、エヴァはそれを待っている。彼がふたたび現れたら、いま持っている情報とこれから手に入れるつもりの情報を新たな身元と交換するのだ。そして新しい町で新しい生活を始める。カストロなら彼女に、薬物依存症の母親や里親や退学とは縁のない経歴を与えられる。そうしたら新しく出発できるが、まずは足を踏み外さないことを祈りながら、危ない橋を渡るしかない。

ふたりは公園を周回する舗装された遊歩道を歩き始めた。中央に草で覆われた高い丘があり、バークレーヒルズやマリーナは見えない。「それで、今日はどうしておれを呼んだ？」

エヴァは海から吹きつける風をよけるために、体の前で腕を組んだ。「隠さないで教えて。本当にもう大丈夫なの？」

「前にも言ったとおり、フィッシュがすべて処理した」

エヴァは信じられない思いでデックスを見た。「どうしてそんな言葉だけで安心できると思うの？　ターゲットにされたのはわたしなのよ。家までつけてこられたっていうのに、フィッシュが処理したなんて言葉だけで何もなかったことになんかできないわ」怒りで声が震えた。

昔、グループホームで暮らしていたときに、感情を爆発させるとまわりの人間は居心地が悪くなるものだと発見した。そして怒りや悲しみを他人への圧力として使い、彼女をなだめるためならなんでもしようと彼らに思わせることを覚えた。人は目の前の人間の恐怖や怒りを鎮めて涙を止めるためなら、さまざまなことをするものだ。デックスも例外ではない。いまのエヴァにとって、安心して仕事をするためにきちんと納得させてほしいと迫真の演技で訴えるため、恐怖という感情を呼び起こすのは簡単なことだった。

熱心にしゃべりながら近づいてくるふたりの女性を見つめて、エヴァは続けた。

「どこへ行っても、つけられているんじゃないかと思ってしまうの。列の後ろに並んでいる男も、電話に向かってしゃべっている女も怪しく見えて……」エヴァはだいぶ近くまで来た女性たちを示した。「あの人たちだってそう。カストロのために働いているんじゃないってどうしたらわかる？」

デックスはエヴァの腕をつかんで引き寄せ、鋭くささやいた。「落ち着けよ、エヴァ。くそっ」

ふたりは道の端に寄って女性たちを通した。彼女たちが遠ざかると、エヴァは言った。「だから教えて。フィッシュが処理したっていうのはどういう意味？どうやって処理したの？　警官が書類をなくしたっていうのと、巡査部長や警部補が正式に連邦捜査局の捜査を止めたというのでは、まったく違うでしょう？」

フィッシュの協力者が公的機関の内部でどんなふうに動いているのかを知ることがエヴァの目的ではなかった。それはそれで有用な情報だろうが、エヴァはデックスから話を引きだす糸口としてだけ使うつもりだった。壁に入ったひびは、圧力をかけ続ければ広がっていく。

デックスが目をそらして低い声で話し始めたので、エヴァは近寄った。「公園で会った女は当局の捜査に協力していた。怪しいと思ったきみの勘は間違っていなかったんだ。薬物依存症者で、刑を軽くしてもらう代わりにきみをはめようとした。当局内部のフィッシュの協力者が、あの女を情報源として使えなくした。きみは錠剤を渡さず金のやり取りもなかったから、やつらは手を出せない。やつらがきみにかまうことはもうないよ」

ふたりは肩を並べて、ゆっくりと歩きだした。背中に風を受けて進んでいるうちに、バークレーの丘陵地帯が遠くに見えてくる。エヴァは考えこんでいると思わせるため、大学構内の時計塔やスタジアムや〈クレアモントホテル〉の白い建物を黙って見つめた。「それで、彼女はどうなったの？」

「わからない。まあ、刑務所か更生施設にいるんだろうな」

エヴァは振り向いて、彼の腕をつかんだ。「あなたはわたしを知っている。簡単にヒステリーを起こすような人間じゃないってわかっているでしょう？　だけどこんなふうに誰に見られているかわからないところで受け渡しをするのはもう無理よ。とにかく、完全にほとぼりが冷めるまでは」

デックスが眉をひそめた。「きみには義務がある。条件を決めるのはきみじゃないんだ」

「決める権利はあると思うわ。あのドラッグを製造する技術を持っているのはわたしだもの」

エヴァを見おろすデックスから、怒りが伝わってくる。「ゲームじゃないんだぞ。ブリタニーの処理はすんだが、この件はまだ終わっちゃいない。危険な要素を取り除くために粛清が始まる。ほかに誰がかかわっていたか、そいつらがどの時点で何を知っていたか、細かく調べあげるんだ。そんなときにきみにそんなことを許したら、おれの身もあやうくなる」

そのあとしばらく、ふたりは黙って歩き続けた。エヴァはコートの裾を風にあおられながら、次の質問をした。「わたしの前にドラッグを作っていた人はどうなったの？」デックスが驚いた表情を向けた。「フィッシュの下で働くのをやめるって言ってたけど、すんなりやめられたわけじゃないんでしょう？」

「そいつは言われたとおりにするのを拒んだ。きみの身に同じことが起きてほしくない」デックスが重い口を開いた。

エヴァはわきあがったパニックを隠さず、デックスに見せた。必死に気持ちを抑えるように唇をきつく結ぶ。「前に、モーテルの前に倒れていた遺体を見せてくれたわよね。あれは彼だったの？」

デックスは首を振った。「いや、別の人間だ。前にドラッグを作っていたやつは、きみが加わるずっと前にいなくなっていた」彼が声を潜めたので、エヴァは身を寄せた。「冷静になれ。おれのためだけじゃなく、きみのためにも。そうでないと間違いが起きる」

エヴァはとりあえず納得したふりをしてうなずいた。今回はこれくらいで充分だろう。ふたりは公園の端まで行き着き、ゴミが散乱している黒いアスファルトの空き地に出た。エヴァはその向こうに停めてある自分の車を見つめながら、ポケットから封筒を取りだした。「今度の土曜日のフットボールのチケットよ。とりあえずは〝クラブ〟で受け渡しをしましょう」

週に一度の受け渡しを公園やレストランでするのが危険だと感じたときに使う場所を、ふたりは〝クラブ〟と呼んでいた。エヴァは何年も前から、ほとんど使うことのないフットボールとバスケットボールのシーズンチケットを買っている。シーズンチケットを持っていると、限られた人間しか入れない場所に入れるからだ。つまりシーズンチケットには特権と安心がついている。潜入捜査官が簡単には追ってこられない場所へアクセスできるという特権と安心が。

フィッシュのためにドラッグを作るのを、いますぐはやめられない。でもカストロはまだ見張っているかもしれないから、交換条件として渡すものが用意できるまでは尻尾をつかまれないようにするべきだ。

デックスはチケットをコートに滑りこませると、エヴァの肩に腕をまわして引き寄せた。「仕事さえしてくれるなら、いくらでも言うとおりにする」

クレア

二月二十五日（金曜日）

〈遺体は発見できなかったと収容チームの隊員から報告があったという知らせを受けました〉

わたしはNTSBからのメールに書かれている文を見つめ、それが意味するところを理解しようとした。ふたつのまったく方向性の違う疑問のあいだで、心が揺れ動いた。エヴァがあの飛行機には乗らなかったなどということがありうるのだろうかという疑問と、収容チームがわたしの痕跡を見つけられなかったと知ったらローリーはどうするだろうという疑問。

ブラウザに新しいタブを開いて、〝墜落事故の遺体収容、海〟と入力して検索した。すると四七七便の墜落に関する記事が少なくとも二十は表示された。すべて、この四日間のうちに書かれたものだ。《機体の残骸の回収と遺体の収容の最新情報》とか《ヴィスタ航空機墜落事故：四七七便がフロリダ沖に落ちる》といった見出しが目に入る。検索語句を〝墜落事故後の遺体の収容方法〟に変えると、ふたたび捜索・収容作業の最新情報やヴィスタ航空の安全性の格付けの低さについて書かれた記事がずらりと並んだが、わたしがあの飛行機に乗っていなかったと断定されうるものなのかとか、全員の遺体を収容できないこともありうるのかといった、本当に知りたいことについて書いている記事はなかった。

さらには、エヴァがどうやってあの飛行機から逃れたのかというもっと大きな疑問もある。わたしが彼女の名前を使っているように、彼女もわたしの名前を使ってどこかで生きているのだろうか。エヴァはわたしの免許証を使ってホテルにチェックインしたかもしれないし、どこか別の場所に到着するやいなや免許証を売り払ったかもしれない。アマンダ・バーンズ名義のもろもろの書類を作ってもらうのに、ニコに一万ドル渡した。それなら本物の免許証はいくらで売れるのだろう。もしかしたらエヴァは人の身分証明書を盗むのが専門で、そうやって手に入れた金でバークレーのメゾネットアパートを買ったのかもしれない。

わたしは検索に戻った。〝搭乗券をスキャンしたあと、搭乗しないことは可能？〟

と入れると、そうやってマイルを貯めて顧客ランクをあげたいと考えている人物からの質問で始まっている掲示板のスレッドを発見した。でもどれだけ返信を読んでも、可能と答えているものはなかった。

〝最終的な人数確認を反古《ほご》にするような行動が許されるわけがない。人数が合わなかったら全員が機体からおろされて、保安検査をやり直させられる。自分にとってもほかの乗客にとっても、いいことは何もない〟

〝搭乗券をスキャンしたのに搭乗しないのは不可能。考えてもみろよ。搭乗口から二メートルも離れていないところが搭乗ブリッジの入り口なんだ。搭乗券をスキャンしたあと勝手にどこかへ行くのを、乗務員が見逃してくれると思うか？　こんなスレッドはばかげているし、相手をするだけ時間の無駄〟

そのとおりだ。人数が確認されているのだから、エヴァはちゃんと乗りこんだはずだ。

すぐそばに置いてあったエヴァの電話が突然鳴りだして、わたしはびくりとした。

非通知の番号からの着信。明るく光っている画面を見つめながら、呼び出し音を数えた。エヴァのふりをして電話に出たら、どうなるだろう。エヴァが何者なのか、何をしていたのか、どうして空港のバーで赤の他人に近づいて夫の死にまつわるとんでもない作り話をしたのか、少しでも手掛かりが得られるだろうか。呼び出し音がやみ、静寂が戻る。一分ほどしてふたたび画面が明るくなり、留守番電話にメッセージがあることが通知される。この前設定し直した新しい暗証番号を打ちこみ、わたしは内容を聞いた。

女性からだった。〈こんにちは、わたしよ。どうなったかなと思って電話したの。うまくいったのなら、そろそろ連絡があるんじゃないかと思って。電話してね〉

それだけで、名乗らなかったし電話番号も残していなかった。耳を澄まして、もう一度メッセージを聞く。女性の年齢やかけてきている場所の手掛かりになるような音が聞こえないかと思ったが、何もわからなかった。

昔、母がヴァイオレットとわたしをモントークの海辺に連れていってくれたことがある。母はわたしたちふたりに空の卵パックをひとつずつ渡し、宝物を見つけて入れなさいと言った。それでヴァイオレットと一緒に、シーグラスや外側が黒い貝殻を探して何キロも歩きまわった。黒い貝殻の内側は、綿あめやバレエシューズみたいなきらきらした淡いピンク色や、オルゴールやベビー毛布みたいな紫がかった青色をしていた。わたしたちは見つけた宝物を種類や色別に分けて卵パックに入れ、いっぱいになると借りた家まで戻って母に見せた。

エヴァの人生を知ろうとするのは、貝殻を拾って卵パックに入れていくのと同じだ。意味がわからないままとりあえずさまざまな事実を集め、仕分けしてしまっていく。残されていたプリペイド式携帯電話、個人的な記念の品が何もないという事実、現金で購入された家、〝どうなったかなと思って〟エヴァからの電話を待っている女性。だけど空いている穴はまだまだある。それを全部埋めれば、すべてが明らかになるのだろう。

心が重くなった。こんなふうになるとは思っていなかった。世間知らずで甘いと言われるかもしれないが、嘘で固めた暮らしをするストレスを考えていなかった。ずっと、ローリーから逃れることだけを考えていた。

そしていま、彼から離れられたのに、やはりわたしは自由ではない。

土曜の朝、早起きしたわたしはバニラヨーグルトを食べながら、ローリーの書いた追悼の辞を印刷して葬儀後に配るかどうかローリーとブルースが話しあっているのを見ていた。ブルースは配ったほうがいいと、ローリーはその必要はないと言っている。そのあとふたりは、別の話題に移った。

ローリー・クック：
チャーリーは、会ったときなんと言っていた？

わたしは慎重にヨーグルトを置いて、ブルースの返事を待った。

ブルース・コーコラン：
指示されたとおり、あなたはクレアの死に打ちのめされていて来られなかったということと、いま告発することは売名としか受け取れない行為であると同時に機密保持契約違反だと説明しました。あくまでそうするというなら法廷で争うしかないし、それは誰も望まない。特にいまの状況では、ということも。

ローリー・クック：
それで？

ブルース・コーコラン：
それでも向こうは主張を変えませんでした。あくまでも上院議員に立候補するというなら、有権者はどういう罪を犯した人間に投票することになるのか知るべきだと言い張っていました。マギー・モレッティの身に何があったのか公表するべきだと。彼女を愛していた人たちのために、真実を明らかにしたいそうです。

これを読んで、ずっと持っていた疑念が急に現実味を帯びた。マギーの名前を見てアドレナリンが体を駆けめぐり、息を止めて続きを待つ。

ブルース・コーコラン：
どうすればいいでしょうか？

ローリーの返答からは、怒鳴り声が聞こえてくるようだった。

ローリー・クック：

自分の仕事をやれ！　なんとかするんだ。

ブルース・コーコラン：

対応案をまとめて、それで黙らせることができるかやってみます。もう少し時間をください。

ローリー・クック：

おまえをのんびりさせるために、金を払っているわけじゃない。

そこでやり取りは終わり、わたしはチャーリー・フラナガンとローリーとマギー・モレッティにどんな接点があったのか考えた。

若い頃、よく自転車で街を抜けて林の中に入っていったものだった。すると舗装された道が途切れて、轍《わだち》が残る曲がりくねった土の道になる。わたしはわたしの秘密を覆い隠してくれているような高い木々の下を、まだらに差しこむ日の光を受けながら走った。

一番好きだったのは、林から出た瞬間だった。でこぼこした地面を走る振動に慣れきっていた体に感じる、なめらかなアスファルトの感触がたまらなかった。

何年も苦しい日々に耐えてきたわたしは、森を出たときの晴れやかな期待をいま感じている。目の前に延びているのは、なめらかな道だ。

もう一度USBメモリにコピーしてきたものを見直してみると、Mで始まるファイルの中に〝マグス〟というラベルのついたものがあった。開いてみると、中身は多くなかった。インターネットもEメールもない時代につきあっていたローリーとマギーの記念の品をスキャンした、二十ほどの画像。写真、罫線《けいせん》入りの紙に書かれた手紙、カード、ホテルのバーのナプキンといったそのひとつひとつに、内容とは関係のない画像番号だけが振られている。わたしは順にクリックして中身を見ながら、奇妙な震えが体を駆けめぐるのを感じた。マギーのものに間違いない手書きの文字が、ささやくようにわたしに呼びかけてくる。

ローリーが現物は処分しても画像を残していることに驚きはなかった。彼は自分の知る唯一のやり方でマギーを愛していた。彼とマギーの関係はまぶしく輝く情熱に満ちた初々しい愛からより複雑な何かへ、少しずつ着実に移り変わっていっている。それを現実に示すものを目の当たりにしていると、わたし自身の結婚生活の残響――なじみ深いうつろな調べ――が聞こえてくるような気がした。

フォルダーの最後のほうにある画像を開くと、スパイラルノートから破り取った青い罫線入りの紙をスキャンしたものが現れた。マギーの死の三日ほど前の日付が記されている。

〝ローリー

週末を北部で過ごそうというあなたの提案を、よく考えてみたわ。でも、いい考えとは思えない。あなたとつきあい続けるかどうか、ひとりで考える時間がほしいの。この前の喧嘩のときは怖かった。本当に恐ろしかった。だからいまは、これまでどおりやっていけるかわからなくなっているの。お願い、わかって。すぐに電話する。たとえどういう結論を出そうと、いつまでもあなたを愛し続けるわ。

マギー〟

わたしはその手紙を二回読んだ。いままで進んでいた方向から、いきなり向きを変えさせられたようだった。ずっと昔、一緒に出かけたディナーの席でローリーは言った。〝マギーが週末にふたりきりで静かに過ごしたいと言いだした〟と。

でもマギーは、週末に彼と出かけて仲直りをしたいなんて思っていなかった。彼女は別れたかったのだ。そして女性がローリーとの別れを望むとき、彼がどう反応するかわたしはよく知っている。

なんと恐ろしい皮肉なのだろう。マギー・モレッティもわたしも、ローリーから解放されるためには死ななければならなかったのだ。

エヴァ

カリフォルニア州バークレー　十月
墜落事故の四カ月前

リズが次々に質問をするようになるまで時間はかからなかった。最初にされた質問は、裏庭に漂う正体不明の匂いについてで、それ以来エヴァはリズが寝たと確信できる深夜に作業せざるをえなくなった。

「体の調子でも悪いの？」三日連続の徹夜作業で目の下に隈《くま》を作ったエヴァに、リズはきいた。エヴァは必死にごまかして、匂いは道を挟んだ向かいの家のせいに、疲れた顔は鼻炎のせいにした。

ドラッグ作りを中断していた数週間は生活ががらりと変わっていたので、エヴァは通常運転に戻るのに苦労した。そこで、いまの生活を二本のレールが平行に走る線路だと考えることにした。一本はフィッシュとデックスの要望を満たすために深夜にドラッグを製造する生活で、もう一本はほんの二週間前に送っていた生活。リズと夕食をともにして好きなことを自由にする生活は、これまで想像したこともないほどエヴァの心を軽くした。

いまエヴァは大学のスクールカラーである青と金に身を包み、人混みの中をメモリアル・スタジアムに向かって丘をのぼっていた。寝不足のせいで頭がぼうっとして、目はごろごろしている。ゲートの前に着いたので列に並び、保安検査をしている警備員が人々にバッグを開けさせて中身をチェックするのを見つめる。腕を脇に押しつけると、コートの内ポケットに入れた錠剤の包みが感じられた。

エヴァは仕事を再開したことを客に伝えておらず、このままフィッシュに渡す分だけを作って、客に対しては開店休業状態を続けるつもりだった。目標はフィッシュと彼の組織についてできるだけ情報を集めることで、これ以上金は必要なかった。

順番が来たのでエヴァはバッグを開き、警備員が中に入っている財布とサングラスと小さなボイスレコーダーに目を走らせるのを見守った。エヴァはいつもここで、息を止めてしまう。今度こそ何をしに来たのか見抜かれ、正体がばれるのではないかと不安がこみあげるのだ。

けれども今日も無事に通過した。

入り口を抜けてスタジアムに入ると、目の前にグラウンドが広がっていた。両端のエンドゾーンには紺地に黄色で〝カリフォルニア〟と書かれ、五十ヤードラインの中央にはカリフォルニア大学バークレー校を表す筆記体の〝Ｃａｌ〟という文字が見える。エヴァはまわりに座っている人々を無視して、グラウンドの向こう側のスタンドに目を向けた。マーチングバンドが演奏していて、すぐ横の区画には学生たちが座っている。その光景を見ていると、何年も感じたことのなかった孤独感に襲われた。

学部生だったエヴァは母校のチームが出る試合を一度しか見たことがないが、このスタジアムへ来るたびにそのときの記憶がよみがえった。〝試合のあと、北側の地下通路で会おう〟とウェイドに言われて行くと、選手を待つ人たちが大勢いてショックを受けた。ファンや取り巻き、髪型を整えたりリップグロスをチェックしたりしている女子学生たち。エヴァは後ろにさがっていつもそうするように遠くから眺めていたが、出てきたウェイドはあたりを見まわすと、まるで彼女が光を放っているかのようにすぐに見つけた。人々のあいだを縫ってやってきた彼は、エヴァの肩に腕をまわして外へ向かった。スタジアムのまわりに生えているアカスギの香りとウェイドの体から漂う石鹸の匂いが混ざった香りを、エヴァはいまでも覚えている。あのとき彼女は、まっすぐに延びていたはずの道で迷ってしまったことを悟った。ウェイド・ロバーツに選ばれたために、望むと望まざるとにかかわらずそれに従う運命なのだとわかった。

ウェイドとは、エヴァが助手を務めていた化学の実験の授業で出会った。最初は彼のことを、誘惑することで成績をあげてもらおうとしている頭の悪いスポーツ選手だと思った。それなのに彼に見つめられるたび、電気が走ったようなおののきを感じた。

学期が始まったばかりの頃、学生たちに基本的な化学反応を見る実験の手順を説明していると、ウェイドが言った。〝どうしてこんな実験をしなくちゃならないんだ? どんな物質が塩化カルシウムに反応するかを知って役に立つ場面なんて、この先ないだろう〟

彼を諭して実験に戻らせなければならなかったが、注意を引きたいなら意表を突いたことをするしかないとエヴァはわかっていた。そこで〝キャンディは好き?〟ときき、みんなの前でストロベリー味の結晶を作ってみせた。探そうと思えば誰でもグーグルで作り方を探せるような、簡単な手順のものを。

それが始まりだった。地図上にピンで示した旅の出発点。ウェイドはエヴァとデートをするようになると、すぐにドラッグを作ってみてほしいと圧力をかけてきた。最初、エヴァは気が進まなかった。でもたいした手間ではないし、一度やってみせれば彼は満足すると思った。そして物理と化学の法則が支配する世界でなら、エヴァは安心していられた。彼女を二歳のときにいきなりグループホームに押しこみ、そのあと別の人生を歩むチャンスすら与えなかった現実の世界とは違って。化学の世界では何が起こるか予想がつく。起こる現象は疑問の余地がない絶対的なものだ。ウェイドは誰もが親しくなりたいと望む人間で、その彼がエヴァと親しくなりたいと望んだ。だからふたたび彼に頼まれると、彼女は従った。そのあとも。

スタジアムが人でいっぱいになってきた。エヴァは時間を見たあと、ボイスレコーダーをバッグから出して作動させた。グラウンドを挟んだ向かい側で、マーチングバンドの太鼓がリズムを刻んでいる。何年も前のあの日と同じリズムを。エヴァはまわりに人が増えてくると息苦しくなり、自分の中に引きこもった。我慢して待つしかない。仕事をして、この生活から逃れる準備を整えるのだ。

「待ったかい？」デックスが隣の席に座りながらきいた。

「五分くらいよ」エヴァはタッチダウンが決まるたびに撃つことになっている大砲が木々のあいだから見えている丘に、目を向けた。カリフォルニアと書かれた白い横断幕が風にはためいている。誰でもタイトワッドヒルにのぼり、土の上に座って観戦できる。どこまでも能天気なバークレーの雰囲気にエヴァはむかついた。「ここ、本当に大っ嫌い」

「じゃあ、さっさと受け渡しをすませて出よう」デックスが振り返って観客席の人々に目を走らせ、ふたたび前を向いたが、じれたように貧乏ゆすりをしている。

エヴァは首を横に振った。「だめよ。わたしのやり方でやらせてもらうわ」カストロのことはもう気にする必要はないとデックスは言ったが、まだどこかで見ていて、エヴァが尻尾を出すのを待っているかもしれない。

「本当に、もう心配する必要はないんだ」

「あんな大雑把《おおざっぱ》な話をされたって、安心できるわけないでしょう？」エヴァは座席の下に置いていたバッグを取り、底についた枯葉とガムの包み紙を払い落として肘掛けの横に置いた。「もっと詳しく教えてよ。わたしをつけていたのは誰なのか。なんのためにそんなことをしていたのか。どうやってやつらに手を引かせたのか」

デックスは前かがみになって、視線をさまよわせた。「いいだろう。あれはフィッシュを狙った麻薬取締局《DEA》と地元警察の共同作戦だった。何年も前から活動していたが、二週間前に解散した」

「解散って、どうしてフィッシュにそんなことができるの？」

〈ファンキー・コールド・メディーナ〉の演奏を始めたバンドを、デックスは目を細めて見つめた。しばらくしてようやく口を開く。「張りこみには金がかかるし、きみはまったく証拠も与えなかった。張りこみは無期限に続けられるものじゃない。上司の裁量で金を引っ張っているのに証拠がひとつもあがらない中で、局内のフィッシュの友人が〝もっといい金の使い道があるはずだ〟と騒いで、予算の配分に文句を言いだした。それで手を引くしかなくなったんだ」

「ちょっと待ってよ。連邦政府の捜査官だの、共同作戦だのと聞かされて、それで心配するなって言うの?」

「この話はもう終わりだと言っているんだ。忘れろ」

エヴァはデックスの横顔を見つめた。顎の曲線はそれほど険しくないし、目と口のまわりには笑い皺がある。彼とは十二年のつきあいだが、今日の彼はどこかおかしい。

北側の地下通路からバークレー校のチームが走りでてくると、デックスがはじかれたように立ちあがった。バンドが応援歌を演奏し始めるのと同時に立ちあがった観客に合わせたふりをしているが、エヴァはだまされなかった。「大丈夫?」

「ああ。ちょっと驚いただけだ」デックスが両手をポケットに突っこんでほかの観客とともに座り、第一クォーターが始まった。

「もう何も心配することはないって言ったばかりじゃない。いったい何に驚いたの、デックス?」

彼は首を振った。「なんでもない。ただ、前にきみに話した男のことをフィッシュが調べているのが気になってる。ほら、ブリタニーを紹介してきたやつさ」

「あなたも危ないの？」

デックスはうつろな笑い声をあげ、悲しそうにエヴァを見た。「いままで危なくないことなんてあったか？」

ハーフタイムになり、ふたりはスタンドをおりて屋内に入った。トイレや売店に向かう人々を横目に、スタジアムクラブと書いてあるドアに向かう。警備員にシーズンチケットを渡してスキャンしてもらって中に入ると、スタジアムの喧騒が遠のいた。エヴァはデックスを連れて階段をあがり、キャンパスだけでなくサンフランシスコ湾や遠くのゴールデン・ゲート・ブリッジまで見渡せる広い部屋に入った。

「飲み物を取ってくる」デックスが離れていくとエヴァは窓の外を見つめ、ほぼ同じ景色が望める別の部屋に立っていた頃に思いを馳せた。ウェイド・ロバーツの遠い日の姿をよみがえらせながら。

そこはエヴァがバークレーにいるあいだに見た中で、一番いいオフィスだった。キャンパスで一番高い場所である丘の上にあり、窓からは遠くゴールデン・ゲート・

ブリッジからそのさらに向こうまで見渡せた。隅にある時計が時を刻み、エヴァの運命があと何秒かをはかっている。学部長がエヴァのファイルをぱらぱらめくっているあいだ、彼女はふたたびドアをちらりと見て、いつウェイドが現れて約束したとおり彼女が罪に問われないようにしてくれるのかと考えていた。

〝なるほど。きみは奨学生なんだね〟学部長が顔をあげて返事を待ったが、エヴァは遠近両用眼鏡がのっている鋭いくちばしのような鼻を見つめたまま、何も言わなかった。学部長がふたたびファイルに視線を落とす。〝サンフランシスコの〈セント・ジョセフズ〉にいたのか〟

学部長の声に初めてかすかにこもった同情を、エヴァは当然のこととして受けとめた。彼女がグループホームで育ったと知ると、人はあとずさりするか前のめりで距離を詰めるかどちらかの反応を示す。要するに、その事実を知った瞬間に彼女に対する見方を変えるのだ。エヴァは肩をすくめ、ふたたびドアを盗み見た。〝全部そのファイルに書かれているとおりです〟その言葉は思っていたより無愛想に響き、すぐに言い直したくなった。大学生活にどれほど愛着を覚えるようになったか、可能性が空から降り注いでいるようなバークレーをどれほど愛しているか、彼に伝えたかった。でも、エヴァはそれまで一度も、自分をさらけだしたことがなかった。だから結局何も言わず、起こるべきことが起こるのをただ待っていた。

〝化学の実験室でドラッグを作るためにすべてを捨てるなんて、ばかげた行為のようだが〟学部長が重ねて言う。

そのとき勢いよくドアが開いたので、エヴァは答えなくてすんだ。学部長のアシスタントがウェイドを連れて入ってきたのを見て、エヴァは詰めていた息を吐いた。ウェイドはドラッグを作るというのは彼の考えで、罪はすべて自分にあると学部長に言うと彼女に約束したのだ。ウェイドは大学のフットボールチームのクォーターバックだから、軽く叱られてもしかしたらひと試合くらい出場停止になるかもしれないが、キャリアが台なしになるような罰を受けることはないから、と。

でもウェイドを見て感じた安堵は、彼の後ろにガリソン・コーチがいるのを見てすぐにしぼんだ。彼のことは新聞の写真と、あとはウェイドに強く言われて生まれて初めてフットボールの試合を見に行ったときにフィールドのサイドライン上で行ったり来たりしている小さな蟻《あり》のような姿を見たことがあるだけだった。〝彼女におれのプレーを見てもらいたいんだ〟と言われ、彼女と呼ばれたうれしさにエヴァは陥落した。それまで、誰かにとって特別な存在になったことが一度もなかったから。娘としていつくしまれたことも、友達として心を許されたことも、彼女として愛されたこともなかった。裏切られてあれほど深く傷つくなんて、ばかだった。ウェイドは違うかもしれないと思うことを自分に許したのがばかだったのだ。

「白しかなかった」デックスはそう言いながら、エヴァに白ワインが入った小さなプラスチックカップを渡した。エヴァは過去の回想から意識を引き戻して、目の前の彼に集中した。これまで自分は焼け跡から立ちあがって新たな人生を築いたと思っていたが、幻想だった。単なる思いこみで、何も変わっていなかった。ウェイドがデックスに変わっただけで、していることは同じ。規模が大きくなっただけだ。

デックスはワインを飲んで、顔をしかめた。「くそまずいワインをただで飲むために、毎年いくら払ってるんだ？」

ワインに関するくだらないやり取りだけで録音を終わらせるなんて、エヴァはまっぴらだった。「ときどき、わたしが気づいていないだけでフィッシュに会っているんじゃないかって思うの。たとえば、あそこにいる大口寄付者のひとりが彼なんじゃないかって」エヴァはトロフィーの入ったケースの近くに固まっている年配の男たちの集団を指さした。全員青と金の服に身を包んでいる。「ありうると思うのよ。あんなふうになんてことのない場所に潜んでいることも」デックスがプラスチックカップを持ったまま、彼女を見つめている。「彼を知っているのよね。どんな感じの人？」

デックスは肩をすくめた。「ごく普通だと思う。特別なところはない。怒らせるとんでもなく恐ろしいが」彼はぶるりと身を震わせ、エヴァに向き直った。悲しげな表情になっている。「質問ばかりするのはやめてくれ」

エヴァがワインをひと口飲むと、鋭い酸味が喉の奥を焼いた。「心配しないで。あなたが何も話せないのはわかってるから。でも、わたしが渡した錠剤はそのあとどうなっているのかしらって考えちゃうのよね。これまでは錠剤の出どころをたどられるかもしれないなんて考えたことはなかったんだけど、いまは技術が進歩しているみたいだから」

「きみが作った錠剤は、この辺でさばいてるわけじゃない。もしきみが心配しているのがそういうことなら」

「わたしが心配しているのは、〝この辺〟っていうのをあなたがどれくらいの範囲ととらえているかよ。サクラメント？　ロサンゼルス？　それとももっと広い範囲？」

デックスはワインをもうひと口飲んで、残りを近くのゴミ箱に捨てた。「さあ、やるべきことをやって、ここを出よう」

ふたりは男女共用のマークがついたトイレへと続いている狭い廊下を進み、母親と小さな子どもの後ろに並んだ。老人が出てきて、代わりに母子が中に入って鍵をかける。通りかかった給仕がふたりに声をかけた。「よろしければ、あの角の向こうにもっと大きなトイレがあります。そちらに行けば、待たずにすみますよ」

デックスとエヴァは黙って笑みを向け、ここでいいんだと給仕に知らせた。ときどき聞こえてくるくぐもった泣き声を聞きながら五分ほど待つと、ようやく母子が出てきた。エヴァは中に入って鍵をかけ、デックスからほとんど話を引きだせなかったことにいらだちを感じながら、バッグの中のボイスレコーダーを確認した。壁にもたれ、シャツの袖を通して伝わってくるひんやりしたタイルの感触で頭をはっきりさせる。そしてデックスにもっと詳しいことをしゃべらせるためにはどんな質問をするべきか、何をするべきか、考えをめぐらせた。ドラッグはどこに送るのか、誰が買うのかを知らなくてはならない。フィッシュの情報もほしい。しばらく待って水を流し、手を洗ってきちんと乾かしてから、エヴァは錠剤の色鮮やかな包みを取りだした。

それをタオルホルダーの上に置いてトイレを出ると、すぐにデックスが中に入った。少しして出てきた彼は、コートを叩いて言った。「悪いが、後半は見ないで帰るよ」

「わかったわ」ふたりはクラブから出て階段をおり、スタジアムをあとにした。

外に出たところで、ふたりは足を止めた。「なあ、おれたちふたりとも、ちょっと気持ちが張りつめている。慎重にやりたいと言ったきみは正しいよ」デックスは後半の試合が始まっている背後のスタジアムを示した。「落ち着いて気持ちにゆとりができるまで、きみのやり方で続けよう」

エヴァはデックスを見た。目的のものを受け取って、表情がやわらかくなっている。彼は同志であると同時に枷《かせ》でもある。守護者であると同時に看守でもあるのだ。デックスがどうふるまおうと、彼は友人ではない。彼女の気持ちを心配してくれているのではなく、自分の身がかわいいだけだ。

エヴァは彼に笑みを向けた。「ありがとう、デックス」彼女をきちんと制御できていると思っている限り、彼は自分がてのひらの上で踊らされていることに気づかないだろう。

その夜、エヴァは仕事をする代わりにパソコンの前に座って、何も入力していない検索ボックスを見つめていた。今日スタジアムに行ったことで、あそこにひとりで座っているとどんな気分になるのかを思い出した。〝エヴァは善良な人間だから、やり直すチャンスを与えられるべきだ〟と彼女のために声をあげてくれる人間はひとりもいない。そもそも、やり直すチャンスなんて存在するのだろうか。〝現状を知ることで強くなれる〟というリズの言葉が脳裏によみがえる。リズはエヴァが自分のまわりに張りめぐらせている壁を抜けて、踏みこんできた。これからすることがその壁をふたたび築くことにつながるのか、完全に破壊することになるのか、わからない。母親がドラッグと手を切って家族や友人と幸せに暮らしているという最悪の結果を知ることになる心の準備をしながら、エヴァは検索ボックスに母親のフルネームを入力した。部屋の中の唯一の明かりである画面の光に顔を照らされながら、外を通り過ぎる車の静かな音に耳を澄ます。

やがてそれが遠ざかり絶え間なく鳴く虫の声だけになると、エヴァはリターンキーを押した。

検索結果がずらりと表示される。レイチェル・アン・ジェームズのフェイスブック、画像、ツイッター。どれもネブラスカの大学に通うレイチェル・アン・ジェームズのものだ。下にスクロールして無料の人探しのリンクをクリックすると、十八件の候補がヒットした。でもどれも年齢が合わない。エヴァの母親は五十代前半のはずだが、みんな若すぎるか年を取りすぎている。

これまででもっとも緊張したドラッグの取引のときよりも体が震えて、ここでやめてしまいたいという衝動に駆られた。パソコンの電源を落として仕事に戻り、すべて忘れる。でもエヴァは気を取り直して、〝レイチェル・アン・ジェームズ、死亡記事、カリフォルニア〃で検索し直した。

するとトップに求めていた記事が出てきた。バークレーから北にほんの数キロしか離れていないリッチモンドのローカル新聞が、短い記事で母親の死を報じていた。死因には触れておらず、二十七歳という年齢と死亡年月日だけが記されている。遺族については《カリフォルニア州リッチモンド在住の両親、ナンシーとアーヴィン・ジェームズ夫妻および兄のマクスウェル（三十五歳）》とあり、祖父母が望まなかった孫であるエヴァについては記載がなかった。

耳の奥で血管を流れる血の音が大きく響くのを感じながら、エヴァは画面を見つめた。彼女が八歳のときに、母親は死んでいた。カルメンとマークの家から修道院に戻されたことやそのあとシスターが祖父母に連絡を取ってくれたことを思い出し、そこにこの新しい情報を当てはめる。あの頃、母親はすでに死んでいた。それなのにようやく薬物依存症の娘という悪夢から解放された祖父母のナンシーとアーヴィンは、やっぱり孫は引き取れないと返事をしたのだ。

死亡記事を印刷して、リズの家に持っていこうかと考えた。この情報を知ったからといって、本当に強くなれるのかと詰問するために。エヴァからすれば、今回得た情報は苦しみを増すだけのものだった。体じゅうに無数の小さな傷を負わされ、そこから野火のように広がった痛みが全身を覆い尽くしている。

でもエヴァは何もせずに検索結果を消し、パソコンを閉じた。そして暗闇に座って、新たに知った拒絶とそれによる新たな痛みをこれまでもそうしてきたように心の奥に静かに沈めた。

クレア

二月二十六日（土曜日）

ローリーがマギーとの最後の週末について嘘を言っていたというのは興味深い事実ではあるが、それだけで有罪にできるわけではない。当然、彼は新しくつきあい始めたわたしに同情してもらえるようにそんな話をしたのだろうが、そもそもマギーはなぜ心変わりをして、ひとりで考えたいなどと言ったのだろう。とにかくマギーがローリーとの激しいいさかいをほのめかしている部分を読んだときは、体が冷たくなった。一瞬でかっとなるローリーの気性を身をもって知っているわたしには、マギーがなぜ階段の下で倒れていたのか容易に想像がついた。

でも、あの手紙ではふたりが喧嘩をしたことしか証明できない。しかもふたりの喧嘩については当時広く報じられている。わからないのは一九九二年のあの週末とチャーリー・フラナガンがどうつながっているかで、それがすべてを解き明かす鍵だ。

もしかしたら彼は、メアリー伯母が言っていた賄賂を財団の口座からひそかに引きだして用意する役目を担ったのかもしれない。

時計を見ると、ケリーとの待ちあわせまで三十分しかなかった。そこでキッチンに行って冷蔵庫からダイエットコークを出し、それを飲みながら窓の外の裏庭をぼんやりと見つめた。カフェインが体に行き渡るのを待ちながら、チャーリーが自分の持っている情報をマスコミに公表するところを想像する。『ニューヨーカー』や『ヴァニティ・フェア』や『ニューヨーク・タイムズ』が大々的な暴露記事を掲載し、ローリーからすべての力を奪うところを。飛躍しすぎているとわかっていたが、それでも元気が出た。

わたしはカウンターの上に缶を置いて、黒のパンツと白いトップスを探すために二階へ向かった。

コーヒーショップに着くとケリーは車の中で待っていたので、助手席のドアを開けて乗りこんだ。

「出発できる?」

「ええ、いつでも」

ところがブロックの端まで行くか行かないかのところで、ケリーの電話が鳴った。

「ジャシンタ、これから仕事に向かうところなのよ」しばらく相手の話を聞いたあと、ケリーが悪態をつく。「わかった。五分で行く」

ケリーは電話を切ると、車をUターンさせた。「ごめんなさい。娘のジャシンタがいま家で美術史の授業で出された課題をやっているんだけど、そのために必要なものをこの車のトランクに入れっぱなしにしていたらしくて」

「どうぞ、別にかまわないわ」

「いつもなら自分でなんとかしなさいって言うところなんだけど、もうひとり一緒にやっているって言うから、ジャシンタの不注意でその子に迷惑をかけたくなくて」ケリーはため息をついた。「この課題には最初から悩まされているの」

「どんな課題？」

「二十世紀の画家をふたり選んで比較するんですって。資料を見せながら口頭で発表するらしいわ」ケリーはぐるりと目をまわした。「バークレーでは美術教育が重視されているから」

「娘さんはいくつなの？」ケリーはせいぜい二十代後半くらいにしか見えない。

「十二歳」

ケリーは振り向いて、わたしの驚いた表情に気づいた。「十七歳で産んだの」

「大変だったでしょうね」

ケリーは肩をすくめた。「わたしが妊娠したと知ったとき、母は逆上したわ。すぐに冷静になったけど」赤信号で停まると、ケリーはわたしを見た。「母には本当に頭があがらないわ。母なしでは学校も仕事も続けられない。それに母とジャシンタはとても仲がいいの。わたしがかっとなったりあきれたりしてしまうようなときでも、母は娘を笑わせて秘密を打ち明けさせることができるのよ」

「どれだけ大変か、想像もつかないわ。仕事を掛け持ちして、学校にも行っているなんて」

信号が青になったので車を発進させながら、ケリーはにっこりした。「そうなんだけど、ずっと働いているから慣れたわ。コーヒーショップは早朝の時間帯に入れてもらって、昼間は授業。トムのケータリングサービスのイベントは夜や週末。ジャシンタとふたりで住めるように貯金しているのよ。いまは母と暮らしていて、狭いから」

わたしは急いで実家を出ることはないと言いたいのを、唇を噛んでこらえた。

ケリーの家は小さな平屋が立ち並ぶ一角にあった。かつて住んでいたペンシルベニアの実家にそっくりで、目を細めて見ると故郷に戻ったのだと信じられそうなくらいだった。ケリーは家の前に車を停めて、振り返った。「中に入って家族に会っていって」

わたしはためらった。車に残るべきだとわかっていた。イベントで黒と白の制服のような服装で大勢いる給仕のひとりとして働くのと、ケリーの家にあがりこんで名乗り家族と握手をするのとではまったく違う。とはいえ、ここで断ったら変に思われるだろう。

それに言われたとおりにしたいという気持ちが強くこみあげたことに、わたしは驚いた。何日も孤独に過ごしてきたので、キッチンに座ってアートの話ができるという誘惑に抵抗できなかった。「美術史はわたしもちょっとかじったことがあるから、お手伝いできるかもしれないわ」

「手伝ってくれるなら大歓迎よ」

家の中は予想していたとおりだった。リビングルームは質素で、ソファとリクライニングチェアがひとつずつとテレビしかない。開けっぱなしの入り口から小さなキッチンとダイニングスペースが見え、そこに置いてあるテーブルに覆いかぶさるように少女がふたり座っていた。リビングルームの奥は短い廊下に続いていて、そこにおそらく小さな寝室がふたつとバスルームがあるのだろう。この家は実家の雰囲気とよく似ている。古びてあちこちがたがきているけれど、隅々まで磨きあげられているところが。ケリーたち三人が、それぞれお気に入りの場所でくつろいでいるところが思い浮かんだ。ケリーの母親は肘掛け椅子に、ケリーとジャシンタはソファの両端に座っていて、昔ヴァイオレットとわたしがそうしていたように、脚をからませてテレビを見ている。

ケリーの母親らしき年配の女性がカウンターの前で野菜を刻んでいて、コンロの上で鍋がぐつぐつ煮えていた。室内にはローズマリーとセージの香りが立ちこめている。

わたしたちが入っていくと、片方の少女が顔をあげた。「ごめんなさい、ママ」

ケリーはわたしをキッチンの中に引き入れた。「ご挨拶して、ジャシンタ。こちらはエヴァよ」

「こんにちは」わたしは言った。

ジャシンタがにっこりすると、茶色い目と頬骨の鋭い線にケリーの面影があった。

「こんにちは、初めまして」

「それからジャシンタの友達のメル」

もうひとりの少女は小さく手を振り、ケリーに向き直った。「戻ってきてくれてありがとう、ケリー」

ケリーが少女の肩を優しく握る。「あなたのためよ、メル」

年配の女性がカウンターから声をかけた。「あんたが出る前にジャシンタに確認しなくて悪かったね」ジャシンタに厳しい視線を向ける。「必要なものは全部あると、この子が言ってたもんだから」

ケリーが振り向いた。「エヴァ、母のマリリンよ」

マリリンに正体を見抜かれて問いかけるような表情を向けられるかもしれないと思い、わたしは身構えた。これからは新しく誰かと会うたびに、こんなふうに感じるのだろう。でもマリリンは、にっこりしてタオルで拭いた手を差しだしただけだった。

「初めまして」

わたしは信じるという行為の持つ力に心を打たれた。信じるという行為はたやすく伝染する。わたしはエヴァだとケリーが信じているから、彼女の母親も疑うことなくそう信じている。ふたりをつないでいる信頼が、着古したお気に入りのコートのように心地よく感じられた。このままわたしもここに座って、出ていきたくないと思ってしまう。「課題のために、誰を選んだのか教えてくれる?」少女たちにきく。

ジャシンタが滑らせて見せてくれたノートパソコンには、二枚の絵が並んで表示されていた。ジャスパー・ジョーンズの《フォルス・スタート》とジャン＝ミシェル・バスキアの《ジョニーパンプの少年と犬》だ。

「いい選択だわ。バスキアはニューヨークで建物の壁にスプレーで絵を描くグラフィティ・アーティストとしてスタートして、自分が見たり経験したりした社会的不平等を織りこんだ作品を制作したのよ。いまグラフィティがちゃんとした芸術として認められているのは、彼の功績が大きいの」

「そう書かれているのを読んだ気がするけど、なんかごちゃごちゃ書かれていてわかりにくくて。この課題には本当にいやになっちゃう」

「ジャシンタ」マリリンが警告した。

「ごめんなさい、おばあちゃん。だって……このふたつの絵を見てみて。違うところを見つけるのは簡単だよ。だけど似ているところなんてある？　似てないもん。まったく」

わたしはふたりの横にある椅子に座って、テーブルに肘をついた。テーブルは実家にあったものと同じようにぐらついている。「ヒントをあげる。目に見える形にとらわれちゃだめ。芸術は感情を表現したものなの。先生はあなたたちがその絵から何を感じたか、感じたものをどう自分の人生に生かしていくかを知りたがっているのよ。

つまり誰にでも当てはまる正しい答えがあるわけじゃなくて、あなた自身が感じたことを言えばいいの。だから楽しんでやってね」窓から差しこんでいる光、あたたかい料理から漂うおいしそうな匂い、背後でマリリンが冷蔵庫を開けたりシンクとコンロのあいだを行き来したりしている心安らぐ音。わたしは時をさかのぼったような気がした。自分のあらゆる部分が、この空間になじんでいく。

わたしはそれぞれの画家の生い立ち、子ども時代、彼らが初期に受けた影響のそれぞれについて、少女たちの調査が足りない部分を指摘し助言した。そして五分ほど経ったところで、ケリーがもう出なくちゃと言った。

「あなたのご家族、好きだわ」走りだした車の中で、わたしは言った。

ケリーはほほえんだ。「ありがとう。母にあれこれ指図されながら子どもを育てるのは、正直大変なときもあるけど。ジャシンタを産んだときのわたしはすごく若かったから、母はわたしがジャシンタの母親だってことをときどき忘れてしまうの。いろいろ助けてくれている母に感謝はしてるけど、あの家は三人で暮らすには小さすぎるわ」

狭い家で身を寄せあうように暮らすのは心の安らぎであって、重荷ではないと伝えたかった。昔のわたしも早く自己を確立したいと焦るあまり、大事なものを置き去りにしていたことに気づかなかった。そばにいなくても、家族は故郷でいつまでも待っていてくれると思っていたのだ。ほんのときたま、うまく自分をだませることがある。母とヴァイオレットはまだあの家で元気にしていて、わたしが故郷に帰るのを待っているのだと。

「どうしてあんなに詳しいの？」高速道路の入り口へ車を進めながら、ケリーがきいた。

走りだしてから、わたしはほとんどしゃべっていなかった。まだ心がケリーの家のキッチンのテーブルに残っていて、そこから離れれば離れるほど本当のわたしから遠ざかっていくような気がした。

「大学で美術史を専攻していたから」これくらいの事実なら、話しても危険はないだろうと思った。それにほんのわずかでも本当のことを話すのは気分がよかった。

ケリーが驚いた顔をした。「美術館やオークションハウスで働けばいいのに」

「ちょっと込み入った事情があって」このままでは何もかも打ち明けてしまいそうな気がして、これ以上話を続けるのが急に怖くなる。

ケリーは笑った。「込み入った事情のない人がいたら、教えてほしいものだわ」わたしが黙っていると、彼女は続けた。「別に無理に話してくれなくてもいいのよ。気にしないから」

「ひどい結婚生活から逃げてきたの」わたしは嘘を重ねる前に認めてしまった。「それで子ども時代の友人の家に隠れているのよ。彼女が旅行しているあいだ、次にどうすればいいか考えつくまで。夫はわたしを探すだろうから、専門分野で働くわけにはいかないの」

高速道路をオークランドに向かって走る車は、安全であたたかい繭のようだった。窓の外に視線を向け、まわりの車に乗っている人々を見つめる。彼らは心の中にそれぞれの秘密を隠していて、わたしの秘密に気づくことはない。そしてケリーは、わたしの話をもう百回は頭の中で再生しているだろう。

「新しくやり直すのって、すごく勇気がいることだと思う」

わたしは黙っていた。わたしがしたことのどの部分を取っても、勇敢だったとは思えなかった。ケリーがコンソール越しに手を伸ばしてきて、わたしの手を握る。「あなたがここに来てくれて、本当にうれしいわ」

今晩のパーティーは大きなものだと言ったケリーの言葉は冗談ではなかった。オークランドにある広い倉庫で行われる今回のイベントで、会場の準備と給仕のために雇われたのは十二人。広いスペースにテーブルを四十近く置き、それぞれのテーブルに席を八つ用意する。ケリーがボスのトムに紹介してくれたが、彼はすぐにキッチンから呼ばれた。「仕事をくださってありがとうございます」急いでそっちに向かおうとする彼に、わたしはあわてて言った。

「こっちこそ、手が足りなくて困っていたから助かるよ。何をするかはケリーに教えてもらってくれ」彼はそれだけ言って、キッチンに消えた。

わたしたちはすぐに忙しく働き始めた。テーブルにクロスをかけ、食器やカトラリーを並べ、花を飾っていく。「今日のイベントを何カ月も待ちわびていたの」ケリーが言う。

「どうして？」

彼女の目がきらきらと輝いた。「オークランド・アスレチックスのパーティーだからよ」そう言って部屋を見まわす。「あと一、二時間もすれは、選手たちでいっぱいになるわ。サインくらいもらえたらいいんだけど。できれば電話番号もね」彼女はウインクをした。

ケリーが行ってしまうとわたしはナプキンをたたむ作業に専念したが、突然指がうまく動かなくなった。入り口が気になって、何度も見てはすぐに視線をナプキンの山に戻す。有名人が出席する大きな会場でのイベントには、過去に何度もかかわったことがある。そういうイベントでわたしが最初にすることのひとつは、マスコミへの連絡だった。カメラマンが多ければ多いほどイベントが注目される。

震える手でナプキンをたたみ終えテーブルのセッティングに取りかかりながら、いまの外見は前とは違うから大丈夫だと自分に言い聞かせた。それに今日は、出席者たちのあいだを静かに行き来する何人もの名もなき給仕のひとりになるのだ。黒いパンツと白いシャツという、透明人間になるためのマントをまとって。

パーティーが始まって一時間も経つと、だんだんリラックスしてきた。カメラマンは入り口のところに固まって、到着する人々の写真を撮っている。会場内にいるカメラマンはふたりだけなので、近づかないようにするのはたやすかった。わたしはようやく楽に息ができるようになり、前菜とナプキンを持って広い空間に集まった人々に勧めてまわった。笑みを向けてありがとうと言ってくれる人もいれば、会話を中断せず、目すら合わせないままトレイの上のものを取るだけの人もいる。

給仕の仕事がどれほど疲れるものかを知って、わたしは驚いた。

「あなた、この仕事に向いてるわ」空いたグラスをのせたトレイを持ってキッチンに向かいながら、ケリーがささやいた。

わたしは凝った肩をもんだ。「すごくシンプルだもの。背景に溶けこみながら、食べ物を動かし続けていればいい」ニューヨークでいつも使っていたケータリング業者のマーシーを思い浮かべる。ジャッキー・ケネディのように優雅でありながらブルドッグみたいな顔をしている小柄な彼女は、従業員全員から信頼され、かかわったイベントすべてを最高のものにする才能を持っていた。彼女のスタッフは常に完璧な仕事をしてくれたが、今夜までそれがどれほど大変なことなのかわかっていなかった。マーシーはわたしの死をどう思っただろう。彼女はわたしの葬儀のケータリングも手掛けるのだろうか。

ベーコンを巻いたホタテを勧めながら客のあいだをまわっているとき、ぴったりしたブルーのドレスを着た美しい女性とすれ違った。女性は選手のひとりと思われる体格のいい男性と小声で言い争っていた。

「とにかくやめて、ドニー」女性が鋭い声でささやく。

「おれに指図するな」

わたしに向かって言われたのではないとわかっているのに、反射的に体がすくんだ。吐き捨てるような言い方や声にこめられた悪意に耐えられず、思わず目を伏せ、あわててふたりの横を通り過ぎる。恐怖が全身に広がって、肌が粟立《あわだ》った。こういう種類の怒りをぶつけられた女性がどんなふうに感じるか、わたしはよく知っている。引き返して女性を助ける勇気があれば、どんなによかったか。この男が彼女をいつもこんなふうに扱っていることを、ここにいるどれだけの人間が知っているのだろうか。チームメイトやその妻や恋人のうち、何人が気づいているのか。わたしのまわりの人々がそうだったように、彼らも気づいていながら目をそらしているのかもしれない。ひそひそ噂するだけで、助けの手を差し伸べないのだ。世の中の人々が他人の問題にどれだけ無関心かを思うと、やり場のない怒りがこみあげた。そして目の前で起こっていることをただ見ているだけで何もしないわたしも、彼らとちっとも変わらない。ふたりが遠ざかって人混みに消えていくのを、わたしは見送った。女性を気遣うように腰に当てられている男の手が、どれほど簡単に彼女を突き飛ばすかを知りながら。

宴もたけなわというところで部屋の前方に設置されたマイクの前に男が歩みでると、拍手がわき起こった。わたしはトレイを持ち、後ろの壁際に行って耳を澄ました。男の声はラジオでよく聞いているアナウンサーのもので、スタジアム内の放送ブースで働いてきた日々について語っている。でもわたしの注意はすぐに、さっきのカップルに向かった。ふたりはわたしのすぐ前にいて、男がそらぞらしい言葉や約束でなだめようとしているのが聞こえてくる。ところが彼女は耳を貸そうとせずに怒りを募らせていて、わたしはいつ彼が爆発するかとひやひやしていた。彼を怒らせないで。いまならまだなだめられるから。心の中で彼女に叫ぶ。てのひらが汗で濡《ぬ》れ、わたしは荒くなっていく呼吸をなんとか鎮めようとした。どんなカップルだって口論くらいする。たまたまわたしの夫が殴る男だったからといって、目の前の男も彼女を殴るとは限らない。そう自分に言い聞かせても、どんどん体がこわばっていく。

マイクの前の男がまたしても聴衆から笑いを引きだし、言い争う声が聞こえなくなった。だが笑いがおさまると、静寂の中にふたりの声が響いた。

人々が振り返ったのを見て、女性はその場から離れようとした。しかし彼女の腕をドニーが乱暴につかんで引き戻したので、人々が息をのんだ。

すぐそばに立っていたわたしには、女性の目に走った怯えが見えた。その目で、こういう状況になるのが初めてではないとわかった。彼女は次に何が起こるのか知っている。

考える前に体が動いていた。空のトレイを床に落として寄りかかっていた壁から体を起こし、大股で二歩歩いてふたりのあいだに体を割りこませる。そしてこれまで誰もわたしのためにはしてくれなかったことをした。男の肩を押し戻して、彼女を放すように言ったのだ。

驚いた男が手を緩めた隙に女性は腕を引き抜いた。彼女は腕をこすりながら、わたしの肩越しに男をにらんだ。「あんたは嘘つきよ、ドニー」

さらに多くの人々が振り返って、わたしたち三人を見つめる。

「悪かったよ、クレシダ。そんなつもりはなかった」

「ついてこないで。電話もしないでちょうだい。もうたくさん」女性はわたしを押しのけ、出口へ向かった。

わたしはほっとして体を引いたが、そのとき初めて、こちらに向けられている三台の携帯電話がすべてを記録していたことに気づいた。

エヴァ

十二月
カリフォルニア州バークレー
墜落事故の二カ月前

エヴァはテープを巻き戻して、もう一度デックスの声を聞いた。〈そいつは言われたとおりにするのを拒んだ。きみの身に同じことが起きてほしくない〉

まだこれだけでは充分ではない。だからエヴァは記録をつけることにして、作った錠剤の数とそれをデックスに渡した日付を書きとめた。毎回録音するなどという危険は冒せないし、そもそもカストロと取引をできるのかもわからなかった。目隠しをしたまま車を運転しようとするようなもので、勘だけを頼りに進んでいる。

ばれたら自分の身に何が起きるかは、懸命に考えないようにした。それなのに、その努力をあざ笑うかのごとく映画の一場面のような光景が突然頭に浮かび、夜中に何度もパニックに陥って汗まみれで飛び起きた。絶対にうまくいかない、全部ばれていると確信して。けれどもエヴァはその恐怖を逆手に取り、カストロが戻るのを待つあいだ頻繁に訪れる眠れない夜に、根を詰めて作業を進めた。すぐそこにいるカストロが感じ取れるような気がした。チャンスをうかがって暗い片隅に潜んでいる彼の存在を、ひしひしと感じた。彼が現れたときに準備ができているよう、エヴァは祈った。

玄関の扉をノックする音が響いた。今日はリズがインターネットで見つけた特別なクリスマスツリー農場へ、一緒に行く約束をしていた。エヴァは一度ならず二度も断ったのだが、挙げた理由をリズはことごとくかわした。リズがあまりにも粘るので、エヴァは言うことを聞くほうがリズを避け続けるより簡単だと自分に言い訳して、提案を受け入れることにした。リズはあとひと月しかここにいない。そのあとは春からの学期に間に合うようにプリンストンへ戻る。空っぽになって静まり返ったリズの部屋を思い浮かべるたびに悲しみで胸が痛くなるのを、エヴァは懸命に無視した。でもすべてがうまくいったらエヴァもそのあとすぐにここを出るはずで、そうしたらリズがいようがいまいが関係なくなる。

ところが階段を駆けおりコートを取ってドアを開けると、リズではなくデックスがいた。

「ここで何をしているの？」

彼は挨拶もせずに家の中へ入り、険しい表情でドアを蹴り閉めた。「いったいどういうつもりだ？」

ばれたのだと思って、エヴァは心臓が口から飛びだしそうになった。「いったいなんの話？」どうにか声を絞りだす。

「先週もらった包みは、約束より百錠少なかった」

「なんですって？　まさか。間違えたんだわ」

「そんなことはわかってる。どうしちまったんだ、エヴァ。殺されたいとでも思っているのか？」

エヴァは必死で首を振った。 リズが来る前に、なんとしても出ていってもらわなければならない。「疲れているのよ。眠れなくて。数え間違えたんだと思う」まったく違うふたりの人間に同時になろうとすることで、どれだけ消耗しているかデックスには説明できなかった。

「約束の分を用意してもらう必要がある」

「もちろんよ」

「今日じゅうに」

隣の家から、リズが階段をおりる音が聞こえてくる。エヴァは一瞬目をつぶった。

「今日は無理だわ」

デックスが信じられないという顔をした。「これ以上に大事な用があるのか？」

エヴァは手に持っているコートを見おろした。「隣の家の人とクリスマスツリーを買いに行くの」

デックスがあきれ果てたとでも言いたげに天井を見あげ、顎をこすった。「なんてこった」グレーの目で突き刺すように彼女を見る。「この件をおれにまかせてもらうために、どれだけフィッシュを説得しなけりゃならなかったかわかるか？　フィッシュはわざわざ事情をきいたりくだらないクリスマスツリーの話に耳を傾けたりしないやつを、きみのところに送りこむところだったんだぞ」どんどん声が大きくなって、壁越しに隣に聞こえるのではないかとエヴァは心配になった。あるいは、いまにもリズが現れるかもしれないフロントポーチにも。

そのとき、まるで合図を受けたかのようにリズが玄関のドアを閉めて鍵をかけるのが聞こえた。

「帰って、デックス。この件はちゃんとするから。約束する」

デックスはエヴァが何か企《たくら》んでいないか推し量るように、じっと見つめた。「明日までだ」

「明日までに用意するわ」

ドアを開けた彼と、リズが鉢あわせした。ノックをしようと手を持ちあげていたリズが仰天した顔をしている。

「こんにちは」リズが好奇心をたたえて、デックスとエヴァを見比べた。

彼が感じよくほほえむ。「ふたりでツリーを買いに行くそうですね。楽しんできてください」いつもどおりの演技力を発揮してウインクをすると、デックスは階段をはずむようにおりて去っていった。

「誰なの？　ハンサムな人ね」リズがきく。

エヴァは気持ちを落ち着かせ、デックスの親しげな態度に見合う明るい表情を作った。ツリーを買いに行く気はすっかり失《う》せていたが、やめると言えばリズに山ほど質問を浴びせられるのもわかっていた。「彼はデックスよ」

「それで、あなたたち……？」リズが意味ありげに言葉を濁す。

エヴァはドアを閉めて、鍵をかけた。「簡単には説明できないの。さあ、行きましょう」

サンタローザへ向かって北に車を走らせながら、エヴァはさっき起こったことを心から切り離そうとした。記憶を小さな玉のようになるまで縮めてみたが、その玉が靴の中に入った小石みたいに気になってしかたがない。エヴァは不注意な自分に腹が立ってしかたがなかった。うわの空で作業をしてあんなミスをするなんて。注意を引くことは一番避けたかったのに、自らそんな事態を招いてしまった。

農場に着くまでに、エヴァはすっかり計画を立てていた。バークレーへ戻ったら、今日もまた徹夜で作業をしよう。エヴァはすぐにそれてしまいがちな意識を、ふたたびリズに戻した。リズはどんな木を買うつもりか説明している。水を入れた器に二週間ばかり立てておくのではなく、家の前にちゃんと植えるための特別な木を選ぶらしい。

「飾りつけたら信じられないくらいきれいになって、驚くわよ」リズは無数に並んでいる背の高い堂々とした木のあいだを歩きまわりながら言った。一本一本の前で足を止めて、どの方向にもきれいに枝が張っているか調べている。昔の記憶をたどりながらしゃべるリズの声はやわらかかった。「子どもの頃は、父とこうして選んだものよ。どこに住んでも――あちこちに引っ越していたから――わが家に迎える新しいツリーをふたりで選びに行ったの」リズは歩きながら手を伸ばして、ちくちくした細い葉にそっと触れた。「父はクリスマスを魔法のようにすばらしいものにしてくれた」

まだ祖父母がいつか迎えに来てくれるかもしれないと思っていた子どもの頃、エヴァは実の家族と暮らしたらどんなクリスマスになるだろうと想像したものだった。母親が薬物依存症ではなく、サンタクロースは実在するのだと言い、夜遅くまでおもちゃを用意したり靴下にお菓子を詰めてくれたりするような親だったらどんなクリスマスになるのかと。朝、目が覚めたらエヴァはクリスマスツリーまで走っていって、次々にプレゼントの包み紙を破る。すると開けるたびに前よりすてきなもの、ほしかったものが現れるのだ。祖父母や親戚も来てくれるかもしれない。いとこやほかの子どもたちも。そんな完璧な家族の姿をエヴァは思い浮かべていた。でも母親が死んでいたことを知ってしまったいま、たとえ想像だけでもそんな光景はもはや思い描けなかった。実の家族と過ごすクリスマスは、母親の死が影を落とす重苦しいものだっただろう。

「娘さんはクリスマスには来てくれるの?」エリーに会うことを自分がどう感じているかわからないまま、エヴァはきいた。リズの関心を奪われてしまったらどう思うのだろう。

「あの子は仕事があるから」きっぱりした口調から、リズがこのことを話題にしたくないのは明らかだった。

リズは木と木のあいだを通って、次の列に移動した。「見つけたわ、これよ」彼女の声はこんもり茂った針のような葉と落ち葉でくぐもっている。

声を追っていくと、リズは二・五メートル近くある完璧な形の木の前にいた。「こんなの、どうやって持って帰ればいいの？」車の屋根に括《くく》りつけて、大きな根を後ろで揺らしながら高速道路を走る光景が、エヴァの頭に浮かんだ。

「配達してもらえるから大丈夫」リズは木の周囲をゆっくりとまわり、あらゆる角度からチェックしている。「きらきら光るライトを巻きつけましょう。あったかい格好でポーチに座って、ホットチョコレートを飲みながら眺めたら最高よ。それに季節が変わってもこの木がずっと立っているっていうのがいいわよね。年明けに枯れたツリーを道端に放りだすなんて、もうやめなくちゃ」

これまでエヴァが枯れたクリスマスツリーを捨てていたような言い方だ。「雨が降ったらどうするの？」

リズは肩をすくめた。「屋外用のライトを使うのよ。オーナメントはガラス製とセラミック製のがあるわ。ニュージャージーの家にはそういうのが何箱もあって、こっちでもクリスマスにはツリーを飾りたかったから、気に入っているものを少し持ってきたの」

リズはこれを選んだと示すために農場に入ったときに渡されていたタグを木につけ、

代わりに支払い用のタグを外した。

駐車場から車を出して南へと走りだしたときには、日が暮れかけていた。エヴァは座席にもたれて午後のあたたかい光が薄れていくのを見つめながら、家に戻ったあとの長い夜を思った。


二日後、黄麻布で根を包んだ木が届いた。大きなトラックには木に見合う穴を掘るための道具も積まれていた。リズがすべてを仕切り、場所はエヴァの家の前を選んだ。木が無事に植えられ作業員に支払いをしてチップを渡すと、リズはさっそく家の中から〝クリスマス〟というラベルのついた箱を運んできた。

リズのステレオでクリスマスキャロルを大音量で流しながら、わたしたちは飾りつけに取りかかった。きらきら光るライトを巻きつけたあと、オーナメントを取りだす。そのほぼすべてにエピソードがあり、リズがひとつひとつ語ってくれた。同僚やかつての教え子からの贈り物を手に取ったときは、生き生きと話してくれる様子から彼らへの好意が伝わってきた。手作りのセラミック製のものは、リズの娘のエリーが子どもの頃に作ったらしい。「六カ月しか任期のない客員教授がクリスマスの飾りを詰めた箱を持参するなんて、前代未聞よね。だけどこれまで一度も、ツリーのないクリスマスを過ごしたことがないから」リズが裏に〝エリー〟と書かれた小麦粉生地の不格好なリースを横に置く。エヴァはその悲しそうな表情に気づかないふりをした。

リズと一緒に作業しながら、エヴァはこの時間を引き延ばしたいと思っている自分に気づいた。来年のクリスマスはどんなふうに過ごしているだろう。結果がどう転んでいるかはわからないが、すべて終わって、エヴァはどこか遠く離れた場所にいるか死んでいるかのどちらかだ。そしてリズもここを去り、バークレーで過ごした短い日々は遠い思い出になる。エヴァはリズがクリスマスカードを送る知りあいのひとりでしかなくなるのだ。

最後のオーナメントを吊《つる》すと、リズが家の中に入ってティッシュペーパーに包んだものを持って戻り、エヴァに差しだした。「あなたにクリスマスのオーナメントをあげる最初の人間になりたくて。これからどこにいても、どこへ行っても、これを見てわたしを思い出してね」

薄紙を開くと、手吹きガラスの青い鳥が現れた。

「青い鳥は幸せを告げるものなのよ。あなたに幸せになってほしいっていう、わたしのクリスマスの願いごとを表しているの」

エヴァはなめらかなガラスの表面に指先を滑らせた。細部が信じられないほど美しい。青と紫が内部で渦巻き、ところどころで徐々にアイスホワイトへと色を変えている。「リズ、すごくきれいだわ。ありがとう」エヴァはささやいて、小柄なリズを抱きしめた。

リズがぎゅっと抱きしめ返してくる。ずっと夢見てきた母親を思わせる抱擁に、エヴァはリズにすべてを知ってもらいたいという衝動に駆られた。秘密を守るために常に自分のまわりに壁を築いて言葉や行動に気をつけるのではなく、本当の自分を見てもらいたい。秘密はひとりで抱えるには大きすぎるし、リズなら助けてくれるような気がした。言葉が舌の先まで出かかって、いまにも飛びだしそうになったが、エヴァはぎりぎりのところでのみこんだ。「わたしは何も用意していなくて」

「あなたの友情だけで充分。さあ、ライトを点灯してホットチョコレートを飲みましょう」

ふたりはリズのダイニングルームからポーチまで椅子を運び、座って柵に足をのせた。夜空を背景にクリスマスツリーが明るく輝いている。内側から光を放っているように見えるそのツリー以外、すべてが闇に包まれていた。

「母は死んでいたわ」エヴァのささやきが暗闇に響いた。母親がどんな人生を送ったかは話せなかったが、もうひとつだけつけ加えた。「わたしが八歳のときに」

リズが椅子の上で向きを変え、エヴァを見つめる。「残念だったわね」

エヴァは肩をすくめ、それを知ったときの心の痛みをやり過ごそうとした。「そのほうがよかったんだって自分に言い聞かせているの。面倒なことにならないし。それに少なくとも、わたしを探してくれなかった理由はわかったわ」

「それもひとつの見方ね」リズがふたたびクリスマスツリーのほうを向いた。「それで、おじいさまとおばあさまも探すの？」

母親が死んでいたことを知ったときの衝撃を思い出すと、エヴァは同じ失望にもう一度耐える自信がなかった。「探さないと思う。知らないほうが楽だから」

「とりあえずいまはそうかもしれないわね。でも気持ちは移り変わるものよ。生きていくってそういうことだから。探したくなったら、また探してみたらいいわ」

こうやって言葉を交わすたびにリズへの信頼は増し、エヴァは少しずつ心を開いていった。リズを遠くへ押しやりたいのに、近づきたくもある。リズといると少しだけ気持ちが鎮まり、秘密を抱えている苦しさを忘れられた。ここを逃れて別の場所で新たな生活を始めても、エヴァの古いかけらを持ってくれている人がいて、どんな人間だったかを覚えていてくれると思うと少しだけ心が安らぐ。

遠くから響いてきた大学の時計塔の鐘の音が鳴り終わるのを待って、リズが言った。

「この前の男性のことを、もっと教えてちょうだい」

これ以上嘘を重ねるのがいやで、エヴァはためらった。「デックスとは何もないわ。ただの友人」

リズはしばらく考えこんだあと、口を開いた。「危ない目にあっていない？」

エヴァは驚いて彼女を見た。「もちろんよ。どうして？」

リズが肩をすくめる。「怒鳴り声が聞こえたような気がしたから。それに彼の顔がね、一瞬……。別れた夫がそうだった。すごく怒っていると思ったら、次の瞬間には仮面をかぶったように表情を消しているの」そして首を横に振った。「だからちょっと気になっちゃって。それだけよ」

リズに本当のことを話すかどうか、エヴァは思案した。デックスは仕事仲間で、彼女が犯したミスのせいで彼がボスから不興を買うことになったのだと。でも中途半端に打ち明けるのは危険だ。少しだけのつもりが次々に打ち明けることになりかねない。斜面を転げ落ちるように加速してしまう。

リズがふたたび向きを変えて、説明を待つようにエヴァを見つめた。

「ランチの約束をしていたの。それなのにわたしはすっかり忘れてて、だから彼が怒ったのよ。でも大丈夫。なんともないわ」

リズが本当かどうか推し量りながら、話の続きを待っている。それでもエヴァが黙っていると、リズが抱いていた好奇心と懸念が別の感情に変わるのがわかった。傷ついているのだ。信用して打ち明けてもらえないことに失望している。「それならいいけど」

エヴァはツリーを見つめたが、胸の奥で何かが揺らぐのを感じた。きらきらと輝く脆弱《ぜいじやく》で危険な何かがふくれあがって、固い殻を内側から破る。そのときエヴァは悟った。リズに愛されることは、これまでに自分がしたどんなことよりも恐ろしい。なぜならリズをずっとそばに置いておくことはできないのだから。

リズがベッドに入ったあともエヴァはそこにとどまって、通りに沿って並んでいる家の明かりがひとつまたひとつと消えていくのを見つめていた。ツリーに巻きつけたライトを消して、家の中に入りたくなかった。まだもう少し。彼女の中で小さな声がささやく。エヴァは透明になった気がした。自分は過去の自分の亡霊で、いまの自分をもっといい場所へ導くためにやってきたのだ。

光り輝くツリーの向こうから、静かな足音が近づいてくるのが聞こえた。まっすぐ座り直し、感覚を研ぎ澄まして耳をそばだてる。デックスだろうか。もしくはフィッシュかもしれない。そんなことを考えていたせいで、エヴァは手遅れになるまで彼だと気づかなかった。

男が家の前の道に現れた。ライトの光を浴びて暗い影を落としている。エヴァは近づいてくる彼を、目を細めて見つめた。ツリーが作っている光の輪の中にカストロ捜査官が足を踏み入れ、ポーチの柵にもたれる。

エヴァは椅子に座ったまま、彼を見守った。計画を立て準備を整えながら、何週間も待っていた。そしていま、彼を向きあうときが来たのだ。

リズの家の暗い窓をちらりと見て、エヴァは口を開いた。「どれくらい待っていたの？」

「長いあいだずっと。何年も」

エヴァはカストロの顔を見つめた。頬骨の下に疲労が影を落としているのを見て、エヴァは悟った。自分と彼はそう違わない。ふたりとも見せかけの姿を保つのがどんどんつらくなって、疲れ果てている。

カストロが静かに言った。「フェリックス・アルギロスについて、何か話してもらえるかな？」

エヴァはツリーを見つめながら返した。「そんな名前は聞いたこともないわ」それは事実だった。

「きみはフィッシュという名前で知っているかもしれない」

エヴァは答えなかった。このまま何も言わなければ、安全な場所にいられる。

フィッシュを裏切らず、DEAの捜査官に嘘もつかずに。

カストロは続けた。「エヴァ、ターゲットはきみじゃない。手を貸してくれたら、きみのことは守る」

エヴァは苦々しい思いで短く笑った。カストロと話したことがフィッシュに知られたら、今週末まで生きていられないだろう。

「きみは選ばなくちゃならない」

「捜査は中止されたんだと思っていたけど」彼女が知っていることに驚いたとしても、カストロは何も言わなかった。

「規模を縮小しただけだと思ってほしい。ところできみは、最近はずいぶんとスポーツ観戦に熱心だね」

エヴァの全神経はカストロに集中していたが、視線はツリーからそらさず、視界の端に見える彼の姿勢や身ぶりを確認した。「わたしはフットボールとバスケットボールを観戦するのが好きな、ただのウエイトレスよ」

「ぼくの考えが知りたいかい？」

「別に知りたくないわ」

「ぼくはきみが足を洗いたがっているんじゃないかと考えている」カストロの声は穏やかだったが、その言葉はエヴァを鋭く切り裂いた。彼はなんてよく見ているのだろう。カストロはすでにどれほど、彼女の心の内を見抜いているのか。

エヴァがちらりと視線を向けると、カストロは何かを確信したかのように笑みを浮かべた。「もう時間がない」彼がもたれていた柵から身を起こす。「この会話を秘密にしておくこともできるし、われわれが連携している捜査局内部の人間にもらすこともできる。このことをフィッシュが知ったらどうなると思う？」彼は首を小さく横に振った。「たとえきみが先に報告したとしても、彼は疑いを持つだろう。そしてぼくの経験では、疑いは必ず問題を起こす」

エヴァは彼を見た。もはや選択肢はひとつしかない。「どうしてわたしなの？」

カストロが彼女と目を合わせる。「きみを助けたいからだ」

彼は柵の上に名刺を置くと、現れたときと同じようにひっそりと立ち去った。

クレア

二月二十六日（土曜日）

アスレチックスのイベントからの帰りの車内で、ケリーもわたしも沈黙していた。わたしは今晩の出来事を何度も思い返していた。あそこに集まっていた人々が動画や写真をどうするかはわかっている。まずインターネットにあげ、最後にはそれがテレビで放送される。問題はそこまでにどれだけ時間がかかるかということと、わたしを見分ける人間がいるかどうかということだ。

静けさに浸りながら窓の外に目を向け、高速道路沿いの明かりの消えたアパートメント群を見つめる。

高速道路の入り口に向かっている頃、ケリーが口を開いた。「何があったの？」

顔をそむけたまま考えた。この何日かに起こったことを全部話したら、彼女はなんて言うだろう。わたしが自分を救うために何をしたのかを聞いた彼女がぞっとしたように目を見開き、その表情からこれまで示してくれていた親しさが徐々に消えていくところが思い浮かぶ。「何がって？」

「あなたが怒っているドニーと恋人のあいだに割って入ったときの様子は普通じゃなかった。いったい何から逃げてきたの？」

深夜なのでほかにほとんど車が走っておらず、ケリーは車線をいくつか移動して真ん中に行った。

「あなたは知らないほうがいいわ」

前方の道路に視線を据えている彼女の顔が、反対方向から来る車のヘッドライトにときおり照らしだされてはふたたび暗くなる。「ご主人に殴られたの？」

この質問に答える勇気が自分にあるかどうかしばらく考えて、とうとうささやいた。「何度も」

「それでいま、動画を見たご主人に見つかってしまうんじゃないかと心配してる」

「なんであんなばかな真似をしちゃったのか、わからないの」

高速道路をおりてバークレーのダウンタウンに入ると、すぐにエヴァの家に着いた。

ケリーが車を停め、わたしのほうを向く。「あなたを助けさせて」

秘密というものがいかに人間を内側から食い荒らしてまわりから孤立させてしまう

かを、わたしは誰よりもよく知っている。ニューヨークでは、ペトラ以外に友人と呼べる存在はいなかった。隠さなければならないことがあまりにも多かったからだ。それはローリーから逃げたいまも変わっていない。わたしは秘密を守るため、ケリーと親しくなりすぎないようにしている。変わったのは秘密の内容だけだ。

ケリーと友達になれたらと切ないくらいに思いながらも、弱々しくほほえむことしかできなかった。

「ありがとう。でも、もう遅すぎると思うわ」

わたしは二階でノートパソコンの前に座り、エンターテイメントとセレブリティに特化したゴシップサイト、TMZのアドレスを入力した。表示された画面のトップはドニーとクレシダの記事だった。アップされてからまだ四十五分しか経っていない。《野球のスター選手ドニー・ロドリゲスと恋人の喧嘩が暴力的ないさかいに》という見出しをクリックすると、動画が出てきた。音声はなく映像だけだが、画質はすばらしくいい。ドニーとクレシダが喧嘩をしているところも、彼が彼女の腕をつかんで無理やり引き寄せるところも、わたしがふたりのあいだに割って入るところも鮮明に映っている。

現時点で二百を超えるコメントがついていて、その中に次のようなものがあった。

ニューヨークのご意見番：ふたりの後ろにいる女、ローリー・クックの死んだ妻にちょっと似てないか？

「嘘でしょ」わたしは誰もいない部屋で思わずつぶやいた。すでにこのコメントにグーグルアラートが反応して、ダニエルとローリーにも通知が届いているはずだ。すぐにローリーの受信トレイを確認し、アラートのフォルダーを開く。すると未開封の通知がずらりと並んだ一番上にそれがあり、削除してしまいたいという衝動に駆られた。でもそんなことをしても、避けられない結果が先延ばしになるだけだ。ローリーの通知だけ消してもダニエルがリンクを開く。そして動画をおそらく数回見直したあとブルースに報告するだろう。ふたりはどう伝えるべきか検討してからローリーに伝え、逃げだしたあげく死んでしまったと思われていた妻が実は生きていて、オークランドで元気にパーティーの給仕の仕事をしているという証拠を見せる。

それでも結局わたしは一番上の通知だけでなく念のためさらに数個の通知の横にチェックを入れ、削除したあとゴミ箱も空にした。どうせもう抜き差しならないことになっているのだ。

日曜までに十万人以上が動画を視聴し、わたしは昨日の夜のコメントに対する返信を少なくとも百以上は確認した。そのほとんどは〝ニューヨークのご意見番〟を〝**目が見えない**〟〝**ばかだ**〟〝**無神経な陰謀論者**〟などと激しく非難していた。

あんたみたいな人間こそ、この国が腐ってることをまさに示している。有名になりたいというだけで、コンピューターという安全地帯から根拠のない考えを垂れ流している。

それでも、〝ニューヨークのご意見番〟はめげなかった。彼は動画中のわたしの顔のスクリーンショットを投稿し、その隣に『スターズ・ライク・アス』に載ったわたしの写真を並べた。〝**どう思う？**〟と彼は書いた。

〝**たしかに似ている**〟と返信がついた。〝**髪型を変えれば、そうかも**〟

短いプラチナブロンドにしていても、ローリーがすぐにわたしを見分けることはわかっていた。ドニーとクレシダのあいだに割って入ったときの身のこなしや表情を見れば、彼にはわかる。ローリーが動画を見てわたしの追跡を始めるのは時間の問題だ。トムかケリーと連絡を取るだろうから、そうなったらバークレーからできるだけ離れなければならない。

でもまだ今朝は、グーグルドキュメントにわたしの恐れている書きこみ――〝動画は見たか？　本当に彼女だと思うか？〟――はなかった。

しばらくしてドキュメントに文字が打ちこまれたが、動画とは関係のない話だった。

ブルース・コーコラン：

チャーリーがプレスリリースと宣誓陳述の下書きをメールで送ってきました。

ローリー・クック：

何が書かれている？

ブルース・コーコラン：

すべてです。

なんの話かわからなくても、〝すべて〟という言葉の重みが伝わってきた。
ブルースが続けて打ちこんだ言葉からは、なだめすかす声が聞こえてくるようだった。

ブルース・コーコラン：
当然ですが、思いどおりにさせるわけにはいきません。いまチャーリーについて、大学時代までさかのぼって探らせています。この事態を終わらせられる材料があるはずです。

ローリー・クック：
山ほどあるはずだ。随時報告を。

ブルース・コーコラン：
承知しました。

玄関のドアを叩く音が聞こえてきて、わたしは驚いた。静かに一階へおりて窓の外をのぞくと、ポーチにケリーが立っていた。コーヒーショップのカップをふたつ持っている。このまま二階に戻って、〝すべて〟が何を指すのか、財団の上級会計士がマギー・モレッティとローリーの最後の週末について何を知っているのか、知りたい誘惑に駆られた。

でもそうする前に、ケリーと目が合った。「今朝はカフェインが必要なんじゃないかと思って」ドア越しに彼女が言う。「昨日、娘たちにアドバイスしてくれたお礼も言いたかったし。ふたりは昨日の夜のうちに課題を仕上げたんだけど、かなりいい出来だったわ」

わたしたちはソファの両端に分かれて座った。あいだにはローテーブルがある。ケリーはカップのコーヒーをすすっているが、わたしはカップを持つ両手に伝わってくるあたたかさを楽しんだ。

「ＴＭＺにわたしの動画があがっていたわ」

「わたしも見たけど、ネットだけでテレビでは流れてなかった。あなたのご主人がセレブ専門のゴシップサイトをよく見る人でなければ、大丈夫なんじゃないかしら」

たとえケリーが動画についたコメントを見ていたとしても、〝ニューヨークのご意見番〟のところまで読み進めたとは思えない。そんなに単純なことではないのだと説明したかった。そんなに簡単に片づくようなことではないのだと。もどかしさが募って、手の中でカップをまわす。

「わざわざ来てくれてありがとう。それからこれも」コーヒーを掲げた。「でも、これから荷造りしなくちゃ。今日の午後には出ていくつもり」椅子の背にかけてあるコートやソファの横の床に積み重ねてある新聞などひとつひとつに目をとめながら、ほんの数日とはいえわたしをかくまってくれた場所を見まわした。いつの間にか、この家をわが家と感じるようになっていた。

「ご主人が動画を見ない可能性はまだあるわ」

わたしは口をつけないまま、カップをローテーブルに置いた。「あなたが考えているより込み入った事情があるのよ」

「じゃあ、どう込み入っているのか説明して。お金が必要なら、貸してあげる。隠れ家がほかに必要なら、見つけてくれる友人を紹介するわ」

言い募るケリーを見て、母を思い出した。母は誰彼かまわず助けを必要とする人に手を差し伸べた。そうする余裕がないときでも。ケリーに助けてもらいたかった。でも彼女やその家族に、誰も背負いたがらない重荷を背負わせたくない。

「ありがとう。いろいろしてくれて感謝してる。あなたには想像もつかないくらい」

「出ていく前に、もう少しだけ稼げるチャンスをあげるわ。どうか受けてちょうだい。今日の午後、トムが請け負ったパーティーがあるの。マスコミは絶対に来ない。ものすごく景色のいい丘の上の家で開かれる、まっとうなイベントよ。二時にあなたを拾って、九時までに返してあげる」ケリーが悲しそうにほほえんだ。「それなら、なんとか今日じゅうに発てるでしょう?」

リビングルームの壁の反対側にある暗いガレージの中に、エヴァの車がひっそりと置いてある。一分も無駄にせず、いますぐ出ていきたい。コーヒーカップをゴミ箱に投げこみ、ここにいるあいだに出たゴミを片づけて、エヴァの車に荷物を放りこんで出発する。

でも、わたしは自分を抑えた。やみくもに行動して、ミスを犯すわけにはいかない。計画を立てる必要がある。次にどこへ行くかを決め、今後必要になる書類をエヴァの書斎から回収して荷物をまとめる。たとえローリーがいまあの動画を見たとしても、この街まで来るのはどんなに早くても明日になるだろう。それなら手持ちの現金をもう二百ドル増やして、今夜出発したほうがいい。ケリーの提案を断る余裕はない。

「じゃあ、二時に待ってるわ」

ケリーが帰ると、チャーリーに関するやり取りが増えていることを期待して二階のノートパソコンの前に戻ったが、グーグルドキュメントはふたたび白紙に戻っていた。そこから伝わる沈黙がわたしだけに聞こえるひそやかな脅しのように感じられて、ぞくりとした。

エヴァの机から始めた。最近の銀行取引明細書をまとめて脇によけ、隅にある箱からエヴァの車の権利書と登録証明書、社会保険カード、出生証明書を取りだす。そのあと、見当たらなかったパスポートをもう一度だけ探した。わたしはサクラメントやポートランドのような、ここから離れた大きな街にいる自分を想像した。シアトルでもいいかもしれない。安いモーテルかホステルに滞在して、仕事を見つける。税務書類にはエヴァの情報を書きこめばいい。頭の中で未来への期待がふくらんだ。エヴァが働いていた〈デュプリーズ・ステーキハウス〉の給与明細を取って、持っていく荷物に加えた。身元照会先として使えるかもしれない。手をあげて、短いプラチナブロンドに触れる。バークレーを出たら、わたしはエヴァ・ジェームズだ。そのことを免許証、銀行口座、社会保険カード、税務書類で証明できる。遊園地のゆがんだ鏡をのぞいているかのように、いまのわたしはどこまでがわたしでどこからがエヴァなのかよくわからない。どこかの街のレストランのマネージャーが〈デュプリーズ〉に電話をかけ、わたしについてきくところを想像する。〝エヴァ・ジェームズ？　ああ、うちで働いていたよ〟

わたしはノートパソコンに向き直った。どこに行くべきだろう？　いろいろな選択肢が頭に浮かぶ。北に向かうのがいいような気がした。北に行けば、カナダとのあいだに大きな街がいくつもある。そっちへ行くと見せかけてぐるりとまわり、シカゴかインディアナポリスに行くのもいいかもしれない。わたしは求人などの情報が載っているコミュニティサイトで仕事と安い家を検索し、手持ちの現金がどれくらい持つか計算した。

一時間後、ふたたびグーグルドキュメントに戻ってみたが、やはりまだ何も書きこまれていなくて、その真っ白な四角いスペースを見ていると恐怖とストレスしか感じなかった。いまわたしをかつての人生につなぎとめているのは、このドキュメントだけだ。そんなものにはさっさと見切りをつけてログアウトし、どうなってもいいから放っておきたいという衝動に駆られる。いまわたしがすべきなのは、これからどうしたいのかを考えて前に進むことだ。真相がはっきりしないマギー・モレッティのスキャンダルにかまけている暇はない。マギーは遠い昔に死んでいる。そして賢く立ちまわらなければ、わたしも同じ末路をたどることになるだろう。

ローリーは動画を見たら必ずやってくる。オークランドまで飛んできてトムを探しだし、質問に答えるように要求するだろう。トムが答えられるのはエヴァのファーストネームだけで、税務書類もなければエヴァの住所がわかるような雇用記録もない。

でも、ケリーは知っている。

ローリーがいつものあの笑顔を見せるところが頭に浮かんだ。どんなに気難しい人間にも寄付の小切手を書かせられる笑顔だ。わたしのことをどう言うかはわかっている。精神的に不安定で、大げさなことを言ったり嘘をついたりしがち。ケリーは彼の魅力に屈しないでくれると思いたいが、本当のところ、彼女のことをそれほどよく知っているわけではない。だからこそ、今夜までに出ていかなければならないのだ。


パーティー会場は、曲がりくねった道をあがっていったバークレーヒルズの上にあった。ケリーとわたしは二時過ぎに到着した。トムと早く合流したので、サンフランシスコ湾を三百六十度望める広い部屋に並べられたテーブルに、糊《のり》のきいた真っ白なテーブルクロスをかけるところから手伝う。

「どこへ行くつもり?」ケリーが低い声できいた。バーカウンターの後ろでは、トムの雇った二十代前半の大学院生のバーテンダーが、イヤホンをしたまま酒のボトルを並べたりグラスを磨いたりしている。

わたしはテーブルクロスを両手で撫でつけて整えながら、ガラス窓の外に目を向けた。午後の強い日差しで景色の色が飛び、どこか薄汚れて見える。「フェニックス。それかラスベガスもいいわね。東へ行こうと思ってるの」

本当は北に向かうと決めていた。サクラメントを越えてポートランドまで行く。エヴァのデビットカードと暗証番号を使ってなるべく現金を節約して車にガソリンを入れながら、彼女の口座の金が尽きるところまで行く。小さいバッグに荷物はまとめた。最終的にとどまるところに着くまで、少なくとも一週間はかかるだろう。そのあいだ続く車の旅に必要な、最低限のものだけを詰めた。

ケリーが身を寄せた。「カジノの仕事はやめておいたほうがいいわ。指紋をとられるから」

わたしはあとずさりした。ケリーはどうしてそんなことを言うのだろう。彼女に何かもらしてしまっただろうか。

ケリーはわたしの引きつった顔を見て、あわててなだめた。「いやだ、別に深い意味があって言ったわけじゃないのよ。ご主人が警察に届けてあなたを探しているなら、そういうことは避けたいだろうと思っただけ」

白いシェフコートを着たトムがキッチンから出てきて、打ちあわせのためにわたしたちを呼んだ。ケリーとわたしは作業を中断し、パーティー前の最後の指示を聞くために彼のところへ向かった。そこへ今日のパーティーの主催者である女性も現れた。わたしとほぼ同年齢の若い女性はトムに説明をまかせて静かにたたずみ、すぐ横に立っているわたしたちにはほとんど注意を向けなかった。彼女は最後に家具に向けるような目でちらりとこちらを見て、短く言った。「いまの説明で完璧よ。前菜が切れないようにすることだけ、気をつけてちょうだい」

それからすぐにパーティーは始まり、ケリーとわたしは重いトレイを持って人々のあいだを忙しく動きまわった。ガラス窓は開け放たれていて、客たちが自由にささやかな庭へ出てバークレーの街やその向こうに広がるサンフランシスコ湾を眺められるようになっている。太陽がだいぶ移動して、着いたときには強い陽光で色が飛んでいた景色が、深みのある緑と金色に染まっていた。こうして忙しく働いていなければ、肌寒くて体が震えていたかもしれない。ケリーが断言したとおりパーティーはプライベートなもので、ほかの客の写真を撮ろうとするような人間はいなかった。

わたしは庭の端に近い場所にあるテーブルにトレイを置いて使用ずみのグラスや空

の皿を集めながら、視線を遠くに向けた。傾いた太陽に照らされて、サンフランシスコの街は濃い青と紫に沈んでいる。ベイブリッジは暗くなっていく空を背景に照明が輝きを増し、街に向かって走る車の赤いテールランプが赤いネックレスのように見えた。背後ではパーティーが続いていて、静かに流れているクラシック音楽が笑い声や話し声、グラスやカトラリーの音を穏やかに包みこんでいる。

わたしは重くなったトレイを肩にのせると、慎重に家の中へ向かった。ところが室内に足を踏み入れたとたん、ひときわ大きな声があがった。驚きと喜びに満ちた女性の声。「まあ、信じられない。クレア、本当にあなたなの？」

熱いものが背中を駆けあがって体じゅうに広がり、わたしはパニックに陥った。パーティー会場を見渡して必死に出口を探したが、二箇所あるうちのどちらが近いか考えているうちに、人々が押し寄せてきて逃げ場を失った。

チャンスがあるうちに、逃げるべきだった。もう手遅れだ。

エヴァ

カリフォルニア州バークレー　一月
墜落事故の七週間前

一月の冷たい風の中で、エヴァは決断した——どちらにしてもけりをつける。カストロの助けを借りて逃亡するか、自力で逃げるかのどちらかだ。サンフランシスコから車で一時間半ほど南にある、サンタクルーズの人気のないビーチの駐車場で彼と落ちあうことになった。フィッシュの力がここまでおよんでいないことを祈る。あとをつけられていないことをバックミラーで確認しながら、エヴァはゆっくりと車を走らせた。国道一〇一号線と海岸を隔てているなだらかな丘陵地帯を縫うように走る道は二車線しかなかった。何度か車を路肩に寄せ、後続車を先に行かせた。エヴァに目をとめる者はいないようだったし、引き返してくる車もなかった。カストロの車の隣に駐車したときには、ほかには誰もいないと確信していた。

ふたりは黙ったまま、ビーチへと続く階段をおりた。風が髪をなびかせ、打ち寄せる波が体じゅうに響いた。真冬に浜辺を歩くふたりは、傍目《はため》にはどんなふうに映るだろう。喧嘩中のカップル？　それとも愛する家族の遺灰を散骨しに来た兄妹？　ドラッグの売人とＤＥＡの捜査官だとはまず思わないだろう。

「きみの決断は正しいよ」カストロが口を開いた。

エヴァは霧のような波しぶきを顔に浴びながら海を見つめた。決断という言葉が気に食わなかった。まるでソファか椅子かのどちらかで迷っているみたいに聞こえる。メリットとデメリットを天秤にかけ、いくつかの選択肢を慎重に検討したかのように。

時間がゆっくり流れているような気がする。いまこの瞬間、人生の岐路に立っているのだと意識しないわけにはいかなかった。前回、人生がばらばらに壊れたときは、その結果が未来にまで大きな影響を与え、汚点にまみれてしまった。「わたしは何も決めてない。でも話を聞いてあげてもいいわ」

カストロは両手をポケットに突っこみ、風に目を細めた。「われわれは、フェリックス・アルギロスをずっと追ってきた。きみも知ってのとおり、やつはベイエリアの裏側を牛耳っている。危険な男だ。現在捜査中の、少なくとも三件の殺人事件に関与していると思われる」

エヴァは鋭い視線を投げた。「わたしを怖がらせようとしても時間の無駄よ。自分がどんな目にあわされるかはわかってる。だから保護すると約束してくれるまで、いっさい答えるつもりはないわ」

カストロが茶色い目で彼女の顔をじっと見つめる。エヴァは彼の視線をしっかりと受けとめ、自分のやり方で進めさせてもらうという断固とした意思を示した。こちらは彼がほしがっている情報を持っている。喉から手が出るほどほしいなら、条件をのむはずだ。

「もちろん、きみを保護する。証言が終わるまで二十四時間態勢で警護するし、きみは刑事免責が認められる」

エヴァは声をたてて笑い、ビーチに目を向けた。遠くに女性がひとりいて、ゴールデンレトリーバーのために、海に向かって棒切れを投げていた。「刑事免責なんてくだらない。わたしは証人保護の話をしているの。新しい身分を用意して、どこか別の場所で暮らせるようにして」

カストロは大きく息を吐いて思案した。「かけあってみよう」やがて彼が言った。「だが約束はできない。証人保護プログラムはきみが思っているほど一般的じゃないし、本来はフィッシュ程度の犯罪者には適用されない」

カストロがそう言わざるをえないことはわかっていた。上司の意向に沿うように、もっと単純でコストのかからないやり方に誘導しようとしているのだ。でも、こちらもあっさり引きさがるつもりはない。「フィッシュはそう簡単に有罪にできるような相手じゃないでしょう。刑罰を免れる可能性だって充分にある。もしそうなったら、わたしはどうなるの？　刑事免責なんか、なんの役にも立たないわ」

「わかった」カストロは言った。「われわれのやることに手抜かりはない。これがぼくに言える精一杯だ」

「ブリタニーを巻きこんだのも手抜かりはなかったと言いたいの？」

「あれは失敗だった。だが大失敗ではない。おかげできみにたどり着いた」彼が海に背を向けてエヴァに向きあった瞬間、コートが風をはらんでパラシュートのようにふくらんだ。「われわれを信じてほしい」

エヴァは思わず笑いだしそうになった。いままで人を信じてうまくいったためしがない。おそらく今回もそうだろう。「証人保護を約束してくれないなら、役には立てないと思うわ」

カストロの目つきがやわらぎ、目尻に笑い皺ができた。彼の幸せそうな顔を知っている誰かがどこかにいるに違いない。どんな人なのだろう。闇を追い続ける男を愛するというのはどういうものなのだろう。

「なあ」カストロは言った。「この仕事を長いことやってきて、たくさんの人間を見てきたが、きみには誰よりも違和感を覚えるよ」

エヴァは彼の背後に目をやり、白い波頭のすぐ先にある水平線を眺めた。ただの幻想だとわかっていた。どんなに遠くへ行っても、いくら努力しても、水平線は手の届かないところにあると知っている。「わたしのことなんて、何も知らないくせに」

「きみがグループホームで育ったことは知っている。バークレー校で起こったことも、きみだけが処罰されるべきじゃなかったということも」

秘密を知られていることに怒りがこみあげたが、エヴァは言葉をのみこんだ。当時、その言葉をかけてくれる人がいたら、実際に力を借りられたかもしれない。でもいまさら言われたところで、空虚な言葉にしか聞こえない。

カストロが話を続ける。「きみは不可能な選択を迫られた善人なんだと思う。きみの力にならせてくれ」

エヴァはまだ迷っているふりをして、彼をじっと見つめた。ふたりのあいだに沈黙が流れる。彼女は人生というものを心得ていた。何かに同意し――フットボールの選手や売人のためにドラッグを製造するにせよ、ＤＥＡの捜査官に証拠を引き渡すにせよ――イエスと言ったとたんに大事にされなくなるのだ。

カストロはさらに言った。「協力しないなら、われわれはきみを起訴するほかない。もちろん、刑事免責の話もなかったことになる。そうなったら、ぼくはきみを助けられなくなる。きみは長いあいだ刑務所に入ることになるだろう」

充分な証拠を用意したつもりだが、それを引き渡したとたんに、彼のほうは約束する必要がなくなるのだ。「こっちの要求をのんでくれたら、話がまとまるかもしれないわね」

「ベストを尽くそう」

エヴァは両腕で自分の体を抱きしめて言った。「これからもわたしの尾行を続けるんでしょうけど、状況を難しくするのはやめて。フィッシュは大物の売人じゃないと甘く見ているようだけど、わたしたちが通じていることがばれたら、彼はわたしを殺す。そうしたら、あなたたちはなんの収穫も得られなくなるのよ」

どうやってバークレーまで帰ったのかほとんど覚えていなかった。選択肢をふるいにかけ、次に取るべき行動を考えるので頭の中がいっぱいだった。カストロがどんなふうに力を貸してくれるにせよ、何もかも捨て去る覚悟をしなければならない――

バークレー、自宅、仕事。そしてリズ。

家に着いたときには、すでに日が暮れていた。リズの家の明かりが、誘うようにあたたかな光を放っている。エヴァは立ちどまり、ツリーのしなやかな枝に触れた。飾りつけはすでに外され、二度と訪れることのない次のクリスマスを待っている。エヴァがひとりでこのツリーに飾りつけをする様子をリズは思い浮かべるだろうか？彼女はエヴァに電話をかけ、なぜ電話に出ないのだろうと気をもむだろうか？友人を訪ねるためにこっちへ戻ってきたとき、エヴァがいなくなり、このメゾネットアパートが空き家になっていたら？どんな気持ちになるのか察しはつく。答えの見つからない疑問で心がざらつき、静寂の時間に〝なぜ〟という問いに胸の奥が締めつけられるだろう。

そのとき、まるで呪文で呼びだされたかのようにリズが姿を見せた。彼女はドアを開け、ツリーのそばに立ったままのエヴァをじっと見た。「そんなところで何をしているの？」

エヴァは長方形のまぶしい光を背にして立つリズを見つめたまま、返事をしなかった。

リズはポーチに一歩踏みだしたが、エヴァの表情を見たとたんに顔から笑みがすうっと消えた。「大丈夫？　様子がおかしいようだけど」

「そんなことないわ。ただ疲れてるだけ」

リズは何か言いたげな表情をした。ためらっているようだったが、やがて口を開いた。「いつになったらあなたの身に起こっていることを話してくれるの？　いつきいてもまともに答えないか、疲れていると言うばかり。でも、そうじゃないでしょう。なぜ話してくれないの？」

「ちゃんと話してるわ。いつだって」

リズは首を振った。「いいえ。あなたはすでに起きた事柄しか話さないわ。すでに終わったことだけ。わたしはあなたの日々についてほとんど何も知らない。あなたが何に頭を悩ませ、何を恐れ、なぜ眠れないのか。あなたと言い争っていた男性が何者なのかも。あれきり彼の声も聞かないし、姿も見かけないけど」リズは大きく息を吸いこんだ。「いいえ、エヴァ。あなたは何も打ち明けていない。わたしを信用していないのね」

「物事を深読みしすぎよ」エヴァは自分の口調に嫌悪感を覚えた。横柄で、素っ気ない口調。本心では、リズの足元にひざまずき、なんとかしてほしいと懇願したくてたまらなかった。どうか助けてほしいと。

リズはポーチに出てくると、腕組みをして低い声で言った。「わたしたちは友達だと思っていたわ。でもあなたはわたしに嘘をつく。いつもね。どこへ行き、何をするのか。誰と一緒に過ごすのか。わたしはばかじゃない。注意深く見守っているの。あなたが夜中に電話で話している声がときどき聞こえてくるわ。何やら言い争っているみたいだけど、相手はあの男なの?」リズは薄笑いを浮かべて言った。「答えなくていいわ。どうせ本当のことを話してくれないんだから」

エヴァは真実をぶちまけたい衝動に駆られた。機関銃のように早口でまくし立て、その弾丸で、エヴァが隠しごとをしているというリズの考えをぶち抜きたい。地下への入り口を隠しているキャスターつきの棚を引き倒し、リズを製造室へ連れていく場面を思い浮かべた。〝わたしはここでドラッグを製造しているのよ。あのキャンプ用のガスコンロを使って作ったものを、ぞっとするほど恐ろしい男に半分渡すの。もしやめたら、わたしは殺されるかもしれないの〟

さっきカストロに言われた言葉を思い出した。〝この仕事を長いことやってきて、たくさんの人間を見てきたが、きみには誰よりも違和感を覚えるよ〟「わたしは自分の居場所がない世界に生きているの」エヴァはやっとのことで言った。

リズが歩み寄ってきたが、エヴァは距離を保つためにあとずさりした。「なぜそんなことを言うの？」リズは尋ねた。「自分がしてきたことを見てごらんなさい。不利な境遇にもかかわらず、あなたはすごいことを成し遂げたじゃない」

「ほらまた」エヴァはぼそりとつぶやいた。ずっと目をそむけてきたこと。結局、誰もが――リズでさえ――エヴァの成功も失敗も、同情というレンズを通して見ているのだ。

話したくても話せない言葉が胸につかえ始めた。エヴァはこめかみを指で押さえ、ドアに向かって歩きだした。リズの視線から逃れたかった。頭がまともに働き、隠れたりごまかしたりする必要のない場所に逃げこむ必要があった。「無理よ。ごめんなさい」

リズが距離を詰め、手を伸ばしてエヴァの腕に手を置いた。「自分を傷つけているものから逃げちゃだめよ。いつか消えてなくなることを願いながら、思い出さないようにするんじゃなくて、きちんと向きあわないと。話して」

エヴァは腕を引き離した。「お願いだから、もうやめて。正直になれとか、自分を見つめ直せとか、そんなくだらない励ましの言葉で解決できるような問題じゃないの」

リズはびくりとして身を引いたが、目つきが鋭くなり、エヴァの声に合わせて彼女の声も大きくなった。「だったら教えて。どんな話でもいいから、言ってみて」

エヴァはまた黙りこんだ。あまりにも重大すぎて、打ち明けることができない。リズの家の窓から見えるリビングルームに目をやり、初めてそこに座ったときのことを思い出した。あのときはカストロ捜査官の出現によって、自分の世界が粉々に砕けてしまうのではないかと恐れていた。まさかリズによってばらばらにされてしまうかもしれないなんて。彼女はエヴァが築いた壁を取り除き、心のもっとも暗い部分に光を照らそうとしている。また何かを求め、よりよい人間になりたいと思わせるために。

エヴァにそれ以上話す気がないとわかると、リズは離れていった。エヴァはドアの鍵を開け、家の中に入った。しかしドアを閉めてふたたび鍵をかけたとき、ポーチのほうからリズの声が聞こえてきた。「話す気になったら、わたしはいつでもここにいるわ」

エヴァはソファに直行すると、体を丸めて横たわり、自分がいなくなってしまえばいいと思った。自分の一部はすでに失われていた。

クレア

二月二十七日（日曜日）

その場に凍りつき、声の主がわたしを見つけて腕をつかみ、顔をのぞきこんでくるのをじっと待つ。声をかけられて、わずかばかりの自由がすっかり奪われてしまうのを。

部屋の向こうからケリーがこちらを見ていて、口の形だけで〝大丈夫？〟と伝えてくる。わたしはうなずき、どうにか仕事を続ける。顔が少しでも隠れるようにトレイを顎のあたりまで持ちあげ、招待客のあいだをすり抜けて部屋の隅へ移動する。

女主人が見知らぬ女性と腕を組んで部屋に入ってくる。ふたりが顔を寄せあって話していると、部屋の向こうから呼ぶ声がする。「クレア、こっちへ来てくれ。ベリーズ旅行のことでポーラから伝えておきたいことがあるそうだ」

女主人の名前もクレアなのだと気づく。手が震えだし、手足の力が抜け、へなへなとその場にくずおれそうになった。わたしはケリーのところに行き、自分のトレイを手渡す。「トイレに行きたいの」小声で告げた。

「ひどい顔ね」ケリーが言う。「どうしたの？」

わたしは首を横に振り、心配を払いのけた。「大丈夫。仕事の前にあまり食べてこなかったから、ちょっと気分が悪くて。すぐ戻るわ」

「急いでね」ケリーは言ったが、わたしの言葉を信じてはいないようだ。

階下にある小さなトイレで、顔に冷たい水をかけ、鏡に映る自分の顔を見つめる。外見は変えられる。他人の名前も名乗れる。別の都市へ行くこともできる。でも真実がずっと追いかけてくる。どんなに用心に用心を重ねても、たった一度のミスで正体がばれてしまうのだ。

手を拭いてからパーティー会場へこっそり戻り、新しいトレイを手に取る。ケリーにうなずいてみせ、顔に笑みを張りつけた。周囲を会話が飛び交い、わたしはまた透明人間に戻った。しかし今夜は、クレアという名前が何度も耳に入ってきて、自分が話しかけられているわけではないとわかっていてもついびくついてしまう。仕事を終えたときには、わたしはくたびれて神経過敏になり、すぐさまエヴァの車に飛び乗って走り去りたい気分だった。

帰りの車の中で、とうとう疲労の極致に達した。体からはまだアドレナリンが出ている。トムから渡された札束の角がポケットから顔をのぞかせていた。二百ドルある。おかげで蓄えは八百ドル近くなった。エヴァの車とデビットカードを使えば、かなり遠くまで移動できるだろう。

「やっぱり行くつもりなのね？」ケリーが沈黙を破って言う。エヴァの家まであと数ブロックのところまで来ていた。信号をひとつ、一時停止の標識をふたつ越えたら、わたしたちは別れを告げる。

「ええ」わたしは答えた。

ケリーがわたしに紙切れを渡してきた。「わたしの番号よ。何かあったら電話して。もしよければ、落ち着き先が決まったら知らせてほしい」

「そうするわ」彼女が家の前に車を停めると、わたしは言った。

ケリーは悲しげにほほえんだ。「知らせる気はないのね。だけど、それでもかまわないから」

わたしは一瞬ためらってから、腕を伸ばして彼女をぎゅっと抱きしめた。「ありがとう。友達でいてくれて。わたしを助けてくれて」

ケリーはわたしの目をのぞきこみ、茶色の目でわたしの視線を受けとめる。「どういたしまして」

家に入り、わたしは二階へ行った。長いドライブに備えてシャワーを浴びて目を覚ます必要があった。立ちのぼる湯気に包まれながら、前回出ていく準備をしたときのことを思い出す。しかし、今度はまったく違う出発の準備に取りかかるのだ。シャワーから出てすばやく服を着ると、寝室をできるだけきれいに片づけ、エヴァが逃げていた相手がいつか現れたときに、わたしの痕跡が見つからないようにする。ドレッサーの前で迷った。以前見つけた紙片が鏡に挟んだままになっていた。〝あなたが求めるものはすべて、恐れの向こう側にある〟この紙片がエヴァにとってどんな意味があったのか、なぜ捨てたのかは知る由もない。でも彼女のものを何か持っていかなければならないような気がした。この世界で暮らした場所について記された法的文書でも、着ていた服でもなく、彼女の心が表れた何かを。わたしは鏡の隅から紙片を抜き取り、ポケットに入れた。

書斎に入り、まとめておいた書類の束をハンドバッグに入れる。グーグルドキュメントを開いて一番上のタイムスタンプを見てみる。今朝のやり取り以降、なんの動きもないようだ。無駄なことに時間と気持ちを浪費してしまった。ローリーとブルースはたいてい行動をともにする。互いに話すべきことがあれば、静かな部屋で声を潜めて話すことができるのだ。マギーが死亡した週末についてチャーリー・フラナガンが何か知っているにせよ……わたしには関係のないことだ。

こんなものはさっさと手放したい。接続を断ちたい。でもまだ終わりじゃない、というささやき声が頭の中に響く。例の動画がインターネット上にアップされたうえに、機体の捜索と収容作業もまだ続いている。危険が過ぎ去ったと確信できるまで、あらゆる手段を利用するべきだ。

「それっていつまで?」誰もいない部屋に向かって言い、返事がもらえるかのようにじっと待つ。わたしはため息をつくと、ノートパソコンを閉じてバッグにしまい、明かりを消して部屋を暗くした。自分の計画がいかにお粗末なものかは極力考えないようにする。薄紙のように貧弱で、すでに端が破れているようにも思えるけれど。

階下へおり、バッグをソファのそばに置いてキッチンへ行き、午後に洗った食器をすべて片づける。冷蔵庫の一番上の棚にダイエットコークの缶が一本だけ置いてあったので、それを手に取って開ける。カフェインをできるだけたくさん摂取しておきたかった。

シンクの上の四角形の暗い窓が、室内の様子を映しだしている。カーテンを閉め、ダイエットコークを喉に流しこむと、炭酸の気泡で元気が回復した。そのとき、背後でエヴァの携帯電話が鳴った。

手に取ってみると、画面に〝非通知設定〟という文字がぱっと表示される。またあの女性だ。まだ心配していて、エヴァから電話がかかってくることを期待しているのだ。彼女はあと何回電話をかけたら、ふたりの友情は自分が思っていたようなものではなく、エヴァは電話に出るつもりがないのだと思ってあきらめるだろうか。彼女が誰かは知らないけれど、気の毒に思う。せっかく心配する気持ちを寄せたのに、本人に届いていないことを知らずにいるのだから。

数秒後、画面が明るくなり、留守番電話にメッセージがあることが表示された。見て見ぬふりをして、伝言を聞かずに削除しようと思いかけたが、好奇心に駆られた。心のどこか別の部分では、あの声をもう一度聞き、彼女はわたしを心配しているのだというふりをしたかった。わたしの無事と幸せを願っている人がいるのだという。だから再生ボタンを押した。

しかし、聞こえたのはエヴァを探している女性の声ではなかった。いままで何百回と聞いた声が、わたしの耳に直接語りかけてくる。

〈ミセス・クック。ダニエルです。あなたがあの飛行機に乗らなかったことは知って

います。わたしに電話してください〉

頭の中に轟音が鳴り響き、心臓が胸郭を激しく叩く音が、〝ばれた、ばれた、ばれた〟とリズムを刻んでいるように聞こえる。ダイエットコークの缶が手から滑り落ち、大きな音をたてて床に落ちる。

わたしは携帯電話を見つめた。まともに息ができない。こんなふうに始まるメッセージを、いままでに何回聞いただろう？　一気に過去へと引き戻され、緊張と恐怖で胃がぎゅっと締めつけられる。

ダ、ニ、エ、ルです。

わたしの失敗ややり忘れたことを問いただす人。

ダ、ニ、エ、ルです。

いつもプレッシャーをかけ、わたしを監視している人。

ダ、ニ、エ、ルです。

彼女に見つかってしまった。ということは、ローリーが追ってくるのも時間の問題だ。足元には缶が倒れていて、暗褐色の液体が血だまりのように広がっていく。

エヴァ

一月
カリフォルニア州バークレー
墜落事故の五週間前

リズの引っ越しの日、エヴァは家の中に隠れたまま、レンタル家具が引っ越し業者のトラックに積みこまれていくのを二階の書斎から見ていた。ふたりが言いあいをした数日後、リズが郵便受けに小さな紙片を入れてよこした。そこには、きちんとした筆記体の文字が書かれていて、まるで別の時代から届いたもののようだった。〝あなたが求めるものはすべて、恐れの向こう側にある〟エヴァはそれをくしゃくしゃに丸めて、机のそばのゴミ箱に捨てていた。

部屋が空っぽになり、トラックが出発する準備ができたら、リズはきっと別れを告げに来るだろう。この二週間、ほとんど口をきかずに過ごしたあとで、リズとポーチで顔を合わせるところを想像し、どうやって謝るべきか言葉を探した。あんなにひどいふるまいをしてしまったけれど、あなたとの友情をとても大切に思っていたと伝えたかった。

エヴァは身辺整理をして気を紛らせた。シンガポールの銀行口座を確認し、これまでに集めたフィッシュに関する証拠をまとめた。先日、念のためにすべての書類を認証してもらった。退屈そうな公証人は風船ガムをふくらませたり割ったりしながら、エヴァがタイプした文書に目も通さずに、あちこちに拇印《ぼいん》を押し、サインをした。

しかしいまになって、あることが心に引っかかった。最後にもう一度だけ、やり残したことに向きあわなければ、自由にはなれない。もうすぐ新しい名前と生活を手に入れ、エヴァは消える。いったん姿を消したら最後、もう二度と戻ってこられないだろう。実の家族に会う機会はおろか、声をかける機会さえ永遠に閉ざされてしまうのだ。

エヴァは祖父母の名前をグーグルで検索し、ある人探しサイトをクリックした。クレジットカード情報をすばやく入力し、電話番号と住所を教えてくれる有料のオプションサービスにアクセスする。

難しいことではなかった。その情報は昔からずっとそこにあって、エヴァに見つけられるのをじっと待っていたのだ。ナンシー＆アーヴィン・ジェームズ。住所はリッチモンドからわずか三、四キロ離れたところだ。

リズが引っ越し業者のためにサンドイッチを買いに行っているあいだに、エヴァはこっそり家を出た。長々と別れの挨拶をするのはいやだ。そうでないふりをするには、伝えられないことが多すぎた。


エヴァは車で北へ向かった。彼らがずっと、こんなに近くで暮らしていたとは驚きだった。彼らはエヴァのことを思い浮かべたことがあるだろうか。居場所を探したことがあるだろうか。エヴァのようにお金を払って住所を調べたことはないにせよ、グーグルで検索したことはあるかもしれない。〝エヴァ・ジェームズ〟同姓同名のリストに載っているはずだ。〝年齢三十二歳、カリフォルニア州バークレー在住〟

高速道路をおりてさらに数ブロック車を走らせると、さびれた広い通りにたどり着いた。ぼろぼろの家が立ち並び、庭にはがらくたが所狭しと置かれ、そこらじゅうに枯れ草や雑草がはびこっている。想像していたものとはまるで違っていた。自分自身のために長年抱き続けてきた幻想にしがみつくために、よほどそのまま通過しようかと思った。

エヴァは色あせた緑色の家の前で車を停めた。ガレージのドアの窓ガラスが一枚割れている。段ボールでふさいであるが、古いテープがはがれかけていて、段ボールが水に濡れてたわみ、縁にかびが生えている。通りの向こうで、庭で鎖につながれた犬が静寂を破って吠えだした。

ひび割れたコンクリートの通路を歩きながら、茶色い芝生や荒れた植えこみに目をやり、自分がそこで遊んでいる姿を想像しようとしたが、長年思い描いてきたものとはあまりにかけ離れていた。祖母が世話をしているはずの花壇はどこ？　手入れの行き届いた車は？　窓にかかっている糊のきいたカーテンや、祖父が高圧洗浄機で年に一度掃除をしている私道は？　しかし目に入ってくるのは、まったく予想外の光景だった。たとえるなら、調子外れのピアノが耳障りな不協和音を大音量で奏でているような感じだ。

エヴァは薄暗いポーチに立ち、口で呼吸をしようとした。閉じたドアから煙草の煙の臭いが染みでてくる。ドアをノックすると、中から足音が近づいてくるのが聞こえたので、くるりと背を向けて立ち去りたくなった。ドアの向こうにあるものを、もう見たいとは思わなかった。

しかしエヴァが動く間もなく、ドアが引き開けられた。だぼだぼのジーンズに着古したTシャツという格好をした年配の男性が立っていた。筋張った腕はタトゥーに覆われている。「なんの用だ?」彼はエヴァの背後の道端に停めてある彼女の車に目をやった。その目を見て、エヴァは衝撃を受けた。自分にそっくりだった。同じ形、同じ色合い。その瞬間、パズルの真ん中のピースがぴたりとはまり、絵が完成したような感覚に襲われ、はっと息をのんだ。

「誰なの?」家の中から声がした。

男の肩越しに、でっぷりと太った人物が椅子に座っている姿がかろうじて見て取れた。煙草の臭いが鼻をつき、その中に不潔な体臭と焼け焦げた料理の臭いが混じっている。

「すみません」エヴァは階段をおりながら言った。「家を間違えました」

男にじっと見据えられ、エヴァは息を殺して彼の目にはっと思い当たる表情が浮かぶのを待った。エヴァの母親の、彼の亡き妹の、面影らしきものを探しだそうとするのを期待して。しかし彼はただ肩をすくめただけだった。「勝手にしろ」そう言ってドアをばたんと閉めた。

エヴァは向きを変え、来た道を引き返した。手足がぎくしゃくし、がたがた震えた。よろめきながら玄関をあとにし歩道へ出て、車に乗りこむ。エンジンをかけ、もっと立派な人たちを想像していた自分を責め、決して社会の最下層にいる人たちではないと信じこんでいた自分に腹が立った。

ところが車を通りへ出し、ふたたび高速道路に乗ってバークレーに向かって南下するうちに、いままでないものねだりの人生を過ごしてきたのだと気づいた。彼らがエヴァに愛情を抱き、自分たちのもとで育ててくれていたら、バークレー校であんなことは起こらなかったはずだとずっと信じていた。そうすれば、大学をきちんと卒業して、まっとうな人生を切り開けたはずだと。でもいまになってみればわかる。あの家で育っていたら、そもそもバークレー校に入ることさえできなかっただろう。

〝現状を知ることで強くなれる〟

エヴァは過去にはまったく価値がないと確信し、これでなんの未練もなく出ていけると思った。ときとして、夢を失ってようやく自由になれることもある。

帰宅すると、引っ越し業者のトラックはいなくなり、リズのアパートメントも空っぽになっていた。カーテンのなくなった窓から、がらんとした部屋が見えた。一面だけが深紅に塗られた壁が光り輝いているようで、冷たい悲しみが胸に重くのしかかった。

ポーチにあがると、リズが大事に育てていた鉢植えを置いていったことに気づかないふりをして視線を前に向けたまま、自分の家のドアの鍵を開けた。右側にちらりと目をやる。リズと一緒に植えた木に。ふたりの友情の証として唯一残されたこの木は、この先もずっと静かにここに立ち、エヴァの秘密を守り続けるだろう。

エヴァ

二月
カリフォルニア州バークレー
墜落事故の一週間前

ジェレミーがメールを送ってきたのは、エヴァがバスケットボールの試合会場でデックスと会うために出かける十五分前だった。

〈単位を落としそうなんだ。火曜日が締め切りのレポートがあって、Aを取るためにどうしてもあれが必要だ。頼むよ〉

エヴァの顧客の中でジェレミーはもっともしつこいタイプで、錠剤を売ってくれとずっとせがまれていた。エヴァはなんとか彼を遠ざけたくて、別の人間を紹介すると伝えたが、拒否された。彼はエヴァから買うことを望んでいた。エヴァを信頼しているようだった。以前であれば彼の忠実さにあきれただろうが、いまは慎重なのは賢明だとわかる。

エヴァはメールを返信した。

〈ハース・パビリオンの男子バスケットボールの試合に来てちょうだい。ハーフタイムにセクション10の入り口で会いましょう〉

クラブルームでデックスに渡してから、ジェレミーを見つければいい。エヴァは廃棄した薬の中から四錠取りだし、無地の白い封筒に入れた。形が悪かったり、割れてしまったりしたもので見た目は悪いが、これで事足りるだろう。

二日前、スーパーマーケットの冷凍食品売り場でカストロがすっと隣にやってきた。彼は場所と時間、もうすぐ答えが出るとだけ告げ、すぐに立ち去った。ほんの一瞬のことだったが、何分にも何時間にも感じられて、自分が未知の世界へ運ばれていくような気がした。エヴァは家の中を見まわし、この場所が恋しくなるだろうかと考えた。リビングルームの見慣れた壁へと視線を移す。テレビを見たり本を読んだりするために、数えきれないほど何度も座ったお気に入りの椅子。暗くて孤独な生活に彩りを与えたいと思って選び、壁に飾った印刷画。古い教科書は自分が目指していたものを思い出させる唯一のよすがとなっているが、人生の役には立たなかった。エヴァはその場に立ち尽くし、すでにこの家から出ていったようなすっきりした気分になった。ここにあるものは、どうでもいいものばかりだ。恋しくなるようなものは何もない。大切に思っていたただひとりの人はもういないのだから。

エヴァはコートをつかむと、薬の入った包みを内ポケットに、ジェレミーに渡す封筒をもうひとつの内ポケットに入れた。そして今夜も雑談で終わるかもしれないが、念のためハンドバッグにボイスレコーダーを入れ、ドアからそっと外へ出た。リズのがらんとした家の窓に目を向けないようにした。ポーチを歩く足音が大きくなり、空虚な音がこだまのように返ってくる。

キャンパスまでの短い数ブロックを歩き、図書館に続く広い芝生を横切り、正門(セイザーゲート)に通じている暗い曲がりくねった道を進んだ。学生やファンがぞろぞろとハース・パビリオンへ向かっていた。エヴァは人の群れをかき分けて進み、アリーナに入って自分の席へ直行した。

ホームゲームに顔を出すようになって顔なじみになった人たちに硬い笑顔を向けたが、誰にも話しかけなかった。その代わり、チームがウォーミングアップをしているコートをじっと見おろし、アリーナを包んでいる音に身を委ねながら、大きく道を踏み外してしまったとつくづく思った。潮に流されるボートのように、エヴァは出発地点とはまったく違う場所にいた。見慣れた陸地に戻ることもできず、海上で方向を見失っていた。

デックスは前半の途中でようやく現れた。「遅れてすまない」そう言って彼の席に座った。「見せ場を見逃したかな?」

エヴァは彼の冗談を聞き流し、学生専用の立ち見席のほうを見おろした。学生たちは一体になって動いたりジャンプしたりして、相手チームにやじを飛ばしている。

「学生のときは一度もバスケットボールの試合を見に行ったことがなかったの」エヴァは言った。「授業と勉強漬けの毎日だったから。ウェイドと一緒にいた最後のほうは別として」

デックスはうなずいたが、何も言わなかった。

「わたしはずっとバークレーにとどまると思っていた。おそらく教鞭《きょうべん》をとるか研究室で働くんだろうって。ここは故郷のように思える唯一の場所だったから」眼下で、リバウンドを取った選手が反対側のゴールに速攻を仕掛け、周囲の観客がわいた。しかしエヴァは話を続けた。「でも実際は、自分が望んでいた人生を裏返して上下逆さまにしたような人生を送っている。バークレーで暮らしているし、お金も、住む家もある。ほしかったものをすべて手に入れたのに、何もかも間違っている」

デックスは座席に座ったまま姿勢を変え、エヴァを見た。「ほかのやつらがもっといい人生を送っていると思ってるのか？」デックスは同じ列の端の席に座っている年配の男を身ぶりで示した。男の着ているトレーナーは袖口がすり切れ、目の下に隈ができている。「あの男を見ろよ。きっと、サンフランシスコ市内で経理か何かの仕事をしているんだろう。夜明けとともにBARTに乗って、窮屈な電車に揺られ、デスクで朝食をとる。上司にごまをすって、夏に二週間の休暇を取って、バスケットボールのシーズンチケットを買うのがやっとの生活だ。そんな生活がしたいのか？　おれたちのほうがましだろう」

デックスの首を絞めてやりたかった。ましですって？　隠れて悪巧みをして、エヴァが裏切らないよう常に監視することが？　ここに座っている人たちの中に、自分たちのミスによって逮捕されたり殺されたりするかもしれない恐怖を絶えず抱えている人がどれだけいるというの？

エヴァは次第に空っぽになっていく人生に困惑し、いらだっていた。でも時間がかかればかかるほど、カストロが救いだしてくれるという保証はなくなっていく。いざとなれば自力で行方をくらませられるように代替案を用意しておきたい。

アリーナのどよめきが大きくなったので、エヴァはデックスのほうに身を寄せ、ボイスレコーダーが音を拾わないように声を落とした。「偽の身分証明書をほしがってる学生の顧客がいるの」声の震えに気づかれないことを願った。「彼女は十九歳なんだけど、サンフランシスコのクラブに入りたいらしくて。作れる人を知らない?」

エヴァが嘘をついていると思ったとしても、デックスはそんなそぶりは見せなかった。膝に両肘をつき、頭を傾けてエヴァを見る。「以前は、オークランドにそういったことをするやつがいたが、もう何年も前のことだ。写真を引っ張りだして別の写真と入れ替えることができた時代の話さ」デックスはかぶりを振った。「いまはどうするかって? 一番確実なのは、自分に似た人間を探して譲ってもらうことだ。本物の運転免許証を買い取って、盗難届を出させるんだ。よくある話だよ」

エヴァはコートに目をやり、試合に興味があるふりをした。目に敗北の色が浮かんでいるのを悟られないように。「わたしも彼女にそう言ったの」エヴァは言った。「でも大学生がどういうものかは知ってるでしょう。十九歳には、二年が永遠のように思えるのよ」

タイムアウトを告げるホイッスルが鳴り、大音響の音楽が流れだした。

エヴァの声がまた大きくなった。「ブリタニーを紹介した例の友達は、結局どうなったの？」

コートで踊るチアリーダーたちをじっと見おろし、デックスは言った。「あいつは始末されたよ。おれが決めたわけじゃないが、気の毒だとも思わない」

「彼が捜査の片棒を担いでいたのはたしかなの？」

デックスは首を振った。「そんなことはどうでもいい」

「ちょっと危険な感じがするわ。ブリタニーと接点のあった人を排除するのは。また警察の関心を引くことになるんじゃない？」

デックスはこわばった笑みを浮かべたが、目は笑っていなかった。「あいつは見つかりっこない」

エヴァはみぞおちに空虚感を覚えながら、彼が話を続けるのを待った。

「フィッシュはオークランドに倉庫を持ってる。輸出入か何かのために。そこの地下に焼却炉があるんだ」

エヴァはごくりと唾をのみこみ、必死にデックスと視線を合わせてうなずいた。ボイスレコーダーが大音量で流れている〈ダフト・パンク〉の曲ではなく、デックスの話を拾ってくれていることを願った。眼下のコートでは、チアリーダーたちが髪を振り乱しながらくるくる回転し、曲のテンポが速くなるのに合わせて手足を勢いよく動かしている。

閉所恐怖症のエヴァは、押しつぶされそうな感覚に襲われ始めた。アリーナの熱気と、天井に向かって延びている狭い座席にぎゅうぎゅうに詰めこまれた観客が一気に押し寄せてくるような感じがする。スコアボードに表示された時間を確認した。

「さっさとすませましょう」エヴァは言った。「人でいっぱいになる前に。頭痛がし始めたから家に帰りたいの」

「そうだな」デックスが席を立ち、同じ列に座る人たちの前を横切っていく。エヴァもあとに続いた。

ふたりは列に並んでトイレへ入り、三十秒とかからずに受け渡しを終えた。「また来週な」デックスは言い、コートの前をかきあわせた。

エヴァはクラブルームの窓から野球場を見おろし、数カ月先に訪れる春に思いを馳せた。選手たちがベースを走り抜け、ヒマワリの種の殻を芝生に吐きだしているだろう。いずれにしろ、その頃には行方をくらましていたい。

エヴァは自分の顔のようにすっかり見慣れたデックスの横顔を見つめた。つらい日々だった。彼は最善を尽くして自分の知っていることをすべて教え、エヴァはよく学んだ。長いあいだ、充分に幸せだった。でもいまは、あの日々が遠い過去のように感じられる。昔の知りあいの色あせたスナップ写真のように。「了解」エヴァは答えた。「気をつけてね」

「いつも気をつけてるよ」デックスは言い、ウインクをした。

エヴァは混雑したコンコースへ戻り、時間を確認した。あと五分でアリーナを横切ってジェレミーと落ちあわなければならない。頭痛がすると言ったのは嘘ではなく、こめかみがずきずきしていた。夜が明ける頃にはひどい片頭痛になりそうだ。ポケットから携帯電話を取りだし、ジェレミーにもう一度メールを送った。

〈セクション2の入り口に変更して〉

エヴァはクラブルームのドアを押し開け、ふたたび人混みの中を進んだ。

自分の座席に戻ろうとする人たちがエヴァを押しのけるようにしてそばを通り抜けていく中、隅のほうに待っていられる場所がないか探した。ジェレミーがコートの向こう側で待っているのではないかとセクション10のほうに視線を向けたとき、人影が目にとまった。

最初は後ろ姿が見えただけだった——茶色の短い髪。ホルスターを隠せるゆったりしたスポーツジャケット。まるでスローモーションのように、彼が自分の携帯電話に目をやり、何かを読み、壁から離れてこっちへ向かってくるのが見えた。

エヴァは初めて見るような目で自分の携帯電話に視線を落とし、事態を悟った。ぞっとして、視界の隅がぼやけだす。この数週間に自分が送ったすべてのメールを思い返した。デックスに宛てたもの。ジェレミー宛のメールでは、待ちあわせの場所と時間を具体的に伝えていた。そしてジェレミーがいるはずの場所にカストロがいた。

その瞬間、ある光景がふと思い浮かんだ。開いた車の窓から手渡された一枚の白い紙片。ブリタニー。エヴァの電話番号を知っていて、それを伝えることができた人物。エヴァと同時に誰かが彼女のメールを読んでいたら、〈Whisper〉だってなんの意味もない。

座席に戻ろうとする人の流れにひとり逆らって、人混みを押し分けて進んだ。人の目を見るのが怖くて、うつむき加減になる。いまにもカストロに肩をつかまれて引き戻され、ポケットの中身を出せと言われそうな気がした。なぜまだドラッグを売っているのか説明しろ、これで取引は中止だと。

エヴァは通用口から夜の冷気の中へ飛びだし、危険にさらされている携帯電話を持ったまま階段を駆けおりた。あふれているゴミ箱の前を通り過ぎたとき、古くなった食品の包み紙や空のカップの中に携帯電話を埋めてしまいたくなったが、必死にこらえた。一刻も早く処分したいけれど、手元に置いて使い続けなければならない。カストロに何ひとつ状況は変わっていないと信じさせる必要がある。

足早にスプロールプラザへ向かいながら、ジェレミーに最後に送ったメールを開き、返信ボタンを押す。

〈そういえば、今日あなたのお母さんに偶然会ったわ。元気そうね！〉

それはすべての顧客とのあいだで決めていた、会うのは危険だと知らせる暗号だった。ジェレミーが学生専用の席に戻って、エヴァのことを忘れてくれればいいのだが。

バンクロフト図書館まで来ると、ジェレミーに渡す予定だった錠剤の入った無地の封筒を学生会館の前のゴミ箱に捨て、エヴァは家路についた。

クレア

二月二十七日（日曜日）

〈ミセス・クック。ダニエルです。あなたがあの飛行機に乗らなかったことは知っています。わたしに電話してください〉

わたしはとてつもない恐怖に襲われ、携帯電話を置いてあとずさりした。電話からダニエルの手が伸びてきて、ローリーの待つニューヨークへ引きずり戻されそうな気がした。

パニックで頭の中が真っ白になる。どうやってこんなに早くわたしを見つけたのだろう？　例の動画がアップされてから、まだ二十四時間も経っていないのに。その瞬間、恐ろしいことにはっと気づく。これはすべて仕組まれていたのだろうか？　そうでなければ、どうやってダニエルはわたしに連絡する方法を知ったの？　はるばる州をまたいで、見知らぬ人が持っていたプリペイド式携帯電話の番号を？　ぜいぜいと息を切らし、吐き気をぐっとこらえる。

もしローリーとエヴァがつながっていたとしたら……とりあえずその線で考えてみよう。ふたりはどんなふうに出会い、わたしをプエルトリコへ向かわせ、土壇場になって飛行機の搭乗券を交換し、友達もいない場所へ導くという計画をどうやって立てたのか。いまは資金も移動手段もない孤立無援の状態だから格好の標的だ。ここでわたしに何か起きても、誰も気づかないだろう。

だけど、どうも腑《ふ》に落ちない。飛行機は墜落するはずではなかったし、エヴァの家に来るつもりもなかった。わたしは着いたらペトラに電話しようとしていたのだ。しかもエヴァの人生にはこっそり入りこむだけで、数時間のうちに抜けだすつもりだったわけだから、わたしがここにたどり着くはめになることをローリーが知っていたとは思えない。彼がこんなことを画策できるはずがない。

家の中の静寂に身をまかせ、気持ちを落ち着かせる。実際に起きた出来事に目を向けてみよう。虐待を受けた女性のレンズを通してではなく、被害妄想も脅威もない視点で。記憶を巻き戻してみる。どこかに、なんらかのつながりがあるはずだ。もう一度携帯電話を手に取り、縁を指でなぞりながら真っ黒な画面を見つめた。かすかに自分の影が映っている。

わたし。墜落事故の当日に、わたしがかけた電話番号を調べているとブルースはローリーに伝えていた。エヴァの携帯電話のロックを解除して、なんとか電話がつながらないかと祈る思いでペトラの番号にかけた夜のことを思い返す。彼らがペトラの電話の受信記録にアクセスできたとしたら、ほかに誰が彼女に電話をかけようとしたのかもわかるはずだ。

ダニエルをここへ導いたのはわたしだ。彼らがこの番号を知っているなら、ほかに何を知っているの？　この電話を使って、なんらかの方法でわたしを追跡することもできるのだろうか？　キッチンの窓と裏口に目をやる。どちらかを開け、茂みに携帯電話を投げ捨てたい衝動に駆られた。

「よく考えるのよ、クレア」かすれた自分の声が誰もいない部屋に響く。これはテレビ番組や低俗な映画ではない。ローリーには潤沢な資金があり、ブルースにはコネがあるから、情報を入手することはできるかもしれない。でも携帯電話から居場所を突きとめるという、警察が使うような方法でわたしを追跡することはさすがにできないだろう。

深く息を吸いこみ、ゆっくり吐きだす。もう一度。さらにもう一度。すると、もっとも重要な問題が浮かびあがってきた。

なぜローリーではなく、ダニエルが電話をかけてきたの？　いつものローリーらしくないやり方だ。わたしの居場所を知っているなら電話などかけずに、ローリー本人が現れるはずだ。不意をついてわたしの隣にやってきて、こう言うのだ。〝やあ、クレア〟

震える指で留守番電話のメッセージをもう一度聞いてみる。覚悟していたにもかかわらず、ダニエルの声を聞いた瞬間、恐怖が全身を駆けめぐる。〝あなたがあの飛行機に乗らなかったことは知っています。わたしに電話してください〟今回気づいたのは、脅すような声ではなく、警告を発するような低く切迫した口調だということだ。

何はともあれ、ひとつだけたしかなのは、ここを出ていかなければならないということだ。オーブンの時計は十時過ぎを指している。この時間なら誰にも気づかれずにこっそり街を抜けだせるだろうが、路上にいるのはわたしだけではないだろう。玄関に荷物を置いてエヴァのキーホルダーをつかむと、ガレージへ向かった。エヴァの車が動くかどうか確かめておいたほうがいい。

ガレージの扉には南京錠がかかっていた。暗がりで目を凝らし、鍵束を順に調べて目当ての鍵を見つけだす。錠がかちゃりと開く音を聞きながら、車のエンジンがかかることを祈った。ガソリンが入っていますように。車は正常に運転できる状態で、無事にここから出ていけますように。

ガレージの扉は簡単に持ちあがった。いっそう暗い空間に足を踏み入れ、やがて目が慣れてくると、ペンキ缶が置かれた埃《ほこり》だらけの棚の輪郭や、壁に立てかけられた蜘《く》蛛《も》の巣の張った梯子《はしご》が見えた。しかし車はない。そこに車があったことを示すタイヤの跡が影のように残っているだけで、ガレージの真ん中にはオイルの飛沫《ひまつ》が乾いてこびりついた大きなトレイが置かれていた。かすかな望みを打ち砕かれ、喪失感に打ちのめされる。どの方向に向かっても八方ふさがりで、どんどん窮地に追いこまれていく。

目を凝らせば何か手掛かりが見つかるかもしれないと思い、わたしはガレージの奥まで歩いていき、むきだしの壁に視線をさまよわせた。しかし暗い通りのほうに向き直ったときには、計画を変更するために必死で考えをめぐらせていた。エヴァの家にもう一泊し、早朝のBARTに乗ってサンフランシスコへ向かう。貴重なお金を使って北へ向かうバスの乗車券を買う。そして日がのぼる前には姿をくらます。

ガレージの鍵をかけ直し、家の中へ引き返し始めた。ところが木をまわりこみ、玄関ポーチが見えたところではっと立ちどまり、キーホルダーを落としそうになった。

先日わたしにぶつかった男性が、隣のメゾネットアパートをカーテンのない窓からのぞきこんでいた。次の日、コーヒーショップの外からわたしをじっと見ていたと思われる男性だ。

あとずさりして物陰に身を潜めると、肩越しにちらりと通りを見やり、こっそり逃げようかと考えた。でもエヴァの家のドアに鍵をかけていないうえ、玄関にダッフルバッグとノートパソコンとハンドバッグを置いたままだ。

わたしは深呼吸をして、彼に近づいた。「何か用ですか？」

男性が振り向き、まるで昔からの友人のようにあたたかな笑みを浮かべた。「やあ、また会いましたね」リビングルームの窓明かりが彼の顔を照らしだし、嵐の海を思わせるどきりとさせるようなグレーの目が見える。「このメゾネットアパートを借りるには、どこに問いあわせればいいのだろう？」

わたしはさらに何歩か進んでポーチにあがり、彼と鍵のかかっていないエヴァの家の玄関とのあいだに立った。「部屋探しをするにはちょっと時間が遅すぎると思いますけど」

彼が両腕を大きく広げる。「たまたま通りかかって、空き部屋があるのが気になってしまったんです」

「わたしにはわかりません。友人が旅行をしているあいだ、ここに滞在しているだけですから」

「なるほど。彼女はいつ戻ってきますか？」男はじっとしたまま、まるで仮面のような表情をしていた。けれどわたしの答えを待つあいだに、彼の表情が変化したのに気づいた。どんな答えであれ、それを何よりも重要だと思っているようだ。

〝彼女はいつ戻ってきますか？〟

「彼女は国外にいます」わたしはエヴァとこの男とのあいだにできるだけ距離を置きたくて、しばらく考えてから答えた。

男は納得したようにうなずき、口元にうっすらと笑みを浮かべた。そしてわたしに近づき、手を伸ばして肩から何かを指でつまんだ。「蜘蛛の巣が」ふたりの距離が近いせいで彼の熱気を感じ、煙草とコロンの匂いに包まれる。思わずエヴァの家のドアのほうへあとずさりしたものの、彼が家の中までついてくるのではないかと急に不安になった。

男がエヴァの家の玄関を身ぶりで示して言った。「このあたりは治安がよさそうに見えるが、たとえ短時間でも鍵を開けっぱなしにしないほうがいい。特に、こんな夜遅くには。バークレーは思っているほど安全じゃありませんよ」

ふいに殴られたように胸がぎゅっと締めつけられ、息が苦しくなる。わたしは返事もせずにドアノブをつかんでひねると、家の中に入って鍵をかけた。

「力を貸してくれてありがとう」という声のあと、階段をおりる音が聞こえてきた。

わたしは室内に目を走らせ、男が中に入った形跡がないか探した。

しかし、すべてそのまま残っていた。荷物は壁のそばに置かれたままで、どこもおかしい点はない。あたりの匂いを嗅いでみても、コロンの残り香は漂っていなかった。彼が家の中に入ることはできなかったはずだ。わたしがガレージにいたのはほんの五分足らずなのだから。目頭を押さえ、落ち着こうとした。パニックに襲われながらも冷静に考えようとする。

キッチンに入ったとたん、落とした缶からこぼれたダイエットコークの水たまりを踏みそうになった。水たまりは棚の下のほうにまで広がっている。その行方を目で追うと、棚のキャスターにたどり着いた。茶色い液体の中に膝をつかないように気をつけながら、さらに腰をかがめて棚の下をのぞきこむと、ドア枠が見え、その下にダイエットコークがたまっている。棚の端へまわってぐいと押しのけると、南京錠のかかったドアが現れた。「いったいなんなのよ、エヴァ」わたしはつぶやいた。

鍵束をもう一度つかみ、鍵を探しだして南京錠を外す。ドアを開け、壁を手探りして照明のスイッチを入れたとたん、下のほうで換気扇がまわり始めた。わたしは忍び足で狭い階段をおり、かつては洗濯室だったとおぼしき地下へ向かった。

しかし、そこはもはや洗濯室ではなかった。壁のあちこちにカウンターと棚が並び、部屋の隅には小さなシンクと卓上型の食器洗浄機が置いてある。棚には何かの材料がきちんと並んでいる——大きな容器に入った塩化カルシウム、さまざまな風邪薬や咳止め薬の瓶が少なくとも三十種類はある。隅にはキャンプ用のガスコンロが置かれ、シンクの脇にはシリコン製の錠剤の型がいくつか、伏せて乾かしてある。頭上の壁には板を打ちつけられた窓があり、窓枠に据えつけられた換気扇がまわっている。

階段の左側にあるカウンターには書類が散乱していて、そのすぐそばにボイスレコーダーが見える。不用意に何かに触れたくなかったので、わたしはカウンターに身を乗りだし、カストロ捜査官という人物に宛てた認証ずみの手紙を読み始めた。

〝**わたしの名前はエヴァ・ジェームズ。これは十二年前から今年の一月十五日現在に至るまでの出来事に関する宣誓陳述です**〟わたしはどんどん先を読み進め、次々にページをめくっていった。まわりにうまく溶けこみたかっただけの大学生の物語を。彼女はそのときに唯一の選択肢だと信じた道を選び、デックスという男の助けにすがった。その男は、彼女に与えるつもりなど毛頭ないものを与えると約束した。生活。

幸福。自由。これは自分の追いこまれた状況に嫌気が差し、そこから脱出するためにすべてを焼き払う覚悟を決めた女性の物語だ。

エヴァは詐欺師でも、他人になりすます犯罪者でもなかった。わたしと同じように、自分の力ではどうにもならない逆境の中で、歩む道を正そうとした女性だったのだ。

わたしはボイスレコーダーを手に取り、再生ボタンを押した。狭い地下室にスポーツ競技場の音が響く。声援と歓声、アナウンサーの実況、マーチングバンドか何かの演奏。

〈ちょっと危険な感じがするわ。ブリタニーと接点のあった人を排除するのは〉記憶にあるエヴァの声だ。〈また警察の関心を引くことになるんじゃない?〉

さらに聞き覚えのある声が答える――わずか十分足らず前にポーチで聞いた、玄関の鍵を開けっぱなしにしないほうがいいと忠告したのと同じ声だ。〈あいつは見つかりっこない。フィッシュはオークランドに倉庫を持ってる。輸出入か何かのために。そこの地下に焼却炉があるんだ〉

わたしはそれ以上聞くことができず、ボイスレコーダーを停止した。まるで映画のワンシーンのように、頭の中に次から次へとイメージが浮かびあがってくる。エヴァが自宅を現金で購入したこと。空港でのせっぱつまった様子。手元に残しておきたいものがあるかどうか確かめもせずに、自分のハンドバッグをわたしの腕に押しつけたこと。彼女が持っていた携帯電話と、ここに置いていった黒い携帯電話。道理でエヴァは真実を話さなかったわけだ。これが、彼女がバークレーに戻れなくなった理由だ。

そして、わたしもここから出ていかなければならない。いますぐに。

製造室はそのままにして、書類とボイスレコーダーをかき集めて胸に抱えこみ、階段を駆けあがった。

エヴァ

カリフォルニア州バークレー
二月
墜落事故の二日前

カストロ捜査官との待ちあわせ場所は、ゴールデン・ゲート・ブリッジのサンフランシスコ側の入り口にある軽食レストラン〈ラウンド・ハウス〉だった。エヴァはクリッシー・フィールドのビーチのそばに車を停めると、何度か肩越しに振り返って確認しながら、プレシディオの日陰になった小道を歩いた。ここへ来るまでは尾行されていないことを願いながら、ベイブリッジを渡らずに、サンラファエルとミルヴァレーを通って遠まわりして街に入った。

前日にリズから手紙が届いていた。エヴァはお守りのように手紙の折り目に触れ、もう一度ポケットから取りだして読んだ。

〝エヴァへ
さよならを言う機会がなくて本当にごめんなさい。そこを離れる前にもう一度話がしたいと心から願っていたのに。あなたに謝らなければならないと思っています。勝手な憶測を立ててしまったけれど、ふたりのあいだにわだかまりはないとはっきり伝えておきたいの。いかなる状況でも、わたしたちの友情は変わらないわ。いまのあなた以外の誰かになってほしいとは思っていません。あなたの過去がどうであれ、わたしは受け入れます。あなたがどんな人間になろうと、わたしはずっとあなたを愛しています。
抱えている問題を誰かに打ち明ければ、背負っているものが軽くなるはずです。悩みを打ち明けたくなったときは、いつでもわたしはここにいる。もう隣に住んでいないからといって、あなたが必要なときにそばにいないわけじゃないのよ。いつでも電話してね〟
手紙の最後に電話番号が走り書きされていた。エヴァは手紙をポケットに戻した。あの当時、デックスではなくリズに出会っていたら、化学実験室での一度きりのひどい過ちを告白するだけですんだはずだ。そして自分の人生はまったく違ったものになっていただろう。その程度の過ちならば、リズも許してくれたかもしれない。若気の至りだったと。男のためにばかな真似をする女性は掃いて捨てるほどいるのだから。でも、すでに手遅れだ。リズはもういないし、エヴァ自身も間もなく行方をくらます。たぶん、これでよかったのだ。

カストロは橋を見渡せる大きな窓から離れた、奥の厨房近くの席に座っていた。「ハンバーガーとポテトを注文しておいた」彼が挨拶代わりに言った。

エヴァはバッグを座席に置き、彼の向かいに腰をおろした。赤いビニール張りのボックス席は観光客ですべて埋まっていて、彼らは携帯電話で自撮りをしている。店の外の駐車場では、観光バスからおりてきた集団が橋を渡る歩道に向かって進んでいた。

この街を出ていくと想像しただけで、リボンがねじれてからまるように、胸に緊張が渦巻いた。このレストランを出たら特徴のないセダンに乗りこみ、姿を消す。エヴァはテーブルをこつこつと叩きながら貧乏ゆすりをした。「ありがとう。でも食事や雑談をする気になれないの。それでもいいかしら」

カストロはうなずいた。「上司にかけあってみたんだが、証人保護プログラムの件は却下された」

エヴァは体から空気が抜けていくような感覚に襲われ、周囲の音が急にけたたましくなった気がした。ナイフとフォークが皿に当たる音、だらだら続く会話が耳に響く。まるで最初から存在していなかったみたいに、計画が立ち消えになってしまった。

「どうして?」やっとのことで尋ねた。「何年もフィッシュを追い続けてきたって言っていたじゃない」

カストロは目を合わせられないらしく、テーブルの端に置かれた小さなカップから砂糖の小袋を取りだし、袋の縁を指でなぞった。「ぼくとしては異論はないが、前にも言ったように、証人保護は費用がかかるからめったに受けられないんだ」

「じゃあ、どんなときなら受けられるの?」

彼は顔をあげてエヴァを見た。その目に心からの後悔の色が浮かんでいた。「だいたいにおいて、大物を狙うときだ。組織的な犯罪。主要な犯罪組織。フィッシュはきみにとっては大物かもしれない。もちろん、ぼくにとってもそうだ。あまり認めたくはないが、ぼくは何度もやつに接近しているのに、そのたびに逃げられている。情報源が雲隠れして、振りだしに戻ってしまうんだ」

「だったらなおさら、今度こそ目的を果たしたいはずでしょう」エヴァは絶望感が表れないように必死で声を抑えた。

「非公開の場所で、二十四時間態勢で警護することはできる。裁判のあいだずっとだ。きみの身の安全は保証する。弁護士が必要なら、いまのうちに連絡しておいたほうがいい」

カストロの言葉を受け、青写真を描いてみた。ひとりでホテルの部屋にこもり、ドアの前には警護がふたり立っている。裁判の送迎には武装した護衛がつき、結果は無罪評決となるだろう。あるいは審理無効になるかもしれない。でも、そのあとは？　自由の身となって家に帰れるの？　玄関の鍵を開けたら何をする？　どこへ行こうと、フィッシュの手下が見つけだそうとするだろう。デックスが自ら動くかもしれない。こんなふうに裏切られたら、彼はエヴァを見つけだすまで安心できないだろう。

子どもの頃、グループホームの女の子たちは何か悩みごとがあると、よくシスター・バーナデットに相談していた――友人関係がうまくいかないとか、理不尽な教師がいるとか、里親が決まらないとか。エヴァ自身は一度も相談しなかったが、彼らの会話に聞き耳を立て、シスター・バーナデットの教えはどんなものであれ吸収した。〝唯一の解決策はとにかく最後までやりきること〟とシスター・バーナデットはよく言っていた。どんな状況にあっても一歩踏みだせば、次の一歩、また次の一歩につながると。だからエヴァはこの新たな展開に身を乗りだすことにした。受けた教えを肝に銘じ、とことん考え抜いて仕事に取りかかろう。皮肉なのは、シスター・バーナデットとデックスが似たような助言をしたことだ――〝最後までやり遂げろ〟

「どうやら前に進んで、最善の結果を期待するしかないようね」エヴァは言った。「どうすればいいの？」

カストロが砂糖の小袋をカップに戻したとき、ウエイトレスが料理を運んできた。ハンバーガーとフライドポテトの匂いを嗅いだとたん、胃がむかむかしてきた。「できれば、きみに盗聴器をつけてフィッシュと会ってもらいたい」

「そんなの無理よ」エヴァは言った。「フィッシュとはまったく面識がないし、そんなことを頼んだらひどく警戒されるに決まってる」

カストロが目を細めた。「嘘をつくなら、この取引はなしだ」申し訳なさそうな口調や、エヴァのために何もできないことへの後悔の表情が消え去った。

「嘘なんかついてない」エヴァは言った。「そう簡単にはいかないのよ。もっと詳しく調べようとしたわ――薬がどうやって運ばれるのかとか、フィッシュ自身のこととか。でも、わたしが知っているのは断片的なことだけなの」

カストロは椅子に背を預けると、両手をテーブルにのせ、意を決したように言った。

「こっちは証拠をつかんでいるんだ、エヴァ。きみたちふたりが一緒に写っている写真がある」

エヴァはわけがわからず、首を横に振った。「そんなはずない。本当にフィッシュとは一度も会ったことがないのよ」

カストロはコートのポケットから携帯電話を取りだし、画面に指を滑らせた。目当ての画像を見つけだすと、携帯電話を持ちあげてエヴァに画面が見えるようにした。ジェレミーと会うことになっていた夜に、ハース・パビリオンで撮られた写真だった。周囲の観客に見覚えがある。列の端に座っているのは、すり切れたトレーナーを着た哀れな経理の男だ。そして画像の真ん中にはエヴァとデックスがいて、顔を寄せあって話しこんでいる。高性能カメラで撮影されたのか、驚くほど画質がよかった。

エヴァは自分が見ている画像の意味がさっぱり理解できず、ふたたび首を横に振った。「これはフィッシュじゃないわ。デックスよ」

カストロは携帯電話を自分のほうに引き戻すと、エヴァをじっと見つめ、信じられないといった表情で目を細めた。「デックスという男は知らない。だが、こいつがフェリックス・アルギロス――フィッシュだ」

クレア

二月二十七日（日曜日）

階段を駆けあがってキッチンを通り抜け、ダイエットコークの足跡をリビングルームの床に残しながら、エヴァの宣誓陳述とボイスレコーダーをバッグに詰めこむ。なぜこれらを持っていかなければならないのかわからないけれど、ここに置いていくのは間違いだと本能が警告を発している。ポーチにいた男のことが頭をよぎる。彼がすぐ近くに寄ってきたことを。煙草の臭いがまだ喉の奥をくすぐっている。あの男がこの書類とボイスレコーダーを狙っているのは間違いない。そういえば、キッチンのテーブルに置いてきたエヴァの携帯電話には、ダニエルのメッセージが残ったままだ。急いで引き返して携帯電話をつかみ取り、電源を切ってポケットに突っこむ。

家の前を一台の車が通り過ぎ、ラジオががんがん響く音がかすかに聞こえてきた。わたしはカーテンの隙間から外をのぞき、誰かが物陰からこちらの様子をうかがっているのではないかと考える。覚悟を決めてポーチへ出ていかなければならないのに、頭が混乱しているせいで、出ていくのとここにとどまるのと、どちらが危険なのか判断することができない。けれど脳裏に浮かぶのは、地下のドラッグ製造室と、連邦捜査官に宛てた認証ずみの手紙。そして、明らかにDEA捜査官ではない男がすぐ目の前まで近づいてきて、また戻ってくると無言で予告したこと。

わたしは足早に芝生を横切ると、声をかけられたり肩に手を置かれたりして呼びとめられるかもしれないと心の準備をしながら、キャンパスに向かってうつむき加減に歩きだした。遠くで猫の物悲しい鳴き声がする。長く低いその鳴き声は、やがて人間の悲鳴を思わせる叫び声に変わった。

キャンパスから一・六キロほど離れた交通量の多い通りで、わたしは小さなモーテルを見つけた。肩と足が痛むし、寒くてたまらない。明かりの灯った小さな事務所で、年配の女性が煙草を吹かしながら壁に取りつけられたテレビの画面をじっと見つめている。わたしが足を踏み入れると、彼女はこちらを振り向き、煙草の煙越しに目を細めてわたしを見た。

「ひと部屋お願いしたいんですが」

「一泊八十五ドル、プラス税」彼女が言う。

「それでかまいません」頭の中で計算し、少しためらってから答える。

受付係がわたしを一瞥《いちべつ》して言った。「名前と運転免許証とクレジットカードが必要だよ」

「現金で払いたいんですけど」

「それはかまわないけど、うちのシステムにカード情報を入力しなくちゃならないの。チェックアウト後に決済するから。現金で払いたい場合は決済処理はしないけどね」

不服を唱えようかと思ったが、強く印象に残るような真似はしたくない。エヴァの運転免許証とクレジットカードを手渡し、彼女がパソコンに入力するのを、固唾《かたず》をのんで見守った。少しでもためらう様子を見せたりしないだろうか。たとえば目をわずかに見開き、わたしの顔をちらりと見るとか。しかし彼女は退屈そうな表情で数字の入力をすませると、すべて返してくれた。

「何泊？」受付係が尋ねる。

先のことはまだわからない。待ち受けているのは予測のつかない空白の日々で、次にどうするべきなのか見当もつかない。「まだわからないんです。一泊か二泊？」一泊八十五ドルでは、すぐに所持金が底をついてしまう。

「じゃあ、二泊にしておくわ」女性はそう言って部屋の鍵を渡してきた。「五号室へどうぞ。ドアを出て、左手の部屋だよ。チェックアウトは十一時で、その時間を過ぎたらもう一泊分もらうからね」

部屋は狭く、安物の絨毯が敷かれ、ダブルベッドにはポリエステルのカバーがかかっていた。ベッドの向かいの小さなドレッサーの上にはテレビが据えられ、バスルーム脇の隅に小型の机とランプが置いてある。わたしはベッドに腰をおろし、この数時間のことを頭から追いだそうとした。

ナイトテーブルの時計は十一時三十分を示している。疲労で頭が重い。ほんの数時間前にバークレーヒルズで行われたパーティーが、一カ月も前の出来事のようだ。身をかがめて両手で顔を覆い、すすり泣きを必死にこらえた。名前もなく、当てもなく、所持金も底をつきかけている。

極度の疲労で目がごろごろする。まともな睡眠をとるのは二日ぶりだ。明日になったら解決策が見つかることを願いながら、わたしは服を着たままベッドにあおむけになった。

夢も見ずに熟睡し、わたしは朝早くに目を覚ました。早朝の光に照らされた部屋を見まわし、新しい現実に頭を順応させる。人生のすべてがこの壁の内側にある。一歩外へ出れば、わたしは死んだ女か、逃亡中のドラッグの売人だ。

むくりと身を起こすと、二日連続でケータリングの仕事をしたせいで筋肉が悲鳴をあげていた。すでにコーヒーショップのシフトに入っているはずのケリーのことを考え、灼熱の砂漠に向かって車を走らせる自分の姿を想像する。彼女と一緒にいられたらよかったのに。わたしはゆったりとした椅子に座り、カウンターの後ろにいる彼女と雑談を交わせたら。自分の居場所があるという普通の生活が恋しくてたまらなかった。

おなかが鳴ったので、NYUのキャップと現金をいくらか持って急ぎ足でコンビニエンスストアへ行き、貴重な十ドルを使って大型カップに入ったコーヒーと固くなりかけたシナモンロールをひと袋買って戻ってきた。期待は薄いけれど、自由を手に入れるために残された唯一の選択肢は、USBメモリの中からローリーと取引できる材料を見つけだすことだ。わたしをひどい目にあわせること以上に気にかけている彼の秘密を。

話し相手代わりにテレビをつけ、ゆっくり時間をかけてノートパソコンを立ちあげる。USBメモリを差しこみ、机の上を探してWi-Fiの接続方法を見つけてログインする。ローリー宛のメールをすばやく確認したが、新しいものは何もなかった。ところがグーグルドキュメントをクリックした瞬間、稲妻に打たれたような衝撃を受けた。

彼らがわたしのことを話題にしていたからだ。

ローリー・クック：

彼女はどうやってそんな真似を？

ブルース・コーコラン：

わかりません。航空会社によれば、彼女の搭乗券はスキャンされていたそうです。そのことは誰も否定しませんでした。

ローリー・クック：

彼女の席は空いていたんだろう。彼らはこのことを知っていると思うか？

ブルース・コーコラン：

彼女があの飛行機に乗っていなかった可能性があったら、すぐにあなたに連絡したはずです。わたしから彼らに伝えておきましょうか？

間髪いれずにローリーの言葉が表示された。彼の怒りが画面から飛びだしてきそうだ。

ローリー・クック：
それはだめだ。この件は内密に処理する。ＮＴＳＢには、彼女は死んだと思わせておきたい。今夜、オークランド行きの飛行機に乗る。

文字が次々と現れては消え、やがてドキュメントが空白になった。ページの一番上に〈**最終編集は、ブルース・コーコランが行いました**〉と表示されている。ブルースのアイコンが消え、ローリーのアイコンだけが残っている。ローリーが内密に処理すると言うときは、人目に触れないように問題を抹殺するという意味だ。わたしは彼に完璧な隠れ蓑《みの》を与えてしまったわけだ。何しろ世界中の人々が、わたしは死んだと思っているのだから。

四方の壁が迫ってくるような感覚に襲われる。ダニエルとローリーとブルースがわたしの一挙一動を監視していて、どんどん小さな箱に閉じこめられていく気がした。出口がひとつしかない箱に。

中庭の向こう側からドアをばたんと閉める音が聞こえた。わたしは驚いて肘を滑らせてしまい、コーヒーの入ったカップをキーボードの上に倒しかけた。飛びあがってカップをつかんだおかげで机に少しこぼれただけですんだけれど、焦るあまり、うっかりキーをいくつか押してしまった。「やっちゃった」誤って打ちこんだ文字をあわてて消去し、ふたたび画面の右上に目を走らせる。ブルースがログオフしたときに、ローリーもログオフしていることを願って。

画面をじっと見つめる。一時間くらいそうしていたようにも思えたが、実際は数分だろう。新しいメッセージは現れないものの、ページの一番上には**〈最終編集は二分前、ローリー・クックが行いました〉**と表示されている。どちらがメッセージを削除したか、ふたりとも覚えていないことを祈るしかない。

わたしはバスルームへ行き、冷たい水で顔を洗った。安っぽい蛍光灯の明かりのせいで、肌がくすみ、やつれて見える。洗面台に両腕をつき、どうにか気持ちを立て直そうとした。深呼吸を五回、八回、十回と繰り返す。蛇口から垂れた水が錆《さ》びついた排水口にぽたぽた落ちる様子と、御影石《みかげいし》もどきの洗面台の渦巻き模様をしばらく見つめ、やっとの思いで仕事に戻ることにした。

ふたたびパソコンの前に座ったとたん、徒労感が肩に重くのしかかってきた。何を探せばいいのか、どこから始めればいいのかわからない。チャーリーについてもっと調べるべきだろうか？　あるいは、もしかしたら財務や税金に関する不正が見つかるかもしれない。問題は、役に立ちそうな情報を見つけられるほど財務の知識がわたしにはないことだ。USBメモリのアイコンをダブルクリックしようとしたとき、グーグルドキュメントの上部に表示されたアラートに目がとまった。**〈最終編集は二分前、ローリー・クックが行いました〉**すばやく時間を確認すると、少なくとも十分は経過していた。

最終編集の時間が変わるのを期待して、更新ボタンを押してみる。ところが、なぜかGmailのログインページに戻ってしまった。「やだ」ひとりきりの部屋でつぶやいた。

わたしはエヴァの財布からローリーのパスワードが書かれたくしゃくしゃの付箋を取りだし、再度ログインしようとしたものの、うまくいかなかった。もう一度ゆっくりと入力してみたが、やはり**〈パスワードが正しくありません〉**と表示された。

ローリーが机に向かい、例の動画を見ているところを思い浮かべる。自分で髪を切って染めるという下手な変装をしたわたしが、ドニーとクレシダのあいだに割って入る動画を見ていると、彼のパソコン画面に自分自身が送信した覚えのないメッセージが表示される。ローリーはブルースに電話をして、誰かが自分のアカウントにアクセスした可能性があると告げるはずだ。そしてその瞬間、パスワードを盗みだす機会があり、彼を監視しようと考える人間はたったひとり——わたしだけだと気づいて、恐れおののいたことだろう。

わたしは立ちあがり、両手のこぶしで目を押さえた。それでも涙があふれでてくる。「こんなの無理よ」誰もいない部屋に向かってつぶやく。「やっぱり無理。わたしにはできない」目を開け、一番手近にあった財布をつかんで壁に投げつけた。小銭入れの蓋が開き、硬貨が飛び散ってドレッサーの裏まで散らばる。財布はドレッサーの上にばさりと落ちた。

しかし、自分の中の何かがほぐれ始めるのを感じた。衝動的な行動によって、圧力弁から蒸気が吐きだされるように不安がいくらか解放されたらしく、現実に引き戻され、薄汚れた部屋がふたたびはっきり見えるようになった。わたしには取り乱している余裕などない。こちらが監視していることにローリーは気づいている。彼が内密だと思っている会話を盗み見、チャーリーがマギー・モレッティについて何か知っていることに動揺する様子を観察した。それを交渉の材料にする方法が何かあるはずだ。

背後からふと、ケイト・レーンの声が聞こえてきた。

〝数日前、四七七便がフロリダ沖に墜落し、九十六人の乗客が死亡しましたが、フライトレコーダーが回収されたことで捜査当局はようやく事件の解明に一歩近づきました〟先週放送された事故直後の映像に画面が切り替わり、波に揺れる沿岸警備隊のボートと、海面に浮いている墜落機の残骸が映しだされる。〝客室乗務員が機内での人数確認を行わなかったという噂について、ヴィスタ航空は公式なコメントを避けました。しかしヴィスタ航空内の匿名の情報筋によれば、フライトが遅延した場合には、このようなことはめずらしくないそうです。ヴィスタ航空の公式発表によれば、乗客名簿に誤りはなく、乗客数とフライトレコーダーの記録は一致すると確信しているとのことです〟

わたしは身動きひとつせずに情報を頭に入れ、以前読んだスレッドを思い返した。投稿者によれば、機内で人数確認が行われるため、搭乗券をスキャンしておきながら、実際に搭乗しないのは不可能だという。

けれどエヴァはそんな芸当をうまくやってのけたのかもしれない。信じられないことに腹の底からくすぐったいような笑いがこみあげてきた。椅子に深々と座り、エヴァが飛行機には乗らずに行方をくらまし、どこかのホテルの部屋で同じテレビ報道を見ているところを想像してみる。

エヴァが危険を冒して手紙や録音した音声を集めたことを考えると、ポーチにいた男は彼女の仲間だったのだろう。ところが何かがうまくいかなくなったのか、なぜかエヴァは証拠を提出しなかった。理由はどうあれ、彼女は家に帰れなくなって逃亡したのかもしれない。

エヴァはこの証拠をわたしにどうしてほしいのだろうか。

わたしは壁を見つめ、目の前に見えているものではなく、笑いながら走り去っていくエヴァを思い描いた。逆光の中にいる彼女の姿がどんどん小さくなっていく。じっと見守っていると、やがて彼女はただの点になった。ちっぽけな存在に。最後には、ほとんど消えてしまった。

ＵＳＢメモリの端を指でなぞり、ローリーが隠しておきたい秘密がこの中に入っていると確信する。それがなんなのか、わたしにはわからないだけで。

でも、そのことをローリーが知る必要はない。

まるでエヴァが耳元でささやいているかのように、大胆で突拍子もないアイデアが頭の中で展開され始める。でもそのためには、わたしが姿を現し、ローリーに立ち向かわなければならない。まず携帯電話を手に取り、彼の番号にかけて、わたしが持っている情報を伝える。空白の部分は、はったりをきかせたりでっちあげたりして、実際以上に知っていると思いこませなければならない。チャーリーのことだけでなくハードドライブの中身もまとめて、いつでもメディアと捜査当局に引き渡す用意ができている。わたしが望むものを与えてくれるなら考え直してもいいけれど、と。

それなのに、ローリーに電話をかけ、電話の向こう側にいる彼の声を聞くと考えただけで、罠におびき寄せられるようでぞっとする。わたしの見込み違いでうまくいかなかったら、事態はかえって悪化してしまうのだ。

エヴァの携帯電話を手に取る。正確な居場所を知られることなく彼に連絡するために持ってきてよかった。それでも電源を入れるのはためらわれた。ダニエルがどうやってこの番号を突きとめたのか、ほかにも気づかれていることがあるのではないかと考えると、本能的に恐怖を感じる。ダニエルは電話の向こうで、わたしがまた失敗するのを待っているのかもしれない。ゆっくりと深呼吸をしてから電源を入れる。

待ってましたとばかりに新たな留守番電話のメッセージとメールの着信通知が表示された。指がどちらを先にクリックするべきか迷ったすえに、音声のほうを聞くことにした。

〈ミセス・クック、もう一度お電話させてもらいました、ダニエルです。わたしのことを信じられないのは無理もありません。でも信じてください、わたしはあなたを助けようとしているんです。ミスター・クックがカリフォルニアに向かっています。あなたがそこにいることを知っているのはほぼ間違いありません。昨日録音した音声をメールで送ります。これを使ってください。わたしが援護します〉

わたしは携帯電話を見つめ、あれこれ考えをめぐらせた。ダニエルの言葉を吟味し、罠ではないかと疑ってみる。彼女の本当の狙いはなんなのか。彼女はこれまで何度となく見て見ぬふりをし、だんまりを決めこんできた。いまになって助けたいと言われても、にわかには信じがたい。

メールを開くと、〝録音①〟というボイスメモのファイルが添付されていた。テレビの音を消し、ボイスメモの再生ボタンを押す。

モーテルの部屋の中にくぐもった話し声が響いた。何やら言い争っているようだ。言葉ははっきりと聞き取れないが、ローリーとブルースの声だとわかる。やがてドアをノックする音がして、ローリーが呼び入れる。「入れ」

ダニエルの声が近づいてきて言う。「お邪魔して申し訳ありません。この書類にサインをいただきたいのですが」

「わかった」ローリーが言う。「ダニエル、NTSBとの細々したことに対処してくれてありがとう。ミセス・クックがきみをどれだけ敬愛していたか知っているよ」

「もっと違うやり方ができたらと思うことがたくさんあります」ダニエルが応える。

書類をぱらぱらとめくる音が聞こえ、ふたたびローリーの声が聞こえた。「これでいいだろう。出ていくとき、ドアを閉めていってくれ」

ダニエルの声が遠くなった。「わかりました、ミスター・クック。ありがとうございました」そしてドアが開き、閉じる音が続いた。

そこで録音が終わるかと思いきや、そうではなかった。ローリーの少し冷たくなった声が聞こえる。「それで、何を見つけたって?」

ようやくブルースが口を開いた。「一九九六年」書類を読みあげるような口調で言う。「チャーリー・プライスは——いまはシャーロットと呼ばれるのを好んでいるようですが——販売目的の薬物所持で逮捕歴があります。ただし、証拠不充分で不起訴になりました」ページをめくる音が続く。「その後、彼女はシカゴに移り住み、ウエイトレスをしていました。トラブルとは無縁の生活を送っていたようです。現在もまだそこに住んでいます」

シャーロット？　彼女？　チャーリーは女性なの？

「ほかには？」ローリーが尋ねる。

「特に何も。夫も恋人も、同性の恋人もなし。子どももいません。家族はすでに死んでいるか、疎遠になっているようです。動機として利用できそうなものは何もありません」ブルースの声が少しやわらぐ。「これまでのところ、何を言っても彼女の決心は揺らぎません。金も脅しも通用しない。彼女は真実を語りたいと言っています」

ローリーの声は低く危険な感じがして、わたしはぞっとした。「それで、彼女は何が真実だと主張しているんだ？」

「チャーリーがマギーに隠れてあなたと肉体関係を持っていたこと。マギーが死んだとき、あなたは一緒にいて、自分が立ち去ったあとに火事が起こるようにタイミングをはかったこと。チャーリーのアパートメントにやってきたあなたがひどく取り乱し、ひどく震えていたこと」一瞬の沈黙。ブルースがかろうじて聞こえる程度の声で話を続ける。「彼女は秘密保持契約書にサインしたことをまったく気にしていません。われわれが提示したものにまったく関心を示そうとしないんです」

「許さないぞ！」ローリーが怒鳴る。自分がその場で怒鳴りつけられたような気がして、わたしは思わずびくりと身を引いた。「そんなことをされたら、何もかも台なしになる。二日以内にこの問題を解決してくれ」

ブルースが書類などをかき集め、ブリーフケースの留め金をかける音が聞こえる。

「承知しました」

足音、ドアが開閉する音。そして静寂。ボイスメモを停止しようとしたとき、ふたたびドアをノックする音が聞こえた。

「なんだ？」ローリーが言う。

またダニエルだ。「たびたび申し訳ありません。携帯電話をどこかに落としてしまったみたいで。中に入って探してもよろしいですか？」

ローリーのうなり声。

「あっ、ありました。やっぱり落としていたんだわ――」

そこで録音が終わる。

わたしは愕然《がくぜん》としてベッドに腰をおろした。〝もっと違うやり方ができたらと思うことがたくさんあります〟ダニエルがわたしに向かって言った言葉なのだと思うと、違う意味を帯びてくる。確認の合図、そしておそらく謝罪の気持ちもこめられている。

ダニエルがこんな危険を冒してまでこの音声を手に入れたのは驚くべきことだ。何年ものあいだ、彼女はわたしの陰で奔走し、スケジュールを綿密に管理してきた。

ローリーの側近として、わたしの行動を管理しているのだとずっと思っていた。もしかすると、振り返って彼女をちゃんと見ていたら別の姿が見えたのかもしれない。わたしを陥れようとする人間ではなく、必死にわたしを支えようとする女性の姿が。

ダニエルの留守番電話のメッセージにもう一度耳を傾ける。かすれた声には緊迫感と恐怖がにじんでいた。〝これを使ってください。わたしが援護します〟

音を消したテレビ画面の中で、ふたりの政治評論家が議論を交わしているのか、音もなく唇が動いている。ふたりの反対側にいるケイト・レーンがカメラに向かって何か言い、そしてほほえんだ。音量をあげると『ポリティクス・トゥデイ』の聞き覚えのあるテーマ曲が小さくなって消え、コマーシャルに入った。

一週間前にはデトロイトへ旅立つ最後の準備をし、アマンダ・バーンズとしてカナダで平和に暮らす人生を想像していたなんて、現実とは思えない。それがあっという間に違う方向へと展開し、こんなところまでたどり着いた。エヴァが隠していた秘密のあいだに挟まって身動きが取れなくなり、見えない地雷をよけて踊らされるはめになっている。

ローリーに電話をかけるのはやめよう。彼に脅しは通用しない。脅しがきく相手なら、とっくに使っている。ダニエルが録音して送ってくれた会話のほうがよほど役に立ちそうだ。ローリーの声、ローリーの怒りが完璧な音声データとしてまとめられている。

わたしはケイト・レーンのメールアドレスを検索してから、Ｇｍａｉｌのアカウントを新しく作った。メールの下書きを作成し始めると、言葉がすらすらと浮かんできた。下書きを終えたところで一瞬迷った。このメールを送信した瞬間にすべてが動きだし、もう後戻りはできなくなる。でもわたしにはもうこの方法しか残っていない。

メールの文面を最後にもう一度読み返す。

〈ミズ・レーン、わたしはクレア・クックと申します。ローリー・クックの妻です。いまは四七七便の墜落事故で死亡したと報じられましたが、わたしは死んでいません。いまはカリフォルニアにいて、夫がマギー・モレッティの死に関与し、その事実を隠している証拠を入手しました。その件について、できるだけ早くあなたにお話ししたいと考えています〉

わたしは送信ボタンを押した。

エヴァ

二月
カリフォルニア州バークレー
墜落事故の二日前

デックスはフィッシュだった。

フィッシュはデックスだった。

エヴァは異なる順番でピースがはまっていき、異なる現実を描きだすのを感じた。恐怖と混乱が押し寄せる。わたしは何を見逃していたの？

「なぜフィッシュに一度も会ったことがないのか、なぜデックスしかきみに接触してこないのか、疑問に思わなかったのか？」カストロ捜査官は尋ねた。

「そういうものだと聞いていたから、なんとも思わなかったの」エヴァは首を横に振った。「でも、どうしてデックスは嘘を？」エヴァはつぶやいた。

「上からの命令を実行しているだけだと配下の連中に思わせておけば、万一の場合に否認の材料になるからだろう。彼が親玉だと知っていたら、きみだっていまほど彼を信用しなかったはずだ」

「こういうのはよくあることなの?」エヴァは尋ねた。「その地位を得るために、みんな懸命に働いているんじゃないの? 自分の力を誇示したいと思わないの?」

カストロは肩をすくめた。「そういう場合もある。だがはっきり言って、その手の売人は捕まえやすい。彼らは自尊心を満足させるためにやっていて、自分がどれほど重要な人間かを知らしめたいと思っているからな。恐れられる存在になりたいんだ。だが、フィッシュは――」カストロは首をかしげてエヴァを見た。「というよりデックスは、いわゆるしぶとい策士ってやつだ。力を誇示したり人を恐れさせたりするよりも、この稼業を長く続けることを重視するタイプだ。そういう手合いは頭が切れるから、追いつめるのが難しい」カストロはコーヒーをひと口飲み、話を続けた。「そういうケースを一度だけ見たことがある。エル・セリートにいたある女は、その街を牛耳る夫がいるふりをしていた。彼女はいろんな悪事に手を染めていたが、この世に存在すらしない男から彼女が守ってくれていると、周囲は信じこんでいた」

デックスがいかにエヴァをフィッシュに近づけないようにしていたか考えてみた。どのようにエヴァを守り、警告したか。彼は味方で、相棒だとエヴァに信じこませた。

去年の秋、フットボールの試合会場で、デックスがひどく動揺していたのを思い出す。フィッシュを怒らせることを彼は恐れていた。すべて手のこんだ芝居だったわけだ。

さらに、早朝に死体を見せられたときの記憶がよみがえった。デックスが自分であの男を殺したあと、何食わぬ顔でエヴァの家のドアをノックし、彼女を連れて現場へと引き返し、自分がしたことを見せたのだ。

自分の考えの甘さを思い知らされ、胸がむかむかする。

「それで、これからどうするの？」エヴァは尋ねた。

「きみは弁護士を雇って、われわれと取引をする。きみに盗聴器をつけて、何が手に入るか確かめてみよう」

これまで集めた情報はまだ手元に隠し持っている。あれは最後の切り札だ。盗聴器をつけるなんて絶対にいやだ。「それと引き換えに、わたしは何を得られるの？」エヴァは尋ねた。「証人保護もしてもらえないのに」

「この件がすべて終わったあと、刑務所に入らずにすむ」

テーブルの上に置いていたエヴァの携帯電話がメールを受信した。カストロの電話も光っているのではないかとエヴァは視線を走らせたが、彼の携帯電話は暗いままだ。

「返信したほうがいい」カストロが言った。

デックスからだった。

〈六時でいいか？　待ちあわせ場所は？〉

カストロにメールを見せた。

「うちの連中がうまく溶けこめそうな人の多い場所がいい」彼が勧める。「今後はデックスとふたりきりで会ったり、われわれがすぐに駆けつけられない場所へ行ったりしないでくれ。スポーツ競技場や人気のない公園はだめだ。盗聴器を取りつけるまではうちの捜査班をきみに張りつかせる。せいぜい一日か、二日だ」

エヴァは携帯電話を取り戻すと、震える指でメールを打った。**〈オブライエンズでどう？　おなかがぺこぺこなの〉**

カストロが部下に盗聴器を準備させているあいだ、車でバークレーに戻り、デックスと向かいあって座り、無理して普段どおりにふるまうことを想像した。

エヴァがパニックを起こしそうになっているのを察したらしく、カストロは言った。「きみは大丈夫だ。習慣を変えずにいつもどおりの生活を続けてくれればいい。ドラッグを作り、デックスと会う。くれぐれも彼に警戒心を抱かせないように」

霧が出てきて、明るいオレンジ色の橋が視界から少しずつ消えていくのが窓越しに見え、自分も同じ目にあうのではないかと心配になった。自分の存在がおぼろげになり、やがて人々の記憶から消え去り、そこにいたことを誰ひとり思い出しもしない。店内に、がやがやという話し声とナイフとフォークが皿に当たる音が響いている。エヴァがじっとしているあいだもまわりの世界は動いているのだ。「わたしに選択の自由はないってことね？」

カストロは同情の目を向けた。「ああ、そうだ」

エヴァはベイブリッジを渡っている途中で過呼吸になりかけた。四方の車がじりじりと前進する中、自分だけが避けられない結末に向かって流されていく。やっぱり、こんなことはできっこない。

北へ向かって車を走らせる自分の姿を想像した――バークレーへの出口を通過し、サクラメントも、ポートランドも、シアトルも通り過ぎるのだ。バックミラーをちらりと見て、後ろに続く車に乗っている人たちを確認した。カストロの部下が乗っているのはどの車だろう？　エヴァを見張っているのが誰かは知らないけれど、そんなに遠くまで行かせてはくれないだろう。

帰宅すると、エヴァは必要最小限のものをすばやく荷造りした。家の中はそのままにしておくことにした。もし誰かが探しに来たら、ただ外出しているだけだと思わせるために。すぐに帰ってきそうに見えるように。地下の製造室にある道具と材料、カストロに引き渡すために集めた証拠をどうするべきか考え、結局そのまま残していくことにした。いずれカストロがエヴァを探しにやってくるだろうから、彼の好きにすればいい。もう他人のやり方に従って行動するつもりはない。

〈オブライエンズ〉の近くに車を停めるつもりだった。デックスに会いに行くと見せかけてBARTの駅にこっそり入り、最初に来た電車に乗りこもう。いったんサンフランシスコまで戻り、サクラメント行きのバスの乗車券を現金で買うのだ。その先はどうやって移動しようか。北へ、さらに北へ、国境にたどり着くまで。

しかし、ドレッサーの上のリズからもらったガラス製の青い鳥のオーナメントが目にとまり、エヴァははっと動きを止めた。それを手に取り、青い渦模様や繊細なくちばし、翼の縁を指でなぞる。生まれて初めてもらった愛情のこもった贈り物。エヴァを心から大切に思ってくれた唯一の人がくれたものだ。

責任を取ると約束したウェイドに思いを馳せる。エヴァを思いのままに操るために、別人のふりをしていたデックス。さらにカストロは、不可能なことをしろと要求しておきながら、見返りは何ひとつ差しだそうとしない。守るつもりのない約束をする男たちのせいで、エヴァのような人間がいつも巻き添えを食うのだ。

でもリズは、エヴァの一番いい部分を見てくれた。リズの手紙がまだポケットに入っている。〝抱えている問題を誰かに打ち明ければ、背負っているものが軽くなるはずです〟ネズミが迷路に入りこんだように自分の道がどんどん狭くなり、信頼できる唯一の人へと導かれるのを感じた。

エヴァは万一のために蓄えておいた五千ドルをつかみ、ノートパソコンをバッグに入れると、危険にさらされている携帯電話をカウンターに置きっぱなしにした。そして、ガラス製の青い鳥を片手にしっかり握りしめ、そっと家を抜けだした。

最初に到着した電車は混雑していた。ドアが閉まる寸前まで待ってから飛び乗り、誰かに尾行されていないかとプラットホームに目をやった。地上にいるカストロの部下たちが、シャタック・アベニューのパーキングメーターのところに停めたエヴァの車から同心円状に捜索範囲を広げているのが目に浮かぶようだった。エヴァはどこへ行ったのか、彼女の身に何が起きたのかと彼らは首をかしげていることだろう。

エヴァは周囲の人たちにすばやく視線を走らせ、隅っこで寝ている男性と、身を寄せあってiPadを眺めながら会話に夢中になっているカップルは、疑わしい人物から外した。しかしオークランドに向かって南へ走る電車の中で、真向かいにいる女性がこちらをちらりと見たのにエヴァは気づいた。そこで、女性の頭上の広告を見るふりをしてしばらく様子をうかがった。彼女は雑誌を開いているが、ページをめくるどころかじっとしたままだ。

次の停車駅で、エヴァはドアが閉まるぎりぎりまで待ってから電車をおりた。まだ雑誌を読んでいる女性を乗せた電車がエヴァの目の前を通過し、暗いトンネルに入っていくのを見送る。バッグを肩にかけて駅の隅でうずくまり、電車を乗り降りする通勤客たちをしばらく眺めてから、今度はサンフランシスコ行きの電車に乗り換えた。それから一時間、自分がひとりだと確信するまで乗り換えたり引き返したりを繰り返した。

空港に着くと、ニューアーク行きの深夜便の航空券を現金で購入した。

「片道ですか？　往復ですか？」販売係が尋ねる。

エヴァは迷った。カストロはなんらかのリストにわたしを載せただろうか？　その瞬間、彼の言っていたことが頭に浮かんだ——わたしは大物の売人ではない。「片道で」エヴァは答えた。しかし決断した瞬間、全身に震えが走った。この判断が間違っていたら、片道切符のせいで居場所を知らせることになる。

離陸したあとも気が休まらなかった。まわりの乗客は眠ったり本を読んだりしていたが、エヴァは窓の外を見つめていた。ハロウィーンが終わったばかりのある夜、リズが裏の階段に座り、深まる夕暮れの中で庭を眺めているのを見つけたときのことを思い出す。〝こんなところで何をしているの？〟エヴァは尋ねた。

リズは座ったまま顔をあげてほほえんだ。〝太陽が姿を消して、涼しくなり始める夕方の匂いが大好きなの。どんなに人生が変わろうと、これだけは決して変わらないわ〟リズは目を閉じた。〝最初の結婚をしたとき、前の夫とよくこうしていたわ。外に座って、昼から夜に変わる空を眺めるの〟

エヴァは自分の家の階段に座り、鉄柵越しにリズを見た。〝その人はいま、どこにいるの？〟

リズは肩をすくめ、コンクリートの階段の縁を指でなぞった。〝最後に聞いた話だと、ナッシュビルに移り住んだらしいわ。でも二十年も前の話よ。いまもまだ同じところにいるかどうかはわからない〟

幼い子どもを抱えた自分を捨てて二度と戻ってこなかった男のことを、どうしてそんなに冷静に話せるのか、エヴァには不思議だった。〝エリーはお父さんと連絡を取っているの？〟

〝さあ――お互いに彼のことはあまり話さないの。でも連絡は取っていないと思う。最初の数年はバースデーカードを送ってきていたけど、あの子がまだ幼いうちに来なくなったから〟リズは庭を見渡し、裏庭の柵とその向こうにある木に目を向けた。そして静かな声で言った。〝エリーはしばらくのあいだ、そのことでわたしに腹を立てていたわ。わたしが何か働きかければ、あの人が娘のことを気にかけるようになると思っていたのかもしれない。でも大人になって、彼が本当はどんな人間なのかわかるようになったいまは、あの人がいなかったからこそ、よりよい子ども時代を過ごせたと理解しているみたい〟

リズが穏やかな口調で話すので、エヴァは驚いた。〝どうして彼を憎まずにいられるの？〟

リズはふっと笑みをこぼした。〝憎しみは心を蝕《むしば》むものよ。一日に何時間も彼を軽蔑し続けることだってできる。だけど、そんなことをしても意味がないでしょう。彼はどこかで自分の人生を生きている。わたしたちのことを考えることがあるとしても、たぶんほんの一瞬だけ。とっくの昔に彼を許したわ。憎むよりずっと簡単だもの〟ひとりで娘を育てながら自分の夢を追いかけるのは、相当な気力が必要だっただろう。リズは裏切られたというつらい思いを脇へ押しやり、幸せになることを選んだのだ。

〝あなたはいつもこうなの？ 人の最悪な部分を大目に見ることができるの？〟

リズは声をたてて笑った。〝かなり時間はかかるけれど、世界は人に左右されない場所だと思えるようになるものよ。夫はわたしやエリーを傷つけようとしたわけじゃない。ただ自分の欲望のままに行動し、自分の物語を生きただけ。人がどうにかして生きようとしているときに、怒りを覚えない人間になりたいとわたしは思っているの。何よりもまず人を許そうとする人間に〟

エヴァは庭の裏門のそばの茂みを見つめた。〝わたしは許すことが苦手だわ〟

リズはうなずいた。〝多くの人がそうよ。でもわたしが人生で学んだのは、心から許すためには何かを失わなければならないということ。それは期待や境遇、もしかしたら自分の心かもしれない。苦痛をともなうこともある。だけど、ものすごい解放感ももたらしてくれるわ〟

〝わたしの実の家族を許すべきだと遠まわしに言ってるの？〟

リズは驚いた顔でエヴァを見た。〝あなたは自分自身を許す方法を見つけるべきよ。いまもあなたを追いつめているものがなんであれ〟

エヴァは東へ向かって進む飛行機の中にいた。すぐそばにある四角い窓の外は真っ黒だ。これがリズの言っていた〝失う〟ということなのだろうか。バークレーに捨ててきた人生のすべてはただの抜け殻で、自分がなりたいと思うような人間にはもう合わなくなった。自分でもわからないけれど、なぜかもう一度リズに会わなければならないような気がした。でも、これで自分自身を許せるようになるということはなんとなくわかった。

クレア

二月二十八日（月曜日）

ケイト・レーンからの返信を待つあいだ、わたしはエヴァの地下の製造室から持ってきた手紙をぱらぱらとめくり、天才化学者、追放者、ドラッグの売人の物語にふたたび没頭した。手紙を読み終え、カーテンを閉めきった窓を見つめた。かすかに聞こえてくるのは、車が行き交う音だけだ。ドアのすぐ向こうにいたかもしれない彼女の姿を思い浮かべる。肩をすぼめ、グリーンのコートのポケットに両手を突っこみ、学生の群れの中をうつむき加減に進んでいく。透明人間。ひとりきりの生活は常に孤立し、いっときも安心できず、誰にも知られることがなかったのだろう。

エヴァがなぜあんな行動に出たのか、わたしにはわかる。

冷めたコーヒーを飲み干し、最後のシナモンロールを食べ終えると、グーグルドキュメントを確認したくてたまらなくなった。おそらくローリーは、ブルースと連携を取りつつバッグに荷物を詰め、少人数のチームを編成しているだろう。〝私用でカリフォルニアへ短期旅行〟とダニエルは注意深く黙々とメモを取っているはずだ。自分が知っていることを、わたしに話す機会をうかがいながら。

そのとき、ケイト・レーンの制作アシスタントからメールの返信が届いた。

〈ミズ・レーンはこのお話に大変関心を持っています。話を進める前に、あなたの主張が正しいことを確かめる必要があります。ご本人であることを確認するために、ご連絡可能な電話番号をお知らせください〉

わたしはエヴァの携帯電話の設定を確認して電話番号を見つけ、Eメールの返信にそのまま入力する。十分後、携帯電話が鳴り、わたしは飛びついた。「もしもし?」

「ミセス・クック、ケイト・レーンです」

自分の名前が耳に奇妙に響き、自分自身をさらけだしたような気分になる。「連絡をくれてありがとう」

「ええと、あなたの話はとても興味深いわ。でも最初に、なぜあなたが生きているのか説明してほしいの。NTSBはあの飛行機に間違いなくあなたが乗っていたという見解を示しているけれど」

長年の沈黙が胸に積み重なっていた。ずっと隠し続けてきた秘密。誰も真実など知りたくないだろうという信念。わたしはゆっくりと語り始めた。ローリーから虐待を受け、どうしても彼のもとから去りたかったこと。デトロイトで行方をくらます計画が台なしになったこと。さらにローリーに計画がばれてしまったこと。「そんなとき、JFK空港である女性と出会ったの。彼女の名前はエヴァ・ジェームズ。わたしたちは搭乗券を交換するということで話がまとまった。プエルトリコ行きの飛行機が墜落したと知ったのは、わたしの乗った飛行機が目的地に到着したあとだった。わたしはそこで身動きが取れなくなった。お金もなく、行方をくらます手立てもなくなって、ケータリング会社の手伝いを引き受けたの」自分が映っている動画がゴシップサイトのTMZにアップされたことと、そのせいでローリーがいま、カリフォルニアに向かっていることも伝える。

「つまり、あなたの代わりにエヴァ・ジェームズが事故で亡くなったということ?」

わたしは目を閉じ、慎重にならなければならないと自分に言い聞かせる。エヴァを守る最善の方法は、彼女を追っている連中に彼女は死んだと思わせることだ。「ええ」

「なんてこと」ケイトは息を吐きだしたが、すぐに気を取り直した。「それじゃあ、マギー・モレッティの話に移りましょうか」

「夫と側近のブルース・コーコランの会話を録音した音声データがあるわ。その中で、ふたりはシャーロット・プライスという女性について話しているの。彼女は夫がマギー・モレッティの死に関与していたことを知っているようなの」

一瞬の沈黙が流れる。ケイト・レーンは情報を頭に入れているのだろう。「その会話が録音されたのはいつ？」

「はっきりとはわからないけど」わたしは正直に答える。「ここ数日よ。わたしのアシスタントが録音して、昨夜わたしに送ってくれたの。彼女は正当性を証明したいと言っているわ」

ケイトは考えをめぐらせているようだ。「とにかく、その音声を聞いてみないことには何も始まらないわね。うちのプロデューサー宛にメールで送ってくれる？」彼女が口にしたメールアドレスに、わたしは音声データを送信した。

間もなく電話の向こう側から音声データを再生する音が聞こえてきた。ノックの音、ダニエルの声、そしてローリーとブルースの会話。再生が終わると、ケイトはため息をつき、優しい声で言った。「ミセス・クック、申し訳ないけれど、これを放送することはできないと思う」

「どういうこと？」これが最後のチャンスだったのに。居場所も自分が取った行動もすべてさらけだしたのに、それでも結果は同じだなんて。「ローリーは自分の罪を認めたも同然でしょう」

「これでは不充分よ」ケイトが言う。「彼の側近が告発の概要を説明しているだけ。あなたの夫は否定はしていないけど、認めているわけでもない」

「ローリーはいま、カリフォルニアに向かっているの」わたしは彼女に訴えた。「わたしがしたことを知っているのよ。彼を止めるにはもうこれしかないの」

「あなたの力になりたいわ。あなたの話は、それ自体に大きな価値がある。虐待された妻、上院議員に立候補しようとしている男、空港で出会って搭乗券を交換したふたりの女性。だからわたしの番組に出演して、その話をしてもらえないかしら」

わたしは片手で目を覆った。「そして権力を持つ男性に反旗を翻したほかの女性たちと同じように、わたしは葬り去られ、ローリーは国会議員としての人生を漕ぎだすわけね」

「心配するのはもっともだけど、これで時間を稼げるかもしれないわ。あなたが自分の話をしているあいだに、あなたの夫がマギー・モレッティの事件に本当に関与しているかどうか、ほかの人たちが調べられる。あなたのアシスタントからニューヨークの地方検事に音声データを送らせて。わたしたちはシャーロット・プライスを探して、彼女が事実を公表する意志がまだあるかどうか確認するわ。何かあるなら、必ず見つけだしてみせる」電話の向こうから、書類をぱらぱらめくる音と誰かのくぐもった声が聞こえてくる。「こちらが調べを進めるあいだに、あなたにはサンフランシスコのスタジオまで来てもらいたいの。居場所を教えてくれたら、車を手配するわ」

わたしはモーテルの名前を伝えたが、不安と動揺を覚えた。ローリーがわたしにした仕打ちを人前で話すなんて、まさしくわたしが避けたかったことだ。

「何かわかったら連絡するわね」さらにケイトは続けた。「一時間ほどで車が到着するから、準備をしておいて」

「わかったわ、ありがとう」

わたしは荷物を無造作にバッグに詰めこみ始めた。明日のいま頃までには、わたしはふたたびクレア・クックに戻っているだろう。そして、それにともなう責任を背負い、わたしの告発によって巻き起こる大騒動に直面することになる。どこかにいるはずのエヴァのことを考え、せめて彼女には自由の身になってほしいと願った。

そのときドアがノックされ、わたしはびくりとした。予定を繰りあげたローリーが、ダニエルに知らせずにニューヨークをこっそり抜けだし、なんらかの方法でわたしの居場所を突きとめたのかもしれない。CNNの車が到着する頃には、この部屋はすでにもぬけの殻になっているだろう。

カーテンの隙間からのぞくと、男性が腕組みをして立っていた。彼のコートの下からホルスターがちらりとのぞいている。

わたしはドア越しに声をかけた。「何かご用ですか?」

彼がほほえんで、バッジを見せる。「わたしはカストロ捜査官です。エヴァ・ジェームズのことで少しお話ししたいのですが」

二月
ニュージャージー州
墜落事故前日

エヴァ

ひと晩じゅう飛行機に乗り、シカゴで長い乗り継ぎの待ち時間を経て、午後二時にニューアークに着陸した。飛行機が地上走行してゲートに着くと、エヴァは搭乗ブリッジを急いだ。売店で新しいプリペイド式携帯電話を買い、パッケージをゴミ箱に捨てると、リズが手紙の最後に書き記した番号に電話をかけた。「もしもし、エヴァよ」リズが家にいてくれてよかった。「実はね、いまニュージャージーにいるの。もしよかったら、ちょっとお邪魔してもいい?」

「ここに? どうやって? なぜ?」電話の向こうから、リズの驚いた声が聞こえてくる。

「話せば長くなるのよ」手荷物受取所を通過し、二月の寒空の下に出た。「直接会って話してもいい？」

ニュージャージー州のリズが暮らす街は、マンハッタンから八十キロあまりしか離れていないにもかかわらず、れんがとスタッコ塗りが入り交じった手入れの行き届いた小さな家が立ち並び、どこか中西部のような雰囲気を醸しだしていた。玄関のドアを開けたリズは、エヴァをぎゅっと抱きしめた。「驚いたわ。さあ、入って」

リズのあとに続いて、雪が積もった裏庭を見渡せるキッチンとつながった広い部屋に入った。部屋の隅にあるテレビでは、午後のトークショーが流れている。リズはテレビを消し、ソファに座るよう身ぶりで示すと、自分も隣に腰をおろした。「会いたかったわ。何もかも話して」

エヴァは凍りついた。薄暗い飛行機の中、まわりの乗客が寝ているあいだに予行練習をした。それなのに、なんとか話の糸口を見つけようとしたとき、エヴァが何か言うのを待っているリズの問いかけるような目を見たとたん、口が動かなくなった。

室内に視線をさまよわせた。本がぎっしり並んだ書棚、書類が散乱した机、隅には荷造り用の箱がいくつか置かれ、中身がまだ半分ほど詰まっている。

エヴァは深呼吸をして、弱々しい笑みを見せた。「どこから話せばいいのかわからなくて」

リズがエヴァの両手を取った。エヴァの手は汗ばんでいるが、リズの手は乾いていてあたたかい。彼女のエネルギーが手から伝わってくるようだ。鼓動が穏やかにおさまってくるのを感じ、エヴァは少し落ち着きを取り戻した。「どこから話すかは、自分で決めていいのよ」

「困ったわ」エヴァは低い声でためらいがちに言い、ようやく話を始めた。ウェイドについて。彼と一緒にいると、自分が特別な存在になれたような気がしたこと。エヴァはうつむいて、肩をすくめた。「そんなふうに感じさせてくれた人は初めてだった。興味深かったし、魅力的だった。普通の人間が普通の生活を送るってこういうことなんだと思った」

学部長室での話しあいについても話した。誰もエヴァをかばおうとしなかったので、彼らが提示した条件を受け入れざるをえなかったことを。「彼らは権力と影響力を掌握していた。わたしはただの子どもだった。彼らにしてみれば、わたしを退学させて、何事もなかったようなふりをするのは簡単なことだったの」

「大学はあなたの付添人を任命しなかったの？」

そんなことは考えたこともなかった。エヴァが首を横に振ると、リズはあきれたような顔をした。「要請すればよかったのに。所定の手順を踏むべきだったのよ」しかし次の瞬間、リズははっと気づいた表情になって言った。「あなたは知ることができなかったし、こんなアドバイスはいまさらなんの役にも立たないわね。続けて」

エヴァは次に何が起こるか考えた。自分の人生が真っぷたつに割れるほどの重大な決断だ。ゆっくりと息を吐き、その瞬間を引き延ばす。一歩踏みだし、残りの部分を打ち明けなければならないことはわかっているが、できれば話したくない。リズが理解してくれないのではないかと思うと恐ろしくてたまらない。手紙には、〝あなたの過去がどうであれ、わたしは受け入れます〟と書いてあったけれど、いまから打ち明けようとしていることは、それには当てはまらないかもしれない。

ここで話を終わらせたかった。これからヨーロッパへ行くところだが、乗り継ぎの待ち時間があったのでちょっと挨拶に立ち寄っただけだと言えばいい。でも、リズはそんな話を信じないだろう。それに、いずれカストロがここを訪ねてきて、リズに真実を伝えるだろう。やはり自分の口から伝えなければならない。なぜこんなことをしてしまったのか、理解してもらう必要がある。リズの許しが得られるようにと、エヴァは祈った。

「わたしが言い争っていたのは、デックスという人。少なくとも、わたしが知っているのはその名前だったわ。どうやらほかにもあるらしいけど」デックスから話を持ちかけられたこと、一文なしでどこにも行く当てがなかったこと、当時は彼の申し出が命綱のように思えたことを話した。

話すうちに、リズの目が大きく見開かれ、ますます驚愕の表情になった。リズがどんな話を期待していたのかはわかっている。ありがちな問題だ──失業や望まない妊娠、お金や物を盗まれたとか。まさかこんな話は予想していなかったに違いない。リズの視線の重さに耐えきれなくなり、エヴァは身をかがめ、膝に肘をついて両手で顔を覆った。

隣にいるリズがソファから立ちあがり、離れていく気配を感じた。エヴァは息を止め、リズが玄関のドアを開け、出ていくよう静かな声で言うのを待った。さもなければ、受話器に手を伸ばして警察に通報するのを。ところが聞こえてきたのは、リズがキッチンに行って冷蔵庫を開ける音と、グラスに氷を入れる音だった。彼女はウォッカのボトルとグラスをふたつ持って戻ってくると、グラスにたっぷり注いでぐいっと飲んだ。「続けて」リズが言った。

エヴァはウォッカをちびちび飲みながら話を続けた。ブリタニー。カストロ捜査官。エヴァが集めた証拠、証人保護は受けられないとカストロから言われたこと。そして最後に、デックスがフィッシュだったこと。「いま頃は彼も、何か起きていると気づいているはずよ。昨日会うことになっていたんだけど、わたしが姿を見せなかったから」

「捜査に協力するべきよ」洗いざらい打ち明けられたあとで、リズは言った。「あなたにできることはそれしかないわ」リズはウォッカを飲み干すと、もう一杯注ぎ、エヴァのグラスにもなみなみと注ぎ足した。「なんてことなの、エヴァ」

「わたしには無理」

「そうするしかないのよ」リズはきっぱりした口調で言った。「そうすれば人生を取り戻せるわ」

エヴァは怒りを抑えた。「テレビ番組のようにはいかないのよ。デックスが刑務所行きになったとしても、わたしが危険にさらされていることに変わりはない。どこへ行っても、きっと彼の手下がわたしを見つけに来る。カストロ捜査官にもそれを理解してもらおうとしたんだけど、どうしようもないと言われたわ」思わずすすり泣きがもれ、しゃくりあげながら言うと、リズがエヴァをきつく抱きしめてくれた。

「逃げるのはやめなさい」彼女はエヴァの頭のてっぺんに向かって言った。「嘘に嘘を重ねるのはもうおしまいにするの」

「そんなに簡単な話じゃないのよ」エヴァは体を引き、涙をぬぐった。「カストロ捜査官は、わたしが証言すればなんとか普通の生活に戻れると考えている。デックスがわたしを許すとでも思ってるみたい。わたしにできるのは姿を消すことだけよ。行方をくらまして、カストロ捜査官にはわたしのいないところで解決してもらえばいい」

リズが反論し、警察に突きだすと脅してくるのを待った。でも、リズはこう言った。

「わかったわ。じゃあ、その線で考えてみましょう。これからどこへ行くつもり？」

エヴァは肩をすくめた。「しばらくニューヨークにいて、偽造パスポートを手に入れる方法を探すわ。お金はあるから」

リズはうなずいた。「偽造パスポート。つまり、国外へ行くということ？」

リズが何をしようとしているのかわかった。バークレー校のある教授が、こんなふうにソクラテス式問答法を用いて学生たちに議論の矛盾点に気づかせようとしていたからだ。しかし、そのまま続けてみることにした。「ええ」

リズはグラスをまわし、氷を底に沈めた。「新しい人間に生まれ変わるわけね。過去のない人間に。どうやって過ごすの？　仕事は？　不動産を買う？　それとも賃貸？　自分の立場を周囲の人たちにどうやって説明するの？」

「なんとかするわ。作り話とかして」

「そして常に恐怖に怯えながら、誰かに本当のことを知られるのをじっと待つわけね」リズの静かな声がエヴァの耳にしっかりと響いた。「取引をするべきよ。それも、いますぐに」リズはグラスを置くと、エヴァの顎の下に手を当て、自分のほうを向かせた。「あなたの身に起こったことは最悪で不公平だった。でも戻って、自分の責任を果たさないと。デックスが長いあいだ刑務所に入るか、それともあなたが入るか。どっちがいい？」

「その前にデックスの手下につかまったら？　彼はもうわたしがいないことに気づいているはずよ」不安や恐怖が胸に渦巻き始め、エヴァはまたすすり泣きを始めた。

リズはティッシュペーパーを手渡して言った。「姿を消したことがカストロ捜査官にばれる前に飛んで帰りなさい。向こうに着いたら彼に連絡して、空港で待つの。カストロ捜査官が迎えに来るまでどこにも行っちゃだめよ。わかった？」

「どうして姿を消しちゃだめなの？」エヴァは消え入りそうな声で言った。「ここには来なかったことにして」

リズの目つきがやわらいだ。「彼らはいずれここへ来て、わたしにあれこれ質問するでしょうね。あなたのために嘘をつくことはできないわ」

もしかしたら、自分はこのためにここを訪れたのかもしれない。正しいことをせざるをえなくなるように。自分を愛してくれる人に、これ以上過ちを犯さないと誓うために。自分にはいなかった母親のようなリズのために。

　心の重荷をおろし、自分を大切に思ってくれる誰かに助言をもらったことで深い安堵を覚えた。「わかった」エヴァは言った。

ふたりは並んで座っていた。家の奥のほうから時を刻む時計の音だけがかすかに聞こえてくる。ふたりのあいだに重い沈黙が流れているが、それでもエヴァには伝えたいことがあった。

エヴァは生まれてからずっと人とのつながりを求めていた。家族や友情を。そんな彼女のもとに、ある日突然リズが現れ、なんの見返りも求めずに与えてくれた。〝どうしてわたしに？〟ときいてみたかった。でも口に出すことはないだろう。かけがえのない愛と真の友情をしまっておくべき心の奥底にはぽっかり穴が開いている。どんなに言葉を尽くされても、その穴は決して埋まることはない。

明日、ドアを開けてここを出ていくためには、自分が持っているのかさえわからない勇気が必要だ。鋭利な刃や固い結び目だらけのいままでの人生を捨て去り、向こう側に何かがあると信じる勇気が。

「わたしたちが初めて言葉を交わした日のことを覚えている？」ふたりが初めて会っ

た日に聞いたのと同じリズの低い声が、あたたかい蜂蜜のようにエヴァを包みこんだ。「わたしが階段に倒れこんでいたら、あなたは近づいてきて助け起こしてくれた」エヴァが口を開こうとすると、リズは片手をあげて黙らせた。「あなたはそういう人で、わたしにとって大事な存在だってことを決して忘れないで。不満と利己主義であふれたこの世界の中で、あなたは光り輝く優しさを持った人なのよ」リズはエヴァと向きあい、両肩をつかんだ。「あなたがどこへ行こうと、あなたの身に何が起ころうと、わたしはずっとここにいて、あなたを愛しているってことを覚えておいてね」

リズの言葉を聞いたとたん、心に築いた壁がとうとう崩れ落ち、エヴァは涙をこぼした。あらゆる後悔と失望、いままで耐え続けてきた心の痛みがじわじわと流れだし、悲しみも少しずつ薄れ、やがてすべて消え去った。

オークランドに帰る飛行機を予約したあと、ふたりはソファに座って過ごしていた。リズとの最後の瞬間をじっくりと嚙みしめたが、いくら時間があっても足りないことはわかっていた。そのとき、玄関のほうから鍵を開け、ドアを開閉する音が聞こえた。

「お母さん？」誰かが呼んでいる。「いるの？」

「ここにいるわよ」

若い女性がキッチンに入ってきて、カウンターに鍵をぽいと放り、重そうなバッグを床におろした。エヴァとリズがソファに座っているのを見て、彼女ははっと動きを止めた。「ごめんなさい。お客さまがいるって知らなかったから」

「エヴァ、娘のエリーよ」

エリーは目玉をぐるりとまわすと、前に進みでてエヴァと握手をした。「いまはダニエルと名乗っているの。ようやくお会いできてうれしいです」

クレア

二月二十八日（月曜日）

わたしはカストロ捜査官を見つめながら、秘密を守るために慎重に縫いあわせた縫い目が引き裂かれたような気がした。「そんな人、知りません」

彼はサングラスを頭の上にのせて言った。「いや、知っているはずです。何しろあなたはたったいま、彼女の携帯電話で通話を終えたところですからね」わたしはドレッサーの上に置いたエヴァの携帯電話に視線を走らせた。どうして知っているのだろう。かまわず彼は話を続ける。「じゃあ、言い方を変えましょう。こんにちは、ミセス・クック。お元気そうで何よりです。わたしはカストロ捜査官、DEAの職員です。あなたにお尋ねしたいことがあります」彼の背後の駐車場に、公用車のナンバープレートをつけた特徴のない車が停まっている。「中でお話しさせてもらったほうがいいかもしれません」親しげだがきっぱりとした口調で提案する。わたしはうなずき、ドアを開けて彼を招き入れた。

わたしたちは窓際の小さなテーブルに向かいあって座った。カストロ捜査官がカーテンを開けたとたん、狭い部屋に光が差しこんだ。「どうやってエヴァ・ジェームズと知りあったのか教えてください」

「わたしは知りません、本当に」

「でも、あなたは昨日まで彼女の家に滞在していましたよね」さらに、椅子の上に放っておいたエヴァのグリーンのコートを身ぶりで示す。「それに着ている服も彼女のものだ」彼は自分の携帯電話を目の前にかざす。「ミセス・クック、この数カ月間、われわれは彼女の携帯電話をずっと監視していたんです。クローン携帯も作って」

「クローン？」わたしは尋ねる。「どういう意味ですか？」

カストロ捜査官は後ろに身をそらし、こちらをじっと見つめている。彼の視線の重さにわたしは居心地の悪さを覚えた。やがて彼が口を開いた。「あなたがその携帯電話を使ってすることは、全部筒抜けだということです。ショートメールもEメールも、われわれはすべてコピーを入手しています。その電話が鳴れば、こちらにもわかるようになっている。どんな会話であろうと、われわれは聞いているんです」

わたしはケイト・レーンとついさっき交わした会話を思い起こした。ダニエルの留守番電話のメッセージと録音した音声データのことも。エヴァが携帯電話を置いていった理由がようやくわかった。「エヴァは知っていたの?」

カストロ捜査官は首を振った。「彼女はわれわれの捜査に協力してくれていたので、行動パターンを変えさせて、危険にさらすわけにはいかなかった。しかし先週、事前に決めていた待ちあわせ場所に彼女が姿を見せなかったので、われわれは心配し始めていた。そんなとき、あなたが現れた」

わたしは膝に置いた両手に視線を落とし、ケイト・レーンが手配してくれた車のことを考えた。カストロ捜査官はわたしがその車に乗ることを許してくれるだろうか。それとも、ローリーが到着する瞬間までここで質問攻めにされるのだろうか。

「どうやってエヴァと出会ったのか、そこから始めましょうか」彼が繰り返す。

「さっきの会話を聞いていたのなら、すでに知っているんでしょう」

「ええ、まあね。空港で何があったのか詳しく教えてください。ふたりが入れ替わるというのはどっちのアイデアだったんですか?」

自分の役割をどう説明すればいいのかわからなかった。わたしは被害者なの? それとも共謀者? いいえ、どちらでもない。打開策を求めて必死になっていたひとりの女にすぎない。どんな打開策でもよかったのだ。「エヴァのほうから声をかけてきたんです」しばらく考えたすえに答えた。

カストロ捜査官はうなずいた。「彼女はどんなふうに見えましたか？」

「答えようのない質問だわ。彼女がわたしに語った話に真実はひとつもなかったんだから」エヴァが自分の飲み物を見つめていた姿を思い出す。まるで全世界の重みが肩にのしかかっているような顔をしていた。嘘の下に隠れていたのは、正真正銘の恐怖だった。「彼女は怯えていたわ」わたしはしばらくして言った。

「そうなって当然の理由があったんです。彼女を探しに誰か家に来ませんでしたか？」

ポーチに現れた男のことを話す。彼が言ったことと、言わなかったことを。

「どんな特徴でしたか？」カストロ捜査官が問いかける。

「年齢はわたしと同じか、もう少し上くらい。黒い髪。オリーブ色の肌。ロングコートを着ていて、異様な色合いのグレーの目をしていました。青というわけでもなくて」

「エヴァの家に滞在中、ドラッグを目にしましたか？」

「いいえ」地下の製造室のことを考える。エヴァはあの地下室で何時間も作業していたに違いない。そのせいで、地上の生活の何を犠牲にしたのだろう。慎重に情報を集めて記録した認証ずみの手紙と音声のことを思い浮かべ、いまこの場で引き渡すことのメリットを考える。もしそうしたら、カストロ捜査官は必要なものを手に入れることができるし、エヴァも彼に渡せたことになる。彼女が交わした約束はこれで果たされるのかもしれない。

わたしは封筒とボイスレコーダーを取ってきて、テーブル越しにカストロ捜査官に差しだした。「昨日、彼女の家の地下室を発見して、そこにこれがあったの」

カストロ捜査官はボイスレコーダーを脇に置くと、エヴァの陳述書をぱらぱらとめくり、公証人の情報を手早く手帳に書きとめた。

「エヴァが何から逃げていたのか、わたしは全然知らなかった。夫を癌で亡くしたばかりだと彼女は言ったの。夫の安楽死に手を貸し、そのせいで厄介なことになるかもしれないと」その話を詳しく語って聞かせると、あのときよりも常軌を逸した内容に思えた。「わかってほしいのは、どんな話でも信じたくなるほどわたしは必死だったということよ。そしてエヴァもそれに気づいていたんでしょうね」

「エヴァは長年、人をだます実践を積んできたので、嘘をつくのはお手のものなんです。それを生業《なりわい》にしてきたわけですから、当然といえば当然ですが」カストロ捜査官は身を乗りだし、テーブルに肘をついた。「ご理解いただきたいのですが、わたしの仕事は麻薬犯罪捜査です。詐欺でもなりすまし犯罪でもありません。ですから、あなたはわたしの捜査対象ではありません」彼の声がやわらぎ、質問の答えを得られたいまは、わたしを助けたいと心から思っている様子がうかがえる。「ご主人から身を隠しているんですね？」

「ええ」

「あなたを面倒なことに巻きこむために来たわけではありません、ミセス・クック。ですが、エヴァはわたしに手を貸してくれていたので、彼女に何があったのか知る必要があったんです。彼女があなたに何を話したのか」

「本当のことは何も」わたしはそう答えた。「どれも作り話だったわ」

カストロ捜査官が窓の外に目を向けたちょうどそのとき、黒のタウンカーが滑るように入ってきて、彼のセダンの隣に停まった。「迎えの車が来たようですよ」

ふたりとも立ちあがり、わたしがドアを開ける。

「クレア・クックさん？」運転手が尋ねる。二十代半ばの男性で、大きな図体《ずうたい》をダークスーツに無理やり押しこんでいた。右手首にぐるりと入ったタトゥーが袖口からのぞいている。耳たぶには拡張したピアスホールが開いていて、巨大なリング状のピアスがいくつもはまっている。

バークレー。みんなどこか変わっているから、簡単に埋もれてしまえる場所。

運転手がわたしの荷物をトランクに積みこみながら、カストロ捜査官のコートの下の銃に視線を注いでいるのに気づいた。彼は目をそらしてトランクを閉めると、会話が聞こえないようわたしたちから離れた。

カストロ捜査官がわたしのほうを向いた。「幸運を祈っています」そう言って握手を交わす。「できれば、あなたがこの街を離れる前にもう一度連絡を取りたい。ニューヨークに帰るとすればの話ですが」

「わかりました」わたしは言い、モーテルの前を車やバスが走り抜けていく交通量の多い通りに目をやる。「でも次に何が起きるかは、これからの数時間にかかっているんです。わたしが取った行動によってどれだけあやうい状況になるか、わたしの話を信じてくれる人がいるかどうかに」

「ご主人がマギー・モレッティの事件に関与しているなら、あなたの話を信じるかどうかは問題ではありません。証拠によって裏づけられるはずです」

わたしは通りから目を離し、彼を見た。「クック家の人たちが戦わないと思っているなら、あなたは彼らのことをよく知らないのね。ああいう人たちは住む世界が違うのよ」

カストロ捜査官がそれは違うと言ってくれるのを待ったが、彼は言わなかった。金の力がありとあらゆる問題を解決してくれることを彼も知っているのだ。最後にカストロ捜査官が言った。「ちょっとした助言をしましょうか？　一刻も早く放送してもらうことです。あなたが生きていることが世界中に知れ渡れば、ご主人はあなたに手出しできなくなります」

市街地へ向かう道はひどい渋滞だった。料金所を通過してベイブリッジに入り、四方を車に囲まれながらゆっくりと進んでいく。わたしは後部座席でひとり窓の外を眺め、湾の真ん中にぽつんと浮かぶアルカトラズ島へ視線を向けた。

運転手はわたしがよく見えるようにバックミラーを調節している。袖が引っ張られて、腕に入っているタトゥーもちらりと見えた。「ラジオをつけてもいいですか？」彼が尋ねる。

「ええ」わたしは答えた。

運転手は次々とラジオ局を変え、静かなジャズがかかっているチャンネルに合わせた。わたしは時間を確認するためにハンドバッグからエヴァの携帯電話を取りだし、ダニエルからのメールを見過ごしていたことに気づいた。

〈たったいまわかったのですが、ミスター・クックはすでにバークレーの人間にあなたを探させています。そちらの住人にうまく溶けこめる地元の男です。大柄で右腕にタトゥーを入れているそうです。くれぐれも気をつけて〉

エヴァ

二月
ニュージャージー州
墜落事故前日

エリーは――というよりダニエルは――エヴァが予想していたリズの娘とは違っていた。骨が折れるわりに収入の少ない非営利団体で働く、ふわりとしたロングスカートをはいた堅苦しくない女性を想像していた。けれども実際は、黒髪を後頭部の低い位置でひとつにまとめ、真珠のネックレスをつけ、上等な仕立てのスーツを着て、ローヒールの靴を履いている。とはいえ、母娘がよく似ていることにはすぐに気づいた。ダニエルは母親をさらに小柄にした感じで、顔の作りはエヴァが愛するようになった友人の鏡像のようだ。もっとも、リズは落ち着き払っているのに対し、ダニエルのほうはぴりぴりしているようだ。

リズは立ちあがり、娘にキスをした。「いままで仕事だったのかしら？　ずいぶん遅いのね」

母親の質問を無視して、ダニエルはエヴァに言った。「あなたが来ているとは知らなかったわ」

ダニエルのとがめるような口調が胸の奥に低く響いた。慎重にふるまわなければならないと自分に言い聞かせる。「急に旅がしたくなったの。とんぼ返りの旅だけど」

「なぜ？」ダニエルはエヴァの目をじっと見つめる。

「彼女がそうしたかったからよ」リズが口を挟み、娘に警告のまなざしを投げた。

「ちょっと友人たちに会いに来たの」緊張した雰囲気がやわらぐよう願った。「明日には帰らなければならないわ」

エヴァがもっと詳しく話すと思ったのか、ダニエルはしばらく待っていた。しかしエヴァが話さないとわかると、彼女は言った。「お母さん、あっちの部屋でちょっといい？」

リズは申し訳なさそうな顔をエヴァに向けた。「くつろいでいてね。すぐに戻るわ」

ふたりがリビングルームに閉じこもり、小声で話す声が途切れ途切れに聞こえてくる。エヴァはソファから立ちあがってキッチンへ行くと、冷蔵庫に貼ってある写真を見るふりをした。

「いったいどうしたっていうの?」リズが噛みつくように言った。

「ごめんなさい。すごく疲れていて、ストレスがたまってるの。明日のデトロイト出張の荷造りもまだ終わっていないし」ダニエルが言った。「お客さまが泊まるなんて思っていなかったから」

「デトロイトで何があるの?」

「財団のイベントがあるの。わたしはミセス・クックに同行する予定だったんだけど、ミスター・クックがいきなり彼女をプエルトリコに行かせることにしたってさっき知ったの。彼自身がデトロイトへ行きたくなったらしくて」ダニエルはため息をついた。「とげのある言い方をしてごめんなさい。でも土壇場で旅程を変更されて不安になっているの。何かがおかしい気がして」

「どんなふうに?」

「ミセス・クックは何カ月も前から、今回の出張にすごく関心を持っていたの。彼女にしてはめずらしく」

「あなたは働きすぎだと思うわ。取り越し苦労をしているのよ」リズが優しくなだめるような口調で言った。ダニエルの手を取って握りしめている姿が目に浮かぶ。

「わたしにはそうは思えないのよ、お母さん。ほかにもおかしなことがあったの。先月、ミセス・クックがひとりで車を走らせて、ロング・アイランドへ行ったと運転手が言っていたの。GPSが示したのは東の端だったらしいんだけど、彼女にはそんなところに知りあいはいないはずなのに。それに、経理上の矛盾も何度か埋めあわせなければならなかった。現金が引きだされていたり、領収書の金額が合わなかったりして」ダニエルの声に心配がにじんでいる。何かが起こりそうだと感じ、緊張しながらなりゆきを見守っているようだ。「ミスター・クックと別れるつもりなのかも」

「よかったじゃない。ようやく決断したのね」

「それはそうだけど、プエルトリコへの出張はそれとは無関係な気がするの。デトロイトへの出張が関係していたんじゃないかと思って」

「ミスター・クックは気づいていると思う？」

「ううん。でももし今回、彼女がしくじったら……」ダニエルは言いよどんだ。「ミセス・クックがひとりで旅をするのは反対だし、あの〝偉大なるローリー・クック〟に忠実な部下しか同行しないのも気に食わない。しかもわたしはデトロイトに行って、彼らの一派のふりをしなければならない。あの男がどれほど妻を怯えさせているのか知っているから、顔を見るのも耐えられないほどなのに」

「ミセス・クックが賢明な女性なら、プエルトリコへ行って、二度と戻ってこないでしょうね」

エヴァは写真を見るふりをやめ、話の展開を聞くことだけに意識を集中し、アイデアの骨子をまとめた。

二歩でキッチンからソファに戻り、ノートパソコンを取ってくると、話の続きを盗み聞きできるようにカウンターに置いた。彼女たちが話を続けているあいだに、グーグルで〝ローリー・クック、妻〟と検索し、表示された画像を見る。豊かな暗い色の髪の美しい女性だ。見るからに高級そうな流行の服を着て、ニューヨークの歩道を歩いている。キャプションには《ローリー・クックの妻クレア、アッパー・ウエストサイドにある新しいレストラン〈アントラージュ〉を訪れる》と書かれていた。

隣の部屋でダニエルが言った。「なんとなくだけど、プエルトリコにとどまるというのは、彼女の選択肢にないような気がするの。彼女が行かなければならないことも、目が覚めたらブルースから行き先の変更を告げられることも、彼がJFK空港まで送っていくことも恐ろしく感じるわ」彼女はいらだたしげにため息をつき、さらに言った。「とにかく、エヴァに無礼な態度を取ってごめんなさい。彼女はきっとすてきな人なんでしょうね。本当のところはどうなの？　なぜ彼女はこの街にいるの？」

エヴァは息を詰め、クレア・クックの顔の細部を見つめたが、もはや何も見えていなかった。リズが秘密を守ってくれるのか、それとも娘に夜食を出すような感覚で何もかも打ち明けてしまうのか、エヴァはじっと耳を澄ました。

「エヴァは不運な目にあったの」リズは言った。「でも、もう大丈夫。彼女は逆境に強い人だから」

エヴァは静かに安堵のため息をついた。

「ねえ」ダニエルがさらに言う。「明け方には出発するから荷物を詰めないといけないの。わたしの黒いウールコートがどこにあるか知ってる？」

「二階の来客用の寝室のクローゼットの中だと思うわ。わたしが見てきてあげる」

「ありがとう、お母さん」

おそらく、そんなちょっとした会話がこれまで何十万回と繰り返されてきたのだろう。それでもその会話の威力に圧倒され、エヴァは泣きそうになった。いつも自分の味方でいてくれる人がいるというのは、どんな感じなのだろう。リズとはそういう間柄だと思っていたけれど、彼女が自分の娘と一緒にいて、互いを信頼しあい、いろいろと思いを打ち明けている様子を見て、エヴァがリズと分かちあっているのは親密な友情にすぎないのだと気づいた。それ以上のものがあると思っていた自分がばかみたいに思えた。もし娘がエヴァと同じ立場に置かれたら、リズはどんなアドバイスをするのだろう？　ダニエルにも自首を勧めるだろうか？　それとも娘の逃亡を手助けするだろうか？

目の前の画面に映しだされているクレア・クックが明日の朝目覚め、夫が旅程を変更したと知ったらどう思うだろうかと想像してみる。凍えるような寒さのデトロイトではなく、ＪＦＫ空港から熱帯の楽園へ飛び立つことになったら？　おそらく彼女は気にもとめないだろう。この旅が重要だというダニエルの直感はきっと間違っていたのだ。それにもし間違っていなかったとしても、クレアが逃げるつもりなら、自分で必死に解決策を見つけるだろう。別の逃げ道を。

エヴァ自身の解決策はといえば、たったいま、頭に浮かんだような気がする。

「何をしているの？」

くるりと振り向くと、ダニエルがさっき床に置いたバッグを持って戸口に立っていた。よけいなものを見られていないことを願いながら、ノートパソコンを閉じ、ぼんやりと笑みを浮かべる。「何も」

ダニエルの目をじっと見つめていると、やがて彼女は向きを変え、旅行の荷物を詰めるために階段をのぼっていった。

エヴァはふたたびノートパソコンを開き、クレア・クックの画像から航空会社のウェブサイトに切り替えた。〝予約変更〟のボタンをクリックし、ドロップダウンメニューから〝ニューアーク〟を〝ＪＦＫ〟に変更した。リズの言葉が頭の中でこだまする。〝彼女は逆境に強い人だから〟

身をもってそれを示そうとエヴァは決意した。

二月二十八日（月曜日）

クレア

わたしは背中をシートに押しつけると、ダニエルのメールから目をあげ、ハンドルに何気なく置かれた運転手の右手に視線を走らせた。〝右腕にタトゥーを入れているそうです〟

モーテルの駐車場での記憶を思い返し、彼がCNNについていっさい触れなかったことに気づいた。彼は〝クレア・クックさん？〟と言った。それなのに間抜けにも、わたしは車に乗りこんだ。

橋の終わりが近づいてくるにつれ、周囲の車もどんどんこちらに押し寄せてくる。狭い歩道の上から鋼線が空に向かって延びていて、六十メートルほど下には冷たい水面が広がっている。

一刻も早くスタジオに行くべきだというカストロ捜査官の助言が、いまになってわたしをあざ笑っているかのようだ。この男はわたしをどこか別の場所へ連れていくのだろう——人気のないビーチか、北のもっと人里離れた場所へ連れていき、仕事を終わらせるつもりなのだ。

緑のジェッタがわたしたちの隣に滑りこんでくる。運転している女性は誰かと話をしているらしく、唇が動いているのが見える。彼女との距離は一メートルと離れていないので、ピンク色のマニキュアと繊細なリング状のシルバーのイヤリングが見える。わたしは涙をこらえながら、必死に考えをめぐらせた。もしいま叫んだら、彼女に聞こえるだろうか？

わたしたちの車は一メートルほど進んでふたたび停まり、今度は窓のない白のパネルバンが見えた。車と車の隙間を目でたどる——じりじりと前進するたびに絶え間なく変化する迷路を。いずれ車から飛びだして逃げださなければならない。

隣の車線が流れ始め、緑のジェッタに乗った女性がふたたび見えた。彼女はのけぞって笑っていて、着色ガラスの向こうからわたしが見ていることに気づかない。

三十メートルほど先に暗いトンネルがあり、トレジャーアイランドの標識が見える。バックミラーに映る運転手の目がふたたびわたしの視線をとらえた。「トンネルを抜けたら渋滞が解消しますからね」

逃げだすなら、暗いトンネルの中がいいかもしれない。

わたしは窓の下枠に腕を置くと、汗で滑りやすくなった手をドアにかけ、そっとロックを解除した。そしてミラーに映る運転手を見て、彼の目がずっと道路のほうを向いているのを確認する。

チャンスは一度しかない。

後部座席に流れているジャズが、速くて不規則なリズムを刻み、わたしの鼓動と一致する。ハンドバッグを抱きしめ、しっかりと肩にかけた。片手をシートベルトの留め金に置き、もう一方の手をドアハンドルにかけ、ドアを押し開けて飛びおりる準備をする。大声で叫べば、誰か助けに来てくれるだろう。

呼吸を整え、暗いトンネルに入るまでの距離をカウントダウンする。

六メートル。

三メートル。

一メートル。

運転手がバックミラー越しにまたわたしを見て尋ねた。「大丈夫ですか？　少し顔色が悪いですね。必要ならここに水があります。橋をおりて、数ブロック行けばもうCNNのスタジオです。そんなに遠くありませんよ」

体から空気が抜けていくのを感じながらシートに倒れこみ、膝の上で震える手を握りしめた。本当にCNNだった。ローリーではない。めまいがするほどの安堵感があふれだし、取り乱してしまわないようにぎゅっと目を閉じた。

これが虐待の犠牲になるということだ。何が現実で何が現実でないのかわからなくなるほど、思考がもつれてしまう。論理的に考えれば、彼らがこんなに簡単にわたしを見つけだせるはずがないとわかるはずだ。しかし、何年もローリーの支配下に置かれていたせいで、彼には超人的とも言える力があると思いこんでしまう。わたしがどこに隠れているのか見抜き、わたしが考えていることや恐れていることを察知し、それらを巧みに利用するに違いないと。

ようやく車はスピードをあげ、トンネルに入った。暗闇が訪れたのはほんの一瞬で、わたしたちはすぐにトンネルの向こう側に出た。まるで魔法のように、目の前に街全体が浮かびあがった。真っ白いビルが昼さがりの日の光を受けて、きらきらと輝いている。

「ミセス・クック？」運転手が小さなペットボトルを取り、もう一度尋ねる。

「わたしは大丈夫」彼のためだけでなく、自分自身にも言い聞かせるようにわたしは言った。

〝ニュース速報です。ここで通常の番組を中断して、たったいまカリフォルニアから入ってきたニュースを、ケイト・レーンがワシントンDCから生中継でお伝えします。ケイト?〟

話し声は耳に届いているが、わたしはグリーンバックの前に置かれたスツールにひとりで座っていた。一台のカメラのまわりに数名のプロデューサーとアシスタントたちが集まっている。カメラはわたしにズームインしているが、放送中であることを示す赤いランプはまだついていない。その隣のテレビ画面にはワシントンDCのスタジオにいるケイト・レーンが映っていて、向こうの音声がわたしのイヤホンに直接送られてくる。アドレナリンが駆けめぐっているせいでまだ頭がぼうっとしているものの、スタジオの中が凍えるほど寒いので、意識ははっきりしている。スタジオの奥の壁全体が真っ青な背景の大きなデジタル時計になっていて、一時二十二分を示していた。わたしは時計が一秒一秒進むのをじっと見つめて、自分の心拍数を合わせようとした。

CNNのスタジオに到着した直後、わたしは弱々しく震えていた。プロデューサーがわたしにiPadを渡してくれ、ケイト・レーンとビデオチャットで会話した。彼らはダニエルともすでに話していて、例の音声データをニューヨーク州司法長官宛に送ることに彼女が同意してくれたという。ケイトが関係筋から聞いた話によれば、次のステップへ進むための知らせも間もなく入ってくるらしい。さらにシャーロット・プライスも所在を突きとめ、彼女がはるか昔にサインした秘密保持契約書を無効にする申立書を弁護士が提出すればただちに真実を公表する意志があるそうだ。

〝ここから先、自分の話をするかどうかはあなた次第よ〟ケイトからはそう言われた。〝あなたの結婚生活について、わたしたちに語って聞かせて。あなたの夫がどんな人で、あなたは何から逃げだしたのか〟ケイトは表情をやわらげた。〝でもひとたび名乗りでたら、そのあとに何が起こるか覚悟してもらう必要があるの。世間の人たちがあなたの人生をあれこれ詮索するでしょう。過去についても。そしてあなたに向かって、あからさまにひどい言葉を浴びせてくる。あなたと夫のどちらの味方なのかには関係なく、とにかくあなたの人生を徹底的に調べあげようとする。あなたがこれまでにした選択。これまで話をした人たち。家族や友人たち。ことを進める前に、わたしにはそのことをはっきりさせおく義務があるの〟

長年恐れていたことをケイトがはっきりと指摘するのを聞いて、わたしは尻込みし、このまま引きさがろうかと考えた。ダニエルとチャーリーの証拠にすべてを委ねよう。そうすればマギー・モレッティの死の責任がローリーにあることを示すために、わたしが受けた虐待の一部始終を誰にも聞かせずにすむ。

でもここで話さなければ、さっき橋の上で味わったような瞬間をこれからも延々と繰り返すことになる。あわてて身を隠してしまったら、本当の意味で自由にはなれないし、ローリーの行いを隠し続けている限り、わたしも虐待の共犯者だ。世間の人々はわたしの話を聞く必要なんてないかもしれないが、わたしは語らなければならない。

〝わかりました〟わたしはケイトに言った。

「本番五秒前」

「こんばんは」ケイトの声がわたしのイヤホンに響いた。まるで彼女が隣に座っているようだ。「先ほど、故マージョリー・クック上院議員の息子であり、クック・ファミリー財団の代表を務めるローリー・クックへの尋問要請に彼の弁護団が応じたそうです。二十七年前にクック家の敷地内で死亡したマギー・モレッティの事件への関与が疑われているとのことです。しかしさらに驚くべきことに、捜査当局はこの情報を、四七七便の墜落事故で死亡したとされていたクック氏の妻から入手したそうです。CNNは彼女が生存していて、現在カリフォルニアにいることを突きとめました。これから衛星生中継で、夫への告発と、身を隠さなければならないと感じた理由について、彼女自身の口から語ってもらいます。ミセス・クック、お会いできてうれしいです」

目の前のカメラのランプがつき、ディレクターがわたしにキューを出す。自分の見た目がすっかり変わっていることを意識して、髪に手を触れたくなる衝動を必死に抑えた。「ありがとう、ケイト。わたしもここに来ることができてうれしく思います」がらんとした空間に自分の声がさびしげに響く。サンフランシスコの街並みを背景にして自分が映っているテレビモニターに意識を集中しようとする。

「ミセス・クック、これまで何があって、なぜ今日ここにいらしたのか、わたしたちに教えてください」

いま思えば、こうなることは前々からわかっていたのだ。自分が声をあげるだけではだめだとずっと思いこんでいた。真実を聞いて、わたしを助けようとする人などいるはずがないと。けれども、わたしがもっとも助けを必要としていたときに、三人の女性が現れた。最初にエヴァ、次にダニエル、そして最後にチャーリー。わたしたちが自ら語らなければ、物語の主導権を握ることはできない。

わたしは胸を張り、カメラをまっすぐ見据えた。この一時間の不安、この一週間の緊張、この十年間の恐怖が自分から離れていく。もはや幻影のかすかなささやきでしかない。

「ご存じのとおり、夫はとても有力な家柄の出で、無限の資力と人力を持っている人です。でも実を言うと、わたしたちの結婚生活はうまくいっていませんでした。彼はカメラの前では魅力的で活気にあふれていますが、裏にまわると、ふとしたきっかけで暴力をふるいました。わたしたちは幸せそうで、互いに深く信頼しあっているチームだと世間から見られていましたが、それはうわべだけのことで、実際のわたしは危機に陥っていました。それを必死に隠しながら、もっとうまくやろう、もっとよくなろうと努力しました。夫が課した不可能な基準を満たそうと必死になり、それができないことに怯えていました。

このような状況に置かれている多くの女性と同じように、わたしも何年ものあいだ、虐待の悪循環に陥っていました。夫を怒らせるのが怖くて、誰かに打ち明けるのが怖くて、打ち明けても誰も信じてくれないのではないかと怖くてたまらなかったのです。そんな生活を続けていると少しずつ神経がすり減ってきて、どんな人であれ物であれ、真実が見えなくなってしまいます。彼はわたしが助けを求めそうな人たちから遠ざけて孤立させました。彼と別れようとしたこともあります。結婚生活についてありのままを語ろうとしたこともあります。でも、権力者は強大な敵にもなるので、誰もローリー・クックを敵にまわしたくなかった。結局、世間を騒がせるスキャンダルや長引く法廷闘争をともなわない唯一の逃げ道は、忽然《こつぜん》と姿を消すことでした」

「でも、あの墜落事故は？」

「あの事故は悲劇的な偶然です。わたしはもともとプエルトリコへ行く予定ではなく、カナダで行方をくらますつもりでした。でも土壇場で予定が変更になり、すべての計画が狂ってしまった。そんなとき、空港である女性と出会い、航空券を交換してほしいと言われたんです」まだエヴァを探している人たちのことを考えながら言う。「悲しいことに彼女はわたしの代わりに命を落としてしまいましたが、わたしに逃げるチャンスを与えてくれた彼女に、永遠の感謝を捧げたいと思います」

「あなたは何から逃げていたのですか？」

どこかでテレビの前に呼ばれたローリーが、死んだはずの妻が復活を果たすのを見て、激しい怒りに駆られる様子を想像する。彼が大事にしている評判をずたずたにされているのにどうすることもできずに立ち尽くす姿を。「ほぼ最初からうまくいっていませんでした」わたしは話しだす。「わたしが大声で笑ったり、食べる量が多すぎたり少なすぎたりすると激しく非難されました。ほかにも彼の電話に出なかったとか、あるイベントでひとりの人と長く話しすぎたとか、あるいは話す時間が短すぎたとか。運がよければ、それだけですみます。怒鳴られたり罵られたりしたあと、何日か口をきいてもらえず、冷たい目でにらみつけられるだけで。ですが結婚して二年ほど経った頃、罵声からもみあいに進展し、間もなく殴られるようになりました」

背後のスクリーンに、ローリーとわたしがハンプトンズのビーチを歩いている写真が映しだされる。この写真は最初に『ピープル』誌に掲載されたもので、その後すぐに画像素材に加えられ、ローリーの私生活を報道する際に使用されるようになった。

「この写真は去年の夏に撮られたものですが、みなさんに見えているのは画角におさまったもの——手をつないでビーチを歩く夫婦だけです。画角から外れたものは世間の目に触れません。このとき夫がわたしにひどく腹を立てていたこと、あまりに強く手を握られたせいで、指輪が食いこんで隣の指の皮膚が切れてしまったことは。わたしが長袖の服を着ているのは、前夜にローリーの旧友のファーストネームをわたしが忘れてしまったせいでできた痣を隠すためです。壁に叩きつけられてできた後頭部のこぶや、鈍い頭痛も写真ではわかりません。わたしが味わった喪失感と孤独も写真には写らない」

わたしは自分の両手に視線を落とした。カメラにとらえられたあの瞬間に感じていた不安と絶望がふたたび襲ってくる。こんなことはしたくなかった。自分の主張が正当なものであることを示すために、殴られたことや屈辱を受けたことを何から何まで詳しく語らなければならないなんて。

耳元でケイトの声が静かに響く。「なぜいまになって名乗りでたんですか？　あなたは逃げて、カリフォルニアに住み始めた。自由だったわけでしょう」

「まったく自由ではありませんでした。まず第一に、身分証明書がなく、それを手に入れる方法もありませんでした。お金も仕事もなかった。ケータリング会社で臨時の仕事を見つけることができましたが、その結果インターネットに動画があげられてしまい、名乗りでる以外に選択肢がなくなったんです」

わたしはエヴァに直接語りかけるつもりで、カメラをじっと見つめた。短いあいだだったけれど、わたしたちは同じ人形《ひとがた》の中で、同じ人生を生きたようなものだ。わたしはほかの誰も知らないエヴァを知っている。それがわたしたちを結びつけ、蜘蛛の糸のように細い糸で時空を超えてつながっている。わたしがどこにいようと、彼女もそこにいる。そして彼女がどこにいようと……ここから遠く離れた場所だといいけれど。

「その一方で、わたしの代わりに命を落とした女性に敬意を払わなければならないとも感じています。彼女を愛していた人たちがいるはずです。その人たちは彼女の身に何が起こったのか知りたいと思うかもしれません。彼らにも区切りをつける権利があります」わたしはいったん言葉を切り、エヴァの家で見つけた紙片のことを考えた。

それはまだポケットに突っこんだままだ。「恐れの向こう側へ行く覚悟はできていま
す」ケイトに向かって言う。「わたしは人生を取り戻したいんです。わたしの人生を。
わたしのものを。夫はわたしから多くのものを奪いました。わたしは自信を奪われ、
自尊心を奪われた。でもローリーにこれ以上何かを奪う権利があるとは思えません。
誰にも奪う権利などないのです」
スタジオの向こうで、デジタル時計が一時五十九分から二時に切り替わる。
残り時間ゼロ。
わたしは自由だ。

クレア

ニューヨーク市
墜落事故から一カ月後

五番街のタウンハウスがこんなにがらんとしているのは初めてだ。この家にはいつも誰かいて、料理や掃除をしたり、次から次へと来客があったり、ローリーのオフィスの前に警備員が立っていたりした。しかしCNNのインタビューのあと、マギーの死亡事件にローリーが関与していた疑いが強まって大陪審が捜査に乗りだしたため、全員解雇された。いまはどの部屋も静まり返っていて、以前、真夜中にうろついていたのと同じ場所を歩いていると、自分が幽霊になったような気がした。もしかすると本当にわたしは幽霊で、一度捨てた自分の人生に取り憑《つ》き、何もかも様変わりしたことを確かめているのかもしれない。

最初は、ローリーの弁護士が秘密保持契約を維持するために争っていたため、なかなか事態に進展が見られなかった。しかし彼が裁判で負けたとたん、情報が次々と流れだし、ほぼ毎日何かしらの新しい情報が報じられた。マギーが死亡した夜、ローリーと彼女は喧嘩になって彼女が階段の下で意識を失い、ローリーはあわててその場から逃げだした。彼はその足で、ウエストサイドの自宅から数ブロックしか離れていないチャーリーのアパートメントへ向かった。当時、チャーリーは彼を助けようとした。街へ戻る途中で鹿に遭遇し、車があやうく溝にはまりそうになってひどく動揺しているという彼の話を信じたのだ。しかしやがて、マギーが死亡したというニュースが報じられた。まだ若く、ローリーに恋していたチャーリーは、彼がマギーを捨てて自分を選んでくれると初めは期待していたが、次第に不安を募らせていった。彼女があれこれ質問し始めると、ローリーの父は彼女に口止め料を払い、彼女がずっとおとなしくしているように強引に秘密保持契約を結ばせた。

チャーリーは何年ものあいだ、そのことを忘れようとしてきたが、あるときローリーが上院議員に立候補するという噂を耳にした。チャーリーはもう怯えた二十歳の娘ではなかった。彼女も多くの人と同じように、権力を持つ男たちが責任を問われることなく、〝男ってしょうがないもの〟という貫けない鎧に身を固め、責任を免れていることにうんざりしていたのだ。

マスコミはこぞって大騒ぎした。マギー・モレッティが死亡した夏を振り返り、最新情報とともに昔の記事を再掲した。マギーの友人たちに再度インタビューし、今回はチャーリーのことと、彼女とローリーの関係についてもつけ加えた。つまりローリーは数カ月間二股をかけていたわけで、誰もが彼らの三角関係について知りたがり、隅々まで調べあげ、新事実を見つけだそうとした。ツイッターで最新情報を発信する側になるために。

わたしはスポットライトが当たらないようにしていたが、ケイト・レーンの言うとおりになった。自分の人生を取り戻した最初の週、斜め前から撮られたわたしの顔が『ピープル』誌の表紙を飾った。髪はもとの色合いに戻り、見出しは《復活》となっていた。

ローリーがマギーの死に関与しているのではないかと長年疑われてきたので、多くの人はわたしに同情的な反応を示した。しかし中にはわたしの人格を疑い、金目当てで結婚し、クック家が築いたものをめちゃくちゃにしようとする執念深い妻だと、悪意に満ちた攻撃をする人もいた。クック・ファミリー財団は目下、慈善資産を私的な金融取引に流用した疑いでニューヨーク州司法長官の調査を受けている。それもわたしのせいだと非難する声もあがっている。

わたしの弁護士たちが格安航空会社のさまざまな書類に目を通して法的リスクから

守ってくれたおかげで、わたしはこの州から自由に離れられることになった。ニューヨークはもはやわたしの本拠地ではない。早くカリフォルニアに戻って、この騒動から離れたくてたまらなかった。

自分のオフィスに入ると、壁一面に段ボール箱が積みあげられていた。具体的なリストの提出と非常に限られた時間という条件を武器に弁護士たちが何度も交渉を重ねたすえに、ようやく自分の荷物を取りに来ることができたのだ。服、宝石、身のまわりのもの。壁にかかっている母とヴァイオレットの写真に目をやり、今回はフックから外してほかのものと一緒に置いた。妹の笑顔と左頰のえくぼ、風になびく髪が日の光を受けて金糸のように輝くさまをじっと見つめる。長年目をそむけてきた鋭い胸の痛みは感じず、いまは思い出が懐かしく思えた。

高さ十五センチほどの小さな像を手に取る。ローリーが去年購入したロダンのオリジナルだが、これを売ったらいくらになるだろうかと考えた。でもこの像はわたしのリストに含まれていない。自分の持ち物以外、共有財産は持ちだしてはいけないことになっている。もっとも、バークレーでの新生活にほしいものや必要なものはほとんど何もないけれど。

アパートメント探しはケリーが手伝ってくれた。ＣＮＮでインタビューを受けた数日後、わたしは彼女に電話した。すでに弁護士たちに会い、わたしがしでかしたことを解き明かす長い作業に入っていた。

その頃までには、すべてのネットワークとケーブルテレビのニュース番組で、わたしのことがトップニュースになっていた。「びっくりしたわ、エヴァ」ケリーはすぐに気づいて訂正した。「ごめんなさい、クレアと呼んだほうがいいわね」

わたしはほほえみ、弁護士が用意してくれたホテルの部屋のベッドに腰をおろした。何時間にもおよぶ宣誓証言のせいで疲れきっていた。あと数日ここに滞在したら、ニューヨークへ戻って最後の仕上げをしなければならない。本が詰まった重たいリュックサックを背負ったケリーが、キャンパス内の木陰の小道に立ちどまり、わたしの電話に出ているところを想像した。「だましてごめんなさい」

「ううん、こちらこそわたしが紹介した仕事のせいで、こんな面倒なことになって申し訳なかったわ」

「どう転んでも、結局こうなっていたわ。わたしが生きようとしていた人生は長続きしなかったはずだから」わたしは咳払いをした。「あのね、住む場所を探すのを手伝ってくれると前に言っていたでしょう？　すべてが終わったら、バークレーで暮らしたいと思っているの」

「何件か電話をかけさせて。折り返し連絡する」

ケリーが見つけたアパートメントは、フットボールスタジアムの裏にある丘の上の曲がりくねった狭い通り沿いにあり、ストロベリー・キャニオンのそびえ立つ木々のあいだにたたずんでいる、木造の細長い建物の最上階だった。大家のミセス・クレスピはケリーの母親の友人で、喜んでわたしに部屋を貸してくれた。スタジアムで試合のある日は駐車場に困る可能性があるし、タッチダウンのあとに発射される大砲の音に最初は驚くだろうと前もって教えてくれた。四十段ほどある木の階段をのぼりきると、ミセス・クレスピはドアを開けて脇に寄り、わたしを先に通してくれた。七十五平方メートルもない、ツリーハウスのような部屋だった。隣にいたケリーが息を切らしながら言った。「食料品は配達してもらったほうがいいかもね。あなたがハンドバッグより重いものをここまで運んでくる姿が想像できないもの」

「ここにはあなたと同じ社会人の女性が三人入居しているわ」ミセス・クレスピは説明した。「家賃が月に千五百ドルだけど、光熱費も込みよ。この部屋を借りることにするなら、最初の月の家賃と、敷金として最後の月の家賃をいただくわ。家具はここから出し入れするのが大変だから、できればそのまま使ってちょうだい。ご希望なら、プロの手でクリーニングすることもできるわ」

弁護士たちが交渉してくれたおかげで、少ないながらも毎月一定の金額が支払われることになった。自分の宝石をすべて売り払い、仕事を見つけなければならないが、思いどおりに生きられることがうれしくてたまらなかった。自立できることが。「それならなんとかなりそうね」そう言いながら、わたしはリビングルームとキッチンに足を踏み入れた。

狭いのは間違いないけれど、部屋の西側がほぼ全面ガラス張りになっているので、案外広く感じられる。

セージグリーンのソファが窓に面して置かれ、玄関脇の台には小さなテレビが設置されている。後ろには小さなキッチンがあり、調理用のカウンターとコンロ、部屋の奥には冷蔵庫が置かれている。その先に短い廊下があり、バスルームと小さな寝室へと続いている。

わたしは窓辺に近づいた。丘一面に緑の木々が生い茂り、その中に押しこまれた大学の建物が夕方の日の光に照らされて、半分埋もれた宝物のようにきらきらと輝いている。その向こうに見えるサンフランシスコ湾は揺らめき、太陽が街の地平線と橋のシルエットを浮かびあがらせている。「気に入ったわ」わたしは言い、ケリーとミセス・クレスピのほうを向いた。

ミセス・クレスピが皺だらけの顔をぱっと輝かせた。「本当にうれしいわ」彼女は手に持っていたファイルを開き、わたしに賃貸契約書を渡した。「いつでも入居できるわよ」

わたしは書類を受け取り、笑顔を見せた。「準備はもうできているわ」そう答え、ふたたび景色に目を向けた。

「バスルームにあるものは全部箱に詰めていいの？　それとも、引き出しの中は自分で確認する？」ペトラがわたしのオフィスの入り口に現れたので、わたしは整理をしていた箱から顔をあげ、彼女を見た。わたしがニューヨークに戻ってきたとき、空港まで迎えに来てくれたのはペトラだった。彼女がレンタルしたタウンカーの後部座席に無事にふたりで乗りこむと、とうとう感情を抑えきれなくなった。

〝まるで夢みたい〟ペトラは涙を流しながら言った。〝あの飛行機が墜落したと知ったとき……〟彼女は言葉を途切れさせると、目頭を押さえ、深呼吸をした。〝と思ったら、あなたはCNNに現れてあのゲス野郎をやっつけた〟

結局、わたしは彼女の電話番号を書き間違えたわけではなかった。〝電源を切ったの〟なぜ電話がつながらなかったのか尋ねると、ペトラはわけを話した。

〝空港からあなたがかけてきたあと、ローリーが逆探知みたいなことをして、電話番号からわたしを割りだすんじゃないかと心配になったの。だから新しい電話を買った。でもすぐにあの墜落事故のニュースが流れて……〟ペトラは話を続けられなくなり、肩をすくめた。涙がまた頬を伝った。

わたしは箱の蓋を閉め、もうひとつの箱を自分のほうに引き寄せた。「全部箱に詰めて」ペトラに言う。「ローションも化粧品も高価なものだから、捨てるのはもったいないわ」

「あなたはここに残るべきだといまでも思ってるわ」ペトラが言う。「ここはあなたの家なんだから、その権利があるはずでしょう。中身はすべてあなたのものってわけじゃないかもしれないけど」ペトラはロダンの像を一瞥する。「でも自分のもののために戦うべきよ」

「そんなことは望んでいないもの」わたしは箱に目を戻し、蓋をしっかりと閉めた。「こんなに広い家、わたしには必要ない」

「広さの問題じゃなくて」ペトラが反論する。「何があなたのものかが問題なのよ」

「だったらこの家を売って、半分もらうわ」

「あなたにはニューヨークにいてほしいのよ」

わたしは彼女に近づいて抱きしめた。「わかってる」そう言って体を離す。「でも、なぜそうすることができないか知っているでしょう。どこか新しい場所でやり直す必要があるの。あなたも一度、カリフォルニアに来てみて。光、空気……あそこは何もかもが違う。きっと気に入るわ」

どうやらペトラは乗り気ではないようだ。「バスルームの片づけを終わらせないと。もう時間がないわね」

彼女が立ち去ると、わたしは最後の箱を開け、急いで中身を確認してほとんど捨てた。宝石を売って得たお金があれば、カリフォルニアでいくつかの選択肢を探る時間ができるだろう。ケリーと一緒にイベントでのケータリングの仕事を続けるかもしれない。もう一度学校に通うのもいいかもしれない。自分がＢＡＲＴに乗ってサンフランシスコの美術館で働き、ようやくできた友人たちと食事に行くところを想像してみる。

ＣＮＮのインタビューを終えたあと、カストロ捜査官にエヴァの家へ連れていかれ、わたしがそこで過ごした時間について詳しい説明を求められた。彼がまだ知らないことを、これ以上どうやって説明すればいいのかわからなかった。捜査当局はすでにエヴァのＤＮＡサンプルをＮＴＳＢに提出し、これまでに収容された遺体と一致するかどうか確認を待っている。

〝ずっとわからないままかもしれない〟カストロ捜査官が言った。〝彼女があなたの座席に座っていなかった理由はいくらでも考えられるそうです。誰かと席を交換したのかもしれないし、墜落の衝撃で機体から投げだされ、海流に流されたのかもしれない。もしそうだとしたら、彼女の遺体は収容できない可能性もあります〟彼は肩をすくめて窓の外を見た。エヴァの身に何が起きたのか、彼にしか見えない答えがそこにあるかのように。

〝ドラッグの売人はどうするの？〟

〝デックスです〟カストロ捜査官は言った。〝またの名をフェリックス・アルギロス。いまはサクラメントにいるという手掛かりをつかんでいます〟

カストロ捜査官はキャンプ用のガスコンロを透明なビニールの証拠品袋に入れ、リビングルームを通り抜けた。〝彼女はせっぱつまっていたに違いないわ。だからこういう人生を選んだのよ〟

〝エヴァはこの人生のほうが彼女を選んだんだと反論するんじゃないかな〟カストロ捜査官はため息をついた。〝彼女は何を考えているのかよくわからない人だった。彼女のことをよく理解できていたかどうかあまり自信がありません。でもたとえ逃げだしたのだとしても、彼女は正しいことをしようとしていた。彼女が残したものがフィッシュを起訴するうえで重要になるでしょう〟

〝理解しにくい人だったのね〟

〝ええ。でも好感が持てる人でした。彼女のためにもっと何かしてあげられればよかった〟

わたしは自分の考えを口に出さなかった。エヴァは誰も必要としていなかったはずだ。彼女はずっとひとりでうまくやってきたのだから。

わたしは衣類の山を抱えてリビングルームへ運び、ここから持ちだすほかのものと一緒に置いた。時間を確認する。あと三十分ほどしかない。ペトラが二階のバスルームで引き出しを閉め、何やらつぶやく声が聞こえ、わたしはほほえむ。

自分の仕事をほぼ終えたわたしは、廊下を歩いてローリーのオフィスへ行き、室内をのぞきこんだ。司法長官にすべて押収されたらしく、彼の机もブルースの机もきれいに片づけられ、書棚の本までなくなっていた。がら空きの書棚に近づき、手を伸ばしてボタンを押すと、書棚の下の木製パネルが開いた。思ったとおり、空っぽだ。

誰かが玄関の鍵を開ける音が聞こえ、ここにいるべきではないという罪悪感を覚えて、わたしは背筋を伸ばした。しかし、ダニエルひとりだった。わたしがいるのに気づき、彼女がドアの前で立ちどまる。「幽霊を探しているんですか？」

わたしはほほえんだ。「まあ、そんなところよ」

初めてこのタウンハウスに戻ってきたとき、ダニエルがわたしを待っていた。彼女はわたしをキッチンへ連れていき、カモミールティーを出してくれた。中央のアイランドカウンターに向かいあって座ると、最初に留守番電話のメッセージを聞いて以来、ずっと頭の隅に引っかかっていたことを尋ねた。〝どうしてわたしの居場所がわかったの？〟

ダニエルは悲しげにうっすらほほえんだ。〝エヴァは母の友人だったんです〟彼女はためらいがちにカモミールティーをひと口飲み、ふたりの女性のあいだに生まれた思いもよらない友情について語り始めた――自分は愛される価値がないと信じていた女性と、それでも懸命に彼女を愛そうとした女性の話を。〝わたしは彼女とは少し会っただけですけど、なんだかこそこそしている人だと思いました。どことなく危険な感じがして〟ダニエルはカップを置き、大理石の模様を指でなぞった。〝でも母は、彼女を大切に思っていました。エヴァは善良な人間で、彼女には信じてくれる人が必要なんだと言っていました〟ダニエルは肩をすくめた。

〝だとしても、なぜエヴァの携帯電話でわたしに連絡が取れるとわかったのか説明がつかないわ〟

〝彼女はデトロイトへ向かう日の前夜、ニュージャージーの母の家にいたんです。彼女はわたしと母の会話を盗み聞きしたに違いありません。理由は、そのあと彼女がグーグルであなたの画像を検索していたからです。もしかすると、あなたを標的にしているのではないかと心配になりました〟ダニエルは自分の考えを恥じるように首を横に振った。

〝お母さまはいま、どうしていらっしゃるの？〟

ダニエルはリビングルームに目をやった。背の高い窓から太陽の光が差しこみ、堅木張りの床に光のまだら模様ができていた。〝あまり元気がありません。エヴァがもうこの世にいないという事実を受け入れられずにいるようです。エヴァが同意した計画どおりにバークレーへ戻っていれば、彼女はまだ生きていたわけですから〟

わたしは熱いカモミールティーをひと口飲み、口の中に広がる香りを味わいながら、エヴァの身に実際に起きたとわたしが信じていることは、ダニエルや彼女の母親には決して話せないと思った。もしエヴァが望むなら、いつでも彼女のほうから連絡を取ればいい。〝いくらエヴァがグーグルでわたしのことを調べていたからといって、あなたはどこから探せばいいかわからなかったはずよ〟

〝あの動画です〟ダニエルは言った。〝エヴァの故郷で、エヴァとよく似た髪型をしたあなたが……〟彼女は言葉を濁した。〝いちかばちかやってみたんです。母の携帯電話からエヴァの番号を調べて、電話をかけたらあなたが出てくれるのではないかと思って〟ダニエルは頭をさげ、両手の中でカップをゆっくりとまわした。ふたたび顔をあげたとき、目は涙で濡れていた。〝何年ものあいだ黙っていたので、何かしなければならないと思ったんです。あなたを助けるために何もできなくて本当にごめんなさい〟ダニエルが震える息を吐く。〝仕事や予定をきちんとこなしてもらうことで、あなたを守れると思ったんです。わたしが必死に努力すれば、彼が腹を立てる理由はなくなるかもしれないって〟

わたしはアイランドカウンター越しに手を伸ばし、ダニエルの手に自分の手を重ねた。〝あなたは一番大事なときに助けてくれたわ。わたしが期待していた以上に〟ダニエルはわたしの手を握りしめ、無言の謝罪を示した。遅い謝罪だけれど、遅すぎることはなかった。


ローリーのオフィスの厚い窓ガラス越しに、かすかなサイレンの音が聞こえてくる。

わたしは室内を見まわし、ダニエルがローリーとブルースの会話を録音した午後の様子を思い浮かべ、彼女がどこに携帯電話を落としたのか考えた。「最後にもうひとつ」とわたしは尋ねる。「どうしてあの会話を録音しようと思ったの？　彼らが何について話しているのか知っていたの？」

　ダニエルは部屋に足を踏み入れ、椅子の背を指でなぞった。「わたしもちょうどエーズ（オークランド・アスレチックスの略称）のイベントで撮られたあなたの動画を見たばかりでした。ミスター・クックは動画についてひと言も触れませんでしたが、急にオークランドに行くと言いだしたので、彼も動画を見たんだと確信しました。あなたを探す計画に関する会話を録音できれば、彼らがどこをどんなふうに探すつもりなのかあなたに知らせられると思ったんです。まさかあんな情報が手に入るとは思いませんでしたけど」

「ものすごく勇敢で愚かなことをしたわけね」

　ダニエルがにっこり笑う。「母からも同じことを言われました」腕時計を確認する。「そろそろ終わりにしましょう。もう時間です」

　わたしは引き出しをそっと閉めると、ダニエルのあとに続いてリビングルームへ行き、最後の荷物をまとめた。

　わたしがバッグのファスナーを閉めていると、ペトラが部屋に入ってきた。「準備はいい?」

わたしは最後にもう一度室内を見まわした。毛足の長い絨毯も、高価な家具も、いまのわたしには意味のないものばかりだ。わたしはふたりにほほえんで言った。「準備オーケーよ」

エピローグ

二月二十二日（火曜日）
ニューヨーク、ジョン・F・ケネディ空港
墜落事故当日

搭乗ブリッジの脇にしゃがみこんで、クレアのハンドバッグから散らばったものをかき集めていると、周囲で行列を作っている人たちの靴しか見えなくなった。わたしはすべてをバッグの中に押しこんだ。耳に当てたプリペイド式携帯電話以外は。

計画は簡単だ。まず、バランスを取るために壁に寄りかかるふりをして、そっと脇にずれる。そして、おとなしく前を向いて並んでいる旅行者の長い列に背を向ける。そこまで来れば、あとは用事ができたかのように見せかけて、新たな方向へ歩きだすだけだ。

鳴ってもいない電話に向かって会話を始めようとしたとき——あたかも急用ができて、ちょっと人のいない場所へ行こうとしているふりをしたとき、誰かに声をかけられる。「大丈夫ですか？」

声は上のほうから聞こえてきた。わたしの視界をさえぎっている旅行者の一団の後ろからだ。もうひとりの搭乗口の係員が姿を見せたので、わたしはゆっくりと立ちあがった。その拍子に膝がぽきっと鳴る。「ハンドバッグを落としてしまって」そう説明し、バッグを肩にかけ直したとき、扉が閉まるかすかな振動を感じた。チャンスを逃してしまった。

「搭乗券のスキャンがおすみになっているので、列から離れないようにお願いします」係員が言う。

わたしは待ち時間が長いと文句を言っていた女性グループの前に並び直し、搭乗ブリッジの傾斜に引っ張られるようにして前進する。クレアはカリフォルニアに向かって、すでに上空のどこかを飛んでいるだろう。罪悪感を覚え、胸がちくりと痛んだ。彼女に嘘をついたからではなく、せめて用心するよう忠告するべきだったと思ったからだ。

乗客の列が少しずつ動いていく中で、もっと別の状況でクレアと出会っていたら、彼女と友達になれただろうかと考える。行方をくらます前に最後に話した人物で、エヴァの身に何が起こったのかを知っている世界で唯一の人なのに、クレアについて実質的に何も知らないのは妙だと思う。たとえば、彼女は誰を愛しているのか。何を大切にしているのか。何かを信じなければならないときに何を信じるのか。こんなとんでもない選択肢しか残らなかったなんて、どんなひどい状況に追いこまれていたのか。

わたしたちには共通点がひとつある。お互いがこんな危険を冒すほど必死だということだ。世の中が求める自分を捨てなければならないほど。わたしたちがデックスやクレアの夫からひどい仕打ちを受けたことだけが問題なのではない。女は当てにできないと言われ、使い捨てにしてきた社会のシステムが問題だ。わたしたちの真実は、男たちのそれに比べればたいしたものではないと軽視されている。

わたしは雑念を払おうとした。次に起こることに集中しなければならない。約束どおりに電話をしないとリズは心配するだろうが、こうするしかない。カストロがリズの家の玄関先に現れたとき、〝エヴァは正しいことをするために戻った〟と彼女が自信を持って言えなければならない。

いまから数カ月後、リズのもとに郵便小包が届くかもしれない。イタリアの熟れたブドウ畑から、あるいはムンバイの人でごった返す通りから、カードも差出人の住所もないクリスマスのオーナメントが。そのときになって、わたしが申し訳なく思っていることを彼女は知るだろう。わたしが幸せにやっていることを。ようやく自分を許せるようになったのだと。

飛行機に乗りこんだら、通路側から窓側の座席に替えてもらおう。優美な弧を描いて眼下に広がる景色を眺め、その中にいる自分を想像するのだ。本当の自分を、わたしならなれるはずだとリズが教えてくれた自分の姿を。

飛行機が離陸したら、太陽に向かってまっすぐに飛んでいき、わたしが残していくものも人もすべて、まばゆい光が跡形もなく焼き尽くしてくれるだろう。その光がわたしを前へ進め、恐怖も嘘も超えたかつてないほどの高みへと運んでいく。過ちで埋め尽くされたページを破り捨て、その紙片が紙吹雪のように宙を舞うことを願って。

そしてその場所で、幸運と大きな感謝をつなぎあわせた記憶の断片から――実際の記憶もあれば、自分の居場所を見つけられなかった少女の空想もあるだろう――わたしは新たな人生を築きあげる。

いつかバークレーでの生活を思い浮かべるかもしれない。暗い隅と欺瞞《ぎまん》に満ちた影のある自分の人生ではなく、かつてサンフランシスコの埃っぽい教会の狭いベッドの中で思い描いた人生を。光がまだら模様を落としているストロベリー・キャニオンをふたたび訪れ、街の地平線が湾からまっすぐに突きでているように見える景色を、古いスタジアムの上から眺めるだろう。頭の中で、アカスギの森を縫うように走るキャンパスの小道を歩き、湿った樹皮や足元のやわらかな苔《こけ》の匂いを嗅ぎ、岩場を流れる小川のせせらぎに耳を傾けるだろう。

列の前のほうがふたたび動きだし、人と人とのあいだに空間ができたので、ほっと息をつく。どうやら不測の事態が解決したらしい。周囲の人たちも安堵の吐息をつき、南への四時間のフライトのあとに待っている休暇が待ち遠しくてしかたがない様子だ。

搭乗ブリッジを進みながら昔の自分を少しずつ脱ぎ捨てる。機体に近づくほど体が軽くなっていくような感じがした。もうすぐ体重がゼロになるかもしれない。いつもと違って、一点の汚れもない明るくさわやかな笑いがこみあげてきた。いまこの瞬間、わたしは望んでいたものすべてを手に入れる。生まれて初めて、たった一度だけだとしてもこれで充分だ。クレアのハンドバッグを肩にかけ直して機体の外側に手を触れ、幸運を祈りながら飛行機の中に足を踏み入れる。もう後ろは振り返らない。

著者インタビュー

『プエルトリコ行き477便』を執筆しようと思ったきっかけは？

以前から、人は自分の人生から姿を消すことができるだろうかという考えに興味を引かれていて、折に触れて、頭の中でさまざまな方法を展開していました。必要とするもの。それらを入手する方法。どこへ行き、行った先で何をするのか。何を捨てていかなければならないのか。わりと早い段階から、女性を主人公に据えたいと考えていました。たとえ現在の状況では生かせないとしても、内面的な強さを持っている女性にしたかった。では、その女性が自分の居場所を確保するためには、どんなささやかな反撃方法があるだろうかと。

エヴァとクレア、どちらの女性を描くのが楽しかったですか？　また、どちらに苦労しましたか？

どちらの登場人物も、それぞれ違う理由で気に入っています。クレアは根性があり、状況を見極めて自分に有利に働く方法を見つけだせるところが好きです。エヴァのほうは欠点だらけなのに憎めないところですね。どちらも楽しんで書くことができました。ただし、クレアのほうが書くのが難しかったです。というのも、彼女の場合は時間を進めて、彼女自身がまだ知らないことに対して行動させたり反応させたりしていたからです。エヴァは過去を生きているので、空白の部分を埋めるという感じで、より自然に感じられました。相手がクレアだと差し迫った緊迫感を出さなければならなかったので、どうしてもストーリー展開が目まぐるしくなります。その点ではエヴァのほうが感情移入しやすかったので、彼女の生い立ちや、そこにたどり着くまでのいきさつを肉づけすることができました。

ようやく女性が安心して自分の話を共有できる時代になりつつあります。この作品は#MeToo（ミートゥー）運動とどのように関連していますか？

世間に名乗りでて自分の身の上を語ることは、女性にとってまだまだ簡単ではないということを認めたいと思いました。#MeTooの時代になっても、公私両面において高い代償を強いられることに変わりはありません。名前がついたからといって、この問題が解決したわけではありません。

クレアとエヴァが直面している社会システムの抑圧について、少しお話ししていただけますか？　なぜこのテーマについて書こうと思ったのですか？

教育者として、社会の中でまだうまく機能していないものに光を当てるのがわたしの義務だと思っています。どうかすると、女性の真実のほうが男性のそれよりも好奇の目にさらされることがあります。疑わしきは罰せずの原則とは逆の反応が示されることが多いのです。わたしはクレアやエヴァのような人たちを知っています。なかなかうまくいかない人たちです。アメリカでは進歩についてよく話題にされますが、女性に限らず、社会から取り残された人たちにとって変化は遅い。あまりに遅すぎるのです。

執筆はどのように進めているのですか？

わたしは早朝に起きて執筆します。平日は三時四十五分に起き、六時まで書きます。そのあと一日じゅう学校で教え、放課後は子どもたちをあちこちに送っていき、夕食を作り、子どもたちの宿題を見ます。早朝にコーヒーをたっぷり飲みながら執筆するのが、わたしにとってもっとも生産的な時間です。進め方については、どちらかと言えば昔ながらの方法ですね。特に、行きづまったときは紙とペンを使って下書きをします。そうするとじっくり考えるので、〝どうでもよいこと〟を書きとめることができ、パソコンに打ちこむ前のウォーミングアップにもなります。たしか、『プエルトリコ行き477便』第一稿は三、四カ月で仕上げたと思います。ただし、推敲《すいこう》と書き直しには一年以上かけたいと思っています。

ジャンルとしては、いまはサスペンスの人気が非常に高いですよね。この作品は、同じ分野のほかの本とどのような差別化をしているのですか?

この作品はサスペンスというジャンルが持つ商業的な魅力と、高級志向の女性向けフィクションによく見られる情感を兼ね備えていると思います。しかし、同ジャンルのほかの作品とはっきり差別化している点は、ふたりの主人公がどちらも経験豊富な強い女性だということです。クレアにもエヴァにも、狂気じみたところや不安定さはありません。わたしたちが語る物語は、いまの世界の強い女性たちが反映されていることが重要なんです。

波瀾《はらん》万丈なストーリー展開はどのようにして作られたのですか？

とんでもない量のメモ用紙を使いましたよ！　ふたりの主人公に起きる出来事をそれぞれ時系列に書き記し、ひとつの物語を紡いでいくのはかなり骨の折れる作業でした。どんな結末にするのかという明確なビジョンを持っていたので、かなり早い段階で結末は見えていました。そこから、クレアとエヴァがそれぞれ何かを乗り越え、何かを学んでほしいと考えながら、一連のストーリーを展開していきました。

このような物語において、女性の友情の大切さとはなんでしょうか？　エヴァとクレアのように、あなた自身の人生においても女性との友情は大切だと思いますか？

この物語において、女性の友情はものすごく重要な要素です。必要なときに必要なものを与えてくれ、ここぞというときに背中を押してくれた友人のことを誰もが考えるでしょう。ありがたいことに、わたし自身、女性のすばらしい友情に恵まれています。シングルマザーとしては、そのような試金石を持つことは特に重要なことです。わたしは友人たちのおかげで正気を保っていられるし、笑わせてもらっています。彼女たちは悪戦苦闘しているわたしの話に耳を傾け、数えきれないほど多くの方法で手助けしてくれます。元来、人間は社会的な動物です。わたしはかなり内向的な人間ですが、友人には毎日頼っていますよ。

なぜバークレーをスリラー小説の舞台に？

大学卒業後、わたしはカリフォルニア大学バークレー校体育局に就職しました。資金調達を担当していたので、カリフォルニア・メモリアル・スタジアムやハーモン・ジム（のちのハース・パビリオン）で多くの時間を過ごしました。〝ちゃんとした仕事〟に就く自信がなかった新卒者にとっては最適な仕事でした。わたしはバークレーで楽しい日々を過ごし、すばらしい友人をたくさん作りました。いつか戻る日をよく夢見ています。『プエルトリコ行き477便』の舞台をバークレーにしたのは、想像の中で再訪できるからです。Ｇｏ Ｂｅａｒｓ！

読者のみなさんには、『プエルトリコ行き477便』から何を学んでほしいですか？

不可能に思えることをやってのけたクレアとエヴァの勇気から刺激を受けてほしいです。どんな状況であろうと、必ず出口はあります。クレアの母の言葉を借りるなら、〝注意を怠らなければ、必ず解決へつながる道が見えてくるものよ。だけど、勇気がない人間にはそれが見えない〟

謝辞

まず、ソースブックス社のみなさんに深い感謝の意を表します——出版社の経営者であり、一番の読書家のドミニク・ラッカー、優秀で頼りになる編集者のシャナ・ドレース、マーケティング・プロモーションチーム（ティファニー・シュルツとヘザー・ムーアをはじめとして）、才能あるアート・プロモーション部門（ヘザー・ホール、ホーリー・ローチ、アシュリー・ホルストロム、ケリー・ロウラー、サラ・カルディロ）、そして強力な販売チーム。みなさんにお会いできて本当によかった——クリスティーナ・アレオラ、リズ・ケルシュ、ケイ・ビルクナー、トッド・ストック、マーガレット・コフィー、ヴァレリー・ピアース、マイケル・リアーリ。みなさんの有能な手によって『プエルトリコ行き477便』の話題性を高めてくださったことに感謝します。たしかに本は人生を変えますが、あなたたちも人生を変えるのです。

愛するエージェント、モリー・グリックに心から感謝します。わたしがこの作品を生みだそうと格闘しているあいだ、作品とわたしを信じて支えてくれました。またこの作品を読み、意見や支援を提供してくれた彼女の大勢のアシスタントたち（サム、エミリー、ジュリー、ローラ……）にもお礼を言います。

『プエルトリコ行き477便』を熱心に広く世界に紹介してくれた海外版権チームにもお礼を言います。それから映画エージェントのジア・シンとベルニ・バルタ、ハリウッドでこのプロジェクトを支持してくれたことに謝意を表します。また、わたしの広報担当を務めるタンデム・リテラリー社のグレッチェン・コスにも深い感謝の念を。彼女はマーケティングとプロモーションにおいて優秀なだけでなく、慣れない仕事を手伝ってくれるときにも手腕を発揮してくれました。グレッチェンからもらった〈**何も心配しなくていいです。わたしにまかせて**〉というメールは最高です。

わたしの執筆パートナーであるエイミーとリズのサポートがなければ、この作品をいまのような形に仕上げることはできなかったでしょう。ふたりはこの作品の複数のバージョンを読み、わたしが成し遂げようとしていることを最初に見抜きました。あなたたちを尊敬しています。さらに、『プエルトリコ行き477便』の完成までの最後のひと押しをしてくれた、優秀なフリーランス編集者のナンシー・ローリンソンにも特別な感謝の気持ちを伝えたいと思います。

出版前の原稿を読んでくれたチェッカーの方々と友人たち――エイミー・メイソン・ドアン、ヘレン・ホアン、ジュリー・カリック・ダルトン、ララ・リリブリッジ、ロビン・リー、ジェニファー・カロイエラス――みんなありがとう。全員が「この作品には何か惹きつけられるものがある。そのまま書き続けなさい」と言ってくれましたね。

生涯の友であるトッド・キュッセローには、FBIの麻薬捜査、プリペイド式携帯電話、完璧な偽造身分証明書を入手する方法などを詳しく教えてもらいました。わたしたちの会話、メールでのやり取りが大好きです。あなたを尊敬しているわ。ジョン・ジーグラーには、空港と飛行機での旅に関するあらゆることを考えるのに手助けをしてもらいました。この作品全体が、ふたりの人間が搭乗口で搭乗券を交換するという可能性に基づいていますが、ジョンのおかげで明確化することができました。ウエスト・コースト・カンファレンスのコミッショナーで、長年笑いあってきた仲間のグロリア・ネヴァレスにも感謝を表明します。全米大学スポーツ協会《NCAA》のバスケットボールに関するとても重要な詳細部分について最後の最後に教えてもらいました。わたし自身は詳しく覚えておらず、バークレーでともに過ごした日々が遠い昔だということを、いやというほど思い知らされました。

才能豊かで魅力的なインスタグラム書評家のケイト・レーン、作中であなたの名前を使わせていただき、さらに『プエルトリコ行き477便』に変わらぬ支援をいただきありがとうございます。あなたのような聡明《そうめい》ですてきな人物を描けていればいいのですが。ケイトはいい本をたくさんお勧めしているので、ぜひ@katelynreadsbooks_をフォローしてみてください。さらにネット上の読書家たち——読書と作家のサポートに熱心なフェイスブックグループやブックスタグラマーにも心から感謝しています。みなさんのおかげで、本を宣伝するというわたしたちの仕事が、より簡単でずっと楽しいものになりました。

わたしの両親にも感謝しています。彼らのサポートとスケジュール調整のおかげで、二作目を執筆、出版するための時間と場所を確保できました。そして、常にひらめきと驚きを与え続けてくれるわたしの子どもたち、アレックスとベンにも感謝を。あなたたちを愛しているわ。

最後に、わたしが敬愛するカリフォルニア大学バークレー校と、そこで出会った友人たち（あなたたちのことよ、ジョーン・ヘリゲスとベン・ターマン）にも感謝を伝えます。バークレー校で過ごした時間を再訪し、一番好きなところを描写できてとても楽しかったです。Go Bears!

訳者あとがき

ジュリー・クラークの『プエルトリコ行き477便』はエヴァとクレア、ふたりの女性の物語です。それぞれの事情からいまの生活を捨てて一からやり直したいと願っているふたりは、ニューヨークの空港で出会い、ほんの一時間ほどをともに過ごします。

ニューヨークのJFK空港。エヴァは偶然を装って接触するために、ある女性を待っています。その女性は名門一族の御曹司の妻、クレア。エヴァは虐待する夫から逃げたがっているクレアが追いつめられた状況にあるのを偶然知って、彼女との入れ替わりを企てていました。そして愛する夫の安楽死に手を貸したために当局に追われているという嘘を言葉巧みに語り、首尾よくクレアを信用させて搭乗券を交換します。エヴァはプエルトリコ行きの、クレアはサンフランシスコ行きの飛行機に乗りこんで、新天地へと飛び立ちますが……。

著者は人が完全に行方をくらますことができるかどうかに興味があり、その方法についてさまざまな想像をめぐらせてきたそうです。そんな著者によって書きあげられたこの作品では、ふたりの女性が搭乗券を交換して飛行機に乗りこみ、追手から逃れます。ところがそのあとふたりは、まったく違う運命をたどることになります。エヴァの章、クレアの章と視点を変えながらそれぞれのストーリーが語られていきますが、一人称でつづられているクレアの章は現在の、三人称でつづられているエヴァの章は過去にさかのぼった物語となっており、やがてふたりの人生をつなぐ意外な接点が明らかになります。

エヴァもクレアも孤独な生い立ちという、一見共通の過去を抱えています。ですが幼い頃に生みの親と祖父母に捨てられたという人間としての根幹にかかわるトラウマを抱えているエヴァと、大学時代に車の事故で亡くすまでは母と妹と貧しくても愛情深い生活を送ってきたクレアでは、人とのかかわり方という点において大きな違いがあります。苦しい境遇に陥ったときにまわりに助けを求められるクレアと、あくまでも自分しか信じられないエヴァ。対照的なふたりの姿が、物語の読みどころのひとつかもしれません。

三人称で語られるエヴァの章はプロローグとエピローグだけが一人称となっていて、特に最終章であるエピローグでは作中を通して淡々と距離を置いて語られてきた彼女の心情が初めて直接的に語られていて、切なく胸を打たれます。

著者は冒頭の献辞で、本書を自らのために勇気を持って声をあげる女性たちに捧げています。作中でも語られていますが、現代は＃MeToo運動が広まっている時代です。この運動はセクシャルハラスメントや性的暴行の被害に対して泣き寝入りするのではなく声をあげようというもので、二〇一七年にハリウッドの映画プロデューサーのセクハラ疑惑が報道されたことをきっかけに、歌手・女優であるアリッサ・ミラノが賛同を求めるツイートをして一気に広まりました。とはいえそういう時代においても女性にとって声をあげるのはまだまだハードルの高いことで、失うかもしれないものの大きさやまわりからの好奇の目などを考えると、簡単には踏みきれません。理不尽な被害を受けるのは男性にも起こりうることですが、いまでも女性のほうが社会的に弱い立場に置かれているのはいなめません。

著者のジュリー・クラークはロサンゼルス在住の作家で、本書が二作目です。本書ではカリフォルニア大学バークレー校が主要な舞台となっていて、一時ここで働いていたという著者による大学周辺やバークレー、サンフランシスコの街の描写も魅力となっています。

二〇二一年七月

ザ・ミステリ・コレクション

プエルトリコ行《い》き477便《びん》

2021年 9月 20日　初版発行

著者　ジュリー・クラーク
訳者　久賀美緒《くがみお》

発行所　株式会社 二見書房
東京都千代田区神田三崎町2-18-11
電話 03(3515)2311［営業］
03(3515)2313［編集］
振替 00170-4-2639

印刷　株式会社 堀内印刷所
製本　株式会社 村上製本所

落丁・乱丁本はお取り替えいたします。
定価は、カバーに表示してあります。

ISBN978-4-576-21128-2
https://www.futami.co.jp/

＊の作品は電子書籍もあります。

完璧すぎる結婚
グリア・ヘンドリックス&サラ・ペッカネン
風早柊佐［訳］

裕福で優しいリチャードとの結婚を前にネリーには悩みがあった。一方、リチャードの前妻ヴァネッサは元夫の婚約を知り…。騙されること請け合いの驚愕サスペンス！

誠実な嘘
マイケル・ロボサム
田辺千幸［訳］

恋人との子を妊娠中のアガサと、高収入の夫との三人目を妊娠中のメグは出産時期が近いことから仲よくなるが…。二人の女性の数奇な運命を描く戦慄のスリラー！

そして彼女は消えた ＊
リサ・ジュエル
氷川由子［訳］

15歳の娘エリーが図書館に向ったまま失踪した。10年後、エリーの骨が見つかり…。平凡で幸せな人生の裏でじわじわ起きていた恐怖を描く戦慄のサイコスリラー！

ヴァージンリバー
ロビン・カー
高橋佳奈子［訳］

救命医の夫を突如失った看護師のメル。誰も知らないところで過ごそうと、大自然に抱かれた小さな町ヴァージンリバーにやって来るが。Ｎｅｔｆｌｉｘドラマ化原作

世界の終わり、愛のはじまり
コリーン・フーヴァー
相山夏奏［訳］

リリーはセックスから始まる情熱的な恋に落ち結婚するが彼は実は心に闇を抱えていて…。ＮＹタイムズベストセラー作家が贈る、ホットでドラマチックな愛と再生の物語

秘めた情事が終わるとき ＊
コリーン・フーヴァー
相山夏奏［訳］

無名作家ローウェンのもとに、ベストセラー作家ヴェリティの共著者として執筆してほしいとの依頼が舞い込むが…。愛と憎しみが交錯するジェットコースター・ロマンス！

過去からの口づけ ＊
トリシャ・ウルフ
林亜弥［訳］

殺人未遂事件の被害者で作家のレイキンは、事件前後の記憶も失っていた。しかし新たな事件をＦＢＩ捜査官のリースと調べるうち、自分の事件との類似に気づき…

危険すぎる男
シャノン・マッケナ
寺下朋子［訳］

レストランを開く夢のためカフェで働く有力者の娘デミ。そこへ足繁く通う元海兵隊員エリック。ふたりは求めあう関係になるが……過激ながらも切ない新シリーズ始動！

夜明けまで離さない
シャノン・マッケナ
寺下朋子［訳］

7年ぶりに故郷へ戻ったエリックは思いがけずデミと再会。かつて二人を引き裂いた誤解をとき、カルト集団の謎に挑む！『危険すぎる男』に続くシリーズ第2弾

時のかなたの恋人 *
ジュード・デヴロー
久賀美緒［訳］

イギリス旅行中、十六世紀から来た騎士ニコラスと恋に落ちたダグラス。時を超えて愛し合う恋人たちを描く、タイムトラベル・ロマンス永遠の名作、待望の新訳！

悲しみの夜の向こう
アビー・グラインズ
林亜弥［訳］

亡母の治療費のために家も売ったブレア。唯一の肉親である父を頼ってやってきたフロリダで、運命の恋に落ち…。愛と悲劇に翻弄されるヒロインを描く官能ロマンス

悲しみにさよならを *
シャロン・サラ
氷川由子［訳］

10年前に兄を殺した犯人を探そうと決心したとたんローガンは命を狙われる。彼女に恋するウェイドと捜索を進めると、驚く事実が明らかになり…。本格サスペンス！

かつて愛した人 *
ロビン・ペリーニ
水野涼子［訳］

故郷へ戻ったセインの姉が何者かに誘拐された。彼はかつての恋人でFBIのプロファイラー、ライリーに捜査を依頼する。捜査を進めるなか、二人の恋は再燃し……

許されざる情事 *
ロレス・アン・ホワイト
向宝丸緒［訳］

連続性犯罪を追う刑事のアンジー。男性との情事中、呼ばれて現場に駆けつけると、新任担当刑事はその情事の相手だったが……。ベストセラー作家の官能サスペンス！

＊の作品は電子書籍もあります。

黒き戦士の恋人
J・R・ウォード
安原和見［訳］〔ブラック・ダガー シリーズ〕

NY郊外の地方新聞社に勤める女性記者ベスは、謎の男ラスに出生の秘密を告げられ、運命が一変する！ 読み出したら止まらない全米ナンバーワンのパラノーマル・ロマンス

永遠なる時の恋人
J・R・ウォード
安原和見［訳］〔ブラック・ダガー シリーズ〕

レイジは人間の女性メアリをひと目見て恋の虜に。戦士としての忠誠か愛しき者への献身か、心は引き裂かれる。困難を乗り越えてふたりは結ばれるのか？ 好評第二弾

運命を告げる恋人
J・R・ウォード
安原和見［訳］〔ブラック・ダガー シリーズ〕

貴族の娘ベラが宿敵〝レッサー〟に誘拐されて六週間。だれもが彼女の生存を絶望視するなか、ザディストだけは彼女を捜しつづけていた…。怒濤の展開の第三弾！

闇を照らす恋人
J・R・ウォード
安原和見［訳］〔ブラック・ダガー シリーズ〕

元刑事のブッチがヴァンパイア世界に足を踏み入れて九カ月。美しきマリッサに想いを寄せるも梨の礫。贅沢だが無為な日々に焦りを感じていたところ…待望の第四弾

情熱の炎に抱かれて
J・R・ウォード
安原和見［訳］〔ブラック・ダガー シリーズ〕

深夜のパトロール中に心臓を撃たれ、重傷を負ったヴィシャス。命を救った外科医ジェインに一目惚れすると、彼女を強引に館に連れ帰ってしまうが…急展開の第五弾

漆黒に包まれる恋人
J・R・ウォード
安原和見［訳］〔ブラック・ダガー シリーズ〕

自己嫌悪から薬物に溺れ、〈兄弟団〉からも外されてしまったフュアリー。〝巫女〟であるコーミアが手を差し伸べるが…。シリーズ第六弾にして最大の問題作登場!!

灼熱の瞬間《とき》 ＊
J・R・ウォード
久賀美緒［訳］

仕事中の事故で片腕を失った女性消防士アン。その判断をした同僚ダニーとは事故の前に一度だけ関係を持っていて…。数奇な運命に翻弄されるこの恋の行方は？

蠱惑の堕天使

J・R・ウォード
氷川由子［訳］

ジムはある日事故で感電死し、天使からの命を受けて堕天使となって人間世界に戻り、罪を犯しそうになっている7人の人間を救うことに。愛と悲しみを知る新シリーズ開幕

禁断のキスを重ねて ＊

ジル・ソレンソン
幡美紀子［訳］

警官のノアは偶然知り合ったアプリルと恋に落ちる。だが、彼女はギャングの一員の元妻だった。様々な運命に翻弄される恋人たちの姿をホットに描く話題作！

口づけは復讐の香り

L・J・シェン
藤堂知春［訳］

シカゴ・マフィアの一人娘フランチェスカは社交界デビューの仮面舞踏会で初めて会った男ウルフにキスを奪われ、婚約することになる。彼にはある企みがあり…

愛は闇のかなたに ＊

L・J・シェン
水野涼子［訳］

父の恩人の遺言で政略結婚をしたスパロウ。十も年上で裏社会にさえ顔がきくという男との結婚など青天の霹靂だったが、いつしか夫を愛してしまい…。全米ベストセラー！

夜の果ての恋人 ＊

アリー・マルティネス
氷川由子［訳］

テレビ電話で会話中、電話の向こうで妻を殺害されたペン。コーラと出会い、心も癒えていくが、再び事件に巻き込まれ…。真実の愛を問う、全米騒然の衝撃作！

危険な愛に煽られて

テッサ・ベイリー
高里ひろ［訳］

兄の仇をとるためマフィアの首領のクラブに潜入したNY市警のセラ。彼女を守る役目を押しつけられたのは最凶のアルファ・メール＝マフィアの二代目だった！

なにかが起こる夜に ＊

テッサ・ベイリー
高里ひろ［訳］

『危険な愛に煽られて』に登場した市警警部補デレクと一見奔放で実は奥手のジンジャーの熱いロマンス！ダーティトーカー・ヒーローの女王の新シリーズ第一弾！

＊の作品は電子書籍もあります。

ボーイフレンド演じます
アレクシス・ホール
金井真弓［訳］

ロックスターの両親のせいでパパラッチにあられもない姿を撮られてきたルーク。勤務する慈善団体のパトロンを失わないため、まともなボーイフレンドが必要になり…

赤と白とロイヤルブルー＊
ケイシー・マクイストン
林　啓恵［訳］

アメリカ大統領の息子と英国の王子が恋に落ちるLGBTロマンス。誰にも知られてはならない二人の恋は切なく燃え上がるが…。全米ベストセラー！

冷酷なプリンス
ホリー・ブラック
久我美緒［訳］

妖精国で育てられた人間の娘ジュードは、自分の居場所を見つけるため騎士になる決心をする。陰謀に満ちた世界で闘うジュードの成長とロマンスを描く壮大なファンタジー

ミッシング・ガール＊
ミーガン・ミランダ
出雲さち［訳］

10年前、親友の失踪をきっかけに故郷を離れたニック。久々に家に戻るとまた失踪事件が起き……。〝時間が巻き戻る〟斬新なミステリー、全米ベストセラー！

霧の町から来た恋人
ジェイン・アン・クレンツ
久賀美緒［訳］

ともに探偵事務所を経営する友人のオリヴィアが何者かに連れ去られ、カタリーナはちょうどある殺人事件で彼女の力を借りにきたスレーターとともに行方を捜すが…

ひびわれた心を抱いて
シェリー・コレール
藤井喜美枝［訳］

女性リポーターを狙った連続殺人事件が発生。連邦捜査官へイデンは唯一の生存者ケイトに接触するが…？　若き才能が贈る衝撃のデビュー作〈使徒〉シリーズ降臨！

秘められた恋をもう一度
シェリー・コレール
水川玲［訳］

検事のグレイスは生き埋めにされた女性からの電話を受ける。FBI捜査官の元夫とともに真相を探ることになるが…。愛と憎しみの交差する〈使徒〉シリーズ第2弾！